INVESTIGATION ON X-CASES

诡案组

第2季
SEA SON TWO
②

求无欲/著

U0838748

陵光翼蛇

廣東省出版集團
花城出版社

图书在版编目（CIP）数据

诡案组. 第2季. 2 / 求无欲著. -- 广州 : 花城出版社，2014.3(2015.1重印)
ISBN 978-7-5360-7078-3

Ⅰ. ①诡… Ⅱ. ①求… Ⅲ. ①长篇小说—中国—当代 Ⅳ. ①I247.5

中国版本图书馆CIP数据核字（2014）第017731号

出 版 人：詹秀敏
责任编辑：文 珍 张 旬
技术编辑：薛伟民 陈诗泳

书　　名	诡案组. 第2季. 2 GUI AN ZU.DI 2 JI.2
出版发行	花城出版社 （广州市环市东路水荫路11号）
经　　销	全国新华书店
印　　刷	三河市祥达印刷包装有限公司 （三河市杨庄镇杨庄村）
开　　本	787毫米×1092毫米 16开
印　　张	20
字　　数	360,000
版　　次	2014年4月第1版 2015年1月第4次印刷
定　　价	29.80元

如发现印装质量问题，请直接与印刷厂联系调换。

花城出版社网址：http://www.fcph.com.cn

前 言

中国境内沿海某省，是最早实行对外开放政策的省份之一，因区域经济差异，吸引了大量外省务工人员涌入，导致人口急速膨胀。时至今日，该省已有过亿常住人口，其中“黑户”就超过1300万。

俗话说：“有人的地方就有江湖。”人口膨胀衍生出诸多问题，甚至是一些难以解释的事件。新中国自成立以来就坚持破除封建迷信的政策，但在面对一些现今科技难以解释的不可思议的事件时，却难免感到困惑。为此，该省秘密成立了“诡异案件处理小组”（简称“诡案组”），专门处理全省各地的诡异案件。

诡案组的存在别说寻常老百姓，就连大部分在职警员亦闻所未闻。诡案组所处理的案件尽是些荒诞离奇的案件，一旦公之于众，势必引起社会恐慌。

因此，由诡案组所处理的一切案件记录均为内部机密档案，只有小组成员及极少数高官有权翻阅。但是世事无绝对，凡事皆有例外，若把这些诡异案件视为小说看待，公之于众，又有何不可？但求读者莫太认真，只把它当作茶余饭后的消遣，作为寻常悬疑推理小说来读。

人物简介

相溪望

姓名： 相溪望
别称： 健仔、小相、望哥
性别： 男
年龄： 28岁
职业： 外聘顾问
身高： 180cm
体重： 61kg

特长： 智商160、擅长街头格斗、简单魔术
缺点： 腹黑、妹控
简介： 前刑侦新人王，失踪近三年后以“玩忽职守”为由主动离开警队，喜欢小魔术，总是背着一个装有大量奇怪玩意儿的肩包。为查明父亲死亡真相，以外聘形式接管“诡案组”，希望通过警方的力量与神秘组织“陵光”抗衡。并且为得到陵光的情报，答应国际刑警潘多拉参与香港警方的交流计划。

相见华

别称： 丫头
性别： 女
年龄： 20岁
职业： 学生
身高： 163cm
体重： 保密（纤巧型）

特长： 对哥哥撒娇、让人平静
缺点： 胆小
简介： 血统纯正的九黎族后裔，于襁褓中便父母双亡，幸得溪望父母收养。养父母死后，便与哥哥相依为命。虽然只是平凡的大学生，但总能神奇地让身边的人感到平静。

王 猛

英文名：华伦天奴
（别问老子怎么拼）
别称：榴莲、大佬、猛哥
性别：男
年龄：29岁
职业：黑道头目
身高：182cm
体重：80kg

特长：嗓门特大、孔武有力

缺点：贪吃、脾性刚烈

简介：跟溪望相识多年的至交好友，经营一间不卖茶叶及茶具的“茶庄”，手下有一群小喽啰，经常帮溪望解决一些警方不便出面处理的问题。其父是香港人，所以他经常说英文，但只限于OK、YES和NO，连自己的英文名怎么拼也不知道。

王 姗

英文名：Angel Wang
（安琪·王）
别称：龙哥、Madam Wang
性别：女
年龄：27岁
职业：重案组见习督察
身高：174cm
体重：保密（健美型）

特长：跆拳道

缺点：粗暴、败家

简介：榴莲的亲妹妹，但除性格略有相似外，跟哥哥几乎没有任何共同点，尤其是外表。自小跟溪望青梅竹马，两人甚至曾交往一段时日，后因移居香港而分手。在香港完成学业后考入警队，现为新界北重案组见习督察。拥有42英寸长的修长美腿（约为107cm），是个标准的“索女”（美女）。被溪望称为“龙哥”。在工作上对自己要求十分严格，是个尽心尽责的劳模，但在生活上却是个毫无节制能力的败家女，经常刷爆卡，因而长年负资产。

樊星夜

英文名：Nadia Fan

（娜汀亚 · 樊）

别称：夜公主

性别：女

年龄：20岁

职业：学生

身高：165cm

体重：保密（纤巧型）

特长：指挥、唱歌、中英日三国语言流利

缺点：高傲、刁蛮任性、胡作非为

简介：天雄药业总裁樊天昊的独生女，母亲是日本人，在她年幼时便离世。父亲因事务繁重，对她疏于管教，致使她自小便养成刁蛮任性的性格。与见华认识于孩童时期，对别人总是一副高高在上的姿态，唯独对见华极其友善，但又莫名其妙地讨厌溪望。

戴 德

英文名：Parker Dai

（帕克 · 戴）

别称：戴管家

性别：男

年龄：46岁

职业：管家

身高：181cm

体重：72kg

特长：未知

缺点：严肃

简介：会驾驶小型飞机、直升机、游艇、重型货车等多种交通工具，会做中西餐、日韩料理及印度咖喱等多种美食，会拉大小提琴、弹钢琴、吹萨克斯等多种乐器，会跳伞、攀岩、潜水……是个几乎什么都会的万能管家，专职负责照顾娜汀亚。任劳任怨且极其可靠，但从不向别人提及自己的过去，总让人觉得非常神秘。

李梅

英文名：May Lee（美丽）

别称：李大状

性别：女

年龄：27岁

职业：律师?

身高：172cm

体重：保密（苗条型）

特长：能言善辩

缺点：阴险狡诈

简介：溪望的死对头，表面上是成熟而富有魅力的年轻律师，但实际上却是一个为了达到目的不择手段的可怕女人，而且疑似与陵光存在一定关联。跟映柳的关系极其微妙，时而冷嘲热讽，时而亲密无间。

杨露（易露妍）

英文名：Luyan Yi（露妍·易）
别称：杨露
性别：女
年龄：26岁
职业：秘书?
身高：168cm
体重：保密（消瘦型）

特长：暗杀
缺点：神经质
简介：杀手王的徒弟，外表高贵冷艳，但思维却异于常人，有心理变态之疑。在研究所一役中被溪望以流氓招数打败，遂跳入洪流中逃走，自此之后销声匿迹。

神偷凌风

性别：男
年龄：未知
职业：盗贼
身高：175至181cm之间
体重：未知（中等身形）

特长：盗窃、易容、模仿、制造及使用各种小型机关
缺点：未知
简介：曾让国际刑警手足无措的神秘盗贼，二十年前突然销声匿迹，疑似是在英国生物研究所一役中殒命的陵光成员翼蛇。其作案时常身穿红色西服，头戴蛇头面具，并披着暗藏支架的披风，能展开成一双蝙蝠翅膀于空中滑翔。

萧铁炫

英文名：Nichola Xiao（尼古拉·萧）
别称：未知
性别：男
年龄：23岁
职业：未知
身高：178cm
体重：64kg

特长：未知
缺点：未知
简介：谜一样的青年，疑似与“神偷凌风”有着莫大关联，似乎对见华一见钟情。

卷四·凶宅怨妇

目录

诡案组·第2季2

Investigation On X-cases · Season 2

卷五·九铁鬼童

卷六·狩猎狂徒

卷四·凶宅怨妇

引　子

一

香港特别行政区，天水围嘉湖山庄乐池居一期四座底层大堂。

年轻的麦太从外面走过来，经过值班室时向当值的老保安说：“林伯，你知道吗？29楼A室跟B室都是凶宅呢！”

“早就知道，这事当年闹得很凶，尤其是A室，这栋楼里没有谁不知道。你才刚搬进来，我怕把你吓坏，所以才没敢跟你说。”林伯面露畏惧之色，身体微微颤动，“大白天想起这事也能让人发抖。”

“当年是怎样的情况呀？快告诉我吧！”麦太好奇心大作。

林伯摆手摇头："我劝你还是不要知道比较好，这两个单元房就在你家对面，我怕你晚上会睡不着。"

"你不说我才睡不着呢。"麦太亲昵地扯着对方的手臂，"你快告诉我嘛。"

"好好好，我告诉你就是了，愿主保佑你！"林伯轻轻拉开对方的手，于胸前画了个十字，又道，"最初买下B室的是李老太跟她的金兰姊妹，后来这姊妹在房子里上吊自杀，她不想触景生情，就打算将房子卖给租住隔壁A室的契仔（契仔，即义子）。不过后来她反悔了，将价钱提高了一大截。契仔因此跟她在A室里吵起来，还将她掐死了。"

"这也没什么好害怕的，不就是这两个房子里各死了一个老太太而已。"麦太略感失望。

"要是只死两个人倒没什么，可怕的是契仔怕被人发现自己杀了人，竟然用水泥将李老太的尸体埋在厨房灶底。他本以为这样能瞒天过海，但过了一个星期，也就是李老太头七那天，尸体的血水流到楼下去了。楼下的住户曾找他投诉过一回，但血水还是不停地从天花板滴下来，就打999报警，这才发现李老太已被杀。"

"竟然把尸体埋在灶底！"麦太倒吸一口凉气，又道，"他跟尸体住在一起不害怕吗？"

"害怕？"林伯露出神秘的笑容，"当时他可能不害怕，不过这件事还没有结束。"

"之后怎么样？"麦太又扯着对方的手臂追问。

"契仔被警察拘捕后，坐了十多年牢，刚放出来就疯了，总说李老太要找他索命，后来在精神病院里用腰带上吊死了。"

"还好，冤有头，债有主，这种人死了也活该，好让李老太消一口怨气。"麦太松了口气。

"不过，李老太的怨气似乎还没消呢……"林伯欲言又止。

"怎么了？这事还没结束吗？"麦太担忧地问道。

"我还是不告诉你比较好。"

"说吧，说吧，快告诉我嘛。"麦太撒娇般摇动对方的手臂。

"别再摇啦，我这副老骨头快被你摇散了。"林伯好不容易才从麦太手中挣脱，说道，"自从李老太死后，29楼的住户经常报称，深夜听见走廊传出凄厉幽怨的哭声。住在A室就更为可怕，七年前有户姓蔡的搬进去，才住了没多久，竟然将自己的幼儿扔下楼……"

二

新界北总区警察总部。

一名美腿修长、皮肤白皙，并拥有一头染成金黄色过肩波浪长发的美艳女警将一叠文件用力地掷到桌面上，怒气冲冲道：“全都是死仆街，没一个说真话。”

“谁把我们的安琪姐惹怒了？”一名短发美女移动臀下转椅来到她身旁。

“就是上星期那宗凶杀案，所有证人都在撒谎，没一个说真话。”

“嗨，早就习惯了，我才不相信他们一开始就会说真话呢！”

金发女警怒气略消，抱怨道：“每个人都有秘密，都会为保护自己而撒谎。可这些谎言却在无意中扰乱了警方的视线，让凶手逍遥法外。”

“这宗案子就交给我跟进吧！”一名国字脸的男青年走过来，拿起桌面上的文件，又道，“蔡Sir找你，好像给你准备了份好差事。”

“他会有这么好？除非太阳从西边升起。”金发女警白了他一眼，随即走进办公室，向身穿整齐警司制服的中年男人行礼，并问道：“蔡Sir，你找我有事吗？”

蔡警司移动电脑屏幕，让对方观看屏幕上的档案资料，并指着档案中的照片说：“这个人你认识？”

“死健仔……”女警咬牙切齿道，“他就算化成灰，我也认得。”

“那就好，他将会来港参与两地交流计划，在协助香港警方处理案件的同时，互相学习对方的办案手法。”蔡警司顿了顿又道，“我想让你去迎接他，并且在他来港其间跟他合作。”

女警紧握拳头，关节“格格”作响，恶狠狠地说：“没问题，但我要先揍他一顿。”

蔡警司额角冒汗，故作严肃道：“这个交流计划是由国际刑警牵线搭桥的，你可别给警队丢脸。”

“Yes，Sir！”女警向对方行礼。

“没别的事了，你出去吧。”

“Goodbye，Sir！”女警再次行礼，并转身向外走，嘴里喃喃念道，“我就算把他打个半死，他也不敢吭声，是他欠我的。”

待她走出门外，蔡警司便皱起眉头，自言自语道：“我是不是选错人了？希望她千万别让我背黑锅。”

第一章　远征香港

“丫头，好了没有？”溪望在客厅叫道。

见华的声音从房间内传出：“马上就好，再等我十分钟。”

“十分钟前她也是这么说。”花泽正在为溪望戴一只奇怪的手镯，并将百鬼鸣装到手镯的凹陷位置上。

“嗯，我已经习惯了。自从她学会化妆，每次出门至少要花上半个小时。”溪望虽然颇为无奈，却绝不会在妹妹面前流露出半点不耐烦。

“手镯可以触动百鬼鸣开关，使剑刃弹出变成拳剑形态。”花泽为溪望戴上另一只手镯并装好百鬼鸣，然后帮对方穿上衬衣，使其武器隐藏于衣袖之内。随后他又说，“为了加强硬度，我没按你的要求在手镯里安装伸缩钢丝，反正你也不习惯在背后勒别人的脖子，这种设计对你来说没多大用处。”

溪望满不在乎地回答：“我只是随便说说，别在意。”

回想起杨露那只藏有钢丝的手镯，以及险些丧命于那根幼细钢丝上的一幕，溪望仍心有余悸，心想：杨露现在到底是死是活呢？她要是还活着，应该会找我报仇吧！

“其实我打算用伸缩钢丝，给百鬼鸣做一件组件。”花泽说。

“组件？”溪望面露惊讶之色，随即笑道，“你不会想在我手臂上装个流星锤吧？有了这对支架，百鬼鸣已经很好用了，再添加其他东西，恐怕会弄巧成拙。”

“这个你大可放心，我对自己的作品很有信心。”花泽露出阴森的笑容，“百鬼鸣是一件组合兵器，就像你的无相多变枪那样，它的优势就在于变化多端。要达到这个效果，必须配备不同的组件。”

“以变求胜……”溪望回想与杨露对决一役，百鬼鸣的多种变化，的确起了很大作用。阵前对决若能出其不意、攻其不备，往往能绝处逢生，这一点跟他的性格非常相似。若能结合无相多变枪的招式，多添加几件组件也不是坏事。心念及此，他不由得笑道：“希望我从香港回来的时候，你能给我一个惊喜。”

“我现在就能给你惊喜了。”花泽缓缓将手插入裤袋。此刻他阴森的笑容隐约带有几分狰狞。

多年的办案经验，让溪望感到危机正在逼近，紧张地问道：“你们想怎么样？”

花泽从裤袋里取出一张折叠了好几重的信纸，打开后将内容读出：“洗发水5瓶、护发素3瓶、沐浴露6瓶、润肤露2瓶、润唇膏3支、奶粉6罐、感冒药3盒、止咳水5支、iphone5三部、印度神油3瓶、润滑油1支、K仔100粒……”

“你们疯了，想要感冒药不会在这里买呀！还叫我带毒品回来，想让我在香港蹲监狱吗？”溪望当然知道对方所念的，是茶庄那帮家伙托他到香港采购的物品清单。先不论这些东西买回来后，能不能收到钱，单带这么多东西过关就已经够累人。而且当中竟然还有毒品，傻子才会帮他们买。

花泽故作认真地回答：“我们觉得香港的K仔纯度应该会比较高。”

“你们都把我当成水货客了。”溪望无力地瘫在沙发上，没好气地说，“其他还好，iphone5在香港才刚开始销售，要弄一部也不容易，你们让我去哪弄三部回来？就算弄到手，海关也不会放行呀！”

花泽一脸严肃地说：“你可以试一下去抢，然后藏在裤裆里带回来。”

“你认为我会沦落到抢手机吗？”溪望白了他一眼，“要抢也去抢珠宝店呀！”

“抢金铺你们能抢得过贼王叶继欢吗？”背着一个大背包的榴莲，大摇大摆地从门外走进来，用他的大嗓门冲两人叫道，“老叶当年可是拿AK-47去抢金铺，平均两分钟抢一家，把整条街的金铺全都抢个干净，绝对能上吉尼斯。不过，到最后还不是被警察抓去坐牢。”

“看来香港警队的办事能力还不错。”花泽搬来一张凳子给榴莲坐。

溪望不以为然道：“也不能这么说，香港就一个巴掌大的地方，而且有严格的通关制度。不管是多狡猾的罪犯，犯案后想潜逃也不是一件容易的事。如果发生在内地，情况就不一样了。内地幅员辽阔，犯人可以到处流窜，只要够狡猾，躲一辈子也不是没可能。”

“聊什么聊得这么起劲呢？”见华拖着一个行李箱从房间走出来，众人的目光立刻落在她身上。她穿着一条粉色学院风长袖公主裙，脸上化有淡妆，浑身散发着青春气息。她见大家看着自己不说话，连忙从手袋里取镜子查看脸上的妆容是否有问题，并问道：“我脸上有脏东西吗？”

溪望笑道：“没有，你很漂亮，我们看见你都忘了刚才在说些什么。”

“真的？”见华满心欢喜地走到哥哥身旁，挽着他的手臂。

“假的。”花泽冷冷笑道，“他只是不想再等半个小时。”

见华嘟起嘴盯着花泽，嗔怒道：“我不跟你这怪人说话，你从来不会跟女生说一句好话。”

“这说明我老实。”

“不理你了。”见华气鼓鼓地搂住哥哥的手臂，扭头不再跟花泽说话。

榴莲盯着见华身上略显单薄的衣料，皱眉道：“丫头，多带件外套，不然到香港你只能抱着你哥取暖。”

见华对他的话不甚理解，问道：“香港比我们这里更靠近赤道，应该会比较热呀，为什么还要多穿衣服呢？现在虽然是12月，但天气还没转凉，不用穿太多衣服吧！”

“到了你就知道，香港人开空调像不用花钱似的。我敢说，在暑天，香港绝对是全中国最冷的地方。”榴莲取出手机查看时间，随即站起来发号施令，“时候不早了，出发！”

溪望亦点头道：“嗯，柳姐也差不多到门外了，走吧！”众人随即一同走向门外。

他们刚走出门口，就看见一辆警车驶过来，并于门前停下。车窗落下，一脸不耐烦的映柳在车内吼道：“还不上车，别磨磨蹭蹭，我可忙着呢。”

“不会花你多少时间的。”溪望对她笑了笑，随即让见华先上车，自己则在花泽的帮忙下，跟榴莲将行李放进后备厢。

被花泽强行将购物清单塞进口袋后，溪望便跟榴莲各自上车。他刚坐到副驾驶位置上，便听见映柳自言自语道：“自己去香港腐败，不带上人家也就算了，还要人家开公车送他去。”

“柳姐，我得跟你说清楚。”溪望没好气道，“第一，我不是去香港腐败，而是参加两地交流计划，这事厅长也知道，并且十分支持。要不然我也不会叫你开车送我们去通关口岸；第二，不是我不想带你去，而是人家没邀请你。而且厅长也不见得会让你放一个月大假，让你跟我去香港做秘捞（秘捞，意为秘密地捞钱，即正职之外的兼职）。还有最重要的一点，你有通行证吗？”

说起这事，映柳便火冒三丈，骂道：“通行个屁！居然要到户籍所在地办理，而且还一大堆手续，麻烦死了。”

映柳气在心头，便回头望向后座的榴莲，找碴般向溪望问道：“你把妹妹带上，我还能理解，但你为啥把这个流氓头也带上？”

“你可以说我是黑社会大佬，但别说成流氓头那么难听。”榴莲怒目圆睁，映柳连忙怯懦地回过头去。

溪望说："榴莲好歹也是个港农，跟他一起，我们不至于要露宿街头。"

"你是香港人？"映柳吃惊地望向榴莲。

"我不能是香港人吗？"榴莲又把她瞪回去，不耐烦地催促道，"别再啰嗦了，再不出发，到关口你们就知道什么叫排队了。"

"走就走呗，记得帮我买护肤品。"映柳立刻换挡踩油门。

榴莲本想说她用不用护肤品也没多大区别，但鉴于对方的驾驶技术一般，待会儿还得走高速，还是别惹她比较好，免得她一时心情烦躁乱踩油门，害自己小命不保。

"你们打算从哪个口岸通关呀？罗湖吗？"映柳将警车驶到高速公路入口时问道。

榴莲叫道："别去罗湖，那里全是水货客，至少要两个小时才能过关。周末就更恐怖，人多得跟集中营一样。"

"那要去哪里？"

"去深圳湾，那里过关的人少，就算是周末，过关也不超过一小时。要是能早一点出发，基本上不用排队。"

"那就去深圳湾吧，反正我把你们丢下就走，去哪里都一样。"映柳给导航设置好目的地，将警车驶上高速公路，便大踩油门。

去深圳湾的路程说远不远，说近也不近，以现时的车速大概要一小时。为打发时间，众人便聊着闲话。其间见华问起花泽这个绰号的来由，原来竟然涉及一宗往年血案。

第二章　闲谈异事

"猛哥，你跟发哥、泽哥他们的绰号都很奇怪呢，他们的绰号也跟你一样，是有特别的意思吗？"见华于闲聊时向榴莲问道。

"当然有意思了！"榴莲侃侃而谈，"像发高烧那个神经病，整日疯疯癫癫的，就像一直在发高烧，所以我们就这样叫他。"

"那仁高哥呢？大家为什么会叫他'人渣'呢？"见华又问。

"因为他本身就是个人渣。"溪望回头向妹妹解释，"这家伙可是个神人呀，他的所作所为简直超乎人类想象力的极限。”

“他做过什么惊天动地的事吗？”正在驾车的映柳也被这个话题吸引了。

“蘑菇头，专心开你的车。”榴莲生怕映柳分神，马上道出人渣昔日的无耻行为——

人渣除了玩电脑外，最大的本领就是泡妞，但他跟发高烧不一样。发高烧是真正的泡妞高手，不管是女屌丝还是白富美，只要盯上就跑不掉。人渣这家伙则只会泡太妹，而且是在夜店喝得不省人事的太妹。说难听一点，他只是专到夜店捡便宜的死仆街。

他虽然是个死仆街，但他的确有这方面的优势。这家伙长着一张娃娃脸，身材又特别矮小，很容易让陌生人信任他。凭着别人对他的信任，他不知道拐了多少个太妹回家。

他把喝醉的太妹带回家，虽然跟人家搞了，但如果让人家在自己家里过夜，这也还说得过去，毕竟太妹通常不在乎多一个契家佬（契家佬，粤语方言，意为姘头）。

可是这家伙跟太妹爽完之后，就把人家晾在家里不管，让对方自生自灭。这些太妹大多知情识趣，通常会自己离开。但人总有需要帮忙的时候，好歹也是一夜夫妻，替人家解决一些小问题也理所当然，可这家伙却从来不会向太妹伸出援手。

最经典的那次发生在几年前，有一晚下着小雨，人渣从夜店捡了个太妹回家后，把两人被雨打湿的衣服通通扔到床下，就搂着对方大被同眠。第二天，他妈进来收拾房间，顺便把地上的衣服扔进洗衣机，没注意到连太妹的衣服也洗了。

太妹醒过来，知道自己的衣服被洗湿后可傻眼了，总不能光着屁股离开吧？当时是梅雨季节，天气非常潮湿，衣服起码要晾一个星期才勉强能穿。于是，太妹就求人渣帮忙把衣服弄干。可是这家伙竟然撂下一句 “关我屁事”，就把光屁股的太妹晾在房间里，自己跑到外面玩去了。

因为人渣是跟家人一起住，所以在接下来的三天里，太妹就一直待在人渣的床上，连厕所也不敢去。这三天人渣完全没有理会过对方。直到第四天，这家伙怕太妹会饿死在自己床上，才心不甘情不愿地买了一份炒面，带回去给太妹吃，还他妈的没倒水给人家喝。

到了晚上，太妹终于受不了了，光着屁股在人渣全家的眼皮下穿过客厅，跑到阳台取回自己还没干透的衣服，穿上后像见鬼似的逃走了……

“太妹也是人呀，竟然这样对人家，简直就是个人渣！”正在开车的映柳怒骂道，并不自觉地猛踩油门。

吓得溪望连忙跟她说：“柳姐，冷静，冷静……”

榴莲待警车恢复平稳，才继续道：“所以自此以后，大家都叫这家伙‘人渣’。”

“仁高哥这个绰号果然是名副其实呢！”见华顿感心惊胆寒。哥哥常教导她人不可貌相，不能轻易相信别人。她本以为是哥哥见惯狡猾的罪犯才会有此想法，没想到平日让人觉得绝无威胁性的娃娃脸，竟然会是个毫无人性的“人渣”。

惊心之余，她又对“花泽”这个绰号感到好奇，心想这个绰号背后是否会有另一段鲜为人知的故事，于是便向榴莲询问其来由。

“呵呵，花泽这名字可不是出自流星花园之类的偶像剧，这个绰号背后可关系到一宗校园血案……”榴莲在见华饶有兴致的目光中，徐徐道出了那段改变了花泽一生的往事——

花泽自小就喜欢机关术，而且家里又是开五金店的，所以经常会折腾出一些小玩意儿来。他念初二的时候，做出一枚精美的莲花戒指。将这枚戒指套到手指上，只要稍微用力握拳就能触动机关，使戒指上含苞待放的莲花缓缓转动，变成一朵盛开的莲花。

他把戒指带回学校向同学炫耀，结果被一个叫小芳的女生抢了。对方好歹也是个女生，他不好意思跟对方要回来，反正也不值几个钱，再做一枚就是了。可他做梦也没想到，这枚戒指竟然会引发一场血案。

小芳趁课间休息向几个小姑娘展示自己的战利品，大家经过短暂的惊讶后，便七嘴八舌地询问戒指的来历。这时小芳的同桌就取笑她说：“这戒指是王泽送她的定情信物。”

这本来是个无伤大雅的玩笑，虽然令小芳脸红耳赤，但还不至于会当场翻脸，只是握着粉拳往对方胸口轻轻打了一下。可是同桌挨了这一拳，竟然惨叫一声便倒在地上，胸前的衣服还染红了一大片。大家都吓呆了，仔细一看发现她胸口有一个指甲盖大小的血洞。

这枚莲花戒指其实是一件恶毒的暗器，只要紧握拳头使戒指上的莲花高速转动，锋利的花瓣便能轻易将皮肉切割，犹如一颗锥心的钻头。

同桌在医院足足躺了一个星期，之后小芳跟花泽双双被开除出校。被赶出校门时，小芳还用哀怨的眼神盯着花泽，无比怨恨地说：“我恨你一辈子。”

后来，不知道是哪个文艺范儿家伙给这枚引发血案的戒指取名为“莲花泽泪”，大家便以此作为花泽的绰号。不过这绰号太别扭了，大家叫着叫着就简化成“花泽”了……

“原来泽哥才念到初二？太可惜了，他那么聪明，要是能多念书，应该不会像现在这么古怪。”见华对花泽的遭遇颇感惋惜。

“他现在过得不好吗？”榴莲板起脸瞪着她，“他从学校出来就跟我混，一直吃香喝辣，我自问从没亏待过他。”

“你知道我不是这个意思啦，猛哥。”见华展露甜美的笑容，一声娇柔的“猛哥”让榴莲硬邦邦的心立刻软下来。

“别说那么恶心的话题好不好，都让我起鸡皮疙瘩了。”映柳抱怨道，遂往导航瞄了一眼，“你们快要到了，准备下车吧，记得替我买护肤品哦！”

榴莲故作严肃道：“其实从上车开始我就想告诉你，你用不用护肤品也没什么区别。”

映柳回头冲他大吼：“你这是什么意思呀！”

溪望指着前方惊慌地叫道：“小心呀柳姐，快要撞了！”

第三章　七月十四

“每次从柳姐的车上下来，我都有一种死里逃生的感觉。”溪望看着远去的警车，淡然抹去额上的冷汗，“还好，每次都是有惊无险。”

“她到底会不会开车呀，刚才差点儿就撞上。”榴莲仍惊魂未定。

“柳姐的技术也不至于太差吧，其实她的反应挺快的。”见华仔细地回想刚才的经过，“刚才虽然差点撞上前面的的士，但柳姐没有乱踩刹车，也没有胡乱地扭方向盘呀！而是先瞄一眼后视镜，然后从左侧超车。如果她当时从右侧超车，可能会被后面的车撞上。”

溪望仔细一想，遂开玩笑道：“说不定她是故意在我们面前装笨。”

“她只是走狗屎运，再不然就是身体支配大脑，刚才超车的时候，后视镜可是从的士的车尾擦过去。”榴莲尚心有余悸，“要是的士稍微往左摆一下，我们现在可就躺在车祸现场了。”

“反正已经安全到地方就别管她了，至少在往后的一个月里，我们也不用跟这个笨蛋见面。”溪望转身望向深圳湾口岸的入口，“走吧，龙哥可能已经在对面等我们了。”

“让我们去拯救那个生活于水深火热的资本主义世界里的卡奴吧！”榴莲拖着见华的行李箱带头走进口岸的大门。

见华挽着哥哥的手臂，在对方耳边小声说：“哥，你有没有发现猛哥说的话很奇怪，一会儿积极向上、五讲四美，一会儿又水深火热、资本主义。”

溪望掩嘴偷笑，小声答曰：“他通常在女生面前才会刻意用这些词汇，想让别人觉得他很有文化，却不知道这样适得其反。只有他那个年代的小学生，才会整天把这些词汇挂在嘴边。”

“他平时也这样跟柳姐说话吗？”

“在他眼中，柳姐从来就不是个女的。”

“你们两个别再装情侣咬耳朵了。”榴莲指着前方一辆大巴，回头叫道，“人越来越多，再不走安琪可要揍我们了。”

“我们很像情侣吗？”兄妹俩对视而笑，遂加快脚步追上榴莲。

正如榴莲所说，相对其他口岸而言，在深圳湾通关的人并不多。虽然现在是中午繁忙时段，但出境大厅内约莫就只有百十来人，花了十来分钟三人便已经办好了出境手续。

“我们现在是不是已经在香港了？”见华问。

榴莲答道：“还不是，我们脚下这个位置是深圳跟香港的交界，还要再办一次入境手续才算到了香港。”

榴莲指向前方的入境大厅，抱怨道：“你看看前面那堆人，才知道什么叫麻烦。”

“哇，怎么会这么多人。”见华往前一看，发现在这里排队的人，至少比出境大厅多三倍。

“已经算少了，罗湖那边人多得跟集中营一样，除了人就什么都看不见。”

见华突然想到个问题，遂问道：“猛哥，你不是香港人吗？为什么会跟我们一起走内地旅客通道？”

榴莲尴尬一笑，没有作答。

溪望哈哈大笑：“他其实是个假港农。”

“这到底是怎么回事呢？”见华好奇地向榴莲询问。

“唉……”榴莲长叹一声，“这可说来话长了，还是有空再说吧，我们先去过关。”遂带领两人走向入境通道。

前后大概用了三十分钟，三人终于办好出入境手续，步出入境大厅，踏足颇负盛名的东方之珠。见华对眼前一切事物都十分好奇，虽然只是一河之隔，但这里跟内地有很大区别，使她不由得到处张望。

“你觉得这里跟内地有什么不一样？”榴莲向她问道。

“区别很大呢。”见华认真地回答，“这里地面很干净，公用设备的维护也做得很好，垃圾桶的盖上没有堆满烟头，扶手电梯全都正常运作。不像深圳那边，电梯全都是摆设，没一台能用。”

“在香港可不能随便抽烟，被控烟办抓到要罚款五千块，乱扔垃圾也要罚。”榴莲面露不屑之色，“其实香港只是执法严格，什么都按章办事，不守规矩就会被抓。而且被抓到也不会随便罚个款就能了事。就连乱扔垃圾这种小事都得上法院，既麻烦又费时。不想给自己添麻烦，就只好守规矩。咔……”说罢准备将一口浓痰吐在地上。

他们三人边说边笑，没有注意到一名穿着白色露肩长袖雪纺上衣，黑色皮质热裤的女人正向他们走过来。这女人拥有一头染成金黄色过肩波浪长发，秀发落在白皙的肩膀上，显得格外性感。裸露于热裤外的修长美腿，更为她增添三分野性的美艳。但她的性感与美艳，此刻却被脸上的怒容所掩盖，浑身散发着如烈焰般的怒气。

正在谈笑中的榴莲，突然脸色一变，惊惶地叫道：“有杀气！”

说时迟，那时快，金发女子猛然向他们冲过来，娇喝一声转身起脚，以跆拳道招式旋风踢袭向溪望。

面对突如其来的袭击，溪望临危不乱，还没来得及辨别对方的身份，已先将榴莲推开，使其脱离对方的攻击范围，同时将见华搂到身后。他这两下动作虽能瞬间使两人得到保护，却令自己暴露于对方的攻击内，硬吃对方一脚旋风踢，腰部受到重创。

金发女子偷袭得手，继而乘胜追击。接连使出横踢、勾踢、前踢等招式，向溪望做出连续攻击。

因为见华躲在他身后，变相堵塞退路，使溪望只能硬接对方的攻击。而榴莲退到一旁，竟就呆立着看他挨揍，丝毫没有帮忙的意思。

溪望正为这好兄弟见死不救而感到气愤时，金发女子再向他使出前踢。他好不容易才避开对方的攻击，但随即发现对方此乃虚招。只见美腿高抬成站立一字马，遂如铡刀般落下，往他头顶劈下来。

对方这招下劈快如风、劲如电，溪望虽早有警觉，无奈见华躲藏在身后，若闪身避开必使妹妹遭殃。因此，他只好抬起左臂，以藏于衣袖里的百鬼鸣招架。

“锵”一声闷响，时间仿佛在这一刻停留。目光穿过压在手臂上的美腿，溪望看到一双既熟识却又冷漠的美眸。

“死健仔，又在衣袖里藏铁管。”金发女子将美腿放下，双手抱着小腿肚，在原地单脚乱跳，“哎呀，痛死我了，你要赔我医药费。”

“好像是你先出手呢！”溪望扶住对方嫩滑的香肩，让对方稳住身体，又道，“先撩者贱，打死无怨哦。”

金发女子一手搂住他的脖子，把他夹到自己面前，紧握拳头以中指指角往他太阳穴使劲地戳，娇斥道：“别跟我扯这些歪理，我说要你赔，你就得赔我。”

此女子虽面容姣好，身材婀娜，但性格与外表完全相反，言行极其粗暴。就连号称曾以一敌七的溪望，在她怀中亦犹如玩物，只能任其蹂躏。

向来视溪望为生死之交的榴莲，此刻仍然呆站在旁，看着溪望被虐待也无动于衷。见华不忍哥哥受虐，便婉言相劝：“姗姐，你快把哥的头戳穿了。”

“他皮厚，没事的。”女子没有理会她，继续虐待溪望。

“你们在做什么？”

两名警察向他们走过来，女子这才放过溪望，取出证件向对方展示，并说道：“伙计，新界北重案组见习督察王姗。”

“Madam，需要帮忙吗？”其中一名警察问道。

“不必了，两位师兄继续巡逻吧！这种小问题，我自己能解决。”女子将两名警察打发后，又卡住溪望的脖子，继续戳他的太阳穴。

“龙哥饶命呀，你快要把我的头戳穿了。”溪望哀号道。

被称为“龙哥”的女子并没有马上住手，反而用力多戳了几下才把他放开，并愤恨地骂道：“叫你现在才来找我！”她稍微整理一下衣饰后又说，“在香港别叫我龙哥，这里的人习惯叫英文名，你该叫我安琪。”

（香港警察习惯用“伙计”称呼跟自己不熟络的同僚，“Madam”通常用于称呼比自己高级的女警）

“香港人都有英文名吗？”见华生怕哥哥又被虐待，慌忙把他拉过来，并扯开话题，“猛哥的英文名叫什么呢？”

一直在旁边看戏的榴莲这才走过来，故作潇洒地答道：“我的英文名叫华伦……天奴。”

“知道怎么拼吗？”安琪问。

榴莲一脸窘迫，答曰：“不知道。”

“哈哈，哈哈哈……”安琪大笑几声，随即向他投以鄙夷的目光，教训道，“给自己取个连怎么拼也不知道的英文名，还以为自己很酷，也不知道有多丢人。你可不要跟别人说你是我哥。”

“姗姐的英文名也是自己取的吗？”见华又问。

溪望知道妹妹想为榴莲解围，便接上她的话题，说：“她这英文名是有来历的，不过我可不觉得这名字适合她。Angel的原意是天使，但她怎么看也是个恶魔。”

“你又皮痒了是吧！”安琪又想把溪望拉过来虐待。

见华连忙挡在哥哥身前，向安琪赔笑道：“姗姐你就别跟我哥计较了。你长得这么漂亮，本身就是天使，就差没长出翅膀而已。”

“她要是长翅膀，也只会长蝙蝠翼。”榴莲蔑视道。

“有种你再说一次！”安琪瞪了一眼，榴莲马上转身望向别处。

“姗姐别管他们了，快告诉我，你的英文名是怎么来的，我很想知道耶。”见华亲昵地挽着安琪的手臂，除了表现亲切之外，更是为了阻止她再度虐待自己的哥哥。

“我们边走边说吧，的士站在前面。”安琪盯着两名男生，喝令道，“你们两个去拿行李。”说罢便领着见华往前走，女王风范展露无遗。可怜她身后那两个久经风浪的大男人，此刻却如奴才般唯唯诺诺。

“差不多是二十年前的事了……”安琪边走边向挽着她手臂像猫咪般的见华，讲述自己英文名的来历——

那时候，我还没有香港的身份证，只是趁暑假过来陪我老窦（老窦，亦可写作老豆，是广东人称呼父亲的口头用语）。说是过来跟他团聚，其实是抓我过来帮忙看店。

老窦是卖元宝蜡烛的，每逢清明、重阳跟七月十四中元节，生意都特别好。清明、重阳因为要上学还能躲过去，但每年暑假老窦都会抓我过来帮忙。

他本来是想抓王猛过来，可王猛跟他一个脾性，两个人一见面就吵架。所以他就只好抓我来当童工，反正只是些简单事情，我还能应付。

那年我大概六七岁吧，反正我已是第二次被抓过来。因为之前有经验，所以老窦经常让我一个人看店。

那年七月十四，我们忙了一整天，直到傍晚才稍微休息一下。通常这个时候没几个人来买元宝蜡烛，老窦就让我一个人看店，自己回家煮饭去。

现在想起来，他当时也够大胆的，要是让警察知道他把一个只有六七岁的小女孩丢下不管，肯定会把他抓起来。不过当时没有人举报他，就让他蒙混过关了。

那晚大概七点钟，天已经黑了。我饿着肚子等老窦送饭来的时候，有一个高高瘦瘦的男人走进来，他看见只有我一个人在店里，就蹲下来问我叫什么名字。

老窦曾经交代我，要是晚上有人问我的名字，千万别告诉对方，尤其是在农历七月，因为对方可能是想找替身的孤魂野鬼。如果把名字告诉对方，说不定就会被对方附身。那天可是七月十四呢，而且那男人又奇奇怪怪的，长得又高又瘦，面色苍白，像从来没晒过太阳似的。我当然不敢把名字告诉他了。

第四章　的士司机

“他该不会是真的想找替身吧？”见华搂住安琪手臂的双手稍微收紧。

“才说了个开头你就害怕了，接下来发生的事才恐怖呢！”安琪继续讲述自己的童年经历——

他见我不肯把名字告诉他，似乎猜到是怎么回事，就问我有没有英文名。老窦连26个字母也没认全，哪懂得给我取英文名，我就说自己没英文名。他说我长得可爱，像个小天使，不如就叫Angel吧！他掏出一张名片，把这名字写在上面交给我，说这个名字的意思是天使。

虽然我当时还小，但总算认识几个字，看到名片上写着电影两字，就问他是不是在电影院做事。他说自己是拍电影的，是个导演。我那时候还不知道导演是干什么的，只知道是跟电影有关，就问他能不能带我去拍电影的地方玩。

他想了想说："其实片场也没什么好玩的。不过我手头上正好有一个广告要找几个小朋友拍，你想不想做一回茄喱啡？"（茄喱啡，即跑龙套的临时演员）

虽然当时我不太明白什么是茄喱啡，但知道他能带我到拍电影的地方玩，就马上答应了。之后，他买了些元宝蜡烛就准备走，临走前还叫我拿他的名片跟老窦商量一下，他晚一点儿会再来找我。

我当时还挺开心的，拿着他的名片在店里跳来跳去，心里只想着能到拍电影的地方玩。

老窦送饭过来看见我到处乱跳，就问我是不是疯了。我说是乐疯了，并把名片拿给他看，告诉他刚才有人说可以带我去拍电影的地方玩，还让我拍广告。

老窦把事情的经过问清楚后，就觉得奇怪，大家都已经开始在街上祭鬼了，谁会在这时候才来买元宝蜡烛呀？虽然觉得不对劲，但老窦长年做元宝蜡烛生意，也不怎么害怕，就没管那么多。

跟我一起吃完饭后，老窦就在店门口摆了张小桌子，用水饭、豆腐、通心菜拜祭路过的孤魂野鬼。他跟我说，七月十四鬼门关大开，地府里的冤鬼都走出来找东西吃。把水倒进饭碗里，能起到阻隔的作用，这样鬼虽然能看到饭，却吃不到。豆腐跟通心菜也有特别的含义，反正就是让鬼觉得人间没什么可以留恋的，早点回地府去，别留在人间惹是生非。

他还叫我看街上那些不懂道的人，说他们竟然拿烤鹅腿、烧肉等肉食祭鬼，这不是叫那些死鬼留在人间，别回地府去？

我正听着老窦发牢骚，突然看见一个非常古怪的家伙从街头走过来。这家伙又高又瘦，面上像涂了一层白灰，一点血色也没有，而且还穿着一套清朝官服，就跟电影里的清朝僵尸一样。

不过这家伙不像僵尸那样一跳一跳，而是一步一步地走过来。他经过一家纸扎店门口时，竟然随手拿起人家祭鬼的烤鹅腿吃。他走到一家花圈店前，又把烤鹅腿扔掉，抓起人家的烧肉往嘴里塞。这家伙一路走过来，每经过一户店铺，都会拿起人家祭鬼的食物吃几口，然后又随手扔掉。整条街的人都目瞪口呆地盯着他，但谁也不敢说一句话，就连动一下也不敢，花圈店的老板甚至还吓得尿了裤子。

老窦轻轻推我一下，叫我别看那家伙，就当没看见他就行了。我说："想不看也不行呀，他是来找我们的。"这时候我已经认出对方就是刚才给我名片的男人，他正朝我们走过来，不用问也知道是来找我们的……

"之后怎么样，明叔把他超度了？"见华颤抖着问道。

安琪不屑道："老窦才没这本事，他充其量就只能骗骗像我妈那样的蠢师奶。让他去抓鬼，恐怕是鬼把他抓了。"

"那你们怎么对付那……东西？"见华一时想不到该用何种称呼。

"还能怎么样，老窦就像卖元宝蜡烛那样，拿个算盘出来跟他算我的报酬。"

见华讶异道："呀！他真的是导演？"

"不然你以为他是只饿死鬼呀？"安琪大笑不止，遂向见华解释因由。

原来这人叫杨绍海，的确是个导演，因为是在外国念书回来，所以完全不相信鬼神之说。那天他本来准备在附近拍摄，但主角耍大牌迟迟未到，他便到处逛逛打发时间。他第一次来的时候，看见有人用烤鹅腿、烧肉之类的食物祭鬼，刚好他还没吃饭，就回片场换了套清朝官服，还化了妆，装神弄鬼地出来骗吃骗喝。

"好像有点不对劲耶……"见华仔细一想，马上察觉问题所在，"他之前不是跟你买元宝蜡烛吗？怎么会又不相信鬼神？"

"你跟健仔一起这么多年，总算从他身上学了点东西。"安琪笑道，"杨导演的确不相信鬼神，但其他人相信呀！那天是七月十四，他们又要在晚上拍摄，若不烧点元宝蜡烛给附近的'好朋友'，摄影师不敢开机，因为很可能会拍到奇怪的画面。"

四人此时已走到的士站，一排的士整齐有序地停在路边等候乘客。见华看见两名旅客跟排第一位的的士司机交流几句后，转身登上后面另一辆的士，便向安琪问道："姗姐，香港的的士拒载不是犯法的吗？"

安琪解释道："也不一定是拒载，前面那辆的士是绿色的，是新界的士，收费较为便宜，但一般不会出市区。要出市区就只能坐后面那辆红色的士，车费稍微贵一点。"

"我们要坐哪种的士呢？"

"坐绿色的就行了，先到我家把行李放下，我再带你们去吃饭。"

见华不解道："哥来参加两地交流计划，不是应该入住警察宿舍吗？"

"香港的办事方式跟大陆不一样，雇主通常只发工资，食宿交通等开销要自行处理，所以你们得到我家住。反正老窦卖咸鸭蛋（卖咸鸭蛋，乃广东谚语，暗示死亡）去了，把房子留给我，你们想住多久也没问题。"

"谁说明叔把房子留给你了，明明是留给我的。"榴莲怒气冲冲道。

"哥……"安琪突然娇媚地叫了一声，并像见华向溪望撒娇那样，走过来搂住榴莲的手臂，身体不断往对方身上蹭。她柔媚地向对方撒娇，“哥，你的不就是我的，我们是两兄妹嘛，用不着分这么清楚。反正你平时都在大陆，房子就当借给我住嘛。”

榴莲被她弄得骨头都软了，不知该如何作答。他是个受软不受硬的人，要是妹妹摆明车马争夺房子，他绝不会做出任何让步。但是安琪却一反常态，竟然向他撒起娇来。这可让他受不了，没几下子就向对方投降，无奈地答应道：“好啦，好啦，房子你就先住着，等你嫁人后再还给我。”

“哥你真好。”安琪娇媚地笑着，心中却想：在香港随便一间能住人的房子至少要三百万，我才不会还给你这个笨蛋。

瞎闹一番后，四人走向排在最前面的绿色的士，四十来岁的男司机马上打开车尾厢，热情地帮他们将行李放进去。所有人都上车后，司机便向坐在副驾驶的安琪问道：“小姐，要去哪里呀？”

“乐池居四座。”

“收到。”司机答应一声，立刻以娴熟技术驾车驶离的士站，转眼间已到深圳湾大桥。

“司机大哥的技术很好哦！”见华发出由衷的赞叹。跟映柳驾车时的险象环生相比，这位司机的技术的确优胜百倍。车速虽快但车身非常平稳，而且驶入狭窄弯道竟然没明显减速，由此可见其驾驶技术超群。

“我跟你说，香港的的士阿哥都是赛车手。”安琪回头对见华道，“香港路窄是出名的，往往只能让一辆小车通过，技术不好可能连停车场也出不了。”

“有见地，我年轻时的确是个赛车手。”司机抽出一张名片递给安琪。

安琪接过名片查看，得知对方名叫“韩暖”，除了是个的士司机外，还是港澳赛车协会会员。名片背面印有他获得的赛事奖项，以此证明他曾是个风光一时的赛车手。除此之外，让安琪惊奇的是，名片背面竟然还印有他曾出版的几本散文及小说。

“哇，原来韩先生你不单是个赛车手，还是个作家呢？”安琪难掩脸上的惊讶之色。

“有鬼用，现在还不是开的士。”韩暖的语气显得十分唏嘘。

坐在后排中间的见华，瞥见仪表板上好像加装了些特别的装置，便好奇地往前探头，发现安装在表板上的竟然全是手机。她仔细一数竟有六部之多，型号虽然各不相同，但全是旧款的诺基亚。她好奇地问道：“司机大哥，你这些手机是干什么用的？”

韩暖没有回头，再抽出一张名片往后递上，说：“名片上有我的号码，要坐的士给我电话，24小时服务，随传随到。”

安琪替他解释道：“在香港使用大功率的无线电对讲机要申领牌照，手续十分麻烦，而且限制很多。所以的士司机之间想要互通消息，通常会用几部手机来代替对讲机。”

见华又问：“话费不会很贵吗？”

韩暖说：“也不会很贵，至少要比内地便宜。”

“待会儿我跟你们去买几张手机卡，零月租，免费接听，打出每分钟最低5分钱。”安琪说得像打广告似的。

“换成人民币不就只要4分钱？”见华掰着指头换算，“比内地便宜多了！”

安琪不屑道：“这还是内地通信公司的手机卡，回内地也能用，不过费用要贵几十倍。”

谈话间，的士已经驶入一个大型小区，并停在其中一栋住宅大厦前。车刚停下来，韩暖就立刻下车将车尾厢的行李拿过来，还帮忙送到大厦门口。离开前，他热情地向大家挥手道别：“要打的士记得找我，给你们打八折。”并向见华展露友善的笑容，见华亦礼貌地向对方回以微笑。

安琪心情大好，带领大家进入大厦时，愉快地说：“先把行李放我哥家里，再跟我去吃下午茶。”

“午饭还没吃呢，这么快就吃下午茶了？”见华看了看手机，又道，“才一点多呢！”

安琪笑道：“两点开始就是下午茶时间，这时候几乎所有食肆都会推出优惠套餐，就连去酒店吃饭通常也能打八折。”

“原来是这样。”见华点了下头。

“别说这么多了，我都快要饿死了，赶快上楼放行李。”榴莲腹鸣如鼓，拖着见华的行李箱带头走进大厦。

正将的士驶出屋苑的韩暖，通过后视镜目睹这一切，脸上露出狡黠的笑容。车厢内突然响起一个幼嫩的女童声音：“主人，刚才那个女孩很可爱呢，是主人喜欢的类型。”

“多事！”韩暖怒斥一声，但脸上随即恢复笑意，“他们两兄妹绝对逃不出我的手掌心。”

第五章 爱火重燃

将行李放回家中，安琪便带大家去吃下午茶。香港的下午茶其实跟午餐、晚餐区别不大，但这个时段顾客相对较少，大多数食肆都会推出各种优惠。

“我们要去哪里吃下午茶？我在网上查过，这附近好像有几家挺有口碑的小店呢！”见华虽不是能吃的人，跟溪望一起时间长了，多少也沾上哥哥那喜欢尝试新奇食物的习性。

四人中最贪吃的榴莲答道：“在香港想吃好东西，用不着事先打听。在大街上一走，看见哪家店排长队，里面保准有好东西吃。”

“王猛说得没错，香港竞争激烈，就算是百年老店也随时会关门，今天才开的新店说不定又有祖传秘方。香港人最擅长的就是发掘，而且跟内地一样喜欢排队。不过内地喜欢排队买名牌，香港人则喜欢排队吃好东西。所以看见门前有人排队，店里的食物肯定不会差到哪里去。”安琪走向小区附属的大型商场，豪气道，“跟我过来，看见什么就吃什么，我请客。”

安琪把大家带到一间几乎座无虚席的茶餐厅，为众人点了一桌食物。见华看着她为自己点的套餐，皱眉道：“姗姐，你点这么多，我吃不完呢！”

“我说你这妹妹也不知道是怎么当的，看我的吧！”安琪瞥了一眼已经将面前食物吃光的榴莲，“我突然想吃公仔面……”说着将才吃了几口的斑腩饭往榴莲面前推，并向店内伙计叫道，“靓姐，来一碗餐蛋公仔面，快点！再要一杯利宾纳，少冰。”说罢把连一口也没喝过的冻柠茶也推到榴莲面前。

“天下间的哥哥都是妹妹的私有财产，说好听点是我们的宠物，其实跟奴隶是一个概念。我们想吃什么就吃什么，完全不用考虑浪不浪费的问题。”安琪认真教导见华的同时，往旁边正在大口吃斑腩饭的榴莲又瞥了一眼，“反正我们没吃完的东西，大可以拿去喂奴隶。”

她虽把话说得极其刻薄，但向来脾性刚烈的榴莲竟然完全没有反应，仍大口大口将她用来“喂奴隶”的斑腩饭送进嘴里，还仰头一口将冻柠茶喝掉一大半。

榴莲向来趾高气扬，从没给谁好脸色看，但在妹妹面前，除刚才因房子问题而动怒外，基本上就没有违背过安琪的意思。虽还未至于像奴隶一样，但亦相差不远。

见华对安琪顿起仰慕之心，转头向溪望投以祈求的目光。

溪望摸了一下她的头，溺爱道："没关系，你吃不完就交给我好了。"

"我也想吃公仔面呢！"见华调皮地向哥哥吐出小舌头。

溪望差点没从凳子上掉下来，以不满的眼神盯着安琪，责怪道："才一会儿，你就把丫头教坏了。"

安琪没理他，对见华说："孺子可教也！这个月多跟我学习，保证你回大陆时，健仔就跟哈巴狗一样听话。"

"你到底跟我有多大的仇呀？"溪望向安琪抱怨道。

"你说呢！你答应过我什么？"安琪瞪着他，一双美眸仿佛喷出灼热的火焰。

见安琪一副剑拔弩张、马上就要掀桌子的架势，见华本想出言劝阻，却被榴莲阻止。榴莲在她耳边小声说："别管他们，他们自小就是这样。这里地方狭窄，他们打不起来。"

饭后，安琪本想带三人出市区购物，但榴莲一连吃了三份午餐，撑得走不动，只好改变行程先去KTV。反正市区的店铺大多营业到深夜，先消遣一下也不碍事。然而谁也没想到，到KTV后竟然就"出事"了。

刚进KTV包厢，榴莲就拿起麦克风吼了一首《浪人情歌》。先别论唱得怎样，单是他的大嗓门就让人受不了，连连爆麦。溪望三人与其说是听他唱歌，还不如说是受刑。

一曲之后，榴莲还想继续当"麦霸"，但安琪却把麦克风抢来塞给见华，并拉她坐下来喝酒。见华的歌喉不算很好，但声音温婉，听着她的歌声让人感到很舒服。三人就在这温婉的歌声中玩骰子。

三个人是玩"大话骰"最适合的人数，因为玩家除了要判断叫骰者是否撒谎之外，还得估计另一名玩家的点数。这种以考验逻辑推理为主的游戏，对溪望来说毫无难度可言。榴莲虽不及他聪明，但好歹也是夜店常客，经验弥补智力上的不足，所以也没输多少。反观安琪单纯以胆识与两人较量，不但叫骰冲动，而且专挑溪望开杀，被对方坑了不少回。

第一轮啤酒喝光时，安琪已经红光满面，另外两人却没喝多少，以致榴莲向她抱怨道："别急着骗酒喝，我们又不赶时间。"

"你给我闭嘴！"安琪瞪了他一眼，随即按下服务灯，叫服务员再送来一打啤酒，准备开始第二轮。

见华放下麦克风休息时，三人已经喝了两打小瓶装啤酒，当中大多被安琪喝掉，其次是榴莲。溪望虽然没输几局，但硬是被安琪连哄带骗地灌了几瓶。

见华不会喝酒，点了几首轻松的音乐，便安静地坐在一旁观战。

随着时间推移，安琪的情绪越来越高涨，继而带动包厢内的气氛亦变得热烈。

“珊姐究竟发生什么事了？”见华迷茫问道。

榴莲答道：“安琪没搬来香港之前，曾跟你哥拍拖。我知道后还打了小相一顿，不过当晚回家就被她揍了。之后，我就没再管他们的事。”

“他们是初恋情人？”见华小嘴大张，久久未能合上。

“算是吧，不过只是小孩子的过家家罢了，没想到这疯丫头到现在还念念不忘。”榴莲点了首老歌，拉着见华道，“别管他们，我唱歌给你听。”

第六章 凶宅坠婴

两人聊天其间，安琪已恢复常态，并跟溪望继续玩骰子喝酒。虽然安琪几乎每盘都输，但溪望却没少喝酒。因为只有他们两个人玩，安琪就不管规则了，每次输掉都要溪望陪她喝酒，甚至让对方代她喝。两人与其说是玩骰子，还不如说是安琪不停地灌溪望喝酒。

榴莲向他们两人瞥了一眼，摇头叹息道：“待会儿恐怕哪里都去不成了，这对狗男女不用我扛回家就已经不错了。”

实际情况虽然不像榴莲预料中那么坏，但亦相差不远。离开KTV后，他们一行四人就近找了间餐厅草草吃过晚饭，接着被安琪拉到超市扛了两打罐装啤酒回家继续饮酒作乐。一直喝到深夜，突然门铃响起，出现在门外的竟然是大厦保安林伯。

“王小姐，不好意思打扰你们了。”林伯很有礼貌地站在门外向安琪点头，但没有进门的意思，“管理处刚才接到投诉，说你们这边很吵闹。现在已经11点了，你们能不能帮帮忙，尽量小声一点。”

安琪瞥了眼挂钟，尴尬道：“Oh，Sorry，我们会安静一点，不会让你为难。一时高兴竟忘了时间，抱歉给你添麻烦了。”

“不麻烦，这是我的工作，大家互相体谅就好。我要回去值班，就不打扰你们了。”林伯礼貌地道别并离开。

安琪刚把门关上，见华便压低声音惊呼：“这里的管理很严格哦，我们也不是很吵，竟然也会有保安上门。”

“第一次来的是看更，第二次来的可能就是我的同事了。”安琪虽喝得脚步轻浮，但毕竟受过纪律训练，只要尚存一丝理智便不会胡作非为。

“稍微吵一点，警察也会管吗？”见华这次就更惊讶了。

“香港就是这样，晚上超过11点还滋扰邻居，就会有警察上门，情况严重的话还会被检控呢！”安琪摇摇欲坠地返回原来的位置，似乎想继续喝酒。

“那就睡觉去吧！”榴莲打了个哈欠，起身对见华说，“丫头，你跟王姗一起睡，我跟你哥睡明叔的房间。”他没等对方回应，便走进主人房，门一关就趴倒在床，才几秒钟鼻鼾声已传到客厅。

见华将主人房的门关上，返回客厅见安琪正抓住溪望，不让他离开，非得要他继续陪自己喝酒。虽然心疼哥哥，但见华不想扫安琪的兴致。她想哥哥在这里也不会出什么意外，便懂事地先到安琪的房间休息。

翌日一早，见华一觉醒来，发现安琪并没有回房间休息，想必是跟哥哥喝醉了，直接睡在客厅。因此她并没在意，换好衣服便准备到洗手间洗漱。然而，她刚走出房门便脸色一红，立刻返回房间并把门关上。

关门声使躺在沙发上的溪望惊醒。还没睁开眼睛，他便感到胸口传来的压迫感，似乎有某种柔软但沉重的东西压于胸前。他睁眼一看，差点没跳起来，压在他身上的竟然是安琪。

当他想移开压在身上的温软娇躯时，竟然不小心让对方惊醒。安琪抬起头睡眼惺忪地看着他，向他展露一个甜蜜的笑容。

一夜宿醉，待四人出门时已是中午时分。刚步出大厦，安琪就发号施令：“我们先去饮茶，然后王猛带丫头去逛街，傩仔跟我去总部报到。”

见华取出手机查看时间，得知已经是12时16分，惊呼道：“哇，已经12点呢，现在还有地方饮茶吗？”

“香港几乎全天24小时都能饮茶……”安琪刚答话便听见一声巨响，附近似乎有东西从高空坠落。她愣了一下，遂往四处张望寻找坠物地点。

“是那里！”溪望指着花圃旁边的走道，并率先跑过去，其他三人立即紧随其后。

他跑到坠物点前，猛然回头将跟上来的见华双眼捂住，急道：“别看！”

“哇！”安琪被眼前的景象吓了一跳，本想扑到溪望怀中，但对方已经牢牢搂住妹妹。她只好退而求其次，从自己哥哥那宽厚胸膛中寻找安慰。

“以后谁要是吃肉酱意粉，我就拿这张照片给他看。”榴莲淡定地取出手机拍照。

“发生什么事了？”被捂住眼睛的见华问道。

“有个婴儿坠楼，很可怕，你别看。”溪望扶着妹妹的肩膀，让她转过身去，并带她返回大厦入口。

见华虽任由哥哥摆布，却难掩心中的担忧，边走边问：“要报警吗？”

“这里不就有个警察吗？”榴莲推了一下蜷缩于怀中的妹妹。

安琪转过身来，瞥了一眼地上那个襁褓中血肉模糊的婴儿，打了个寒战，立刻又转过身来面向榴莲，掏出手机拨通999报案中心，对电话彼端的同僚道：“我是新界北重案组见习督察王姗，我的位置在嘉湖山庄乐池居1期4座外围，我在这里发现一名从高空坠落的婴儿，请尽快派伙计前来支援。”

电话拨出后没两分钟，就有两名身穿整齐警服的男女巡警疾步跑过来。见华呆望着女警英姿飒爽的模样，对溪望说：“哥，香港的女警很酷很帅气耶！”

“安琪也是女警啊，不过她那是残酷、煞气。你先在这里待一会儿，我过去看看要不要帮忙。”溪望快步走近事发现场，并让榴莲去陪伴见华。

安琪向同僚讲述发现婴儿的过程，了解情况后，女警以对讲机呼叫总台请求支援，男警则维护现场秩序，劝说围观的市民离开。

“从坠落的位置判断，这个婴儿应该是从A室或者B室掉下来的。”安琪仰头望向35层楼高的住宅大厦楼顶。

“尸体血肉模糊，大概要20层以上的高度才能达到这种程度的冲击力。”溪望亦望向大厦高层。

“我想应该是天台。”安琪的视线没有从楼顶移开，解释道，“香港楼宇的窗户，要么不能打开，要么能打开的都有防护栏，并且防护栏通常会上锁，不可能无缘无故掉个婴儿下来。”

“你认为是无缘无故？”

“谋杀？”安琪转头盯着溪望，嘴巴大张。

“难道你认为会有人特意抱着婴儿去擦窗，或者到天台练瑜珈？”

溪望所言并非没有道理，安琪不由得大为紧张，立刻交代两名同僚维护事发现场，并带溪望返回大厦。见他们走过来，见华便关切地问道：“怎么了？”

“似乎是宗凶杀案，我要借你哥用一下。你跟我哥先去吃点东西，我们没时间去饮茶了。”安琪说罢就拉着溪望走进大厦。

“王小姐，发生什么事了？”坐在值班室里的保安林伯，看见安琪快步走过来，且脸色凝重，便站起来询问。

安琪走到对方跟前说：“外面有个婴儿坠楼，看样子应该是刚出生没多久，从20楼以上的A室或B室掉下来。这几天有看见谁抱着婴儿进出吗？”

“掉了个婴儿下来？”林伯大吃一惊，思索片刻后答道，“肯定是29楼。”

“为什么一定是29楼？”溪望问。

林伯答道：“29楼A、B两个房间的业主都是施小姐，她用这两套房子做‘双非公寓’（双非，即夫妻双方皆非香港人），长期有孕妇和婴儿住在这两套房子里。昨天我还看见施小姐跟刚生完婴儿的客人一起回来，我还逗婴儿玩呢。”

“我们上29楼看看。”

安琪拉着溪望走到电子门前，还没拍门，便有一名体形肥胖，面容略见浮肿的年轻女人从门后的电梯冲出，像个疯子似的将门推开，跌跌撞撞地跑出大厦。

“雪儿，等等我们……”一名五十出头的男人也从电梯里跑出来。他身后还跟着一老一少两名女子，老的年纪与男人相仿，年轻的则是个相貌姣好、身材火辣、穿着高跟鞋的妙龄少女。

见他们都跑出大厦，林伯才对安琪说：“昨天跟施小姐一起抱婴儿回来的就是他们一家。”

“我们出去看看。”安琪不等溪望回应，就拉着他往外面跑。

两人刚跑出大厦就听到一声惊叫，原来是最先跑出来的女人，在看到婴儿血肉模糊的惨状后晕倒了。本来，自婴儿坠楼后已经有不少市民在附近围观，现在突然有人晕倒，场面显得更有些混乱。幸好增援的警员及时赶到，用尼龙布将事发现场包围，并劝围观市民离开。

“罗杰！”安琪在前来增援警员中，叫住一名国字脸的年轻便衣男警。她交代对方处理现场及将晕倒的女人送去医院后，就跟溪望返回大厦，准备上29楼调查。

两人经过值班室时，一名年轻妇女正跟林伯交谈：“外面发生什么事了？来了这么多警察。”

“好像是29楼有个婴儿掉了下来，我也不太清楚。”

“不会是A室吧，会不会是李老太的鬼魂作祟呀？”妇女一脸惶恐之色。

进电梯后，溪望便向安琪问道：“知道刚才那个女人说的李老太是怎么回事吗？”

安琪面露不安神色，答道：“住这栋大厦的人大多都知道，29楼A、B室都是凶宅。”

“这两套房子都曾经死过人？”

“如果只是死人倒没什么，据说还曾经闹鬼。”安琪互换双臂，不自觉地靠近溪望。正当她准备告诉对方详情时，“叮”一声响起，电梯门随之打开。

“到了，这事有空再告诉你。”她拉着溪望走出电梯。

第七章　各说各话

A、B两室共用同一条走廊，两人穿过走廊发现两个房间的门都打开了，从外面能看见客厅内的情况。A室客厅不见半个人影，但B室却有十来人于客厅中或站或坐，似乎正在议论某件事情。

“警察，谁是这两间房子的业主？”安琪于B室门外出示证件。

一名年约四十，衣着入时的短发女子上前答道：“我叫施晶晶，A、B两套房子都是我的，请问有什么事呢？”

安琪向对方讲述大厦外发现坠楼婴儿，怀疑婴儿是从该房间或隔壁的A室坠落，并询问对方是否经营双非公寓。

“这是合法的呀！”晶晶连忙解释，“我有申领牌照，是正规经营的公司，跟每个来香港生孩子的客人都有签订合同，不信你可以问他们。”

安琪严肃道：“你的生意是否合法不在我管辖范围，我这次来只为调查婴儿坠楼，希望你们能够配合。”

“原来是这样……”晶晶松了口气。

安琪不耐烦道：“希望你能跟警方合作，告诉我们刚才这里发生了什么事。”

“噢，不好意思，你们先进来坐。”晶晶意识到自己的失态，连忙请两人进门就座，并让名叫仙蒂的印佣奉茶。

溪望进门后，立刻打量房内情况。这套房子的布局与安琪家类似，进门便是客厅，摆有鞋柜、沙发及电视地柜。门旁还放有一个简陋的文件架，上面放满保险公司的传单及计划书。客厅右侧是饭厅，仅容一张六人饭桌。从饭桌上的剩饭判断，晶晶及其客人应该刚用过午饭。

客厅与饭厅的格局及面积，跟安琪家相差不远，但因为人多，感觉十分拥挤。房间方面，透过走廊能看见这套房子共有三个房间，比安琪家多一个。

晶晶请两人到沙发就座，其他人都移步到拥挤的饭厅去，谁也没有回房间的意思，似乎都想知道事态的后续发展。

“我也不知道自己从哪儿沾来的晦气，眼看这生意快做不成了，竟然在这时候还给我添乱……”晶晶一脸愁容，向两人讲述发生在片刻之前的事情——

周小姐是我的客户，全名叫周晓雪。我已经帮她办好了一切手续，跟我其他的客户一样，她在香港所做的一切事情都是合法的。因为她想顺产，所以在预产期前半个月就到香港待产。她跟前来陪产的父亲周柏荣、母亲叶琳，还有妹妹周芷珊一起住在A室主卧室。

四天前，晓雪在医院顺利地将婴儿生下来，母子平安，婴儿也很可爱。没想到婴儿才出生几天，唉……

她们母子昨天才出院，因为要等我先生把婴儿的证件办好，才能带婴儿回大陆，所以要在这里多住两三天。刚才仙蒂把饭煮好，我就去叫他们出来吃饭，刚好碰到他们准备替婴儿洗澡。

晓雪这是第一胎，什么都不懂，当然也不会知道怎样给婴儿洗澡。周先生跟周太太虽然有经验，但人已老了，手脚不太灵活。晓雪生怕他们会把婴儿弄伤，就不让他们帮忙。芷珊就更别说了，大姑娘一个，连抱婴儿也不会。看他们忙得一团乱，我就动手帮忙给婴儿洗澡。

香港的房子狭小是出了名的，虽然主卧室比较大，但五个大人跟婴儿挤在一起，别说连转身的空间也没有，就连空气也变得混浊。晓雪是刚生完婴儿，不能受风寒，所以不能打开窗户。反正他们留在房间里也帮不上忙，我就叫他们先去吃饭，免得把婴儿闷到了。

他们全都出去了，我就独自替婴儿洗澡，然后给他抹润肤露、穿衣服。等婴儿安静地睡着后，我就走出房间，准备过来B室跟大家一起吃饭。经过客厅时，我看见仙蒂在看电视，就叫她留意一下婴儿，要是听见婴儿的哭声，就到隔壁叫我们。

我来到B室的时候，芷珊已经吃饱了，正准备回A室照顾婴儿。可她才刚走，我们马上就听见她大叫婴儿不见了。接着整个屋子都乱套了，大家都跑到A室，我也走过去看看是怎么回事。

晓雪像疯掉一样，不停地将被铺翻开，还钻进床底找婴儿。可她怎样也找不着，就大叫婴儿被人拐走了。

我才刚离开房间一会儿，而且仙蒂一直在客厅里看电视，从房间出来必须经过客厅才能出门，如果有人抱着婴儿出来，仙蒂不可能没看见。

正想问仙蒂，我离开后有谁进出A室时，有人发现窗户打开了，我明明记得离开时窗户都是关闭的……

“晓雪发现窗户打开后，意识到儿子被扔出窗外？”溪望问道。

晶晶点了下头，答道：“嗯，仙蒂一直在客厅，如果有人将婴儿抱出去，她没可能不知道，唯一可能的就只有被人从窗户抛下楼。想到这一点，晓雪就像疯子一样跑出去坐电梯下楼。”

溪望思索片刻又道：“从你离开房间开始，直到芷珊发现婴儿失踪，总共有多长时间？其间有谁在A室里面，或者进出A室？”

“大概五分钟吧……”晶晶皱着眉仔细回忆一番，遂答道，“当时仙蒂在A室的客厅看电视，我表姐阿珍也在厨房里睡觉。A室另外两个房间也有客人，住其中一个房间的就是燕先生一家……”她指了指坐饭桌旁的一对年轻夫妇及一名四岁左右的女童。

溪望望向夫妇两人，并礼貌地跟燕先生点了下头，转头对晶晶说：“劳烦你介绍一下。”

晶晶向年轻夫妇招手，让他们到沙发前就座，介绍道：“这位是燕先生燕青羽，他是软件工程师。这位是他的太太箫皖婷，还有这个可爱的小女孩是他们的女儿燕小晨。他们就住在A室靠近主卧室那个房间。”

溪望仔细观察三人，丈夫燕青羽神色自若，虽然年龄只有三十岁左右，但一看就知道是个久经风浪的人；妻子箫皖婷大腹便便，双眼流露出不安的神色，不时呵斥调皮的女儿，似乎想以此掩饰自己的不安；而年仅四岁的燕小晨，刚才还挺安静的，此时却变得十分活跃，在客厅内到处走动，并随意翻弄一切她能拿到的东西。

溪望让燕青羽夫妇分别讲述事发前后他们在做些什么。

首先作答的是燕青羽，他回答十分平静——

晨晨有多调皮，你们也见识到了。我老婆怕她会骚扰大家，就将饭菜带回房间喂她吃。为了节省时间，我们夫妻每次都是轮流吃饭，我吃完就回房间照顾晨晨，让我老婆过来吃饭，今天也一样。

因为我是最早出来吃饭的，所以也最快吃完，我返回房间时，晶晶还在主卧室里给婴儿穿衣服。我跟她点了下头，就回房间让老婆出来吃饭。

大概过了两三分钟，我听见门外有高跟鞋的声音。我想应该是周先生的小女儿吧，这屋子全是孕妇，就只有她才会穿高跟鞋。脚步声没到门前就消失了，接着我听见开门声跟水声，我想她应该是进了洗手间。这姑娘挺害羞的，每次上洗手间都会将水龙头打开，生怕别人听见她如厕的声音。

再过两三分钟，脚步声又响起，应该是她从洗手间出来回主卧室吧。可是她的脚步声稍微停顿，马上又再响起，而且十分急躁，我还听见她大叫“宝宝不见了”。

我开门走出来问她怎么回事，她一手抓住我，另一只手指着床上的婴儿被，慌乱地叫道：“宝宝呢？宝宝哪里去了？”

这时B室那边的人都跑过来了，之后情况就是晶晶说的那样……

丈夫说完就轮到箫皖婷，但她并没提供多少有价值的线索，只是一再责骂女儿调皮。不过她似乎不太喜欢芷珊，说对方刚买了部iphone5，经常有意无意地拿出来炫耀，就连吃饭也拿出来不停地发微博。她还轻蔑地说：“她刚才也没吃多少，只忙着用手机发微博，几乎没看见她动过筷子，大概是在跟男人调情吧！”

询问夫妇两人后，溪望蹲下来将正在乱跑的晨晨抓住，挤出一张和蔼的笑脸，以柔和的语气向对方问道：“小朋友，你刚才吃饭的时候，在房间里有看见或听见特别的事吗？”

晨晨将食指放唇前，歪着脖子望向上方，似乎在认真思索。片刻后，她突然瞪大双眼盯着溪望，一字一句道：“我，不，告，诉，你！”说罢把小手掌拍在溪望的额头上，随即嘻嘻哈哈地跑到门外去了。

箫皖婷连忙追出去，燕青羽则不停地向溪望道歉。

“没事，小孩子活泼一点才好。”

随后，溪望向晶晶的表姐阿珍了解情况，对方答道：“我昨晚跟老公拍拖去了，整晚都在外面。因为昨晚玩得太累，也没什么胃口，所以一回来就上床睡觉。可能因为外面太吵吧，我一直没能睡着，一会儿听见有人跟仙蒂说话，一会儿又听见皖婷骂晨晨不听话，一会儿又听见芷珊的脚步声，反正一直就没睡好。”

虽然对方没能提供线索，但有一点却让溪望感到好奇，遂问道：“你不用上班吗？今天应该不是假期呀！”

阿珍眼神中闪现一丝惊慌，但马上就恢复平静，答道：“我不是香港人，不能在这里工作，我是来探亲的。”

溪望察觉到对方在刻意隐瞒某些事情，但为了不引起对方的戒心，他没有继续追问。另外，他还留意到正在吩咐仙蒂做家务的晶晶，时不时有意无意地望过来，似乎很在意自己跟阿珍的对话。

“施小姐，你能不能给我一份住在A室的客人资料？”溪望故意支开对方。

晶晶虽然不愿离开，但还是走到隔壁A室拿资料。溪望趁她走开，便向阿珍小声问道：“你有没有什么特别的事情要跟我说？”

“有件事我也不知道该不该说……”阿珍往门外瞥了一眼，压低声音道，“听说A、B两间房子都是凶宅，A室厨房的灶底还曾埋过尸体，我睡在那里几乎每一晚都会做噩梦……”她瞥见晶晶回来，立即闭口不言。

从晶晶手上接过资料后，溪望便向正在收拾餐桌的仙蒂了解情况。仙蒂虽然是印尼人，但能说一口不太标准的粤语，要跟她交谈并不困难。

“我煮好饭，就叫大家吃饭。我看电视，大家吃完饭，我再吃饭……”仙蒂的语法虽然不准确，但溪望大概明白她的意思——

当时我在A室看电视，等大家吃完饭，我才能吃饭。燕先生最早出来吃饭，燕太太捧了一碗饭回房间给晨晨吃，魏小姐也捧菜饭回房间吃。晶晶在主卧室给婴儿洗澡，让周先生一家到隔壁吃饭。

过了一会儿，燕先生吃完饭回来接替燕太太。我坐在客厅的沙发上，可以看见走廊，但看不见主卧室跟燕先生的房间，勉强可以看见魏小姐回房间之后，直到出事前都没出来。

太太给婴儿洗完澡，也到隔壁吃饭。她刚走，芷珊就回来。她先去洗手间，出来就发现婴儿不见了……

听完仙蒂的叙述，再看晶晶提供的资料，溪望发现A室有一名住客至今仍没有露面，便向晶晶问道：“这个魏晨伊在哪里？”

“在房间里，她比较喜欢安静，很少跟其他人聊天，一天到晚就躲在房间里。就算偶尔在客厅看电视，也不怎么跟别人说话。”晶晶脸上略显为难之色，问道：“要叫她出来吗？”

“我们过去找她吧，反正我也想到出事的房间调查。”溪望站起来往外走，并示意一直没出声的安琪跟随。当走到门外时，他向安琪小声问道：“怎么不说话了？你才是警察啊！”

“我在看你表演呢！”安琪露出甜蜜的笑容，“我想知道你现在是不是还像以前那样聪明。”

溪望心中一阵悸动，觉得安琪今天好像有点不一样，或者说自今天早上醒来后，两人关系似乎就有了微妙的变化。当两人独处时，安琪平日的强悍便不见踪影，取而代之的是温柔与娇媚。

第八章　无相法则

A室的布局跟B室略有不同，饭厅与客厅之间，以一个宽大的储物柜分隔，使饭厅变成仅能放进一张单人床，连房门也没有的所谓“房间”。晶晶说这就是仙蒂睡的地方，而阿珍则睡在相邻的厨房里。

厨房跟B室的布局本来一样，但因为只需要一个厨房，所以这个狭窄空间被塞进一张单人床，当成睡房使用。房门本来是向内开启，放入睡床后就被顶住开不了，所以只能换成门帘。

没有房门阻隔声音，不难想象在这两间所谓的“房间”里，要睡个安稳觉几乎是种奢望。尤其是这里还另外住了三户人。

客厅跟B室相比，多了一张小巧的办公桌，上面放有电脑、家用复印机等设备。溪望在到达之初便早已看见过这些东西，因此才会以索取资料为借口支开晶晶。

在敲魏晨伊的房门前，晶晶特意交代：“魏小姐的性格有点古怪，不太喜欢跟别人接触。她要是不愿意跟警方合作，请你们不要强迫她。她的预产期就在这几天，不能受太大刺激。”

“你放心吧，我也不想背黑锅。”安琪点了点头便敲响房门。

房门打开，门后是一名年约二十六岁的女子，以接近预产期的孕妇而言，显得有些清瘦。她神情淡漠中带一丝忧愁，对出现于门外的两名陌生人没太大反应，平静道：“是警察吗？我不想跟太多人说话，你们其中一个进来吧！”

按香港警方守则，警察不能单独询问证人，尤其是女性。若非要单独交谈，也需由同性警员进行。因此，遇到眼前这种情况，应该由安琪进房间向对方做出询问。不过，溪望并非警员，现在也不是正式录取口供，故此无须拘泥于那些呆板的守则。

待溪望进门后，魏晨伊便将房门关上，淡漠道：“你想知道什么？”

溪望开门见山道：“事发前后的经过，刚才我已听其他人说过。现在我想知道住在这里的三家人，是否曾产生过摩擦或者结怨。”

“很好，你很直接，我也不喜欢拐弯抹角。”晨伊淡漠的脸容犹如一潭死水，没有半点变化，补充道，“不过，并非所有人都是表里如一。”

“我想你应该是个例外。”溪望莞尔一笑。

“你挺有意思的，我告诉你一件事吧！”晨伊的表情仍没有变化，“这里所有人都不喜欢周家，他们全家上下都是讨厌鬼，就只有妹妹稍微好一点。”

“何以见得？”

晨伊淡漠的表情此刻才微变，露出憎厌之色，向溪望数落周家的种种不是——

光看外表就知道，他们家的姐姐大概傍到个大款，以为自己已飞上枝头变凤凰，整天在别人面前炫耀。今天说刚买个名牌包花了好几万，明天又说要买辆婴儿车，价钱不过万的根本看不上眼，像怕大家不知道她有花不完的钱似的。

能来香港生孩子的人，谁不是随手就能拿几十万出来？但大家都知道财不可露的道理，所以都很低调，只有暴发户才会刻意炫耀。在陌生的环境里炫富，只会给自己徒添麻烦。

他们家两个老人都是同女儿一样的货色，总是拉住别人说他们女婿是当大官的，有多能干多厉害，在内地能呼风唤雨，在香港也能上天下地，就差没说他们女婿是美国总统的儿子。

这些吹牛皮的话听烦了，我就问他们：“既然你们女婿这么厉害，在香港又认识那么多有头有脸的大人物，为什么还要跟我们在这小房子里面挤？随便跟个大老板打声招呼，借套豪宅住三两个月应该不成问题呀！”

他们说女婿不想麻烦别人，让他们在香港要低调一点。

哈哈，他们竟然还敢说低调。如果要低调就该住酒店，而不是整天跟我们吹牛皮。反正他们女婿有的是钱，也不在乎多花十万八万给他们住酒店吧？

既然他们女婿不想花这个钱，只能说明他们一家在女婿心中也没什么地位，说不定人家根本就不在乎他们。这可不是我乱猜，而是亲眼所见。他们一家在这里住了大半个月，到现在我还没见过他们女婿，就连孩子出生的时候，这个当爹的也没有露面。

不过，他们一家还是一如既往地拽。孩子出生当晚，两个老人就在饭桌上大声讨论，要让女婿在香港买套房子，好让他们全家搬到香港照顾孩子，仿佛害怕大家不知道他们要买房似的。

他们女儿生了孩子后更是趾高气扬，刚出院就买了一大堆首饰向我们炫耀，吃饭时还没进门，就在门外大声叫别人把所有窗户关上，免得让她吹风受寒。

我敢说，在这里没有一个人喜欢他们，就连赚了他们不少钱的晶晶，也对他们颇有微词。昨天我还听见晶晶叫她老公赶紧把孩子的证件办好，好让这家人早日滚蛋……

“其他人也曾经明确表示对周家不满吗？”溪望问。

“我不想说别人的坏话，但我可以肯定地告诉你，至少在这套房子里，每一个人都曾说过不喜欢周家，尤其不喜欢周家的姐姐。”

“那么说，你也是其中一个？”溪望露出狡黠的笑容。

“我知道你在想什么，我虽然不喜欢他们，但我也快要当母亲了，所以我不会杀人，更不会对孩子下手。”

“谢谢！”溪望转身准备退出房间。

“有件事你或许该注意一下。”晨伊把他叫住，又道，“听说这间房子是凶宅。”

“你认为是鬼魂作祟？”

“我不相信这个世上有鬼，但不代表别人不相信。阿珍就整天说自己老是做噩梦，还怀疑是枉死在这房子里的冤魂缠着她。”

“谢谢你的提醒。”溪望再次致谢，遂退出房间。

随后，溪望和安琪在晶晶的陪同下，进入主卧室调查。进门那一刻，溪望便觉得晨伊所说的话，至少有八成可信，因为在这个仅能放下两张双人床的狭小房间里，堆满了各式各样的商品，包括奶粉、纸尿片、化妆品、衣服、皮包、药物等等，甚至还有一辆婴儿车。当中大多还没有来得及拆开包装，不禁让人怀疑这房间到底是用来住人的，还是堆放商品的仓库。

溪望往垃圾桶瞥了一眼，发现里面有很多景区的门票，便向晶晶问道：“周家经常到景区游览吗？”

“只有周先生跟周太太经常到处跑，晓雪不喜欢到景区玩，只喜欢购物，你看她买的东西都快把这房间塞满了。”晶晶露出不屑的神色，“他们好像不是来生孩子，而是来旅游似的，不停地去玩去购物。仿佛这辈子也没花过钱，来这里后就拼命地花，买东西从来只买最贵的，感觉就像少花一分钱也会吃亏。不过芷珊倒是挺乖的，经常会主动帮忙做家务，而且她来香港之后，好像就只买了一部iphone5和几套衣服。不像她姐姐，几乎想把整个香港都买下来。”

“嗯。”溪望随口应答一声，目光落到本案的关键所在——窗户。

主卧室只有一个窗户，但这个窗户整整占了一面墙，宽约两米，高约一米六，而窗台往外延伸出约60厘米，几乎可以当作单人床用。窗户由九个窗扇组成，呈九宫格形状。下面三个窗扇较小，而且是封闭的，不能开启，应该是为了防止放在窗台上的物品掉出窗外。中间三个窗扇以正中央的最大，但同样是封闭的，只有两侧的小窗可以开启，不过都装有活动防护栏，并且都以铜锁锁住。

溪望询问晶晶，铜锁的钥匙存放在哪里，对方答道：“锁是上一任业主留下来的，我没有钥匙。这些防护栏是火灾时用来逃生的，但这里可是29楼，就算能打开也没人敢爬出去吧？所以我就没打算更换。”

铜锁没有钥匙，也没有被撬的痕迹，因此婴儿应该是从上面的窗扇被扔下楼的。溪望仔细观察上面三扇窗，发现都能开启，但只能打开一道小缝。虽然没有防护栏，但这道小缝别说是成年人，就连三岁孩童都钻不出去。不过，若要将初生婴儿抛出去，这道小缝的大小却是刚刚好。而且，靠近里面的窗扇是打开的。

最上面的一排窗扇，跟地板的距离约有两米，要将婴儿从打开的窗户抛出去，必须以窗台作踏脚石。因此，溪望立刻查看窗台上是否留有脚印。果然，在窗台靠近里侧的位置上，他找到一个隐藏于杂物中的鞋印。

“有发现？”安琪紧张地问道。

溪望看了看地上随意放置的几双拖鞋，再往晶晶脚下瞥了一眼，皱眉道：“或许能缩小调查范围。”他在地上捡起一只拖鞋，与窗台上的鞋印作对比，确认鞋底的花纹与鞋印相同，大小亦一致。

他扬了扬手中的拖鞋，向晶晶问道：“这里一共有多少双拖鞋？”

晶晶答道：“我没数过呢，至少有二十双吧！”

“有几种款式？多少个码数？”

“拖鞋都是在楼下的商场买的，只有男女两个款式，同款式的码数都一样。”晶晶在地上捡起两双拖鞋，男女款式各一双，向对方展示，“男款肯定会大一点，你手上那只是女款的。”

“至少能确定凶手是女性。”安琪向溪望展露笑颜。

溪望苦笑道："在时间上有作案可能的男性，就只有燕先生一个，这个发现只能说是聊胜于无。"

三人返回客厅时，发现罗杰跟一名警察在门外走廊。安琪走出去跟他们交谈片刻，回来跟溪望说："救护车已经将周晓雪送到新界西北区医院，她的家人都跟过去了。我们先等鉴证科过来取证，然后再去医院向他们录口供。"

"为什么现在不去找他们？"溪望不解道。

"按程序我们该留在现场，以免现场证据被破坏。"

"你觉得留两个人在现场，跟留四个有区别吗？"溪望往门外瞥了一眼。

"的确没什么区别。"安琪点了下头，遂跟溪望一同走到门外。交代罗杰留守现场后，两人便准备前往新界西北区医院。

两人走向电梯间时，在走廊上遇到一名年轻太太，安琪觉得对方挺眼熟，随即记起是刚才在值班室前跟林伯聊天的妇女，便礼节性地跟对方打招呼："你刚搬来吗？我好像没见过你呢！"

"嗯，我住在C室，才搬过来一个月左右。"对方亦礼貌地向她点头，"我先生姓麦，以后请多多关照。"

"我叫安琪，住在楼上F室，大家楼上楼下，请多多照应。"

"A室是不是出事了？"

"嗯，有个婴儿掉下楼了。"

"真的又死人了？"麦太花容失色，"会不会是李老太的鬼魂作祟呢？"

"案件还在调查，不方便透露过多细节。不过你放心，我在这里住了十多年，从没听说你住的C室曾发生奇怪的事情。"

"原来你是警察呀，很厉害耶！不像我，除了煮饭就什么都不会……"麦太拉着安琪家长里短地聊了一大堆闲话，安琪只好以公务在身为由，跟溪望抽身离开。

临走前，麦太还拉着安琪小声问道："他是你男朋友吗？长得很英俊哦！"

安琪瞥了眼在电梯前等候的溪望，娇羞道："算是吧！"

两人乘坐的士前往新界西北区医院，途中安琪为掩饰心中莫名而来的羞涩，询问溪望对此案的看法。

溪望答道："暂时还不能判断凶手是谁，不过推断不外乎三大法则。只要掌握到足够的信息，要查出凶手并不困难。"

"三大法则？"安琪对此颇感兴趣，连忙追问三大法则是什么。

"这其实是我当刑警时总结出来的经验，不但能用于查案，也能应对日常生活中的所有事情，我将其称为‘无相法则’……”溪望认真地向对方讲述自己的推理秘诀——

1. 人的一切行为皆为获取利益及维护既得利益；
2. 一切损害既得利益的行为，皆为获取更大的利益；
3. 强烈的情绪会令人丧失理智，做出不符合自身利益的行为，譬如复仇。

安琪沉默半晌，仔细考虑对方所说的“无相法则”，觉得好像挺有道理。

“只要弄明白这三条法则，查案就容易多了。如果用于日常生活中，你就会知道某些人一定会做哪些事，而又绝对不会做哪些事。”溪望灵机一动，举例向对方说明，“譬如昨天你突然向榴莲撒娇，在别人眼中可能是一反常态，但若套用第一条法则，可以推断出你是为了保住房子而不惜一切。”

“别把我说得像见钱眼开似的。”安琪不忿地往对方胸口打了一拳，但力道与昨天相比要柔和多了，只属情侣间打闹的程度，不疼不痒。

她思索片刻又道：“之前大陆多个城市发生打砸日本车及寿司店事件，应该属于第三条吧？”

“不是，该属第一条。”溪望轻轻摇头，遂解释道，“那只是瞎起哄。就算跟日本毫无关系的店铺及车辆也受到牵连。这些人只为宣泄自己的不满情绪，这种打砸在某种程度上可视为一种‘娱乐’，属于精神上的获益。”

“在这里，哪怕只是砸坏一个后视镜也要上法院。”

溪望笑问：“你昨天揍我一顿也要上法院吗？”

“要呀，如果你对我提出控诉就要上法院了，可能还要坐牢呢！”安琪娇柔地依偎在对方身上，“不过，你舍得吗？”

溪望笑而不语，于心中念道：还是第一条。

第九章　医院怪谈

“喂，你们到哪里去了？”榴莲近乎咆哮的声音从手机听筒传出，几乎要震破安琪的耳膜。

“要你管！”安琪冲手机怒骂，“我们可忙得要死，你自己找节目去，别带丫头去那些不三不四的地方就是了。”

“我不是叫你陪我，我是想叫你过来埋单……”榴莲的声音渐渐变小。

安琪提高声音怒骂：“为什么你自己吃饭，却要我去埋单！”

“姗姐……”电话彼端换成楚楚可怜的见华，“我跟猛哥吃完饭才发现没带钱包，现在怎么办呢？”

“怎么会这样，我跟你哥在新界西北区医院办案呢。”安琪皱眉望向身旁不明就里的溪望。

电话彼端沉默片刻，见华的声音再次响起时，已换成欢快的语调：“没事了，我们碰到一个朋友，待会儿就去医院找你们。”

安琪还没来得及问清楚情况，对方就挂线了。她将情况告诉溪望，并问道：“丫头在香港有朋友吗？王猛在这里应该不认识几个人。”

“丫头才第一次来香港，在这里哪会有朋友。”溪望轻轻摇头，随即眉头一皱，似想起某些事情。

安琪问他怎么了？他答道：“丫头在香港也不是一个朋友也没有，她小时候有个玩伴叫星夜，大概十年前到香港念书，是个特有钱的千金小姐。按理说，星夜应该不会到新界这种郊区，但丫头是第一次来香港，在这里认识的人就只有她一个。”

“你跟她很熟吗？”安琪突然泛起些许醋意。

“说起来也好笑，这小姑娘跟丫头很合得来，不知道为什么特别讨厌我。有一次我爸带我们去她家，她还放狗咬我。”

“先别管他们了，反正他们没钱埋单自然会再打电话过来。我们还是找周晓雪吧！”安琪乐滋滋地拉着溪望走进医院。

溪望虽然曾被誉为“刑侦新人王”，但他做梦也没想到，见华所说的“朋友”并非童年玩伴，而是昨天才认识的的士司机韩暖。

“你们也太冒失了吧，竟然不带钱包出来吃霸王餐。”韩暖拍着榴莲的肩膀，在他身旁的位置坐下，目光却落在见华身上。

“司机大哥，你方不方便……”见华不好意思把话说出口。

韩暖豪气道：“别叫得这么见外了，你叫我一声暖哥，这顿饭我请。”

见华立刻展露欢颜，娇声叫道：“暖哥好。”

饭钱问题解决了，但榴莲跟见华身上一没钱，二没钥匙，不去医院跟安琪及溪望会合，就只能在家门口傻等。还好，韩暖说“帮人帮到底，送佛送到西”，决定免费载他们到新界西北区医院。得到他的承诺后，见华便欢天喜地地打电话给哥哥，约定在新界西北区医院大堂会合。

“韩司机人也挺好的。不过丫头呀，防人之心不可无，但凡有好处上门必须格外留神！”溪望在电话中语重心长地教导妹妹。

挂掉电话后，见华亦觉得哥哥的担忧不无道理，韩暖似乎过分热情。不过来到香港之后，她发觉这里的人明显跟内地不一样，大多数人都很亲切，陌生人之间会互相帮忙。因此，她觉得不该以小人之心度君子之腹，毕竟受了人家的恩惠，至少也该给人家一个笑脸吧！并且跟榴莲在一起，对方也不见得能对自己使坏。

“你们要去新界西北区医院，我就给你们讲个发生在这间医院里的故事吧！”在前往医院的路上，韩暖并没有做出任何出格的举动，倒是怕见华无聊，特意给她讲了个鬼故事——

前几年，有一晚我开夜车，大概凌晨两三点经过新界西北区医院，看见有个年轻女人发了疯似的跑出来，截停我的车就钻进来。

我问她是不是被人打劫了？她没回答我，只是不停地叫我开车，也不说要去哪里，我只好一直往前开。离开医院范围后她才平静下来，把目的地告诉我，还跟我说刚才在医院里见鬼了。

原来她白天的时候，不小心在楼梯上摔了一跤，摔到脑袋。到医院检查后，没发现大问题，但医生让她留院观察一晚。她睡不习惯医院的床，就从病房里溜出来随意走走。

半夜里的医院走廊，又长又安静，一个人影也没有，感觉十分恐怖。不过她胆子大，倒不觉得害怕，只是觉得很无聊，随处逛逛想看看有没有好玩的东西。

她到处闲逛，突然听到轮子滚动的声音，回头一看发现是个护士推着药车走过来。这其实是挺平常的事，不管是白天还是晚上，护士都要值班，所以她并没有觉得奇怪。

可她仔细一看，发现护士后面还跟着另一个护士。后面的护士面色苍白，走路的姿态也很奇怪，身体没有随着脚步晃动，仿佛是站在滑板上滑过来，或许说“飘”过来会更加贴切。

后面那个护士是靠着墙边走的，她发现对方的双腿若隐若现，经过墙边的椅子时，竟然直接从椅子中飘过。

眼见两个护士马上要来到跟前，她很想逃走，但却吓得双脚发麻，想动一下都不行。她只好装作镇定，继续站在原地。

推车的护士走到她跟前，责怪她怎么半夜三更还走出来。她嘴巴抖颤，好不容易才从牙缝里挤出一句话：“你后面有嘢（嘢，东西。）。”

护士立刻往后一看，随即回过头来跟她说：“你是不是发烧了？快回房间休息吧，别再到处乱跑。”说完就没有管她，推着药车继续往前走。

后面那个护士跟着往前“飘”，飘到她跟前时，还冲她笑了笑，吓得她几乎当场失禁。等对方走后，她就逃命似的跑出来，上了我的的士。

后来，我跟其他的士司机聊起这件事才知道，原来那晚新界西北区医院有个护士自杀，听说是因为她的医生男朋友移情别恋，跟另一个护士好上了。我想那个推车的护士，大概就是自杀护士的情敌吧……

“真的假的？怎么会有这么可怕的事。”见华惊诧道。

韩暖答道：“当然是真的！那个女人还没带钱呢，虽然白走一趟，不过能换来这个故事也算值得。”

榴莲道：“哪有这么容易见到鬼，我爸卖了几十年元宝蜡烛，也不见有鬼去找他。”

“我想应该跟她白天摔到脑袋有一定关系。”韩暖解释道，“鬼魂说白了就是一种能量，那女人脑袋给摔到，脑电波或许出现了些微变化，所以才会看见护士的鬼魂。”

“那么说，你把脑袋撞一下也能见鬼吗？”榴莲面露不屑之色。

“我可没这个兴致，要是半夜三更看到那些‘好朋友’，不把我吓死才怪。”韩暖将车驶入新界西北区医院，“你们到了。”他要了见华的手机号码后，便跟两人道别，并驾车离开。

“这个司机很奇怪，无事献殷勤，非奸即盗。你最好提防一下。”榴莲对见华说。

“嗯，我知道。”见华点头答应，但心里却觉得韩暖挺有意思。

韩暖于后视镜中看着两人走进医院，露出诡秘的笑容。幼嫩的女童声音于车厢内响起：“主人，那个大块头好像不喜欢你耶。”

“他只是个蠢货，不足为患，我们还是赶快找个位置停车吧！”韩暖狡黠一笑，将的士驶向附近的停车场。

另一边，安琪已通过同僚得知周晓雪在病房休息所，正带着溪望前往。她边走边说：“你跟丫头要是生病，千万别来这里看病。香港人都管新界西北区医院叫‘夺命医院’，这里常发生医疗事故，要是运气不好，一个小手术也可能要你的命。”

溪望笑道：“香港的医疗费动辄上万，我哪负担得起。”

“你可以找个香港人结婚呀，拿到香港身份证后，到公立医院看病就便宜多了。不管是多严重的病，每天也就只需给100块住院费。但是慢性病一般都要排期，很多人还没排上便亡故了，就像老窦那样……”安琪叹息一声，又道，“还是买份医疗保险比较好，能给自己和身边的人一个保障。”

“你算是向我求婚吗？”

“呸呸呸，谁向你求婚呀，滚一边儿去。”安琪面露娇羞之色，逃跑似的走向病房。溪望微微一笑，立刻跟随其后。

两人进入房间时，正有护士为周晓雪测量血压。因此安琪便向她的家人表明身份，并询问他们事发前后的情况。

“我到现在还不能相信这是事实。我们昨天才把宝宝抱回来，早上还在商量买房的事，没想到竟然……”痛失孙儿的周柏荣泣不成声，与老伴互拥痛哭。

两位老人情绪激动，从他们口中大概问不出什么，因此安琪便转为询问周芷珊。

芷珊亦泪眼婆娑，稍微花了点时间才能平复心情，徐徐向两人讲述事发前后的状况——

今天中午，晶晶过来叫我们出去吃饭，见姐姐正准备给宝宝洗澡，她就进来帮忙。她说我们留在房间也帮不上忙，反而会把宝宝闷坏，叫我们都出去吃饭，她一个人留下来给宝宝洗澡就行了。

姐姐想留下来跟晶晶学怎样给宝宝洗澡，所以我跟爸妈就先到B室吃饭。大概过了五分钟姐姐就来了，再过三四分钟后晶晶也来了。

我们边吃饭边聊天，谈的都是些宝宝很可爱、比较像谁之类的闲话。直到这时候，我们也没察觉有什么不对劲儿的地方。

大概聊了两三分钟，我已经吃饱了，姐姐叫我赶快回去照顾宝宝，还吩咐我要给宝宝盖被子，小心别让宝宝着凉。我回到A室先上了趟洗手间，然后再进房间，可刚把门推开，我就傻眼了——宝宝在哪儿呀?

我把被铺杂物都翻开，甚至连床底都找过，也没看见宝宝的踪影，就急得大叫，把大家都叫过来……

芷珊之后的叙述跟其他人大致相同，并无特别之处。

溪望根据她的叙述，粗略推算了一下时间。从晶晶进入房间，芷珊及父母离开时开始计算，约五分钟后，晓雪亦离开房间，房间内只剩下晶晶与婴儿独处；约八分钟后，晶晶亦离开房间，独留婴儿在房间内；约十分钟后，芷珊返回A室进入洗手间，随后发现婴儿失踪。

假设晶晶跟芷珊都没有撒谎，凶手只能在晶晶离开后，芷珊返回A室前的三分钟，及芷珊上洗手间的短暂时间内行凶。因此，凶手当时必定身处A室，或者在这段时间内进出A室。

符合此条件的人分别是：印佣仙蒂、晶晶的表姐阿珍、软件工程师燕青羽及其妻子箫皖婷，还有脾气古怪的魏晨伊。

燕小晨当时虽然也在A室，但一个年仅四岁的小女孩，不论是身高还是体能，都无法将婴儿抛下楼，因此可以将其排除。而根据窗台上发现的女性鞋印，亦可以将燕青羽从嫌疑名单上排除。那么，剩下的怀疑对象就只有四个，分别是：仙蒂、阿珍、箫皖婷及魏晨伊。

当然，最后单独与婴儿接触的晶晶，以及首先发现婴儿失踪的芷珊亦有一定嫌疑。尤其是晶晶，从晓雪离开房间开始计算，她跟婴儿独处的时间至少有五分钟，这足够做很多事情。

但是，若套用无相法则第一条，晶晶又没有行凶理由。因为婴儿坠楼必定惊动警方，对合法性处于尴尬境地的“双非公寓”没有好处，弄不好还会被查封。而且晓雪已诞下孩儿，用不了几天就会离开，就算晶晶心里再讨厌她，也不会在这时候对婴儿下手。

护士已替晓雪量完血压，安琪向她表明身份，并请她配合调查，告知事发前后的经过。

“怎么会这样，怎么会变成这样？没有宝宝，我就什么都没了……”晓雪不停地自言自语，在妹妹连番安慰下，情绪才稍微平复，向两人道出事情的经过。虽然她的叙述大多都跟其他人一致，但有一部分之前却从无人提及——

爸妈跟芷珊出去吃饭后，我就坐在床边看晶晶怎样给宝宝洗澡。这时阿珍从外面回来了，晶晶就叫她过来帮忙。她们两个一起给宝宝洗澡，很快就洗好了，之后就是给宝宝抹润肤露和穿衣服。

穿衣服这么简单的事我自己都会，就没有留下看，先出去吃饭，让晶晶跟阿珍照顾宝宝。我本以为有她们照顾宝宝，一定不会出问题，她们收我老公那么多钱，怎么敢对我的宝宝有丝毫怠慢呢！

可是，我怎么也没想到，才离开房间一会儿，宝宝竟然就……

第十章　神秘青年

“你们每个人都不安好心，全都忌妒我，都想害我……”晓雪突然放声号哭，情绪越来越激动，还随手抓起身边的东西乱砸乱扔。同房的其他病人都被她吓到，能下床的纷纷退出房外，不能下床的只好拉起被子保护自己，以免被杂物扔中。

溪望本想上前阻止，但却被安琪拉住。安琪在他耳边说：“你随便碰她，说不定会被她告你非礼。”说罢便上前跟在场的另一名女警阻止晓雪继续胡闹。

然而，晓雪十分蛮横，竟然抓住安琪的手臂，想一口咬下去。幸好医护人员及时赶到将她按住，并给她注射了一针镇静剂，这才让她安静下来。

医生检查过晓雪的身体后，说她并无大碍，只要休息一下，等镇静剂的药效一过就可以出院。不过因为她刚生产完，为安全起见最好留院观察一夜。医生还说她并非香港人，需按非合资格人士收费，虽然只是简单地检查了一下，但也要几千元。

这可把正抱在一起大哭的两位老人吓了一跳，周柏荣连忙跟医生说不需要留院观察，等女儿醒过来就马上出院。

见晓雪已经睡着，继续留在这里也没什么意义，溪望便跟安琪向众人道别，准备与见华及榴莲会合。两人刚离开病房，芷珊便追出来把他们叫住。

“有事吗，周小姐？”安琪问道。

“听说我们住的房子，之前曾经出事，好像还死了个宝宝……”芷珊一副欲言又止的神情，犹豫了好一会儿才继续道，“其实，自从住进这房子之后，我几乎每晚都会做噩梦，总是梦见一个老太太不停地哭。她说自己死得很惨，又说我们不但没帮她，还把她压住。她还说要赶我们走，我们要是不走，就要把我们害死。我心里很害怕，但又不敢跟大家说，怕会把姐姐吓坏。我想，这跟宝宝的事不知道有没有关系。”

“请你放心，我们会彻底调查，一定会给你们一个交代。”安琪说罢便跟溪望离开。

溪望在前往大堂的路上问道：“你是不是该告诉我关于李老太的事？”

“这事其实也不是什么秘密，住在大厦里的人基本上都知道……”安琪徐徐向对方讲述李老太的悲剧——

这事发生在近二十年前，当时乐池居还是个新楼盘，楼价也不像现在这么疯狂，普通人也能买得起。

李老太是个无儿无女、又没几个亲友的老太婆，为了晚年能有个安居的地方，就跟唯一的金兰姊妹冯老太合伙买下了29楼B室。这本来是件好事，两个老婆婆住在一起能够互相照应。

可是好景不长，后来冯老太遇到一个骗子，把所有积蓄交给对方“种金”，结果当然全掉进咸水海。冯老太一时想不开，竟然在家里上吊自杀。

怎么说也是相识多年的金兰姊妹，对方就死在房子里，李老太怎会不触景生情呢？而且她这人也很迷信，总觉得好姊妹还留在房子里，终日疑神疑鬼。

这房子她是住不下去了，就想卖掉再另觅其他住所。可是刚出人命的房子，又有谁敢接手呢？放售一段日子仍无人问津，她的契仔阿黄便跟她说：“与其卖给别人，倒不如便宜点卖给我。”

阿黄是李老太的邻居，租住在A室。他这人没别的本事，就只会给李老太灌迷汤。李老太迷汤喝多了，就跟他上契，收了他做契仔。

阿黄一会儿说房子死过人没人敢要，一会儿又说以后会好好侍奉李老太，照顾她到百年之后。把李老太迷得七荤八素，就听了他的话，将房子以一个几乎是半卖半送的价钱转让给他。

价钱谈好之后，李老太突然又反悔了，觉得把房子便宜卖掉对自己没保障。以后阿黄要是不管她，她说不定会沦落到要睡天桥底下。她到A室跟阿黄说，价钱要提高一点，不然她就不卖。

虽然她此时提出的价钱要比市价低，但跟之前谈好的价钱相比却要高出一倍。阿黄当然不肯将到口的肥肉吐出来，就在家里跟她吵，后来还打了起来。

李老太已经快六十岁，哪儿能打得过正值壮年的阿黄？但她发起狠来却也不是好惹的，用手抓用口咬，把阿黄弄得满身伤痕。阿黄被她惹怒了，一时火遮眼竟然把她给掐死了。

看见李老太死不瞑目的恐怖面容，阿黄一时间变得六神无主，不知如何是好，竟然呆坐在客厅里，盯着尸体过了一夜。第二天，他发现李老太脸色发紫，尸身开始发出异味，知道再不想办法便会被人发现。于是，他出去买了包水泥回来，动手将尸体埋在厨房灶底，也就是阿珍现在睡的地方。

李老太本来就无亲无故，平日鲜与邻居接触，她突然人间蒸发也没引起别人注意。不过，在她死后的那几天里，同一层的住户曾多次报称，在深夜时分听见凄厉的哭声，但不知道是从哪个房子内传出来的。

保安接到投诉后，上楼巡查了好几次，不但挨门逐户询问，连楼梯、垃圾房都看过了，就差没钻进电梯槽里。可还是没发现有谁在哭，只好不了了之。直至李老太死后第七天，28楼A室的住户郭太发现厨房天花板有血水滴下来，便到楼上找阿黄。

阿黄当时的表现非常镇定，说刚才在厨房杀鸡，家里就他一个男人，所以有点手忙脚乱，弄得整个厨房都是鸡血。他正在清洗鸡血，污水可能渗到楼下去，待他把地板擦干就不会再渗水。郭太信以为真，可是过了半天厨房还在滴血水，便打了999报警。

看见警察上门，做贼心虚的阿黄自然十分慌张。随后，警员发现灶底被水泥封住，疑心顿起。因为这样做属于违规，所以警员便勒令阿黄即时将灶底凿开。

阿黄没有办法，只好听从警员的命令把灶底凿开，同时亦将自己的罪证展露于人前……

“案件这样就完了？”溪望问道。

“证据确凿，不容阿黄抵赖。他承认一时错手杀死李老太，被判终身监禁。案件算是完结了，但这件事还远未结束……”安琪婀娜的娇躯微微颤抖，不自觉地靠近溪望，继续向对方讲述凶宅背后的故事——

阿黄被收监后，曾有29楼的住户报称，于深夜时分目睹已经去世的李老太在走廊上徘徊，泪如雨下地喃喃自语，似乎心有怨气尚未消散。这或许只是以讹传讹，不可尽信，但七年前入住A室的蔡先生，他们一家的遭遇我可是亲眼看到。

蔡先生因为贪图便宜，明知A室是凶宅仍将其买下。他们一家入住后，怪事就接连发生，先是蔡太太夜夜受噩梦困扰。我每次碰见蔡太太，她开口的第一句话总是："我昨晚又梦见那个凶巴巴的老太婆要赶我们出门。"

他们夫妇俩都不相信这世上有鬼，认为蔡太太的噩梦是受到凶宅传闻影响，因此只向心理医生求助。可是，噩梦还没解决，蔡先生又莫名其妙地患上肺炎，就连他们刚出生的儿子，也每晚从凌晨开始一直号哭到天亮。

蔡先生的病久治不愈，本来就够让蔡太太心烦了。而她夜夜受噩梦及儿子啼哭困扰，没一夜能睡好，精神变得越来越差，脾气也越来越坏。有次我跟她打招呼，竟莫名其妙地被她骂了一顿。

他们在A室大概住了两三个月，有一晚蔡先生因高烧不退需要留院观察，只有蔡太太一个人在家里照顾儿子。

那一晚蔡太太再次被噩梦惊醒，儿子的啼哭又使她无法再度入睡。连日来的疲累与压力使她彻底崩溃，一时丧失理智，竟然将只有两三个月大的儿子，从窗户上层扔了出去……

"原来七年前发生过类似事件，怪不得大家对这件事好像挺忌讳的。"溪望皱眉道。

安琪点头道："之后，蔡太太被诊断为患上妄想症，虽然没有判处入狱，但听说住进了精神病院。而蔡先生终于相信凶宅的传闻，将房子以低价放售。听说价钱比他们买入时还要低，几乎是全区最低价。"

"这个便宜大概被晶晶捡了吧！"

"应该是吧！"安琪突然皱起眉头，"不过说来也奇怪，晶晶搬进来应该有些日子了，但我好像从来没见过她。阿珍跟仙蒂倒是有点印象，好像在大堂碰见过几次。"

"她又不是朝九晚五的上班族，出门时间不固定，没跟你碰上也不稀奇。"溪望往前方一指，"榴莲已经在等我们了。"

两人走到正呆站在大堂的榴莲身旁，但没看见见华的身影，溪望便问道："丫头哪里去了？”

“厕所。”榴莲答道。

“她一个人去会不会迷路呀？”溪望不无担忧。

“你以为丫头还是小孩吗？”安琪白了他一眼，“你大可放心，在这里没人会拐带你妹妹。就算真的有人把她拐了，也过不了关。”

虽说在香港拐卖人口极其罕见，但溪望的担忧亦非毫无道理，因为见华真的迷路了。

“这医院怎么大得像迷宫一样，这里明明就是一楼，为什么我转了几圈也找不到大堂呢？得找个人问路才行。”见华皱着眉头喃喃自语，突然看见一个年纪跟自己差不多的俊逸青年迎面而来，便想向对方问路。

然而她还没开口，对方便露出神秘的笑容，对她说：“迷路了吧，相见华小姐。”

“你怎么会知道我的名字？”见华吓了一跳，仔细辨认对方的脸容，确认自己从未见过对方。

“这个问题并不重要。”

“你想怎么样？”见华后退一步，双手不自觉地横放胸前。

“别害怕，我不会伤害你。”青年以优雅的姿势向她行礼，并作自我介绍，“我叫萧铁炫，你也可以叫我的英文名尼古拉，能认识你是我的荣幸。”

“我不知道你是谁，也不想认识你。”见华慌忙越过对方，快步往前走。

自称萧铁炫的青年狡黠一笑，冲她叫道：“相小姐，你走错路了，那里去不了大堂。”

见华转过身来往回走，并刻意低着头回避对方的目光。

“相小姐，你又走错路了。”

“这边走错，那边也走错，你到底想怎样？不能这样欺负人的！”见华杏眼圆睁瞪着对方，虽然心里非常惊慌，但她知道不能向对方示弱。

“其实我只想跟你说一句话，只要你愿意认真聆听，我自会告诉你怎样才能返回大堂。”

“你说吧，我在听。”

“你愿意做我女朋友吗？”

见华愣了一下，随即露出厌恶之色，娇斥一声“无赖”遂拂袖而去。对方突然拉住她的手，迫使她止步。她嗔怒道：“你不再放手，我就叫非礼。”

“相小姐，请你先别生气，刚才只是跟你开玩笑而已。”铁炫放开她的手，继续说，“劳烦你转告令兄，神偷凌风早已不在人世，不管他花多少时间寻找，都只白费气力。”

随后，他告诉见华，香港习惯将地面以上第一层称为“地下”或“G层”，再上一层才叫“1楼”。他们现在身处的“1楼”，其实相当于内地的“2楼”，要返回地下大堂，得往下走一层。

“怪不得我转了好几圈也找不到大堂，原来在楼下……”见华敌意略减，但仍存戒心，向对方问道，“你认识我哥？”

“算是吧。”

“你有话为什么不直接跟他说？”

“因为我比较喜欢你。”

“流氓！”见华娇斥一声，再次拂袖而去，这次对方没有阻拦。她走到电梯间前回头一看，发现铁炫面露邪魅笑容，向她挥手道别。她心里一慌，立刻快步走进电梯间。

返回大堂与溪望会合，见华才松一口气，遂向哥哥讲述刚才的经历，并问他是否认识那个自称“萧铁炫”的青年。

“我对这个人完全没有印象，可能是我的粉丝吧！”溪望故作轻松道。

他对自己的记忆力还有一点自信，能确定并不认识这个叫“萧铁炫”的青年。但他寻找神偷凌风一事，就只有潘多拉才知道，而能跟这个国际刑警接触的，除各地警队的高级官员外，就只有间谍及跨国犯罪集团的核心人物，又或者像他这样的民间精英。

这个神秘青年必定大有来头，但他到底是朋友，还是敌人？

第十一章　办事方式

离开医院时，榴莲看见带头的安琪往的士站相反的方向走，便问道：“我们不是打的回去吗？”

安琪回头道：“乘地铁回去只要一站就到，才四块多，然后换乘轻铁还免费，能直达家门口。坐的士至少要一百块呢！”

“反正又不是我给钱。”榴莲满不在乎。

“身上连一毛也没有的人，就别说三道四。”安琪白了他一眼，便想牵溪望走，但把手伸出后又觉得尴尬，只好随手牵着见华。

这个时段乘坐地铁的人不算多，但他们坐下后便没有其他空位。这时有一名六七十岁，满头白发的老头走进车厢，发现没有空位就站在见华旁边。车厢内众人都能看见老头，但却没人愿意给他让座，要么低头玩手机，要么闭上眼睛装睡。

见华于心中暗道：“猛哥说得没错，香港也不见得多好，明明都看见这位老人家，却全都装作没看见。”既然别人都不让座，她便站起来把位置让给老头。

“唔该（唔该，谢谢的意思，是对别人的帮助表示感谢的礼貌用语）！”老头向她露出友善的笑容。

“应该的，别客气。”见华亦向对方报以微笑。

此时，溪望正跟安琪讨论案情，榴莲亦闭目养神。见华觉得无聊，便随处张望，无意间与老头四目对视。老头笑道：“阿妹，你是大陆过来的吧！”

见华并不觉得自己在外观上跟香港的女生有多大区别，便好奇地问道：“你怎么知道？”

老头往周围的乘客指了指，说：“你没发现吗？这里的年轻人不会浪费任何时间，他们坐地铁时不是玩手机就是睡觉，又或者看书看报纸，绝不会像你这样东张西望。”

经过他一说，见华才发现的确是这么一回事，这里的人仿佛都很赶时间，双手总是停不下来。

“其实发生在地铁里的怪事很多哦，你是内地人，应该没听说过‘地铁神秘儿童’吧？反正还有些时间才到下一站，我就给你讲这个故事吧……”老头眯着眼徐徐道出一个诡秘故事——

这件事发生在2003年5月的某天下午，一名车长将列车驶离佐敦站时，无意地往月台方向瞥了一眼，竟然看见机房内有几个小朋友。机房的闸门平时都有上锁，乘客不可能走到里面去。

车长当时想，可能是维护人员的小孩吧，应该很快就有人把他们带出来，所以就没有在意。他驾驶列车绕了一圈，再次驶到佐敦站时，特意往机房看，发现那几个小朋友还在里面。

车长这才觉得有点奇怪，马上将此事报告控制中心。控制中心立刻派维护员到值班室及机房查看，却没有发现小孩踪影，也没听到小孩玩闹的声音。维护员怕小孩跑到机房深井的通道里面，就赶紧下去找。

深井通道里只有通风管道和地下电缆，平时别说人，就连老鼠也不多见。维护员快走到底层也没发现小孩，但却听见头上有声音，应该是有人顺着梯子爬下来。不过他仔细一想，刚才就只有他一个人进机房，怎么还会有人下来呢?

他满腹狐疑地抬头往上看，先看到一双老式童鞋，再仰起脖子竟然看见一个面色惨白的小朋友，正瞪大双眼盯着他。这可把他吓一大跳，一时重心不稳就从梯子上摔下来。当他爬起来的时候，那个小孩已经不见了，他赶紧用对讲机向控制中心汇报。

控制中心的职员亦不敢怠慢，马上打999报警。警察赶过来仔细地搜索一番后，也没发现小孩的踪影，就询问维护员当时的情况。

维护员说，那个小朋友面色很白，身上的衣服虽然很干净，但款式却像是几十年前的老古董，最可怕的是跟他对望时，面上毫无表情，压根儿不像是个小孩，反而像个七老八十的老人家。

在他摔倒后，那个小朋友就不见了，可不管是往上爬或跳下来，也不可能马上消失。而且他一进机房就马上把闸门锁上，没钥匙不可能离开机房。

警员怕小孩躲藏在深井通道里，于是再次寻找，虽然还是没找到人，但却发现几张糖果纸。糖果纸很干净，应该是刚刚丢弃的。但纸上的图案及生产日期，均表明这些糖果纸源自一款1950年生产的糖果，在香港早已绝迹了……

“那几个小孩最终也没找到吗？”见华的声音微微颤抖。

“能找到就不叫鬼故事了。”老头露出神秘的笑容，递上一颗包装十分怀旧的糖果，“要吃糖吗？”

见华怯弱地接过糖果，仔细一看发现是最近才生产的，这才稍微安心一点，对老头笑道：“你是故意吓唬我吧？”

此时列车已经到站，安琪扬手叫见华下车。正当见华准备向老头道别时，突然想起对方在讲故事之前，曾说“反正还有些时间才到下一站”，遂惶恐问道：“你怎么知道我会在这里下车？”

“你再不下车，门要关上了。”老头往她身后的车门指了指。

虽然觉得对方很可疑，但哥哥等人已经走出车厢，见华亦不敢逗留，立刻跑到车厢外。当她回过头来，车门已徐徐合上，透过车窗能看见老头面露出邪魅笑容，正跟她挥手道别。老头嘴巴张合，看嘴型应该是说：“我们还会见面。”

见华心慌意乱地扑入哥哥怀中，在大家不解的目光下诉说刚才的奇异经历。溪望眉心打结，愧疚道：“刚才我只想着查案的事，没有注意到那个老头，真对不起，他没伤害你吧？”

“大庭广众之下，他能对你妹妹做些什么？”安琪略起醋意，白了溪望一眼后，遂认真地对见华说，“不过，丫头你接连遇到奇怪的人，还是小心一点比较好。”她往榴莲肩膀拍了一下，“反正我哥没什么事干，就让他当你的贴身保镖好了。他要是让你掉一根头发，就算我会放过他，你哥也不会放过他。”

天水围警署距离地铁站不远，与案件相关的人士均已被带返警署。因此安琪将家门钥匙交给榴莲，让他先带见华回家休息，自己则打算跟溪望到警署继续向众人问话。

“晚饭怎么办？”榴莲问道。

“你别跟我说，你连一毛钱也没带来。”安琪面露狰狞之色。

“你当了几年差婆（差婆，是香港人对女警的蔑称），似乎要比以前聪明了一点。”榴莲咧嘴笑道，“有了上次的经验，你以为我还会带钱过来吗？钱也不是没有，就只有几百块人民币，港币的确一毛也没有。”

“去死吧你！”安琪跳起来锤打榴莲的脑袋。

“哥，快劝劝他们呀！”见华拉着哥哥，慌忙叫道。

“他们闹一会儿就没事了。”溪望从肩包取出一枚戒指交给妹妹，又道，“把戒指戴上，必要时用来自卫。”

见华接过一看，发现戒指上有一朵含苞待放的莲花，惊呼道：“哇，这难道是泽哥那枚‘莲花泽泪’，怎么会在你手中？”

“嗯，这枚戒指当年差点让花泽坐牢，所以替他洗脱嫌疑后，我就没还给他。”溪望狡黠地笑了笑，小声说，“你可别给他。”

“他要是跟我要怎么办？”见华像哥哥那样，将戒指戴在右手食指上。

这枚“莲花泽泪”是花泽念初二时制造，当时他的手指并不粗，所以见华戴在食指上大小刚刚好，犹如量身定制。只是经过漫长的时间，戒指的颜色略显灰暗。

“傻丫头！”溪望轻刮妹妹鼻子，又道，“他连房子都能被龙哥抢去，难道还会吝啬一枚烂铜戒指吗？”

这边两人刚结束交谈，那边另一对兄妹的打闹，亦以榴莲败阵告终。溪望给见华塞了一张千元港币，让她先跟榴莲离开。看着他们走进换乘轻铁的通道后，安琪便抱怨道：“哪有当哥的像他这么吝啬，竟然想来吃我的用我的。”

“他连房子都能送你，你还跟他计算这点小钱？”溪望轻抚她的背脊，给予她温柔的安慰。

“你可别学他那样！”安琪睁着一双杏目瞪住他。

“不敢，不敢。”溪望作求饶状，遂跟对方一同步出地铁站。

见华跟榴莲乘坐轻铁时，向对方问道：“猛哥，你上次来香港发生什么事了？”

“上次王姗可够狠了，竟然把我带来的钱，一毛不剩地抢个精光。”榴莲略显气愤，但很快又平静下来，“唉，这也不能全怪她。明叔走了之后，她一个人在这里生活，身边无亲无故，其实也不容易！”

“究竟是怎么回事呢？能详细告诉我吗？”见华关切问道。

榴莲再度叹息，遂将事情的大概经过告知对方——

我跟你说，你别看香港是个繁华的大都会，其实在这里生活的人都要承受很大压力，尤其是像王姗那样的警察。

过大的压力最容易把人逼疯，所以要在香港生存，首先得学会给自己减压。有人选择赌博，有人选择酗酒，甚至有人选择滥交。王姗虽然没染上这些恶习，但她的减压方法，有时候也让人挺头疼。

你昨晚睡她的房间，应该有看见房间里挂满的名牌皮包吧，还有塞满衣柜的名牌衣服。这就是她的减压方式——疯狂购物。

其实现在已经少很多了，之前连明叔的房间也被塞满。你别看她当警察，就以为她很有定力，在工作上她或许能做到严守纪律，但下班后她就像换了个人似的。一旦有觉得不顺心的事情，就会不停地买东西，信用卡刷爆一张又一张。

那些所谓的分期付款，全都是消费陷阱，好几万的东西分二三十期还，每个月可能只要还不到一千块。可是当你买完一件又一件后，就会发觉自己每个月工资扣除还款，剩下来连车费都不够。而且如果你没按时还款，那利息就跟滚雪球一样，可吓人呢！

如果连最低还款额也给不上，不但会影响信用度，就连工作也会受影响，以后想要升职就困难多了。王姗为了把钱还上，竟然去跟“大耳窿”（大耳窿，是粤语中对放高利贷者的俗称）借钱，这不是找死吗？

去年我带了十万块过来，打算帮姨妈买金器，做她女儿的嫁妆，谁知道刚巧碰到“大耳窿”上门讨债。她好歹也是我妹，总不能见死不救，我就把带来的钱全给她还债了。之后，我把她的名牌货全拿去卖给二手店，还让花泽在内地给我汇钱过来，这才帮她把欠债还清。

所以，我这次一分钱也不带来，就算再有人上门讨债，也没钱让她抢……

“真的？”见华调皮问道。

“我像是撒谎吗？我身上真的没有港币。”榴莲取出钱包打开给她看，里面只有少量人民币。

见华盯着他的眼睛，笑问：“我是说，要是又有人上门向姗姐讨债，你真的不帮她吗？”

榴莲不自觉地回避对方的目光，迟疑片刻才答道：“她要是还敢跟‘大耳窿’借钱，我才不会管她的死活。”

见华笑而不语，于心中念道：你是没带钱，可带着好几张银行卡呢。我就不信姗姐有麻烦，你会见死不救。

安琪领着溪望走进天水围警署。罗杰已经将与案件有关的人全部带回来问话，由于溪望不是警员，在这种正式场合不能直接向证人问话，只能透过摄像机了解会面室内的情况。

会面室里放有一张三角形的桌子，箫皖婷、罗杰及一名女警员分别坐在桌子的三面。装在墙角的摄录机将拍下会面的整个过程，并录制成三份录像带，其中一份将交给箫保管。安琪解释这是为了保护嫌犯及警员的利益，不管是警员违规，还是嫌犯做任何小动作，录像带都是最有力的证据。

“这样虽然能保护嫌犯利益，但同时亦给嫌犯带来心理压力，要向他们套话就困难多了。”溪望皱了下眉头，“而且也不能以暴力或者恐吓等手段逼供，嫌犯会乖乖地坦白交代吗？”

安琪反问道：“我们都忙半天了，但罗杰到现在还没给他们录完口供，你不觉得奇怪吗？”

“的确不对劲，我们中午把所有人都问过一遍，花了也没一小时。你的同事就算问得再仔细，应该也早就问完了。”

“在法官裁定犯人有罪之前，我们只能将他们称为‘嫌犯’。嫌犯的权利跟守法的市民一样，原则上我们不能损害他们任何权益。我们可以做的事情就只有扣留他们48小时。”安琪扬了下眉，继续道，“所以我们只能跟嫌犯打心理战，先让他们感到焦虑、不耐烦，甚至是疲劳，然后再让他们坦白交代事实。”

溪望摇头道：“这种方法太没效率了，而且对老油条也不管用。”

“也不一定，你看，似乎已经起效了。”安琪指着屏幕中拍案而起的箫皖婷。

第十二章　闭门失窃

箫皖婷于会面室内，情绪激动地冲罗杰叫骂：“你们香港警察就这样对待孕妇吗？我都说多少遍了，我在房间里喂女儿吃饭，然后就到隔壁跟大家一起吃饭。我没看见谁走进主卧室，更不知道是谁把宝宝扔到街上！不管你再问多少次，我的答案还是一样。”

“箫女士，请你合作，先坐下再说。”罗杰一再安抚箫皖婷，待对方坐下来，又道，“这一切都是按照程序进行，我没有为难你的意思，这一点我的同事可以作证。”

坐在一旁的女警点头道：“箫女士，我们会保障你的一切合法权利，这一点请你放心。我们的确是按照程序办事，没有故意为难你。”

箫皖婷骂道：“你们蛇鼠一窝，说什么都可以。”

女警板着脸说：“箫女士，你不熟识香港法律，我们可以原谅你一次。但我有必要告诉你，你这句话有可能触犯诽谤罪。”

“我，我只是随口胡说而已。”箫皖婷一脸惶恐，怯弱地低下头。

“那我们就继续吧！”罗杰略为整理一下桌上的记录，继续询问，“你几点回房间喂女儿吃饭？”

“这个问题你至少问五次了，是12点。12点整！不差一分钟……”

在监控室通过屏幕看到这画面的溪望苦笑摇头，说：“这样问下去，就算问到明天也不会有进展。”

“这也没办法呀，每个人都会为保护自己而刻意隐瞒、甚至捏造事实。应付这种情况最好的办法，就是不断重复相同的问题。对方要是说的真话，不管问多少次答案都一样；如果是假话，问多了自然就会出现错漏。”安琪看了下手表又道，“我们先去饮杯咖啡吧！今晚可能要忙到很晚。”

两人刚走出监控室便听见小孩子的哭声，随即发现燕小晨在走廊上号哭，旁边有位女警正在安慰她，但她却没有理会对方。安琪上前问女警怎么回事，对方说晨晨的父母都在接受问话，她没看见父母就哭起来了。

溪望走到晨晨跟前，蹲下来跟她说："你的屁股发光了，你没看见吗？"晨晨没有理他，继续号哭并说要找妈妈。他又道，"你不相信吗？我拿过来给你看。"说罢把手伸到对方背后，当他把手收回时，手中握住一个拳头大、浅绿色半透明的橡胶球，"你看，我把你的屁股拿出来了。"

"你骗人，都没有发光。"晨晨的哭声渐小，但仍在抽泣。

"我没骗你，你看……"溪望将橡胶球往地上一扔，球身触地后里面立刻发出斑斓的七彩闪光。

"哇！"晨晨惊呼一声，立刻跑去把正在地上回弹的橡胶球接住。

"喂喂喂，是我先看到的。"溪望又走到她身前蹲下。

"这是我的屁股呀！"晨晨把球藏到身后。

"要我给你也行，不过你要告诉我，中午吃饭的时候有看见特别的事吗？"

晨晨歪着脖子想了想，遂答道："我看到几个影子呢……"

"你看见什么？说清楚一点。"安琪抓住晨晨的肩膀追问。

"我不知道，什么都不知道……"晨晨被她吓得大哭。

溪望给安琪使了个眼色，示意她先别着急，然后对晨晨说："不想要回你的屁股吗？"晨晨使劲摇头，他又道，"那你就要把看见的事情告诉我才行哦！"

晨晨年仅四岁，表达能力相当差，溪望花了点时间才弄明白她的意思。根据她的讲述，在燕青羽接替妻子后，周芷珊大叫之前，她透过门缝，前后共看到四道人影闪过。以时间推断，第一道人影应该是离开房间的晶晶，第四道人影应该芷珊，而第二、三道人影极有可能是凶手进出主卧室时留下的。而青羽当时是背向房门喂女儿吃饭，应该没注意到有人影闪过。

在这时候能进出主卧室的人，就只有当时留在A室的仙蒂、阿珍及魏晨伊。而阿珍若要进入主卧室，必须经过客厅，肯定会被仙蒂看见。那么魏晨伊的嫌疑就最大了。之前魏晨伊曾说所有人都不喜欢周家，现在想来难免令人觉得有贼喊捉贼之嫌。

"安琪。"一名男警从监控室探头出来向安琪招手。

安琪快步走近，问对方有什么事。男警告知正接受问话的仙蒂，似乎怕影响到她的工作签证，正准备向警方交代之前没说的事情。

溪望跟安琪再次回到监控室，通过屏幕了解仙蒂接受问话的情况。仙蒂面露惶恐之色，不停询问警员会不会对她的工作签证有影响。警员说只要她跟警察合作，将所知道的事情如实地说出来，就不会对她的签证有任何影响。但做假口供或知情不报皆属违法，这必然会对签证产生影响，甚至会被驱逐出境。

仙蒂一副手足无措的模样，几经思量后，终于以那口不标准的粤语说："是阿珍！阿珍和太太给婴儿洗澡后，太太叫她到隔壁吃饭。阿珍说想睡觉，不想吃饭。太太刚走，阿珍就走回主卧室，一分钟左右才出来。她平时对我很凶，又是太太表姐，我不敢得罪她。出事后她叫我不要说她进过主卧室，我就不敢跟你们说，你们不要赶我出境。"

溪望皱眉沉思，脑袋中全是魏晨伊那句话：阿珍整天做噩梦，老是怀疑是死在这房子里的冤魂缠着她。

一个深信鬼神之说的人，往往会在潜意识中自我塑造鬼神，甚至受到自己塑造的鬼神驱使或迫害。如果阿珍深信自己受李老太的冤魂困扰，就算做出一些别人无法理解的怪异行为也不稀奇。

这属于无相法则第三条。

因为有仙蒂的指证，所以阿珍需接受重点盘问。溪望本以为她肯定不会承认曾独自进入主卧室，可是在面对这个问题时，她只是稍微愣了一下，遂默默点头。

在会面室里的是安琪的重案组同事美雪及另一名男警。美雪向阿珍问道："你独自进入主卧室将周晓雪的儿子扔下楼了？"

阿珍连忙摇头道："没有，我进去没有碰婴儿一下。"

"那你进去做什么？"

"我……"阿珍迟疑片刻，又道，"我的手机遗留在里面，进去拿回来。我出来的时候，宝宝还安静地在床上睡觉，我真的没有将他扔下楼。"

"你的手机怎么会在主卧室？"美雪翻看口供后又道，"根据你之前的口供，你从外面回来就回自己房间睡觉，难道你没带手机出门？或许我该提醒你，如果有需要，警方可以向电讯公司索取你的通话记录。"

阿珍沉默半晌，遂答道："其实我回来后，没有立刻回房间，而是到主卧室跟晶晶替宝宝洗澡，手机就是这时候遗留在里面的。"

"之前为什么撒谎，做假口供也是犯法的，警方有权对你提出起诉。"

"别告我，别告我……你要做什么都行，千万别告我。"阿珍惊惶地向对方求情。

美雪冷漠道：“希望你能给我一个合理的解释。”

阿珍再度沉默，良久才做出解释：“我是拿探亲证来香港的，不能在香港工作。我不知道帮忙给宝宝洗澡算不算工作，听说你们在这方面执法很严格，我怕会对签证有影响，所以之前没敢说出来。”

“你有没有留意到，阿珍不停地拨额前的刘海？”在监控室观察的溪望向安琪问道。

“有看到。”安琪面露不解之色，“但有什么问题？”

溪望答道：“她很紧张，而且在撒谎。”

“不能单凭一个动作就断定别人撒谎呀！”

“不如我们赌一盘。”溪望故意挑衅。

安琪毫不示弱，立刻问道：“怎么赌？”

“如果阿珍撒谎了，你就请我吃菠萝油；如果没有，我请你吃糯米鸡。”

“你还记得我喜欢吃糯米鸡呀！”安琪心头一暖，遂问道，“要怎么证明阿珍有没有撒谎呢？”

“让你的同事跟她说，晨晨看见她的手机一直放在客厅，她自然会承认撒谎。”

“晨晨什么时候跟你说过这话？”安琪思索片刻，遂讶然道，“你想误导阿珍？不行！就算她真的是凶手，辩方律师也能抓住这一点推翻所有控罪。”

“我对香港的法律也略懂皮毛，转述别人的话属于‘传闻证供’，本身就是不可信的证据。而且晨晨跟我说过什么，就只有我跟她才知道，你觉得她会记得跟我说过什么吗？”溪望刻意忽略安琪刚才也在场这一事实，其实是向对方暗示如果出了问题，他会承担所有责任。

“我觉得你该去做律师。”安琪虽对此颇有微词，但还是照他的意思办了。

美雪戴着塞入式耳机，所以阿珍并不知道安琪跟她说话。她按照安琪的提示质问阿珍，阿珍连忙辩驳道：“晨晨她撒谎，我的手机放在房间里充电，她怎么可能看……”阿珍意识到自己失言，垂下头不再说话。

“你这句话我已经记下来了。”美雪露出幸灾乐祸的笑容，“能从头再说一遍吗？就从你从外面回来开始……”

“噢耶！菠萝油，菠萝油。”溪望得意地笑着。

“不就是菠萝油么，我请你吃十个也行，就怕你吃不下。”虽然有些不服输，但安琪也不赖账。她盯着屏幕内沉默不语的阿珍，又道，“她大概不会马上交代一切，今晚可能要通宵。我去跟伙计打个招呼，先放其他人离开，免得被他们投诉，然后再去吃你的菠萝油吧！”

“快去快回吧，我快要饿死了。”溪望捂住肚子作痛苦状。现在已经将近午夜，他们两人已经一整天没吃过任何东西。

“香港就是这样了，工作忙碌，生活节奏又快，忙起来连吃饭的时间也没有。所以大部分人都有胃病，严重的甚至会患上忧郁症。”安琪掏出一盒胃药递给对方，“要是不舒服就先吃一颗吧！”

溪望没有接过胃药，反而关切问道：“你也有胃病？”

“心疼吗？”

“我怕被你传染。”

安琪往溪望脚背狠狠踩了一脚，痛得溪望眼泪快流出来。他连忙解释道：“其实我是想告诉你，蜂蜜泡蒜头比胃药管用。”

“这还差不多，明天泡一瓶给我。”安琪丢下这句话便走出监控室。在她转身的一刹那，溪望看见她露出会心的微笑。

随后，两人走进警署附近的一间便利店。他们本来想去茶餐厅吃菠萝油，但附近的食肆大多在11点前打烊，不像市区那样彻夜营业。这个时候想在附近吃东西，除了24小时营业的便利店外，便没有其他选择。

“怎么没有糯米鸡呢？”安琪翻弄着冰柜里的点心，虾饺、烧卖、萝卜糕等常见的点心都能找到，但就是没她想吃的糯米鸡。

溪望捧着一碟热气腾腾的肠粉走过来，跟她说：“我问过店员了，糯米鸡已经卖完，要明天才有。”

“明天我才不会来这里吃。”安琪气鼓鼓道。

“先吃肠粉吧，味道还过得去。”溪望用竹签插起一条肠粉送往对方嘴里。安琪张嘴就把肠粉吃掉，毫无羞涩。

毕竟饿了一整天，两人在店里吃了不少东西，其间安琪还抢溪望的东西吃，就连饮料也得让她先尝一口，犹如交往多年的情侣。两人吃饱后，安琪仍在抱怨没吃到糯米鸡。

溪望笑道：“我明天请你吃十只糯米鸡好不好。”

“你以为是在内地呀，这里的糯米鸡，一只就能把你撑死。”

“有这么夸张吗？”

“你要是能吃两只，就我请客……”安琪的手机响起，她接听后眉头便皱起来。待她挂掉电话后，溪望问发生什么事，她答道：“是警署的伙计打过来的，说周晓雪报警，声称她房间里的首饰被人偷，叫我过去看看。”

溪望取出手机查看时间，遂说道：“晶晶他们应该已经回到家里了吧？”

“我知道你想什么呢，伙计说周晓雪是在他们离开警署之前报警的，而且根据电梯的监控录像记录，除29楼的住户外，并没发现其他可疑人物在这一层出入。”

“也就是说，失窃很可能发生在婴儿坠楼之前。”溪望露出狡黠的笑容。

第十三章　挟带私逃

收到失窃的消息后，两人立刻前往乐池居。警署与乐池居距离不远，步行大概就十分钟，晶晶等人在半小时前已经离开警署，应该早已到步。果然，当两人来到29楼A室门前，发现客厅里已站满了人，除晶晶等人外，还有两名军装男警。

安琪向两名伙计了解了情况，得知周晓雪一家于一小时前从医院回来，当时房子内一个人也没有，大门锁上且无撬门的痕迹。他们返回房间便发现价值约十万港币的首饰被盗，遂报警求助。两名警员于半小时前上门了解情况，十分钟后晶晶等人才回来。

根据大厦管理处提供的监控录像显示，从中午晶晶等人被带返警署后，就没有外人通过电梯进出29楼。其间保安曾多次巡查楼梯，并没发现任何可疑人物。

晶晶也表示，离开时是她亲自锁的门，除周家四人外，所有持有A室钥匙的人均被带返警署。因此，在周家四人回来之前，应该没人能进出A室。

溪望的目光落在晶晶身旁一名四十余岁，有点发福的中年男子身上，向晶晶问道：“这位先生是……”

晶晶答道：“他是我老公。”

男子向溪望点了下头，说：“阿Sir，我叫吴克勤。”

“你没有钥匙吗？”溪望问。

“阿Sir，你不会怀疑我吧？”克勤虽然表现出些许敌意，但情绪十分平静，“我知道晶晶被你们带回差馆（差馆，即警署），就马上赶去差馆找她，刚刚才跟大家一起回来，你们的伙计可以证明我整天都在差馆里。”

“别紧张，我只是随口问问而已。你们做这门生意应该也不是一两天的事，就算要偷也不会等到现在。”

“唉，十年了，从2003年开始做这一行，到现在刚好十年。”克勤面露惆怅之色。

见对方的话盒子已经打开，溪望想跟他多聊几句，看能否套取有用的信息，便跟他说：“这生意明年就不能做了，你们有什么打算？”

“晶晶本来就有做保险，打算以后做全职。至于我……”克勤惆怅地叹了口气，“唉，我还真不知道该做什么。我已经四十多了，要学历没学历，要经验没经验，大概只能送外卖或者做保安了。”

听吴克勤发了一通牢骚后，溪望觉得对调查没多大帮忙，便想向躲在主人房里的周家问话。他本想直接询问失主周晓雪，但接连的不幸使她的情绪变得不稳定，时而抽泣时而怒骂，就差没有像在医院时那样乱扔东西了。

溪望对她的精神状态甚为担忧，怕在询问的过程中会刺激到她，便向较为理性的芷珊了解情况。

“那些首饰是姐姐昨天才买回来……”芷珊跟溪望一起走到较为安静的B室客厅。见没有其他人在场，她才向对方讲述失窃事件的相关线索——

姐姐生了个健康的宝宝，而且还是男孩，姐夫非常高兴，答应送她首饰。姐夫大概明天就会过来，但姐姐太心急了，不想多等，昨天刚出院就直接到珠宝店挑选首饰。

姐姐在珠宝店买了钻石戒指、项链，还有龙凤镯之类的金器，大概花了十万港币，是用姐夫的银行卡结账。她买完首饰后非常高兴，一回到家就全戴在身上，到客厅问大家好不好看。

当时在客厅的有晶晶、皖婷和仙蒂，大家都是女人，看到珠宝首饰自然会双眼发光，所以都围着姐姐一起聊天。她们开始时只聊首饰，渐渐话题就变成聊自己的男人。

晶晶说吴先生不中用，要不是她想到做这门生意，他们两夫妻可能要靠低保度日。所有钱都是她赚的，吴先生只是给她打工，哪儿有本事给她买首饰。要买首饰只能靠自己，赚到钱就买来奖励自己。

皖婷说燕先生虽然有点能耐，但内地现在物价飞涨，房价更是一路飙升。他们既要还房贷，又要养孩子，压力也挺大的。就算有闲钱也不敢买首饰，多留点钱在身边，要是家里有人病了，也能用来救命。

说到这里，晶晶趁机向皖婷推销保险。皖婷虽然没有立刻拒绝，但看她的脸色，似乎并不想买，只是不好意思说出口。晶晶说多了，她就拿仙蒂做挡箭牌，问仙蒂丈夫的事情，借机转换话题。

别看仙蒂只有二十多岁，原来她十四岁就结婚了，还有个十来岁的女儿，她都快能做外婆了。她说自己丈夫娶了三个妻子，这在她家乡很常见，她每个月的工资大多都寄回家里去。

我们都说她为什么这么笨，自己在这里辛苦赚钱，却把钱寄回家里给别的女人花。她说这也没办法，她女儿有病，需要长期看医生，得花很多钱。如果她不寄钱回家，丈夫就不管女儿了。

这时候，仙蒂的手机响起，她没接电话，而是挂线后再打回去。她说是家里打来的，家里打长途很贵，自己打回去要便宜很多。她跑到客厅另一边讲电话，说的是家乡语，叽里咕噜地连续说了一大堆，我们一句也没听懂。

之后，我就跟姐姐回到房间，她说首饰戴着有点不自在，全都取下来放回首饰盒里，再将首饰盒放到窗台上。

今天晶晶进来给宝宝洗澡时，我记得首饰盒还在，但刚才从医院回来就发现不见了……

按作案时间推断，给婴儿洗澡后曾独自进入主卧室的阿珍嫌疑最大。毕竟她没能为独自进入主卧室做出合理的解释，难免让人怀疑她给婴儿洗澡时，发现窗台上的首饰盒，因而起了贪念。

但是，如果她只为求财，又何必将婴儿扔出窗外？这不但对她毫无好处，反而使罪名较轻的“盗窃”变成极其严重的“谋杀”，从而引起警方高度重视。这当中难道另有隐情？

正当溪望琢磨这个问题时，晶晶走进客厅并不停地叫仙蒂的名字，还向他们问道：“你们有看见仙蒂吗？”

芷珊答道：“没看见呀，她不在这里。”

“这么晚她跑哪里去了，我还有事要交代她呢！”晶晶一脸不悦，以手机拨打仙蒂的号码，片刻后怒道：“竟然拒接我电话，想造反呀！”

“她不是造反，而是挟带私逃。”溪望瞬间明白仙蒂出走的原因。

“你的意思是，偷走首饰的人是仙蒂？”芷珊面露讶异之色。

溪望点了下头，说：“我想在晶晶离开后，进入房间的人不是阿珍，而是仙蒂。她昨晚知道晓雪买了首饰，而且她打电话回家时是坐在客厅的另一面，位置正好能看到主卧室里的情况。也就是说，她看见晓雪将首饰放在窗台上的首饰盒里。”

“是耶，她打电话时坐的位置，的确能看见房间里的情况。”芷珊连连点头。

溪望继续道：“还有，刚才她应该是跟你们一起回来的，但我到来后却没有看见她。我想，她应该是在我们到来之前，就已经偷偷溜走了。”

晶晶仔细回想刚才的情况，恍然大悟道：“我想起来了，仙蒂一回来就跑进厨房，出来后就说要去扔垃圾，之后就再没看见她了。当时我还觉得奇怪，明明没什么垃圾，她为什么还要特意跑一趟。”

溪望分析道：“她大概是把首饰藏在厨房，那是她工作的地方，其他人一般不会翻弄厨房里的东西，是最好的窝赃地点。”

“现在该怎么办，不把她找回来，我怎么给晓雪交代呀！”晶晶急得直跺脚。

“你先别急，香港就一个巴掌大的地方，更有严格的通关制度，她是跑不掉的。而且她不是本地人，应该也没什么地方可以藏匿。”溪望顿了顿又对晶晶说，“如果你知道她在香港有哪些比较要好的朋友，或许能更快找到她。”

晶晶急道：“她在香港没几个朋友，平时就只有一个同乡姐妹过来找她。但我不知道那人的联系方式，只知道应该是住在附近。”

“如果是这样，恐怕得多花点时间。”溪望不禁皱眉。

他皱眉的原因不仅是为寻找仙蒂的下落，更为阿珍撒谎一事感到疑惑。如果进入主人房的是仙蒂，那么阿珍为何要替她隐瞒，甚至不惜使自己身陷囹圄?

套用无相法则第二条，阿珍损伤自己利益，必定是为了得到更大的利益，或者防止自己受到更大损失。以此推断，可能性有两个：一是阿珍也参与行窃，故意让仙蒂脱身，以便对方能尽快销赃及跟她分赃；二是她有把柄被对方抓住，被迫为对方圆谎。当中以后者的可能性较大。不管如何，当务之急是找到仙蒂的下落，只要把她抓到，一切问题都能得到解决。

现在已经是凌晨，大家折腾了一整天，都已经很累。安琪觉得继续折腾下去对调查也没多大帮助，便准备收队离开。她带队走出大门时，发现晶晶两夫妻也一同出门，并将A、B两室的门锁上。她不由得感到疑惑，遂问道：“这么晚你们还出去？”

“你放心，我们不会像仙蒂那样潜逃的。”晶晶心情不太好，语气也变得不太友善。

克勤见状连忙解释：“我们不住在这里，平时都是住在11座。”

安琪“哦”了一声便没再说话，但却在心里骂道：你们有好几套房子，竟然还让阿珍住凶宅，睡在当年藏尸的厨房里。如果我是你们亲戚，早就跟你们断绝关系了。

一行人走向电梯间时，麦太太好奇地走过来，她先跟众人打招呼，随即向晶晶问道：“你们家是不是又出事了？”

晶晶烦腻地答道：“我家的宾妹（宾妹，泛指所有在香港打工的东南亚裔女用人）偷东西了，现在不知道跑哪里去了，烦死人了。”

“仙蒂偷东西了？”麦太先露出惊讶的表情，“她之前还跟我借钱呢，说她的女儿要做手术，要给家里寄五万块。还好我没借给她，让她找财仔借。”

“谁是财仔？”溪望问道。

众人皆笑。安琪戳了他一下，在他耳边小说解释：“财仔不是人，是财务公司。”

溪望获悉后亦觉可笑，突然灵机一动，向麦太问道：“知道仙蒂向哪家财务公司借钱吗？”

“应该是联达吧，那天我刚好收到一张联达的宣传单，就拿给她了。”

“谢谢！”溪望点头致谢。

安琪回到家里先致电警署，跟同事交代通缉仙蒂一事，随后向溪望问道：“你刚才问麦太，仙蒂跟哪间财仔借钱，我想不会只是因为好奇吧？”

“你觉得财务公司找人的效率高，还是警方找人的效率高？”

“那还用说，当然是财仔了。”安琪曾向财务公司贷款，自然知道对方的“办事效率”有多高。

溪望又问：“如果我们让财务公司帮忙，会不会更容易找到仙蒂？”

“不行，这不合规矩。”安琪不断摇头，“而且财仔也不会帮我们。”

“我又不是警察，你那些规矩对我不适用。至于财仔嘛……”溪望狡黠一笑，又道，“想想无相法则第一条吧，没找到仙蒂，他们的贷款就悬了。”

安琪仔细一想，似乎也有道理，遂点头认可，并说：“但要怎样才能让财仔帮忙呢？”

“你找到他们的电话号码就行了，之后的事就让我来办。”

“这还不简单，上网查一下就有了。”

第十四章　坦白从宽

“您好，联达财务公司，请问有什么可以帮您？我们公司最新推出易借易还计划……”手机听筒传出一个精练的女性声音，滔滔不绝地讲解自家公司的各项贷款业务。

“不好意思，我没有申请贷款的打算。”溪望打断对方的话头，又道，“我这次来电，是想向贵公司查询一下，是否有个名叫仙蒂的印籍女佣向贵公司申请贷款？她的地址是乐池居1期4座29楼A室。”

“先生，不好意思，本公司不提供这种查询服务，也不会对外透露客户资料。”

“哦，你就当我喝醉酒胡言乱语好了。仙蒂在雇主家里盗窃约值十万元的首饰后人间蒸发，如果被警方找到，首饰当然会物归原主，她亦会被收监，驱逐出境也是早晚的事。”

“先生，您真的喝醉了，请您不要再打电话来骚扰我们。”

“哦，或许我真的醉了。不过我还是很想知道仙蒂的下落，至于那些身外物我倒不在乎。”

“先生，如果您继续骚扰我们，我们是会报警的。”

“晚安！”溪望狡黠一笑，遂挂掉电话。

“怎样？财仔答应帮忙吗？”安琪问道。

溪望微笑作答：“你说财仔要是答应了，你们警察会不会找他们麻烦？”

“不排除有这个可能，不过找他们麻烦的应该是廉记（廉记，即廉政公署）。”

“那他们当然不会答应。”

“那刚才还说交给你搞定。”安琪白了他一眼。

“先别管这事了，我们先睡觉吧，明天再想办法。”

翌日早上，安琪带领溪望等人来到中式快餐连锁店吃糯米鸡。之前溪望还笑说吃两只没难度，但当安琪将糯米鸡捧到他面前时，他就笑不出来了。因为每只糯米鸡都有人脸那么大，正常人吃掉一只也撑得要死，能吃两只绝对不是正常人。还好，他们当中就有一个不是正常人。

榴莲连筷子也省了，直接用手扒开荷叶，将整只糯米鸡往嘴里塞，没几下子就把两只糯米鸡消灭光了。因为见华吃得比较慢，溪望跟安琪又在讨论案情，他闲着无聊就想点根烟抽，但却被安琪把打火机和烟都抢了过去。

他正想开骂，安琪便伸手在他面前摊开，说："给我两千五。"

"干吗要给你钱？赏你五巴掌倒是随时都可以。"榴莲怒气冲冲道。

"室内吸烟定额罚款五千，现在我替你省了，我跟你要一半作为报酬也很合理吧！"安琪白了他一眼。

"哈哈，今天天气真好。"榴莲装疯卖傻地走出门。

他走到店外的公园前一个顶盖装有烟灰缸的垃圾桶旁边，正想点烟却想起打火机还在安琪手上。如果现在回去跟妹妹要打火机，她肯定又会摊开手掌要钱。正为此苦恼之际，一个长发美女走近，并于垃圾桶前驻步取出香烟点上。

榴莲从对方身上除闻到香烟的气味外，还闻到一股清淡的玫瑰花香，对方显然喷了香水，而且还是高档货。在香港使用香水是很平常的事，所以他并没有在意，他在意的只是对方手中的打火机，便冲对方笑道："靓女，可以借个火吗？"

美女将打火机递给他，娇媚笑道："现在还有人用这种方式搭讪呀？"

榴莲没理会对方的嘲笑，赶紧把烟点上，深深地抽上一口，遂摆出一个自以为能迷倒万千少女的姿势，再拨了拨额前几根头发，故作潇洒道："通常只有靓女向我搭讪。"说罢将打火机交还对方。

"是吗？那我真荣幸。"美女接过打火机后，将只抽了两口的香烟往烟灰缸里掐灭，从手包里取出一张名片递上，娇媚笑道，"回到内地要是遇到法律上的问题，可以随时找我哦！"说罢便转身离开，留下不明就里的榴莲及一阵玫瑰花香。

"回到内地？"榴莲呆望着远去的婀娜身影，不断琢磨对方话里的含义，突然傻乎乎地笑道，"这算是跟我约炮吗？"遂查看对方的名片。然而这一看，他就愣住了，因为名片上印有"May Lee 李梅"等字样。

他之前虽没见过李梅，但也知道对方是溪望的死对头。"她来香港干吗？难道是冲小相而来？"这个念头在他抽完手中的香烟之前，一直徘徊于脑海之中。

此时，快餐店内的安琪刚接过警署打来的电话，惊讶地对溪望说："仙蒂自首了，现在就在警署。"

溪望得意地笑道："财仔果然守信用。"

"你昨天不是说财仔没有答应吗？"安琪面露不解之色。

溪望解释道："有些话不能说得太直白，大家心里清楚就好。"

"这叫心照不宣吧！"见华虽然不清楚事情始末，但大概也猜到他们在谈论什么。

“多事！”溪望笑着刮妹妹的鼻子，又对安琪说，“首饰应该被财仔拿去填债了，要不然他们也不会送仙蒂去自首。回警署多拿这事做文章，应该能让仙蒂将知道的事情都说出来。我比较想知道阿珍为什么会替她圆谎，这里面可能有婴儿坠楼的线索。”

“那还等什么，我们现在就去警署审问仙蒂。”安琪拉着溪望往外走。

“我们是不是该先等榴莲回来？”溪望不放心将妹妹单独留下。

“丫头都已经二十岁了，你还怕她会被人拐走？”安琪白了他一眼，遂转头对见华说，“丫头，你在这里等王猛，要是他被警察抓走没回来，你就到警署找我们。”说罢便拖着溪望离开，也不管对方是否愿意。

他们离开不久，榴莲便抽完烟回来。他本想将刚才在外面遇到李梅一事告诉溪望，但对方既然已经离开就只好作罢。

“哥跟姗姐办事去了，我们怎么办？”见华问道。

榴莲看了下时间，说：“现在这个时候最好就是看电影，特价。”

安琪跟溪望来到警署后，便亲自到会面室盘问仙蒂。果然如溪望所料，仙蒂没有带盗取的首饰前来自首，她的解释是在路上遗失。安琪虽然知道是怎么回事，但还是做足表面功夫，询问她去过哪里，大概在哪个路段遗失首饰之类的问题，之后才进入正题。

“你之前的口供说，晶晶离开后，进入主人房的是阿珍，而且阿珍居然也跟你一起撒谎，替你隐瞒事实。”安琪顿了顿，再以严肃的语气问道，“你知道阿珍为什么要替你隐瞒吗？”

“我不知道，我什么都不知道……”仙蒂慌张地摇头。

安琪不耐烦道：“我希望你明白自己现在的处境，盗窃是严重罪行，不跟警察合作，对你没有好处。”

在场的另一名男警亦劝说道：“仙蒂小姐，你涉嫌触犯盗窃罪条例，一经定罪可能被判处即时监禁。如果你跟警方合作，警方或许会替你向法官求情，这样会有很大机会得到轻判。”

“我很想跟警察合作，但我真的不知道。”仙蒂仍不停地摇头。

要不是碍于警员身份，安琪真想拆桌子揍仙蒂一顿。通过摄像机了解会面室内情况的溪望，拿起对讲机跟安琪说：“告诉她，法官大概会判她监禁多久，再提一下她女儿的手术。”

安琪会意道：“既然你不愿意合作，那就没什么好说了。不过我得提醒你，根据盗窃罪条例，入屋盗窃循公诉程序定罪后，可判处监禁14年。”

“14年？”仙蒂大声惊呼，几乎从椅子上跳起来，用不着安琪提及她的女儿，便慌忙求安琪替她向法官求情。

“你得跟警方合作，我才能帮你呀!”安琪翘起双手摆出一副事不关己的模样，“不然你让我的报告怎么写呢？”

“是不是我说真话，你们就会替我向法官求情？”仙蒂惊慌地问道。

“坦白从宽。”安琪的回答模棱两可。

虽然没得到确实的答案，但仙蒂似乎没有其他选择，只好坦白交代事实。溪望的推测没错，阿珍之所以替她圆谎，确实是因为有把柄在她手中。为了换取警方向法官求情，她毫不犹豫地道出内情：“阿珍不是太太表姐，她只是太太同乡。她跟一个香港男人假结婚，申请探亲签证来香港给太太打工。前晚她整晚没有回来，并不是去跟老公拍拖，她根本没见过自己的香港老公。前晚有个孕妇入院生孩子，所以她要到医院里打点。她来香港已经六年，明年就能拿到身份证。但被你们知道她假结婚和非法就业，不但要坐牢，或许这辈子都不能再来香港。”

“原来是这样……”安琪倒吸一口凉气，心想：阿珍到底是不是疯了？为了继续留在香港，竟然被冤枉杀人也不肯将事实说出来，一张身份证真的这么重要吗?

她感慨万端地对仙蒂说：“每个人都有秘密，都会为保护自己而隐瞒真相，甚至捏造事实。虽然你们的初衷只为保护自己，但却妨碍了警方的调查，变相帮凶手逍遥法外。如果每个人都像你跟阿珍这样，我们累死也抓不到凶手。”

“这可不是感慨的时候。”溪望的声音在安琪的耳机中传出，“快问仙蒂，她进房间的时候，婴儿是否还在床上。”

安琪不再分神，马上对仙蒂发问，对方答道：“我不知道，我当时慌得要死，生怕被人发现。心里只想着快点把首饰拿走，没留意宝宝有没有在床上。”

让同僚将仙蒂送去收押后，安琪在同一个会面室里对阿珍展开盘问：“仙蒂已经供出你假结婚及非法就业，我会交由入境署跟进。现在你该交代作假口供的事，如果你仍不肯坦白交代，很可能会被入境署列入黑名单，日后将会拒绝你的来港申请。”

另一名警员亦对阿珍说：“你涉嫌触犯入境条例，一经定罪可能被判处入狱，并于刑满驱逐出境，入境署在短期内将不会再受理你的入境申请。如果你还触犯其他香港法律，入境署有可能将永久禁止你来港。”

“不要，不要赶我走，不要驱逐我出境……”阿珍突然哭起来。

安琪最讨厌看见别人哭，她认为这是软弱、博取同情的表现，便厌烦道："就算你把青马大桥哭断也没用，想帮自己就坦白交代实情。只要你肯跟警方合作，而且态度良好，在法院上又主动承认控罪，法官肯定会给你轻判。这样你以后还有机会来香港。"

跟仙蒂一样，阿珍意识到跟警方合作是当下唯一的选择，所以她止住泪水，尽量平复自己的情绪，坦白交代一切——

我不想回老家，因为我是不祥人。

几年前，我在大陆结过一次婚，但新郎在迎亲当天遇到车祸，当场就死了。红事变白事谁也不高兴，别说是婆家，就连父母也觉得我晦气，村里的人更在背后对我指指点点，嘲笑我是"劏猪凳"（劏猪凳，是广东方言，形容女性克夫）。

我在家里待不下去，就想去外地打工，可我没念多少书，除了做家务就不会干别的事情。而且我当时也没出过远门，要是没熟人照顾，到了外地恐怕只会沦落街头。

晶晶恰好在这时候回家乡探亲，还到我家串门。我们虽然不是亲戚，但她小时候就住在隔壁，跟我也算熟络。我知道她曾经在广东打工，后来还嫁了个香港人，现在过得挺不错，就把自己的情况告诉她，问她能不能替我打点一下，介绍我到广东打工……

第十五章　星光大道

"我还记得，晶晶当时跟我说，干吗要去广东呢？工资少不说，还天天加班，累死人了。别去广东，跟我去香港吧！"阿珍闭上双眼，回忆这段改变她一生的往事，擦去眼角的泪水继续讲述自己的过去——

接着，她又告诉我，她在香港做内地人赴港产子的生意。因为客人太多，经常忙不过来，想请个熟人帮忙照顾孕妇，问我想不想帮她。

我当然是想了，但我又不是香港人，就连通行证也办不了，怎么能到香港给她做事呢？她说只要肯花钱，没有办不了的事。然后她又教我在香港找个男人假结婚，这样就可以申请探亲签证，七年之后更可以拿身份证做香港人。

我问她大概要花多少钱，她说有朋友做这门生意，熟人价大概要5万。我当时就一个乡下人，5万对我来说简直就是个天文数字。但她说可以借我这笔钱，而且我帮她做事，她每个月会给我五千块工资，还包我在香港的吃住。这样不用一年，我就能还清这笔钱。

有这么好的条件，谁不答应呢?

就这样，我便来到香港给她做事。

可是到香港后，我才发现事实并没有想象中那么好。孕妇一般都在半夜开始肚子痛，而且会来香港生孩子的大多都是二胎，甚至是三胎，肚子一痛马上就会生出来，必须立刻送她们到医院。

送孕妇到医院后，我还要替她们办手续，要是没家人陪产，我还得陪她们。一个女人在生产时最需要亲人的支持与安慰，我实在狠不下心把她们丢在医院里。

就算有家人陪伴，我也不能马上就走，因为他们都不清楚香港医院的规矩。譬如手机要充电，在大陆的医院里，找到插座把充电器插上去就是了。但在香港这样可不行，在大多数私家医院里，这样要额外收费。应该说，在香港的医院里，你几乎可以要求护士提供一切合法服务，但当中大多服务都需要收费，出院时会给你提供一张详细的收费清单。

所以，在孕妇入院的第一晚，我通常不会回来。

我是乡下人，吃惯了苦，工作辛苦一点倒没所谓。可是，晶晶竟然让我住在死过人的房子里，还睡在曾经埋藏尸体的厨房，这可让我受不了。

刚来香港的时候，我只是觉得厨房小一点，也没察觉有什么不对劲。我想香港的房子就是这样，客厅还没家里的厕所大，而且自己出门打工，有地方住就成了，要求太多会让老板不高兴。可是，没过多久我就从邻居口中知道李老太的事，原来当年李老太的尸体就埋在我每晚睡的地方。

自此之后，我每晚都会做噩梦，梦见一个很凶的老太太说我压住她，要把我赶走，还拿刀砍我。我把这事告诉晶晶，想换一个房间睡，最好是换B室的房间。但她却说客人已经多得住不下，哪儿有房间可以给我换。还说仙蒂连房间都没有，只能睡在饭厅里。

我当时实在是害怕，就说不给我换房间，我就回家不干了。可她却要我先把假结婚的5万块还清才能走，我上哪给她找这么多钱。无奈之下，只好硬着头皮继续睡在那可怕的厨房里。

一年后，我终于把钱给还清了，也开始习惯香港的生活，就算离开晶晶，到餐厅找份送外卖或者洗碗的工作，也能养活自己。可是晶晶却不让我走，说我要是不替她做事，就揭发我假结婚，不但让我不能留在香港，还要警察抓我去坐牢。我实在不想回老家，只好任由她摆布，继续为她做事，这一做就是五六年。

晶晶表面上虽然面面俱圆，跟谁都会说好话，但实际上却是心肠恶毒的坏女人，就连她公公老吴先生也不喜欢她，经常向我抱怨，说晶晶跟他儿子结婚都超过十年了，竟然连蛋也没下一只，要不是她把钱跟房子全揽在身上，早就叫自己儿子跟她离婚了。

这或许是报应吧，她不但买下凶宅，还要我睡在李老太身上，李老太怎么会轻易放过她呢！我最近还发现，她每个星期都会去见心理医生，每次都带回一大包药，说不定她已经被李老太缠上了……

阿珍阴阳怪气的语调，让人觉得需要接受心理医生治疗的人是她，而不是晶晶。不过她的神志尚属清醒，至少能将诊所的详细地址说出来。

安琪走出会面室，便跟同僚商量将涉嫌雇用非法劳工的晶晶带返警署，并让伙计将阿珍送去收监。溪望追上阿珍，跟她聊了几句，随即回来跟安琪说：“我建议你们先别急于拘捕晶晶，反正她也不会跑。房子都写的是她的名字，她要是跑了，房产肯定会被冻结。以她贪财的性格，大概宁愿坐几年牢，也不会放弃房子。”

“她应该不会潜逃，如果要跑早就跑了。阿珍被带回警署这么久，她大概已猜到阿珍会把所有事情说出来。”安琪点了下头，随即又不解地问道，“可是，我们还等什么？”

“现在拘捕她，只能控告她雇用非法劳工。”溪望狡黠一笑，“如果我们跟她的心理医生聊一聊，说不定能多告她一条谋杀罪。”

“你怀疑晶晶是凶手？”安琪惊讶道。

“没有实质证据之前，最好别作无谓的猜测，走吧！”溪望说罢便往外走，“希望能在今天侦破这宗案子。”

“你以为自己是神探呀！”安琪追上来挽住他的手臂，“我才不信你能在今天将凶手揪出来。”

“要不要赌一顿饭？”溪望笑道。

“好呀，你要是在今天之内不能找出凶手，就请我去半岛酒店大吃一顿。”安琪露出狡诈的笑容。

溪望想也没想便答道："一言为定。"

罗杰看着他们两人远去的背影，对身旁的美雪说："你说相先生知不知道半岛酒店有多贵？"

美雪横了他一眼，鄙夷道："怪不得你每年情人节都要一个人过。"

根据阿珍提供的地址，安琪跟溪望来到一间位于尖沙咀某商业大厦内的私家诊所。晶晶的心理医生是一名年约四十五岁、眼神冷漠的时尚女性，名叫钟雪莉。

自进入钟医生的办公室后，安琪就觉得对方老是盯着自己，便问道："我们之前见过吗？"

"别在意，只是职业习惯而已。"雪莉轻描淡写道，"你的动作拘谨，面部肌肉也不见得松弛，终日处于紧张状态，平日压力应该很大。或许你该到外面跟护士约个时间，让我给你做个压力测试。"

安琪摇头道："不必了，我有自己的减压方法。"

"我建议你认真考虑一下。"

"此事稍后再谈吧，我们这次的目的是……"溪望替安琪解围，并开门见山地向雪莉提出查阅晶晶病历的要求。

雪莉冷漠道："除非你们得到法庭的许可，否则我不会向你们提供病人的任何资料。"

"这可伤脑筋呢……"溪望眼光流转，琢磨着怎样才能迫使对方交出病历。

安琪察觉他的意图，扯着他的衣领，在他耳边小声说："别打鬼主意，在香港所有从非正常途径获取的证据，都会被视作无效，法官甚至会对此做出追究。"

溪望本想在此大闹一场，趁乱偷取病历，但被安琪一说就只好作罢。当然，他并不甘心白走一趟，便向雪莉问道："作为一位专业的心理医生，我想你应该不会拒绝回答警方一个在你专业范畴内的问题吧？"

"只要不涉及病人的隐私，我乐意跟警方合作。"雪莉面无表情地回答。

对方每个神情、每句话似乎都经过琢磨，令溪望猜不透她的心思。她所说的"合作"亦可进可退，继续交谈也不见得能套取线索，因此溪望便直接询问重点："一个未曾生育且患有心理疾病的中年妇女，会不会因为妒忌而伤害别人的孩子？"

"要看具体情况，不能一概而论。"雪莉的回答模棱两可。

"我只想知道，有没有这个可能？"

“Nothing is impossible.”

“谢谢！”溪望礼貌地点头致谢，遂与安琪离开。

两人刚步出诊所，安琪便不悦道：“一大早跑来市区，却什么收获也没有。”

“那也不一定。”溪望狡黠笑道，“我们可以去星光大道逛逛，距离这里应该不会很远吧？”

“也就十分钟左右的路程，不过你去那里干吗？你应该对观光没什么兴趣吧，而且那里也没什么好看。”安琪仍记挂着拘捕晶晶一事。

溪望笑道：“刚才我问阿珍，上哪能找到晶晶的公公。她说老吴先生喜欢钓鱼，这个时候通常会在星光大道。”

“在星光大道钓鱼？”安琪一手按在自己额前，无力道，“亏他想得出来。”

两人虽未曾与老吴先生见面，但大白天在星光大道上垂钓的人并不多，而且他的相貌跟儿子十分相似，很容易就被他们认出来。溪望在附近买来鱼竿，故意走到老吴先生身旁垂钓。

老吴先生瞥了他一眼，不悦地道：“后生仔，这里能钓鱼的地方多着呢，用不着跟阿叔争位置。”

“阿叔，一个人钓鱼不觉得无聊吗？多个人可以聊聊天呀！反正我的技术没你好，就让我跟你学习一下吧！”溪望故意奉承。

“随便你吧，没钓到鱼可别怨我。”老吴先生的态度较之前稍微友善一些。

溪望莞尔一笑，并没有急于向对方套话，而是有一搭没一搭地跟他聊些闲话，但对方没怎么答话。大概过半小时，老吴生钓到一条约一公斤重的黑鲷，溪望熟练地帮忙取出鱼钩，并将黑鲷放进他的水桶里。

“阿叔，你果然是高手，才一会儿就有收获了。”溪望抓住机会拍对方马屁。

“小意思，上星期我还钓到一条十几斤重的石斑呢！”老吴先生乐呵呵地笑着。

“厉害，厉害，姜还是老的辣。”虽然溪望于心中嘲笑他的吹牛，但脸上却尽显崇拜之色，并一再奉承对方。

老吴先生心情大好，话自然就多了，亦不再像刚才那样对溪望存有戒心。两人你一句我一句地聊着，话题从全球经济到美国大选，再到上任不久的梁特首，最终话题被溪望引导到“儿女”上。

溪望见时机成熟，便切入主题：“阿叔，我看你已有六十岁了，儿子还没给你添孙子吗？怎么还有闲情逸致来钓鱼？”

老吴先生已经七十有几，被他少说十多岁，心里多少有点高兴，但一谈及孙子的问题，眉头便皱起来，叹息道：“我倒是挺想抱孙子，可我儿媳进门十多年，竟然连蛋也没下一颗。”

溪望立刻附和道：“现在的港女就是这样，都不想生孩子，要么怕痛，要么怕影响身材，还有人说养个孩子要四百万。其实这些都是扯淡，哪个当父母的不是一把尿一把屎地把孩子拉扯大呢？”

“唉，她可不是不想生，而是生不出来。”老吴先生一脸愁容。

“她身体有问题吗？”溪望故作惊讶，“现在医学发达，除了艾滋病，应该没什么病治不了呀？”

“要是一般的病早就治好了。她得的是都市病，医生说她患上了躁郁症，有时候会莫名其妙地哭起来，有时又会无缘无故发脾气，甚至乱扔东西发泄。”老吴先生叹了口气又道，“如果只是这样，大家对她忍让一点就是了。可这病还影响了她的内分泌，使她怀不上孩子。”

第十六章　爱与妒忌

“听起来好像挺严重的，怎么会患上这种病呢！”溪望同情道。此时他已无须再费唇舌，只需充当一个聆听者。

“医生说是因为压力过大。”老吴先生再度叹息，话匣子一打开即如涌泉，滔滔不绝——

我儿媳是内地人。十多年前，我儿子跟堂兄弟回内地做生意时认识她的。那时候回内地开工厂，要赚钱还不算难，不过我这侄子太容易相信别人，居然被人骗了一笔货款。他们的资金本来就不多，没有这笔货款连工资、厂租都拿不出来。村委会怕他们会跑掉，竟然把我儿子扣起来，软禁在酒店的房间里，让侄子拿钱来赎人。

儿媳当时是厂里的会计，其他工人都喊打喊杀地找来讨工资，唯独她跟我儿子站在一块。我儿子被软禁的时候，还是她每天给儿子送饭。像她这样有情有义的人，现在已经不多了。儿子最终被她感动，把事情解决后就跟她结婚，一起回香港重新开始。

人人都说香港遍地黄金，只要肯拼搏绝不会饿死人。可他们回来的时候是2003年，一场SARS几乎让整个香港的经济瘫痪，而且他们不但没带钱回来，还欠了一屁股债，想要重新开始谈何容易呢！

我就这么一个儿子，说不帮他是不可能的，但想帮也帮不了多少。那年我买的股票基本上都跌停了，身家少了一大截，只能挤出几万块借给他应付生活。

还好，我这儿媳有想法，竟然想到做大陆孕妇的生意。她用跟我借来的钱租了间有三个房间的房子给这些孕妇住，帮她们安排产检，到医院预订床位，还给她们介绍私家医生和办证件。

其实这对香港人来说，只是打打电话排排队的轻松活，但对不熟识这里情况的大陆人来说，麻烦可不少。就像办证件那样，内地人都不知道要打电话预约，半小时就能办好的事情，他们往往要瞎忙一个星期。

我还记得刚可以来香港生孩子的时候，有不少内地孕妇因为不懂得办延期居留，刚生完孩子马上就要上法庭，还得坐一天牢。其实只要有医生证明，花百来块办签证延期就不用这么麻烦了。

所以啊，他们这生意可说是无本生利，最大的开支不过是房租，但钱却没少赚，不但很快就把欠债还清，还把生意越做越大。

可能他们比较守信用吧，总是不断有生意找上门，都是之前的客户介绍过来的。客人越来越多，一套房子当然应付不过来，生意最好的时候，他们一共租了五套房子。他们不但请了好几个人帮忙，就连我这老头子偶尔也要当跑腿的。

后来，他们存了点儿钱，就想与其给别人交租，还不如向银行贷款买套房子，反正每个月的供款跟房租也差不了多少。他们的存款本来只够给一套房子的首期，可儿媳竟然找到两套很便宜的相连房子，两套房子加起来，也没有同区一套房子的价钱高。

我当时还想怎么会有这么好的事，后来才知道这两套房子都是凶宅，所以才会这么便宜。但儿媳不信邪，一时贪便宜便把两套房子一起买下来了。

房子是买下了，可是他们两夫妻却高兴不起来。

首先出问题的是儿媳，她搬进凶宅就夜夜做噩梦，总梦见一个老太婆向她诉苦，还求她帮忙。她不帮就不停骂她，还赶她出房子。

她当时想，可能是因为自己工作太累了，既要兼顾生意，又要到保险公司上班，所以才会经常做噩梦。可没过多久，我儿子也病了，都已经三十岁的人，竟然无缘无故发高烧，治了一个星期也没好转。

我跟他们说："别怪我老头子迷信，这房子不干净，你们搬进来就没好过。反正隔壁的房子也是你们的，虽然也是凶宅，但总比这里好一点，为什么不搬到隔壁住住看呢？"

儿媳本来不信邪，但我这当公公的都已经开口，她也不好意思逞强，就按我的意思搬到隔壁去。才搬到隔壁没两天，儿子的烧就退了，儿媳也不再做噩梦，他们这才相信这套房子的确有问题。后来干脆在附近另外租了套房子住，让客户住在那两套房子里。

虽然偶尔也有客户说经常会做噩梦，但他们通常只住一两个星期，将孩子生下来就会离开，所以一直都没出问题。可是，儿媳不知道是否还被凶宅里的脏东西缠着，这么多年过去了，还是没怀上孩子。

我早就劝她把那两套房子卖掉，但她却说卖掉就再也买不到这么便宜的房子，怎么也不肯听我的。儿子也不中用，钱全都交给老婆管，房子也全写的老婆名字，要不然我早就劝他离婚了。

现在可好了，前几天那凶宅又出人命，一个客户的孩子无缘无故地坠楼死了……

老吴先生激动得满脸通红，沉默片刻后脸上换上唏嘘之色，叹息道："她要是肯听我的话，把那两套房子卖掉，就不会发生这么多事。说不定我早就当爷爷了。"

"你说的房子，不会是乐池居那两个吧？"溪望故作讶异道，"听说几年前，其中一户的住客还把自己的儿子扔下楼呢！"

"你也知道呀？就是那两套房子。"老吴先生虽有些许愕然，但似乎并未察觉不妥。

"在香港这种地方哪有秘密，谁要是在马路上拉坨屎，保准明天全香港都知道。"溪望突然压低声音，"你媳妇有躁郁症，你说那个婴儿会不会……"

老吴先生看着溪望那根半天也没动静的鱼竿，沉默半晌后答道："她病发时，确实会像发疯一样。不过近年稍微好一些，一般只在独处时才会发作，所以我也不敢说她不会将婴儿扔下楼。"

溪望狡黠一笑，遂收起鱼竿，叹息道："半天也没鱼上钩，我还是改天再来向你学习，再见了阿叔。"

正当他准备离开之际，却听见老吴先生说：“鱼钩上没有鱼饵，当然钓不到鱼。后生仔，下次做戏要周全呀！”

他猛然回头，发现老吴先生脸上露出阴险的笑容，惊觉对方早已洞察自己的意图，不由得苦笑道：“姜还是老的辣。这一句是真心的，祝你早日心想事成。”

“承你贵言。”老吴先生向他挥手道别。

与安琪会合后，溪望将刚才的情况告知对方，并让对方致电同僚，将晶晶带回警署问话。

“哇，这老头原来这么厉害！”安琪惊呼道，“他把这些事告诉你，是想借刀杀人，让儿子跟晶晶离婚？”

“不排除这个可能。”溪望点头道，“他虽然不讨厌晶晶，但对晶晶未能给他添个孙子始终存有芥蒂。只是忌惮晶晶掌管家中财政，怕儿子离婚后一无所有才会忍气吞声。如果晶晶被法庭判处入狱，吴克勤可以趁机将财产转移，到时候就有谈离婚条件的筹码。”

“你们男人没一个是有良心的！”安琪像盯着犯人似的，睁大一双美眸瞪着溪望。

溪望连忙举手投降，笑道：“我可没想过要谋你的财产。”

“你敢！”安琪凶狠道。

继续这个话题对自己并无好处，因此溪望便指了指对方提着的几个纸袋，问道：“你刚才哪儿里去了，怎么会提着这么多东西？”

“我看你连鱼竿都买了，肯定会聊上半天，所以我就购物去了，刚好看见有间名店大减价……”安琪眉飞色舞地讲述自己的购物过程，显然已经忘却办案所带来烦恼。

溪望皱了下眉头，又问：“钱够用吗？”

“你想送我金卡？”安琪满脸惊喜与期待。

“我是怕再有人上门讨债，榴莲会把你的房子卖掉。”

安琪面露狰狞之色，张牙舞爪道：“那个死仆街，总是到处说我坏话。”

溪望安慰道：“他也是为你好，这世上除了令堂，最关心你的人就是他。”

“你不关心我吗？”安琪含情脉脉地看着他。

“我比较关心丫头。”溪望笑着加快脚步。

安琪于原地愣了一下，随即快步向前冲跳到他背上，双手勒住他的脖子，娇斥道：“你休想逃出我的手掌心！”

溪望并没有挣扎，顺势背着她继续往前走。

“小时候，你也经常这样背我。”安琪露出甜蜜的笑容，不再勒对方的脖子，静静趴在他背上，感受他温暖的体温。

“你比那时候重多了。”溪望回头笑道。

“你敢说我胖！”安琪紧握双拳猛锥他两侧太阳穴。

一路上受尽安琪的各种“酷刑”，溪望好不容易才活着来到天水围警署。罗杰已将晶晶带回来问话，正在会面室等候。就像之前那样，安琪在会面室盘问嫌犯，溪望则在监控室通过摄录机了解会面室里的情况。

“有证据显示，你患有躁郁症，病发时会无缘无故地发脾气，甚至乱扔东西发泄。再加上你在时间上有行凶的可能……”安琪顿了顿便单刀直入地问道，“是不是你将婴儿扔下楼？”

“你在胡说什么！”晶晶激动地反驳，“我怎么可能将婴儿扔下楼，那可是我的房子耶！这样做对我有什么好处？我为什么要这样做？”

“因为你妒忌！”安琪义正词严地斥责，“你结婚十多年一直没怀上孩子，所以你妒忌别人能当妈妈。看见别人的孩子这么可爱，让你控制不住自己的情绪，一时失控将婴儿扔出窗外。”

“你胡说！”晶晶气得满脸通红，拍案而起，圆睁的双目仿佛能喷出将对方烧成灰烬的火焰。但她很快就控制住自己的情绪，坐下来不断深呼吸，并接连跟自己说了几遍“冷静”。待情绪平复后，她便向安琪问道，“你知道我为什么要做产子中介吗？”

安琪不屑道：“为了赚钱。”

“我不否认自己贪钱，但有些东西不是钱可以买到的……”晶晶平静地向对方讲述自己的经历——

我在农村长大，父亲的兄弟们都很喜欢小孩，都生了三四胎，我也有两个弟弟，加上堂弟妹总共有十多人。因为住得很近，我又出生最早，所以这些弟妹大多是由我拉扯大的。

能把这么多弟妹拉扯大，你也不想想我有多喜欢小孩？

我之所以嫁我老公，是因为他是香港人，嫁给他想生多少个孩子都可以，用不着去管什么计划生育。我跟他结婚的时候，他不但一毛钱也没有，还欠别人几十万呢！

就是因为跟他结婚的时候，我们没能力供养孩子，而我又很喜欢小孩，所以才想到做赴港产子中介。这样我就能看着一个又一个孩子出生，抱抱他们，给他们喂奶，替他们洗澡。光想到这些，我就已经很开心了。

当然，他们始终是别人的孩子，出生后小住几天就会离开，不能长期留在我身边，难免会让人觉得可惜。所以，当环境稍微好一些，我们就打算生个孩子。

唉，也不知道我上辈子做错了什么，当我想要孩子的时候，却怎样也怀不上。医生说我压力过大，患上躁郁症导致内分泌失调，从而影响生育能力，要想生孩子必须休养很长时间。

当时我的压力的确很大，刚买下29楼A、B两套房子，每个月光供楼就要几万块。而且为了多赚钱，我还要到保险公司上班，每月的业绩评比都快把我逼疯了。可是，我却不能停下来，必须继续工作。不然没钱供楼，银行就会把房子收走。

我们没别的办法，只好暂时不生孩子，等手头松动些才想这事。我自己不能生孩子，自然就更喜欢别人的孩子了，也很讨厌那些重男轻女，甚至想堕胎的人。

每次有客户想鉴别胎儿性别时，我都特别不愿意替他们预约，总是跟他们说，都是自己的孩子，男孩女孩又有什么区别呢？我虽然远嫁香港，但几乎每天都会打电话跟父母聊天，逢年过节不管有多忙，也会抽时间回老家探望父母。可我那两个弟弟呢？结了婚就只忙着做生意，连爸妈什么时候生日也不记得。

你说是生儿子好，还是生女儿好？

有一次，有个贱男人知道老婆怀的是女儿，竟然要老婆把婴儿打掉。他老婆当时已经怀孕六个多月，开刀拖出来就是条小生命。他老婆在我家里哭了一整夜，他还是要将婴儿打掉。我一时生气就甩了他一巴掌，这事还闹到要进差馆，你查一下肯定能找到记录，就是三年前的事。

至于我的躁郁症，现在已经好多了，虽然我还未能怀上孩子，但已经很久没有发作。就像刚才那样，虽然我有时候会很激动，但只要深呼吸几下，马上就能平静下来。如果你还不相信，我可以提供医生证明。

另外还有一件事，我觉得有必要告诉你们。我跟老公正向保良局申请领养一个女孩儿，手续已经办得差不多了，我家很快就会增添一名新成员。

所以，你说我妒忌别人有孩子，根本就是胡说……

第十七章　心理压力

安琪让美雪查证晶晶所说之事，发现她三年前的确曾因掌掴一名内地男子而被带返警署，起因亦正如她所说。保良局也对警方的查询做出回复，证实晶晶两夫妻正在申请领养弃婴，且手续已经办好，近日即可领女婴回家。

瞎忙了一整天，什么收获也没有，不由得让安琪为之气结。因购物而换来的愉快心情，早已飞到九霄云外。她不甘心就此放弃，仍想在晶晶口中得到线索，便开门见山地跟对方说："虽然暂时没有对你不利的证据，但婴儿在你的房子里坠楼，你总该给我们一个交代吧？"

晶晶沉默良久，犹豫再三才开口："有些事我之前一直没说，不是我想故意隐瞒些什么，而是因为这是客户的隐私，我觉得没必要说出来。但我越想越觉得不对劲，不说出来或许会让凶手逍遥法外。"

"那你赶紧说呀！"安琪精神大振，"如果跟案件无关，警方有义务为你保密。"

"好吧，我就告诉你……晓雪其实是贪官的二奶。"晶晶在道出这个惊人的内幕后，陆续道出其他相关线索——

晓雪没有亲口承认自己是二奶，但这种事瞒不过我。给孩子办出世证需要父母双方的资料，她既拿不出孩子父亲的资料，也没有结婚证，用脚指头一想就知道她是个二奶。

她父母整天吹嘘女婿是当大官的，能呼风唤雨上天下地，说白了不就是个贪官！清官哪会包二奶，哪来这么多钱让二奶来香港生孩子？这事别说我能看出来，就连住他们隔壁的燕青羽也注意到了。

青羽其实挺聪明的，他见晓雪的男人一直没露面，就猜到她是个二奶，而且最先发现窗户打开的人就是他。

还有，两年前皖婷曾怀上一个男孩，可是当地的计生办趁青羽出差，竟然强迫她将孩子打掉。青羽回来后气疯了，几乎要拿刀去跟计生办的人拚命。

今年皖婷又怀孕了，虽然是个女儿，但青羽的思想比较开明，从没想过要将孩子打掉，不管怎样也要生下来。为防止惨剧再次发生，他们才会来香港生产。虽然有点吃力，但这点钱青羽还是能拿出来的，可是从明年开始，香港就不再接收内地孕妇，也就是说他们已经没机会再生孩子，不可能为晨晨添个弟弟。

青羽再开明也是个男人，哪会不想有个儿子给自己送终呢？如果说他不恨当官的，不讨厌给贪官当二奶的晓雪，打死我也不相信。

皖婷对晓雪也没什么好感，她这人有点自卑，虽然表面上经常奉承晓雪，其实心里很讨厌对方。就像前晚那样，晓雪把刚买的首饰戴出来给我们看，她当着晓雪的面说了不少好话，可人家一回房间，她马上就黑着脸说："不就是拿她姘头贪污得来的钱买的吗，还好意思拿出来炫耀。"

我敢说，他们两夫妻都非常讨厌晓雪，甚至可以说是恨之入骨。如果是他们其中一个将婴儿扔出窗外，我一点也不觉得奇怪。之前我没把这些事说出来，是觉得没这个必要，怎么说也是客户的隐私……

晶晶说到此处，脸上不由得露出尴尬神色。虽然对象是警察，但揭露客户的隐私始终不是件光彩的事，尤其是在香港这种高度注重隐私权的地方。为了掩饰自己的心虚，她刻意转换话题："晓雪的男人，也就是那个贪官，今晚就会过来。"

安琪对贪官没什么兴趣，只关注燕青羽夫妻是否为凶手。见晶晶已经没什么线索可以提供，便准备转交同僚处理。晶晶是凶手的可能性虽然不大，但她雇用非法劳工，必须办理保释手续才能离开。

"我突然想起一件事。"晶晶走出会面室时，突然回头对安琪说，"你们不是在窗台找到一个女款拖鞋的鞋印吗？本来每个房间都是男女拖鞋各一双，但青羽那双拖鞋破了，我一时没找到男款的，就给他一双女款的先用着。"

正准备过来跟安琪商讨案情的溪望，听见晶晶的话愣了一下。他本将燕青羽排除于嫌疑名单之外，并认为晶晶有可能是为了脱身而刻意诬蔑对方。但若能证实燕青羽平日穿的是女款拖鞋，那么他的嫌疑可不小。

溪望本想立刻前往乐池居，向燕青羽夫妻问话，可安琪却说必须将他们带返警署才能作正式盘问，并且已让同僚去找他们。

"你不觉得很麻烦吗？"溪望抱怨道，"每次都要将疑犯带返警署才能问话，多浪费时间呀！"

"这也没办法，规定就是这样。"安琪亦颇为无奈，解释道，"如果不按照程序办事，随时会被辩方律师反咬一口，不但犯人会无罪释放，说不定还会反过来控告我们行为失当呢！"

还好，伙计所花的时间不长，约半小时后便将燕青羽一家带返警署。当然，夫妻两人都不乐意走这一趟，尤其是燕青羽，曾一度跟警员发生争执，在会面室内亦对安琪破口大骂："你们这是什么意思呀！闲来没事就拿我们当消遣，难道警察就可以这样对待人吗？还是我们比较好欺负？要不是我们来港消费，你们还能像现在这样，坐在空调房里浪费我们时间吗？"

安琪一进门就被臭骂一顿，几乎要发飙了，幸好一旁的男同事见形势不对，立刻严肃地对燕青羽说："燕先生，请你冷静一点，注意自己的用词，恶意侮辱警务人员有可能触犯香港法律。如果你继续乱说话，对你没有好处。"

"你让我怎么冷静？"青羽的情绪十分激动，"我老婆预约了今晚开刀，你们竟然这时候抓我们进来，你让我怎样冷静？"

安琪正想叫他闭嘴时，耳机传出溪望的声音："他越焦急对我们越有利。先跟他耍一会儿太极，告诉他，你有权扣留他一段时间。"

安琪面向摄录机会意地笑了笑，遂不慌不忙地对青羽说："根据证人的口供，警方怀疑你跟昨天的婴儿坠楼案有关。因此，在接下的48小时内，你必须留在警署接受调查。"

"什么！48小时？"燕青羽咆哮道，"开什么玩笑，再过3小时我老婆就要到医院生产，我哪儿有时间陪你们玩。有什么想问的，等我老婆生完再说。"说罢便要起身离开。

安琪冷笑道："燕先生，如果你拒绝合作，警方将会以'阻差办公'为由将你拘捕。到时候别说孩子出生，就连老婆出院，你也看不到。"

"这算什么狗屁玩意儿呀，难道香港就没有王法吗？"青羽怒目圆睁，大拍桌子叫嚣。

"燕先生，这是法律赋予警方的权力。如果想尽快离开警署，就请你配合我们的调查。"男警劝说他坐下。

"那我老婆怎么办？"燕青羽极不情愿地坐下，但依然怒气不减。

"香港跟内地不一样，在任何情况下，都会优先考虑市民的安全。不管你老婆做过什么，甚至涉及命案，我们也不会罔顾她的安全，所以你大可放心。"安琪虽然把话说得正义凛然，但却摆出一副爱理不理的模样，着实让人难以放心。

然而，对方越不安，对她就越有利。

接下来安琪便询问事发前后的情况，这些问题青羽在昨天不知回答了多少遍，再问也是相同的答案。两人在重复又重复的问答中，耗了近一个小时，仍没有丝毫进展。

溪望见此，便让罗杰进入会面室，在安琪耳边小声说了两句，随即退出房间。青羽隐约听见罗杰提及妻子的名字，焦急地向安琪问道："怎么了，是不是我老婆出事了？"

安琪事不关己般答道："小问题，没事，我们继续。"

这招果然有效，青羽马上变得心不在焉，接连答非所问。这招既然生效，他便打算再下一城，再让罗杰进会面室，同样在安琪耳边细语两句，并再度提及"箫皖婷"三字。青羽可被他们弄崩溃了，竟然扑向罗杰，揪住他追问自己妻子的情况。

罗杰好歹也是个警察，三两下就将青羽按倒在桌子上，怒骂道："袭警可不是小罪，你最好给我安静点！"说罢便放开对方，遂退出房间。

"想去看你老婆吗？"安琪淡漠问道。

青羽扑到她面前，焦急道："想，现在就让我去见皖婷，算我求你了。"

"求我也没用，你让我交不了差，我就不能放你走。"安琪爱理不理地望向别处，"你还是配合一下，跟我在这里坐够48小时吧！"

青羽坐下来，眼光流转，遂问道："是不是我把所有事情都说出来，你就让我去见皖婷？"

安琪没有正面回答，只是看了眼墙上的挂钟，说道："你最好抓紧时间。"

"好，我说，我全都说，将婴儿扔出窗外的凶手是……魏晨伊！"青羽在安琪惊讶的目光中，将自己所知的一切和盘托出——

晨伊是个单亲妈妈，家人不喜欢她男友，她为此跟家里闹翻，搬出去跟男友一起生活。因为户口簿在父母手上，所以她一直未能跟男友登记结婚。为了逼家人接受男友，她想到一个笨办法——怀孕。

她家里很有钱，父亲在当地也算是有头有面，绝不会让她做出未婚先孕这种丢人的事，因此她想借此逼父母就范。这主意本来不错，可惜天意弄人，当她如愿地怀上身孕，父母亦无奈地点头时，男友却不幸死于车祸。

未婚先孕已经够丢人了，孩子还连爹也没有，这可让她父亲的脸往哪里放？父亲非要她将孩子打掉，不然就不认她这个女儿。

男友虽然已经离世，但她仍深爱对方，怎么舍得打掉两人的骨肉？这是男友留下的唯一血脉，不管怎样她也要将孩子生下来。可是，她跟男友并未结婚，亦没办结婚证。没结婚证就办不了准生证，孩子出生后也办不了出生证明，派出所亦不给办理入户。也就是说，这孩子生下来将会是黑户。

孩子本来就已经没有父亲，如果连个户口也没有，将来一定会被人小看。她不想自己的孩子输在起跑线上，就算给不了孩子一个健全的家庭，至少要给孩子一个合法的身份。所以她才会来香港生孩子，目的只是为了给孩子一个合法身份。

她没有多少积蓄，怀孕后剧烈的妊娠反应，亦使她无法工作。为了筹集来香港生孩子的钱，她只好硬着头皮回家求父亲。可是，父亲不但没有同情她，反而骂她不要脸，骂她腹中的孩子是野种，用扫把将她赶出家门。

男友的离世加上父亲的无情，使她大受打击，精神一度处于崩溃的边缘，并患上忧郁症，不想跟任何人接触。但为了筹钱，她又必须强迫自己向亲友伸手，致使病情一再加剧。

还好，困难的日子总算熬过去了，她筹到足够的钱，胎儿也很健康，并顺利来到香港待产。不过因为怕影响胎儿，她没有服药控制病情，以致病情越来越严重。她到香港后，很少跟别人说话，整天躲在房间里不出来，还经常自言自语。

昨天中午，我吃完饭打算回房间照顾女儿，经过客厅时跟仙蒂聊了两句闲话，刚好看见她从房间出来上洗手间。仙蒂坐在沙发上被我挡住，应该没有看见她。

按时间算，她从洗手间出来的时候，晶晶肯定已离开了主人房，或许仙蒂也已经将首饰盒偷走……

第十八章　反目成仇

“你说她很少跟别人说话，那你怎么会知道她的事情？”安琪露出怀疑的目光。

“她虽然整天躲在房间里，但为了胎儿的健康，每天早上都会到楼下的公园散步。”青羽有条不紊地解释，“晨晨也很喜欢去公园滑滑梯，所以我们经常会在公园碰面。她不喜欢跟大人说话，但却很喜欢小孩子，尤其是像晨晨这样的小女孩。有时候晨晨玩累了，会坐到她旁边跟她聊天，这些事都是这时候从她口里说出来的。”

“她竟然会跟一个小女孩聊这些事情？”安琪更加怀疑，“就算她肯说，你女儿也听不明白吧！”

青羽答道："晨晨的确是不明白，但她就是非要说。准确来说，她不是对晨晨说，而是自言自语。"

虽然难以相信，但对方的解释尚属合理，安琪便没有继续追问，而是询问另一个问题："你之前为什么没有告诉警方，魏晨伊曾在事发前离开房间？"

青羽叹了口气，怜悯道："她一个未婚妈妈，为了腹中的孩子受尽旁人的冷眼，厚着脸皮到处向亲友伸手，好不容易才熬到今天。如果换作是你，你忍心在她快要把孩子生下的时候，亲手送她进监狱吗？在指证她之前，难道你就不会有一丝犹豫？"

"但你这一丝犹豫，却可能令自己终生遗憾。"安琪看了看挂钟又道，"交出你的通行证，在本案有调查结果之前不能离开香港。我的同事在30分钟前已经送你老婆和女儿去医院，如果你想看着婴儿出生，就赶紧坐的士过去。"

"谢谢！"青羽连忙交出通行证，便夺门而出。

安琪翻开通行证确认后，遂长叹一口气，对身旁的同僚说："刚送走一个，马上又得换另一个，我们先去喝杯咖啡吧！"

时至晚上8点，伙计将魏晨伊带到会面室。她虽然表现冷漠，但尚属合作，对安琪的问题几乎有问必答。但当安琪切入重点，询问她之前为何不向警方交代，于事发前后曾离开房间时，魏晨伊眼神开始变得闪烁，并不自觉地回避安琪的目光。

"我觉得没必要连什么时候上洗手间也要向你们交代。"她答道。

安琪质疑道："根据其他人的口供，你离开洗手间的时间，跟婴儿被扔出窗外的时间非常接近，我们觉得你有必要对此做出详细交代。"

"哈哈哈，原来香港警察就只有这么一点本领……"晨伊突然仰天大笑，随即又止住笑声，阴阳怪气道，"难道你们没有发现，这房子里没有一个是好人吗？就连周家的几个人也是各怀鬼胎。"

安琪被她惹怒了，正要发作时，溪望通过对讲机示意她冷静，并诱导晨伊道出内幕。安琪压下心中怒火，以挑衅的语气道："那只是你的个人观感，欠缺客观事实支持。"

"我虽然不喜欢跟他们说话，但有时候沉默的人反而会知道更多事情。他们说话时，可不会在意我就坐在旁边。"晨伊冷笑一声，遂向对方讲述自己对周家的观察——

周老头跟老伴都是一路货色，整天只想着怎样讹诈他们那个所谓的"女婿"。

但凡跟宝宝沾上边的东西，都不挑好的只挑贵的，买辆婴儿车也要上万块。这说明了什么？说明他们女儿跟女婿的关系不稳定，多半是个二奶，这女婿随时会跑掉，现在能敲多少是多少，敲少了就吃亏。

自己女儿当二奶，他们非但没觉得羞耻，反而整天跟别人吹嘘所谓的“女婿”多有钱，多有本事。更可笑的是，他们竟然还经常唠叨小女儿没能像姐姐那样，给他们找一个有本事的女婿。天底下竟然还有父母会怂恿女儿去当二奶，这不是天大的笑话吗？

他们的观念虽然龌龊，但脑袋并不笨，孙子刚出生就想敲诈女婿一间房子。前晚我听见周老头给女婿打电话，开始时说话还挺客气，但聊到在香港买房的事，他的语气就变了，冲电话那头喊：“我女儿连儿子都给你生下了，房子写她的名字有什么问题？反正这点钱对你来说也只是小意思，大家都是自己人，用得着这么计较吗？”

我不知道电话那头怎么说，但只要这女婿不是傻子，肯定知道周老头拿他当冤大头。买房还好说，但房子写谁的名字可轮不到周老头做主。现在这年头还有谁包二奶不多留个心眼，生个儿子就想讹诈一套房子，有这么便宜的事吗？香港随便一间破房子都要过百万，很多人一辈子都赚不到这个钱。

晓雪也是个没心没肺的人，自以为傍上个当官的就能飞上枝头变凤凰，眼睛都长到头顶上去了。仿佛她就是老佛爷，我们都巴不得去奉承她、巴结她似的。在生产前，远远看见别人走来，她就叫人家小心点，别碰到她的肚子。有一次晨晨想摸她的肚子，手才刚伸出来，就被她一把推开，差点让晨晨跌倒。看见她这样，我几乎想笑出来，就算怀上的是龙种，也用不着这么金贵。

把宝宝生出来后，她就更加盛气凌人，一心以为能母凭子贵，更不把别人放在眼里。她到B室吃饭时，还没进门就叫别人赶紧把窗户关上，别让她吹风受风寒。饭桌本来就挤了，她还得让别人给她腾位置，仿佛她才是上宾，其他人都是下人。

她不但对别人是这样，对自己的妹妹也不见得会好到哪儿里去。她总是对妹妹呼呼喝喝，仿佛不是她妹妹，而是她的丫鬟。有时候心情不好，她还会无缘无故地把妹妹臭骂一顿，骂妹妹什么都不会，一天到晚就只知道玩手机发微博。还说如果不是她，全家都得喝西北风。

晓雪还曾在大家面前呵斥妹妹，说：“我也不指望你以后能帮忙照顾爸妈，你能早点找个穷鬼嫁掉，别再拖累我们就算给自己积德了。”

会这样对自己妹妹的人，能好到哪儿里去？

你们别以为死的是她的孩子，她就没有嫌疑。就在前晚，她刚买首饰回来就给姘夫打电话，我能听见电话那头似乎在骂她乱花钱，她还差点哭出来呢！谁敢保证她不会因为一时之气，将自己的孩子扔出窗外，向姘夫报复……

晨伊不厌其烦地讲述周家的种种不是，安琪听烦腻了，就以一个理由将她的话头堵住："在晶晶离开房间之后，芷珊回房间之前，晓雪跟父母都在B室吃饭。在时间上，他们不存在行凶的可能。"

晨伊低着头，神经兮兮地沉默半晌，突然抬头道："一定是芷珊！她虽然在大家面前装乖巧，但其实满腹心计……"

安琪不耐烦地打断她，严肃道："魏女士，请你不要再对别人作毫无根据的指控，这不但对调查没有帮助，对你也没有好处。我建议你最好仔细回忆事发当日的情况，基于疑点利益归于被告的原则，若你不幸成为被告，任何一个存疑的细节都有可能还你清白。"

"我没杀人，我不是凶手……"晨伊双手抱头，神情怪异，让人怀疑她的忧郁症正在发作。她突然双手拍桌，冲安琪神经兮兮地笑了笑，说："我想起来了，前天晚上我看见洗手间里有一双女款拖鞋，昨天中午我上洗手间时还在，但出事后就不见了。"

"不就是一双拖鞋，跟婴儿坠楼有什么关系？"安琪虽然于心中叨唠，但还是将这个细节记录了下来。

然而，通过摄录机听到这句话的溪望，跟她的想法却不一样，喃喃自语道："难道凶手是她？"

晨伊的大部分口供都是主观臆断及猜测，对调查没什么帮助。而且她的情绪波动越来越大，时而低头沉思，久久不发一言；时而激动亢奋，胡乱指控他人为凶手。

安琪终于受不了她的胡言乱语，叱责道："八婆，香港跟内地不一样，你别以为胡乱对别人提出指控，就能洗脱自己的嫌疑！"

晨伊突然安静下来，神情也变得平静，不再像刚才那样神经兮兮，正经八百地对另一名警员说："请问，根据香港的法律，王警官刚才那句话是否触犯歧视条例呢？"

男警愣了一下，遂觉悟道："的确有可能触犯歧视条例。Madam，我想你最好就刚才那句话向魏女士道歉。”

安琪这才意识到自己被摆了一道，对方其实一直在装疯卖傻，目的只是逼自己出言辱骂。既然知道对方的意图，她当然亦知道若不立刻道歉，对方必定借此大做文章。但被对方如此玩弄于股掌之间，又让她心有不甘，以至一句“Sorry”迟迟未能说出口。

见她迟迟没有反应，晨伊便阴险笑道：“我要求见你们的上司，就王警官以歧视性语言侮辱我做出投诉。”

男警冷静答道：“魏女士，如果你坚持要投诉，可以致电警察投诉科。但刚才整个过程都被摄录下来，我想任何一个人在观看录像后，都会觉得你有意触怒Madam。我不认为你这个投诉能起任何作用。”

“我不管，我要投诉！”晨伊再次变得疯疯癫癫，刚才的阴险冷静瞬时消失无踪。

鉴于此时并没有足够证据可以对她提起诉讼，而她又临盆在即，且情绪极不稳定。为免发生意外，安琪在跟同僚商讨后，决定先让她返回住处，但要交出通行证，且暂时不能离开香港。

晨伊亦做出妥协，不再坚持投诉安琪，但却要求她送自己返回住处。考虑到现在已经夜深，让她一个人回去确实存在风险，而且是跟她同路，安琪也没有反对，跟同事交代几句后，便和溪望送她回家。

一路上，晨伊走在前面，完全没有理会身后的两人。安琪亦乐得清静，与溪望在路上讨论案情。

“你觉得她会是凶手吗？”安琪往走在前面约五步处的晨伊瞄了一眼。

“小声点，她的耳朵比你想象中要灵敏多了，不然怎么会听到这么多八卦。”溪望调笑道。

“说正经的！”安琪瞪了他一眼，又泄气道，“今天忙了一天，我觉得好像又回到了起点，好像谁都有可能是凶手。”

“不是呀，我已经知道凶手是谁了。”

“真的？”安琪抓住他的手，兴奋问道，“是谁？快告诉我。”

“先别急，我还需要一点证据。”溪望莞尔一笑，“反正顺路，我们再到29楼走一趟吧！”

两人跟在晨伊后面返回住宅大厦，并一同乘坐电梯。当电梯到达29楼时，梯门刚开便听见激烈的争吵声。溪望狡黠笑道：“我们好像来晚了，不过应该还没散场。”

晨伊步出电梯，幽幽地撂下一句：“我就是要你们过来看戏。”

溪望拉着不明就里的安琪快步跟随，三人来到A室门口，发现周家四人以及晶晶夫妇，正在跟一名肥胖的中年男人对骂。

男人左手叉腰，右手指着周柏荣的鼻子，破口大骂：“我汪斌最不缺的就是钱，但我就算把钱拿给叫花子擦屁股，也不会给你们这些贪婪的吸血鬼！”

周太太将他的手推开，挺胸凸肚地站到身前骂道：“谁贪婪了，我们家晓雪不是已经帮你生了个儿子吗？当初是你亲口答应，生出来是儿子就买套房给我们在香港照顾宝宝，这房子是我们应得的！”

“儿子呢？你把我的儿子抱过来让我看看！”汪斌粗暴地将她推开，指着坐在沙发上哭个不停的晓雪，怒气冲冲地骂道，“儿子都没了，还想让两个老鬼讹诈我的钱。没门！我早就说了，生不了儿子就一毛钱也没有，生出来保不住也一样。”

晓雪没有出言回应他的怒骂，只是哭得更加凄怆，芷珊坐在旁边不停地安慰她。

站在一旁的晶晶看不过去，没理会丈夫的劝阻，挺身对汪斌骂道：“你到底还有没有人性呀？晓雪才刚生完孩子没几天，还在坐月子。现在她连孩子都没有了，你就只想到房子，只想到钱。作为一个男人，你就不知道要安慰一下她吗？”

“少跟我扯这些屁话，你就不贪钱吗？你跟他们一样，都是只认钱的贪心鬼。”汪斌恶狠狠地盯着她，叫嚣道，“你的账我还没跟你算。我儿子在你这里出事，钱我不用你赔，但之前交的钱，你全给我吐出来。”

“哈哈，真是笑话。”晶晶挺胸反驳，“我收你的钱，让你的女人在香港生孩子。现在我已经按照合约，办好一切我该办的事，孩子也顺利出生了，凭什么要我赔你钱？发生这种不幸的意外，谁也不想，也不是我的责任。”

“我说你要赔，你就得赔！”汪斌扬起右手欲掌掴晶晶。吴克勤见状便冲上前拦住他，两人随即发生肢体冲突，似乎马上就要大干一场。

安琪一个箭步冲进客厅，往汪斌的膝关节狠狠地踢了一脚，使他跪下来，将他的右手扭到身后，并推了克勤一把，使两人分开，喝道：“警察！你们是要自己解决问题，还是跟我到警署走一趟？”

汪斌不断挣扎，并回头对安琪高声叫道：“你哪个派出所的？竟然敢打我，你知道我是……”

溪望不紧不慢地在他身旁走过，从肩包取出一颗药片扔进他嘴里。他正张口叫骂，药片直接扔进喉咙，使他本能地咽了一下口水，将药片吞进肚子里。他惶恐地向溪望问道："你把什么扔进我嘴里了？"

"有吗？没有呀，你们有看见我扔东西进他嘴巴吗？"溪望向众人问道。

除了晓雪姐妹外，其他人皆会意地摇头。晶晶还幸灾乐祸地笑道："哟，我这里可放了不少蟑螂药，你不会当成糖果拿来吃吧！"

"说起来药，我刚才好像拿了一颗果导片出来，现在怎么不见了？"溪望搓着指头皱眉道。

汪斌惊慌问道："什么果导片，是做什么用的？"

"别担心，不是毒药。"溪望狡黠笑道，"是用来治便秘的，俗称泻药。"

第十九章　贪婪人性

汪斌知道自己吃进肚子的是泻药后，不知道是药片起效，还是心理作用，立刻觉得肚子一阵翻江倒海，还连放两个响屁。若不尽快去洗手间，恐怕会失礼于人前，连忙说自己有事要先走，日后再跟晶晶算账。

晶晶捏住鼻子，厌恶道："你的钱我也不想赚，但香港是法治地区，最尊重合约精神，签了合同就得按合同办事。你要是不把尾款给我，就等着收法庭的传票吧！"她见汪斌用手捂住肚子，脸色也不对劲，怕他真的会当场拉出来，连忙叫安琪放他走。

安琪见双方都愿意暂且息事宁人，便将汪斌放开，后者立刻连滚带爬地冲出门外。"不能就这样让他走。"芷珊似乎不甘就此了事，一溜烟儿地追出去。

晓雪仍旧放声大哭，周柏荣夫妇围坐女儿两旁，本想安慰几句，但晶晶上前问他们以后有何打算时，两老亦忍不住落泪，与女儿互拥大哭。他们虽然存心不良，但此情此景却也难免让人心酸。

安琪最讨厌看到别人哭，但对方的确值得同情，慰问几句也是人之常情。然而，当她准备上前慰问时，溪望却拉着她往门外走。她回过头时，却发现之前一直站在门口的晨伊，此时鬼鬼祟祟地走到走廊末端，并于靠近电梯间的一侧贴墙而立。

见他们走近，晨伊便于唇前竖起食指，示意别发出声音。安琪不知道晨伊在搞什么鬼，只好不作声静观其变。此时，芷珊的声音从电梯间传来："爸妈只是一时心烦才会乱说话，斌哥你千万别放在心上。"

"行了行了，我先回酒店，回内地再联系吧！"汪斌的声音带着厌烦的语调。

电梯运作声响起，汪斌似乎已经乘坐电梯下楼。溪望对晨伊小声说："我想查看芷珊的手机，你有没有办法？"

晨伊面无表情地答道："送两罐奶粉给我宝宝。"

"成交。"溪望点了下头，遂向安琪问道，"能报销吗？"

安琪虽然还没弄清楚他们的意图，但也不至于没明白他们的交易，答道："香港不像内地，不能报销，充其量只能发个好市民奖。不过，就两罐奶粉，我给你报销就是了。"

"说话算话。"晨伊瞥了两人一眼，便拐进电梯间，神经兮兮地对正准备返回A室的芷珊说，"我也想买部iphone5，但又怕不会用，能借你的给我看看吗？要是弄坏了，我赔你一部。"芷珊没立刻回答，似乎在犹豫要不要借出手机。

溪望为配合晨伊，拉着安琪走进电梯间，并黑着脸对晨伊说："魏女士，你已经平安返回住处，我们的护送任务算是完成了。接下来你要是出什么意外，可跟我们毫无关系。"说罢便气冲冲按下电梯按钮。

晨伊厌恶地回应道："走好，不送。"

安琪亦装作若无其事地对芷珊说："你们的家事能自己解决最好，解决不了就打999吧！没别的事，我们先走了。"

"谢谢！"芷珊向她点下了头，随即将手机递给晨伊。

晨伊接过手机便狡诈笑道："弄坏了，他们会赔你一部。"遂将手机抛给溪望。

芷珊意识到自己中计，扑向溪望欲将手机夺回，但却被安琪挡住。安琪耍官腔道："要报警吗？你要是报警，手机将会成为证物，暂交由警方保管。"芷珊气得跺脚，但又无可奈何，只能眼睁睁地看着溪望查阅手机里的资料。

"周小姐，按照香港的法律，你可以控告我们哄抢你的手机。不过……"溪望从手机里翻出一张照片，并向对方展示，"请你先解释一下，这张照片是在何时拍摄。还有你跟刚才那个男人，也就是微博上实名认证的汪局长，到底是什么关系？"

照片并无异常之处，就一个初生婴儿安静地睡在床上。不过照片的拍摄时间是昨天中午12时15分，跟婴儿的坠楼时间非常接近。另外，溪望开启了手机里的微博应用，登录后发现芷珊跟汪斌互发大量私信。而根据私信的内容，几乎可以肯定他们存在不正当的男女关系。更有趣的是，汪斌的微博经实名认证，认证信息是他的公务职位。

四人一同返回A室客厅，溪望向芷珊问道："你想自己说，还是我替你说？"芷珊默不作声，泪水悄然滑落。晶晶以为她被汪斌欺负，便问溪望发生什么事。

"凶手已经找到了……"溪望指着芷珊，义正词严道，"就是她，周芷珊！"

"怎么可能，那个可是她的外甥呢！"晶晶讶异道。

溪望没有理会晶晶，只是盯着芷珊，见她并没有开口的意思，便耸肩道："好吧，既然你不想说，就由我代你说……"遂在众人惊讶的目光中，向芷珊讲述自己的推理——

你在一个价值观扭曲的家庭中长大，父母从小就对你灌输一种错误的观念——嫁给有钱人是女人最大的成就。

这种观念在你姐姐跟汪斌好上后得到验证，令你更加相信只要能傍上大款就能乌鸡变凤凰。不管对方是贪官还是奸商，也不管是当对方的二奶或是情人都没关系，只要对方有钱就行了。

你曾经对这种价值观产生怀疑，认为有辱女性尊严。但父母一再称赞姐姐，并要求你以姐姐为榜样，姐姐亦常把你当成佣人看待，渐渐使你觉得这是一个笑贫不笑娼的年代。只要你有钱，不管你的钱如何肮脏，别人也会将你视为上帝。

价值观的扭曲，导致你连人性也变得扭曲。在多次尝试接近大款失败后，你的目光便落在"姐夫"身上。汪斌是你最容易接触到的大款，他各方面条件都符合父母的择婿标准，唯一的问题只在于他是姐姐的男人。

因此，你最终虽然如愿成为汪斌的情人，但你却不敢将这个"成就"告知父母及姐姐。

女人都有占有欲，你也不例外。姐姐怀有汪斌的骨肉，日后势必更加得宠，这让你担心自己地位不保。而且姐姐诞下男孩后，那目中无人的嚣张态度，更令你既妒忌又愤怒。

你不想让姐姐独占你的男人，你想让父母知道你比姐姐更优秀，你想得到姐姐所拥有的一切，甚至比她拥有得更多。要达到这个目的，方式只有一个，就是姐姐失去她唯一的优势——儿子！

为了将汪斌从姐姐身边抢过来，你必须将刚出生的外甥铲除，而且要赶在汪斌到来之前。汪斌虽然很想要儿子，但一个由情妇所生，且自己从未接触过的儿子，跟从不存在其实没多大区别。只要是赶在他到来之前将婴儿铲除，你就能轻易地将他俘虏。

因此，在姐姐生产后，你就迫不及待地展开你的杀人计划。可是婴儿在医院其间有护士照顾，使你无从下手。所以你打算在姐姐出院当晚，趁大家都到B室吃饭时向婴儿下手，并预先将拖鞋放在洗手间，为你的计划做准备。但姐姐出院后没有立刻回来，而是先去珠宝店购买首饰，因而错过晚饭时间，迫使你将计划推迟。

昨天中午，你终于等来机会。晶晶刚过来B室吃饭，你就迫不及待地离开饭桌。准备趁房间里没其他人，实行你的可怕计划。

返回A室后，你刻意利用高跟鞋发出响亮的声音，让别人知道你没有直接回房间，而是先上洗手间。其实你进洗手间的目的，并非因为内急，而是想制造时间差。

你在洗手间里换上之前准备的女款拖鞋，然后提着高跟鞋，蹑手蹑脚地返回主人房。因为你之前走动的动静太大，所以此时没人留意到你离开洗手间。

进入房间后，你没有急于向婴儿下手，而是给他拍最后一张照片，并通过微博将照片发给汪斌。你要让汪斌更坚信自己已“后继有人”，以让他在失去儿子后，对此产生强烈反差。这样你就能顺水推舟地向他提出，给他再生一个儿子。

其实你在此之前，就已不断给他发私信报喜，就算刚才在饭桌上，你仍不停地给他发信息。你这么做一为制造日后的反差，二为给他留下贤惠印象，让他觉得就算怀拥三妻四妾，你也不会介意，而且还会将他跟其他女人所生的孩子视为己出，为你日后转为正室奠定基础。

发完信息后，你就将窗户的上层打开。虽然你没戴手套，不过没关系，这是你居住的房间，有你的指纹最正常不过，没人会因此而怀疑你。可是，你似乎忽略了窗台上的鞋印。鞋印虽然没能直接证明你是凶手，但却间接暴露了你的身份。

狠心地将刚出生的外甥扔出窗外，你就换回高跟鞋，以脚尖点地的方式走到走廊上。你悄然走到燕青羽的房间前，故意发出响亮的脚步声，以此营造刚从洗手间出来的假象。因为你没有完全穿过房门，所以晨晨没有再次在门缝中看到你的身影，从而使我们的判断出现偏差。

你的计划很成功，你在房间里大叫“宝宝不见了”的时候，谁也不曾对你产生怀疑……

“珊、珊儿，是真的吗？他说的都是真的？”周柏荣不断摇动女儿的肩膀，希望能从对方口中得到确实答案。

芷珊像掉了魂一样，柔若无骨的身体随着父亲的双手前后摇摆，泪水如涌泉般滑过脸庞，一句话也没说。

“你这死丫头，我们哪里待你不好？房子都快要到手了，你竟然在这时候把事情搞砸了。我上辈子到底作了什么孽，这辈子才生出你这个害人精……”周老太指着女儿大骂，放声大哭。

“我要你偿命！”晓雪突然站在沙发上，跳起来扑向妹妹，并将对方扑倒在地。两人于地上扭成一团，互相撕咬，安琪跟晶晶想上前分开她们，但却无从入手。

晓雪虽然怒火中烧，但毕竟产后不久，精力尚未恢复，很快就体力不支。而刚才还失魂落魄的芷珊，此刻却变得异常凶狠，翻过身来将姐姐压在地上，双手扯她的头发，不停地将她的头砸向地板。

让她们继续打下去，恐怕又要出人命。溪望也顾不上男女之别，跟安琪一左一右，各夹住芷珊一条手臂将她拉起来。

晓雪本来就产后体虚，经此一闹竟然晕倒在地，晶晶怎么叫她，都没醒过来。安琪用手铐将芷珊铐在椅子上，取出手机准备叫救护车，但却被周柏荣阻止了。

“女婿现在不管我们了，哪儿还有钱上医院呀！”周柏荣哭喊道。

“你疯了，这可是你女儿！”安琪紧握拳头，几欲挥拳打在他的臭脸上。

“你就知道钱！”晶晶看不过眼，挥舞皮包拍打周柏荣，遂对安琪说，“立刻叫出租车，医药费我出。”安琪愣了一下，随即拨通电话，并向晶晶竖起大拇指。

“嘻嘻……”被铐在椅子上的芷珊阴冷地笑道，“我跟姐姐在爸妈眼中，只不过是两件赚钱工具。如果不是他们要我跟汪斌去应酬，给他们找个高官富商当女婿，我就不会失身给汪斌，也不会落得如此田地。他们早就知道汪斌经常背着姐姐占我便宜，可还把我往虎口里送，他们根本就不在乎我，在他们眼里就只有钱！只要能给他们送钱，哪怕我们去当婊子，这钱他们也能笑着去花。”

周柏荣被打之后，就没有再吭声，与老伴相拥痛哭。面对女儿的指责，他亦没有反驳，倒是周太太冲女儿大骂：“我们把你生下来，辛辛苦苦地把你养大，难道你不应该报答我们吗？就算钱是你当婊子赚的，我们也花得心安理得。”

“生育更多是享受制造过程，养育则是为自己一时享乐承担责任，别把自己说得这么伟大。”溪望走到电视柜前，拿起放在柜面上的封箱胶布，猛然回头用胶布将搂在一起的两个老人绑起来，并将他们的嘴巴也封住。他将胶布放回原位，又道，“孝是出于对父母的尊重，若父母无德，又如何能得到儿女尊重？‘老而不死是为贼’说的就是你们，好好反省一下吧！”

尾 声

一

“蔡Sir，这是乐池居婴儿坠楼案的报告。”安琪将一份报告递给蔡警司，并向对方汇报处理情况，“周芷珊已经承认所有控罪，现等排期上庭，坐牢是没有悬念了，就看法官会判入狱多久。她家人已经返回内地，虽然周晓雪撤销了对她的杀人指控，不过她们以后大概也做不成姐妹，另外，仙蒂触犯盗窃条例，已交给其他伙计处理；晶晶雇用非法劳工，阿珍非法就业、假结婚，两人均交由入境署跟进。”

蔡警司看着报告，嘴角微微上翘，笑道：“一宗凶案牵出另外三件案子，前后才用了两天时间，这位前刑侦新人王还真有点本事。”

“或许还能牵出一宗贪腐案呢！”安琪淡然道，“健仔从周家姐妹口中取得不少汪斌的贪腐证据，回大陆后会直接呈交公安厅厅长。如果蔡Sir你再打个电话去跟进一下，这份功劳肯定跑不了。”

“最后这句话也是他教你说的吧，你以前可绝不会说这种话。”蔡警司狡黠一笑，“他是我好不容易才抢过来帮忙的，我希望你能继续跟他好好合作，多破几宗案子。不过有一件事，我得提醒你。根据我们的‘警队文化’，情侣不能一起行动。”

安琪不屑道：“别以为我不知道，要不是我跟健仔有交情，西九龙早就把他抢去了，哪轮得到你。”

“咯、咯。”蔡警司面露尴尬之色，佯装咳嗽后又道，“跟上司说话严肃点，你要不是这脾气，早就升职了。”

二

“难道香港又沦陷了，不就是两罐奶粉吗，竟然连问三间药房都没货。”安琪空手从药房走出来，心中怨气无处发泄，竟往溪望的小腿踢了一脚，骂道，“都是你害的！答应魏晨伊什么不好，竟然答应送她奶粉，而且还要最畅销的那个牌子，害我跑半天也没找到。”

“就是因为不容易买到，她才会让我们送啊。”溪望委屈地揉着小脚，“她可比你想象中要聪明多了。”

“她不是个神经病吗？”安琪讶然问道。

“你才神经病，她是装的，她根本就没有忧郁症。”溪望白了她一眼，遂解释道，“她一个女人独自来香港生孩子，你以为她不怕被人欺负吗？要想不被欺负，最好的办法就是让别人害怕她，所以她才会装疯卖傻，让别人不敢接近她。”

“那她跟晨晨说的话都是假的吗？”安琪又问。

“一半真一半假吧！”溪望叹息道，“她怎么说也是个女人，经历这么多不如意的事，总会想找个人倾诉。恰巧在公园里遇到青羽跟晨晨，就把他们当成树洞，将心里的秘密全说出来。她故意把自己说得神经兮兮，目的是告诉青羽，她是个神经病，让晨晨离她远一点，别有事没事就去骚扰她。”

“这女人的心计比芷珊更重，如果凶手是她，我们恐怕没这么容易破案。”安琪说着突然想到某事，又道，“晶晶也让人猜不透，她明明就是个爱财如命的贪心鬼，现在连尾款也不一定收到，竟然还替晓雪付医药费。”

“她的贪财是被环境逼成的。”溪望解释道，“她在内地打拼多年，来到香港又面临各种压力，再加上自己不能生育，当然想留点钱在身边。她其实本质并不坏，只是过于保护自己，不信任身边的人而已。”

“你可别学她那样。”安琪睁着一双美眸瞪住他。

溪望笑道：“你不会想充公我的财产吧？”

“这个提议很好，值得考虑……”

正当安琪琢磨着如何“充公”对方的财产时，一名年约五十的男人慌慌张张地走过来，还撞到她的肩膀，差点让她跌倒。对方没有停下来的意思，继续往前走，甚至没有回头看她一眼。她气愤地抓住男人的手臂，喝骂道：“撞到人连对不起也不说就想走！”

男人回过头来，脸上尽是惊惶之色，身体也不断地颤抖。安琪觉得这人有点眼熟，仔细一看不由得惊叫道："你不是杨导演吗？"

"你们认识？"溪望问道。

"他就是当年找我拍广告的杨导演。"安琪朝他点了下头，遂向男人问道，"杨导演，还记得我吗？我是Angel，这名字还是你取的。"

"Angel，Angel……"杨导演喃喃念道，突然惊惶地大叫，"他要找我们索命，我们都要死，当年所有参与拍摄广告的人都要死！"

灵异档案 香港十大奇案之灶底藏尸

谈及"香港十大奇案"，网上流传着多个版本，当中必不可少的有"Hello Kitty藏尸案"、"纸盒藏尸案"及"雨夜屠夫"等，因为这些凶案的行凶手法皆极为凶残，闻者无不毛骨悚然。然而，若论最具灵异色彩的奇案，莫过于1975年发生的"灶底藏尸案"。

1975年香港观塘牛头角下村发生一宗灶底藏尸案，老妇人李亚来与邻居兼义子黄某发生金钱纠纷，继而惨遭对方杀害并埋尸灶底。

李老太本与金兰姊妹同住，但姊妹在房子内上吊自尽，她不想触景生情，遂以3千元将房子转让给义子黄某。然而，在黄某奉上3000元现金后，李老太却觉得自己太吃亏了，要求对方再付2000千元。

两人在黄某家中为此发生争执，黄某于盛怒下将李老太掐死。黄某为掩饰自己所犯罪行，购水泥将尸体埋于厨房灶底，数日未有邻居生疑。但据闻其间邻居常于深夜听见走廊传来阵阵凄厉哭声，令人毛骨悚然。

时至李老太"头七"，楼下住户发现天花板有血水滴落，登楼向黄某投诉未果遂报警求助，从而揭发凶案。其后，黄某被判终身监禁，但此事尚未完结。据闻黄某被收监后，附近住户常于深夜时分目睹李老太的鬼魂在他住所外徘徊，且涕泪涟涟地喃喃自语，似有莫大冤情未诉。

时至1990年，一对蔡姓夫妇迁入曾经藏尸的房子。户主蔡生入住该房子后即患上肺炎，久治不愈。蔡太夜夜受噩梦困扰，半岁儿子亦每夜凌晨号啕大哭，直到天亮。据说皆因李老太怨气未消，故滋扰蔡生一家，令他们家无宁日。

然而，最不可思议的是，黄某于1994年获假释，但却在同年12月于精神病院内以腰带上吊自杀。据闻他在院内曾对无人处惊呼：“走呀！不要过来啊！”不知是否为李老太冤魂索命，迫使他自行了结生命。

免责声明：嘉湖山庄并没有“乐池居”，也不存在故事中提及的凶宅。若该小区的楼价下跌，绝非老求功劳。

［卷四　完］

卷五・九铁鬼童

引　子

一

“妈咪，我们要出去吗？”一名面容疲惫的六岁男孩，向正给自己化妆的母亲问道。

“安仔乖，妈咪今天要带你去试镜。”母亲放下化妆棉，轻抚儿子稍微发烫的小脑袋，心中闪现一丝犹豫。但是，她最终还是拿起化妆棉，继续为儿子化妆，并鼓励道，“这个机会是妈咪好不容易才替你争取到的，你要加油，不能轻易放弃哦！”

“可是，我还想再睡一会儿呢！”小孩扭动身体，不安道，“医生哥哥说安安要多休息，不然就要打针，还要在医院住，不能回家。”

母亲安慰道：“不怕，妈咪替你找个更厉害的医生，不用打针住医院也能把病治好。”

“我怕会演不好……”小孩不安地低下头，小脑袋感到一阵眩晕。

“没关系，妈咪已经跟导演说好，今天只是做做样子。反正距离正式开拍还有些时间，到时候安仔再用心把广告拍好就行了。”母亲再次抚摸儿子的脑袋，感觉比刚才更烫，不由得感到担忧。

“妈咪，让我再睡一会儿好不好？”小孩依偎到母亲怀中撒娇。

母亲觉得儿子的身体如火焰般炙热，可再不动身便会错过这个难得的机会，只好咬着牙将儿子扶起来，语重心长道：“安仔要听话，妈咪之所以给你取名潘胜安，是寓意‘貌胜潘安’，希望你能在娱乐圈这个靠外表吃饭的圈子里出人头地，骑在所有人头上呼风唤雨，替妈咪完成多年来的夙愿。这个广告是妈咪千辛万苦为你争取回来，是你踏上星途的第一步，对你今后在娱乐圈发展非常重要，你知道吗？”

“知道……”小孩的回答虚弱无力。

二

“乃密大师，这个小孩真的能助我达到事业的巅峰？”绍海向身旁一名穿着泰国服饰的中年男人问道。

“这个男孩跟你有缘，而且又有心愿未了，是当鬼仔的好材料。”乃密冷眼望向躺在祭台上男童尸体，犹如看待牲畜一般，又道，“最难得的是，在香港这种大都市里，竟然还能找到刚刚夭折的童尸，这也算是上天赐予你的福报。”

绍海奉承道：“大师愿意出手帮我，才是我的福气。”

“我是有恩必报的人，虽然来香港做生意，不想让别人知道我是降头师，免得把客户吓跑。但你帮了我一个大忙，我定会还你这个人情。你不必拍我马屁，替你办过此事后，你我就互无拖欠。”乃密顿了顿又道，“不过你最好考虑清楚，香港人常说‘请神容易送神难’，其实请鬼也一样。要是哪天你想将鬼仔送走，可别指望我会出手。”

“嘿嘿，鬼仔要是能助我事事顺利，我才不舍得将他送走呢！”绍海的目光中充斥着贪婪的欲望。

“世事难料呀！”乃密叹了口气，伸出双手舒展筋骨，“把东西拿过来吧，先取灵童的下巴油，再取他一根肋骨制成骨雕泡于尸油之中。经过我施法后，就算不能令你飞黄腾达，至少也能助你事事顺利。”

绍海连忙为对方取来蜡烛、法刀等器具，并对躺于祭台上的童尸道：“安仔，你一出世就没老窦，现在老母也疯了，以后就跟我吧！只要你乖乖听话，让我的事业顺风顺水，我绝对不会亏待你。”

第一章　多了一个

安琪跟溪望将神经兮兮的杨绍海带到附近一间快餐店，刚坐下便向对方问道：“杨导演，发生什么事了？”

“他要找我们索命，我们都要死，当年所有参与拍摄广告的人都要死……”杨导不断重复类似的话语。

“谁要索命了？”安琪隐隐感到不安，“你说的广告，是我参拍的九铁广告吗？”

溪望买来饮料，将一杯热咖啡捧到杨导身前，安抚道：“先别慌，这里很安全，没人会伤害你。”

“他不是人！”杨导猛抬头，双眼尽露惊惶之色。

“杨导演，你慢慢说，把事情说清楚。”安琪握住他的手，给予精神上的支持，又道，“我是警察，我会帮你。”

“你帮不了我，我们都要死……”杨导的身体不住地颤抖，断断续续地讲述他恐惧的根源——

二十年前，我接拍九铁公司的宣传广告，当时原定找八个小朋友拍摄，但在开拍前其中一个小朋友病倒，所以最终只有七个小朋友参与拍摄。虽然比原计划少一个，但拍摄过程很顺利，拍出来的效果也很好，九铁亦对成品十分满意。这本来是皆大欢喜的事，可是在广告开播后，我却发现广告有问题，出现了奇怪的画面。

这事我也是无意中发现的，在广告开播后，我跟几个行内的朋友吃饭，其间谈起这个广告。行内人都知道，有三种演员最让人头痛。第一种是当红的大明星，耍大牌几乎是必然的事。不过要吃这行饭，就必须迁就他们，大家也早就习惯了。

另外两种是动物及小朋友，都是不听指挥的演员，往往一整天也拍不了一个镜头。而我这个广告的演员全是小朋友，大家都笑我是不是偷偷找了个当幼儿园教师的女朋友来帮忙，要不然这些小朋友怎么会这么听话。

其中一个姓徐的导演说："我之前拍那个广告才找来两个小朋友，就已经把片场弄得乌烟瘴气，差点没把我气疯。你竟然一次用八个小朋友，我就不信你能让他们都乖乖听话。"

我觉得很奇怪，这广告明明只用了七个小朋友，但老徐非要说八个。而且他非常肯定，还跟我吵起来。我们当时喝了不少酒，为这事差点打起来。

作为广告的导演，用了多少个演员，我自己还不清楚？但老徐就是不肯认错，还跟我打赌，如果广告里只有七个小朋友，他就请大家去日本泡温泉。如果有八个，这次日本旅游就由我埋单。

不知道谁说了句"听者有份"，大家就起哄了，马上结账一起去我的工作室看广告的母盘。

我当时想，老徐大概是知道我找了八个小朋友来拍这个广告，就以为出现在广告里的小朋友一定是八个。可他并不知道其中一个小朋友病倒了，所以广告里其实只有七个小朋友。我暗中偷笑，以为自己这次赢了。

我当时做梦也没想到，最终输的竟然会是我。

我们到达工作室时已经是深夜，但当时大家都很兴奋，我刚找出母盘，他们就抢着拿去播放，都围在电视机前数广告里一共有多少个小朋友。我当时还以为自己赢定就没仔细看，准备等他们看完片子再奚落老徐一番。可是，当他们看完后，让我意想不到的事情就发生了。

"好像真的有八个小朋友呢！"

"哪有八个，明明就只有七个。"

"是八个，我数得很清楚。"

"都别吵了，再看一遍就知道了。"

我跟老徐还没开口，其他人已经七嘴八舌地讨论起来，但最终也没得出统一的结论，只好再看一遍。但看完了第二遍，大家的意见还没能统一，有人说广告里只有七个小朋友，也有人认为是八个。

我们都是行内人，当中更有剪接师，工作室里也有全套剪接设备。于是便有人提议，以慢镜观看片子，要是还没能确定小朋友的数量，就将底片逐格观看。

这时我也认真地观看这个之前已经看过无数遍的广告，一方面想指出老徐的错误，但另一方面又开始怀疑错的是不是自己。

在剪接的操作下，屏幕以慢镜播放广告。失真的声效让我觉得这个本来非常熟识的广告，此刻却显得极其陌生，原本想要渲染的童真效果，也变得吊诡恐怖。

老徐拿着笔纸跟大家一起盯住屏幕，每在画面中看到一个小朋友，就叫剪接将画面定格，让大家确认并记下来。一个、两个、三个……数到第七个时，我以为自己赢定了，因为记下的小朋友我都有印象，部分甚至能叫出名字，根本就不存在第八个。

然而就在这时候，老徐突然叫剪接定格，并指着画面说："看，这个穿黑衣服的就是第八个！"

我愣了一下，立刻推开其他人挤到屏幕前，仔细观看这定格的画面。画面中几名小朋友正在玩火车游戏，一个接一个地排成一列。排在第四位的小朋友后面，出现一个穿黑色衣服的小朋友。虽然在画面中只能看见他半边脸，但那空洞的眼神，毫无表情的脸孔，明显有别于另外七名小朋友。

印象中，拍摄当日好像没有小朋友穿黑色衣服，而且这个小朋友让我觉得有一点眼熟。再仔细一看，顿感头皮发麻，因为我认出这个小朋友，之前虽然曾参与试镜，但在拍摄前就已经病死了。

他，他根本没有参与拍摄，怎么可能出现在广告里?

我仿佛看见定格在画面中的他，冲我露出狰狞的笑容。一阵恶寒顿从心里涌现，使我浑身颤抖，大叫一声"鬼呀"，立刻惊惶地冲出工作室……

"之后怎么样?"安琪见他久久不语，便焦急追问。

"广告播出一段时间后，很多市民都发现有问题。后来更有多家媒体长篇报道，一时闹得全港人心惶惶。九铁公司怕会影响自己的形象，就悄然撤掉这个广告，换上另一个。"杨导的身体微微颤抖，一口将发烫的热咖啡喝掉一半，又道，"这事当年全香港的人都知道，你们应该也有印象吧?"

安琪轻轻摇头，零乱的思绪让她不想说话。溪望见此便代为作答："当时我们都在内地，所以不知道这些事。不过，就算广告里出现怪异画面，似乎也跟你们没多大关系吧！你说他要找你们索命是什么意思呢?'他'是指广告里穿黑色衣服的小孩吗?"

"他叫安仔，潘胜安。"杨导颤抖得更厉害，惶恐不安地说，"他要向我们报复，已经有人出事了。"

“谁出事了？”安琪紧张地问道。

“就是当年那广告的主角，在火车游戏里排第一位那个男孩。我记得他姓戴，名字好像是一个字还是两个字……”杨导皱眉思考，但怎么也没想出来。

安琪想了一会儿，遂冲口而出：“是戴炯吗？”

“对，就是戴炯。”杨导恍然大悟，随即又颤抖道，“他前几天死了，一定是安仔要向我们报复。他是第一个，之后是其他参拍广告的小朋友，最后就是我……”

“安仔为什么要向我们报复呢？我跟他连一次也没见过呢！”安琪茫然道。

“他一心想当大明星，这个广告是他踏入娱乐圈的第一步，可是广告还没正式开拍他就病死了。他对此很不甘心，所以他的鬼魂才会出现在广告里。”杨导一口将剩下的咖啡喝光，继续道，“他不能踏入星途，因而记恨所有人，要将我们都杀光。”

杨导的逻辑十分牵强，但这不是问题的重点，溪望察觉到另一个问题，遂向安琪问道：“这个广告好像是你六七岁时拍的，距离现在应该有二十年了吧！”

安琪烦躁地横了他一眼，不悦道：“我现在没心情跟你讨论我还有多久就变剩女。”

“你误会了。”溪望摇了摇头，遂向杨导问道，“这个广告是二十年前拍的，你连主角的名字也不记得，怎么还会记得安仔的名字？他只不过是个参与试镜的小孩而已。”

“我，我就是记得，其他人可能记得不清楚。但我对他的印象却很深，尤其是发现他的鬼魂在广告里出现之后。”杨导眼神闪烁，不自觉地回避对方的目光。

溪望虽然觉得不妥，但没有继续追问，因为他想到另一个问题，遂对杨导说：“这事已经过去二十年，安仔就算要报仇也不会等到现在吧！你是不是想多了？”

“不是，我没想多。他要找我们索命，我们都要死，我们全都要死……”杨导的精神状态开始变得不稳定，不断重复着类似的话。

安琪的心情也不太好，安慰几句便送他离开。

“你担心他说的事？”溪望温柔地问道。

安琪轻轻点头，答道：“怎么说也是相识一场，看见他惊慌失措的模样，多少会让人心里不舒服。”

“未知往往会带来不必要的担忧，甚至是恐惧。”溪望向她展露安慰的笑容，又道，“要解决这个问题，最好的方式莫过于查清真相。”

安琪茫然道：“那我们该怎么办？”

“榴莲似乎说错了，你当警察后似乎没之前聪明。”溪望嬉皮笑脸地说。

安琪叹了口气，说：“我知道你想安慰我，但我现在没心情跟你开玩笑。”

“你是警察，要确定一个人是死是活，还不容易吗？”

“是啊，我怎么没想到！”安琪一拳打在手掌上，恍然大悟道，“只要核实戴炯的情况，不就知道杨导演说的话是不是真的。”

“那还等什么，走吧！”溪望走了几步，回头发现对方仍站在原地，便问道，“怎么了，不想去查了？”

“不是，我只是刚才走得太累，现在不想走。”

“那你想怎样？”

“想你背我走。”安琪突然冲向溪望，跳到他背上搂住他的脖子。

溪望无奈地苦笑：“你呀，都快三十岁了，还要我背你，不怕别人笑你吗？”

“你别老拿我的年龄说事！”安琪一手搂住他的脖子，一手握拳向他太阳穴施展“酷刑”。

两人来到新界北总区警察总部，查得戴炯确实在日前死于交通意外。安琪翻阅相关档案后得知，戴炯疑似服用感冒药后驾车，因药效产生强烈睡意而引发意外。经初步调查后，并无发现可疑之处，故列为一般交通事故处理。

她放下文件，伸了个懒腰，愉快道：“原来只是杨导演杞人忧天，戴炯的死根本就是场意外，跟二十年前的广告八竿子打不着。”

“是吗？我认为不是这样。应该是疑心生暗鬼，”溪望将手中的验尸报告放下，又道，“或者说，是杨导心中有鬼，所以才会有这个想法。”

“管他呢，反正知道戴炯的死是意外，我就没什么好担心的。”

“你吃了会产生睡意的药后，还会去开车吗？”溪望问道。

安琪摇头道：“当然不会了，在香港药驾跟酒驾一样，都是犯法的，被抓到可麻烦了。而且我也不喜欢开车，一来停车很麻烦，二来大部分公路都窄得要死，稍不留神就会出意外。更要命的是，买车虽然便宜，但养车可不是一般人能负担得起。就算是露天停车场，一个月至少也要三千，室内就更别提了。”

“或许，死者的想法跟你不一样吧！”溪望将验尸报告递给对方，又道，“法医在死者的胃部残留物及血液中，验出一种强效感冒药，说明死者于出事当日曾服用该药物。这种药的效果虽然很好，但会产生强烈睡意，医生通常会吩咐病人服药后留家中休息。但是，你再看看这个……”他又给对方递上一份死者同事的口供，

“死者是一名地产经纪，据他的同事说，在出事当日他要带好几个客人去看房子，几乎要跑遍半个香港。香港的公路，时速大多超过80公里，而且路面狭窄。他明知自己要开车，竟然还吃会产生睡意的药物，这不是找死吗？”

安琪眉头略皱，疑惑道：“这的确是有些奇怪，难道真的是安仔要向我们报复？”

第二章　后巷文化

“没可能，没可能！”安琪使劲地摇头，自我安慰道，“安仔都已经死了二十年，如果要报复早就动手了，怎么会等到现在？”

她见溪望埋头翻阅档案，没对此做出回应，又自言自语地说：“而且他当不了明星，是因为他自己身体不好，跟我们有什么关系。他要报复也该找当年给他治病的医生，怎么会赖到我们头上。”

见对方仍没有答话，她便继续自言自语：“我想戴炯只是一时粗心大意，忘记自己吃了药。又或者没想到药力会这么强，以为自己能撑得住……”

溪望竖起食指打断她的话，将死者的驾驶记录以及另一名同事的口供递上，分析道：“死者的驾驶记录比你的脸还干净，领取驾照已经五年，连一次闯红灯的记录也没有，你认为他明知自己药驾还会强撑？粗心大意也不可能，你看他同事的口供。他服药时，同事已经提醒他，但他却说这药是无睡意配方。现在你还认为这只是一场意外？”

安琪呆呆地盯着桌面上的档案，这些资料她大多都有看过，但却没留意到当中的关键细节。之前处理这宗案件的伙计，大概也跟她一样，所以才会列为交通意外处理。现在经溪望提醒，她才意识到该案的严重性，声音颤抖地说：“这是一宗谋杀案？”

“没实质证据前，别妄下判断。”溪望狡黠一笑，“不过，以现有资料看来，至少不能排除这个可能性。”

“那我们该怎么办？我现在觉得很乱，什么也想不到。”安琪苦恼地胡乱拨弄自己的头发。

溪望用力地抓住她的手，把她拉起来，盯住她双眼，认真地说：“相信我，我会像小时候那样保护你。只要有我在你身边，不管遇到什么困难，我都不会让你受到伤害，这是我对你的承诺。”

“哼，你还敢说。”安琪冷眼盯着他，“你第一次说保护我的时候，只是为了骗我的麦芽糖给丫头吃，可害我哭了好几天呢！”

溪望忍痛哀号：“你哪有哭呀，那时是我被你打得几乎要哭出来。”

“我不管，既然你说要保护我，就得信守诺言。无论发生什么事，你都要替我挡住。”安琪狠狠地瞪了他一眼，又道，“快告诉我，现在该先做什么？”

“先调查死者身边的人，感冒药不可能是从地上捡回来的，要么来自药房或医院，要么就是身边人给他的。”溪望稍缓一口气又道，“如果是来自药房或医院，肯定会有人将副作用告诉他。所以，感冒药很可能是身边人给他的，而且是他最信任的人。”

安琪翻看死者的家属资料，得知死者在香港只有一个表哥，而且名字还让她有种似曾相识的感觉。她喃喃念道：“杨三宝……我想起来了，当年拍广告时，有个小胖子叫三宝，原来他们两人是表兄弟。”

两人根据资料上的工作地址，来到一间大型超市，并找到在此当推销员的三宝。表明身份后，安琪没有立刻询问三宝与案情有关的问题，而是先跟对方叙旧，聊起大家在拍摄广告后各自的情况。

“原来你拍完广告就回大陆了，怪不得每次聚会都没看见你。”三宝带两人到超市外一间咖啡厅坐下，讲述当年与安琪分别后的情况——

自拍完广告之后，我们每年圣诞节都会聚会一次。除了你回了大陆之外，我们几个一直都有联系。不过后来小璐出国念书，就没再跟我们联络了。

你还记得哪个是小璐吗？就是俞璐，当年那个矮矮胖胖，扎着两条辫子的小女孩。她后来长得可漂亮呢，我还追过她呢！她说要等念完书才能拍拖，但她念完书后似乎没有回来，大概已经把当初的承诺忘记了。

虽然你们两个跑了，但我跟其他人一直都有一起玩，后来还在深水埗合租了套房子。你应该已经记不清楚他们的名字了吧！除了我刚去世的表弟戴炯，另外还有三个人，他们分别是陈志庆、胡墨婷和彭夜七。

我们刚出来工作时，大家的收入都不多，就合伙租了一个三间卧室的房子。虽然五个人住在一起十分拥挤，但当时大家还年轻，觉得这样挺好玩的。

后来，阿炯做地产经纪赚到钱，不但买了车，还向银行贷款买了套房子，就跟墨婷搬出去了。噢，我忘了说，阿炯跟墨婷拍拖了。唉，他们正准备结婚呢，没想到阿炯就这样走了。

他们两个搬走后，我跟志庆和夜七继续住在原来的房子。虽然刚好能每人住一个房间，但我总觉得没之前那么热闹。开始时，阿炯还经常跟墨婷回来找我们玩，但他的工作越来越忙，来的次数就越来越少，有时候半个月也没能见他们一次。

志庆这小子现在混得也挺不错的，他之前跟我一起在超市做推销员，业绩还不如我呢！可后来他不知道抽中哪条筋，突然辞职去做保险。以前他一个月连平底锅也卖不了几个，现在竟然能让最抠门的阿炯跟他买保险，真不知道他跟谁学得这么油腔滑调。

夜七就没他那么长进了，都已经28岁的人了，竟然还在做明星梦，不去找份正经的工作做，每天就只会去片场看能不能混一回临时演员。我们都不知道说他多少遍了，他竟然还学星爷那样跟我们说："茄喱啡也是演员呀！"

我说呀，茄喱啡演得再好还是茄喱啡，谁也不会在乎你的演技，更不会有导演看中你这张臭脸！油尖旺（油尖旺，是指尖沙咀等地，乃香港的商业旺区）随便哪条街掉个招牌下来，都能压死十个八个比你靓仔的，有哪个导演会这么不长眼找你当主角？

我这些用心良苦的话，但他就是听不进去。之前墨婷工作的那栋大厦要请看更，本想叫他去应聘，时间都替他约好了，可他竟然说那天有通告，要去片场做临时演员。还说他在片场遇到当年找我们拍广告的杨导演，早晚能出人头地……

三宝不断摇头，一副恨铁不成钢的样子，叹息道："真不知道他这明星梦还要做多久才会醒。"

"其实我今天也遇到杨导演。"安琪将遇到杨导的经过道出，并指出对方说安仔要找大家索命。

三宝愣了一下，遂苦笑道："杨导演大概是恐怖片拍多了吧！阿炯的死是意外，怎么可能跟二十年前的事情扯上关系。"

"空穴来风，必有其因。"溪望仔细留意对方的神情，"或许戴炯的死并非意外，否则杨导也不会无缘无故有这个想法。"

"可能是夜七缠着他安排角色吧！"三宝不自觉地回避他的目光，"夜七这衰仔为了当明星，什么话都敢说。肯定是他将阿炯的死添油加醋地告诉杨导演，把杨导演吓到了。"

"杨导在娱乐圈打拼了二十多年，会被一个青年人吓唬到？"溪望露出怀疑的目光。

“反正你们就别在这件事上浪费时间了。我不知道杨导演为什么会有这个想法，但阿炯的死的确是场意外。”三宝突然站起来，“我还有事要做，有空再聊吧！”说罢便匆匆离开。

“不觉得他很奇怪吗？”溪望向安琪问道。

安琪摇头道：“他表弟刚刚去世，心情不好也很正常呀！我不觉得有哪里不对劲。或许只是我们想多了，戴炯的死的确是场意外。”

“我怎么觉得你也很奇怪。”溪望皱眉看着对方。

“当你觉得所有的人都有问题的时候，就该反省一下，问题是不是出在自己身上。”安琪仍在强撑。

若是平时，只要事情稍有可疑之处，她必定会寻根究底，但在此事上她却显得对真相甚为抗拒。或许因为她自身也牵涉到事件当中，所以才会感觉迷茫与恐惧吧！

心念至此，溪望便不想再跟她争辩，笑道：“可我还是觉得这件事有可疑的地方。不如这样吧，我们再去找死者的女朋友了解一下，要是仍没发现问题，就当这只是一场意外。”

“如果输了，你赔我什么？”

虽然溪望并未提出赌约，却并不觉得自己会输。他无意中瞥见一张宣传单，便向对方笑道：“如果我输了就请你吃芝士火锅。”

“你要是耍赖，我就把你皮扒下来煮火锅。”安琪取出刚才三宝写给她的纸条，上面有胡墨婷等人的手机号码及地址。

通过电话与墨婷取得联系后，得知对方就在附近上班。安琪跟她约好在其上班的大厦后巷见面。

“这女生约我们到后巷见面，你不觉得奇怪吗？”溪望不解道，“虽然你们小时候就认识，但已经事隔二十年，大家变成怎样也不确定，她就不怕会有危险吗？”

“我就说当你觉得所有人都有问题的时候，你自己才有问题。”安琪横了他一眼，又道，“你想象中的后巷是什么样子？”

溪望想了想，答道：“昏暗、狭窄、肮脏、污水横流，而且连人影也没一个。”

“那是你家的后巷，跟我去见识一下香港市区的后巷文化吧！”安琪扯着他的衣领转入跟墨婷约定的后巷。

这条后巷的确跟溪望想象中的有很大区别，不但宽敞明亮，而且地面也十分整洁。只是大厦的后墙上有几幅用喷漆画成的涂鸦，虽然有损市容，但亦为死气沉沉的后巷带来几分生气。但最让他料想不到是，这里并非人影全无，而是有五六名男女围着一个垃圾桶抽烟谈笑。

“自从香港全面实施室内禁烟之后，在写字楼工作的上班族，就经常借故跑到后巷抽烟。对香港人来说，后巷在某种程度上是个社交场所。”安琪向一脸疑惑的溪望解释道，“你看前面那几个人，有送外卖的，有白领，也有穿西装系领带的专业人士。在这里找对象，比大陆那些乌烟瘴气的相亲节目靠谱多了。”

“你怎么不来这里找个对象？”溪望调笑道。

安琪瞪了他一眼，说：“你见过我抽烟吗？”

两人在后巷略等一会儿，便看见一名长发披肩，相貌姣好，身材火爆的白领从大厦后门走出来。安琪跟她对视片刻，便各自认出对方。几句寒暄后，墨婷点了根烟，跟两人走到一个无人的垃圾桶旁继续交谈。

两名女生虽然多年未见，却仍感到十分亲切，愉快地聊起当年拍摄广告时的趣事。其间提起安仔，墨婷便说：“你没见过安仔吗？是啊，他好像没参与正式拍摄，不过我在试镜时见过他一次。”

“你对他还有印象吗？”溪望好不容易才插上一句。

“还有一点吧……”墨婷抽了口烟，仔细回想这件发生在二十年前的事，“我记得他当时一副无精打采的样子，跟他妈妈坐一旁等导演过来。我跟另外两个小朋友，就是戴炯跟三宝，觉得无聊便围在一起玩。后来，我还走到他面前，叫他跟我们一起玩呢！不过他妈妈挺凶的，叫我别骚扰她儿子。”

之后，两个女生继续聊着当年的事情。溪望见安琪久久未提及戴炯的车祸，便插话向墨婷询问其男友出事前后的经过。他这一说，墨婷顿时沉默不语，刚才与安琪交谈时的愉快表情瞬即消失，取而代之的是沉重与哀伤。

安琪以手肘狠狠撞了溪望一下，责怪他不该急于触及对方的伤疤。溪望无奈地耸耸肩，对墨婷说：“胡小姐，虽然我知道戴先生的死令你很伤心，但我们觉得这场意外有不少可疑之处。为了能让戴先生在天堂得到安息，希望你能将所知道的事情告诉我们。”

墨婷沉默片刻，遂愧疚道：“其实阿炯的死，我也有一定责任。”

第三章 互相推脱

墨婷又点了根烟，抽了两口才道出戴炯出事前后的经过——

我的工资自己都不够花，因此供楼的事一直都是由阿炯解决。他当地产经纪，每做成一笔交易都能赚到不少佣金，但没谈成也就白干了。为了赚钱供楼，以及准备我们婚礼所需的开支，他经常工作到很晚才回家休息，天一亮就要出门。

他每天睡不到五个小时，就算是假日，只要客户一来电话，他也会马上出去应酬他们。之前约了好几次去试婚纱，也因为他抽不出时间而取消。有时候，我甚至整个星期也没能当面跟他说上一句话。

人终究不是铁打的，每天都这么劳累，怎么可能不累垮呢？上个星期他终于病了，虽然只是普通感冒，但别说休息，他连见医生的时间也没有，仍硬撑着带客人去看房。

那天起床时，我发现他有一点低烧，就叫他去看医生。但他说约了个大陆客人去看豪宅，还说促成这笔交易能赚到不少佣金，可以送我一枚体面的钻戒。我拗不过他，只好说待会儿替他买些感冒药，中午就拿过去给他。

他说今天要带好几个客人看房，整天都要开车，叫我记得买无睡意配方，而且要药效强力的。

到公司后，我本想找时间到楼下的药房买药，但老板突然把我们叫到会议室开会。恰好这时夜七打来电话，说他就在附近，问我中午有没有时间一起吃饭。我想午饭前大概也不能离开会议室，因此便叫他先帮忙买药，还一再交代要买无睡意的强效感冒药。

到了中午，跟夜七一起吃过饭后，我拿着他买的感冒药去找阿炯。阿炯刚从外面回来，连午饭也没来得及吃，马上又要带另一个客人去看房。他吃了感冒药，再跟同事交代了几句，就开车载我回公司，然后就带客人看房去。

在下车之前，我也没发觉阿炯有哪里不对劲。他还跟我说，那个内地客人对房子很满意，当场就付了订金，他等有时间就跟我去买戒指。我说："你要是有时间，还不如先跟我去试婚纱，都已经约了好几次了。"

他满口答应，说忙完手头上的工作，就向公司申请年假，专心跟我筹备婚礼。可是，他才离开没一个小时，我就接到三宝打来的电话，说警察通知他，阿炯出事了……

“你知道戴先生之所以会出事，是因为在意外发生之前曾服用过会产生强烈睡意的感冒药吗？”溪望问道。

“知道。”墨婷轻轻点头，“警察有跟我们说过。”

溪望又问：“你确定曾明确告诉夜七，要买无睡意的感冒药？”

墨婷再次点头，叹息道：“这其实也不能怪夜七，他买的感冒药没有中文说明，而他的英文又不太好，不知道服药后会产生睡意。这都怪我没看清楚说明，就把药拿给阿炯吃，是我害了他……”她忍不住落泪，随即仓促地向两人道别，便快步从后门走进大厦。

安琪叹息道：“这也不能怪她。”

“你还认为是意外？”溪望面露疑惑之色。

安琪认真地分析道：“药是夜七买的，他不懂英文买错药。而墨婷出于对他的信任，没认真阅读说明书就把药拿给戴炯。戴炯当然不会怀疑自己的女朋友，哪儿想到服药后会产生睡意？这事从头到尾就是场意外！”

溪望问道：“既然夜七不懂英文，他怎么知道自己买到的是什么药？”

“药剂师会告诉他该买哪种药呀！”安琪理直气壮道，“香港的药房大多都有注册药剂师驻店，虽然他们不像医生那样会替病人检查，但只要把症状说清楚，小病小痛不会难倒他们。”

“你觉得药剂师会不会提醒夜七，服用这种药会产生强烈睡意？”溪望狡黠一笑，又道，“我们先假设夜七是个冒失鬼，忘记了墨婷一再交代要购买无睡意的感冒药。但经药剂师提醒后，他还想不起来吗？”

“难道夜七是故意的？”安琪讶然道。

“虽然以现在的情况，还不能百分百肯定，但夜七在这件事中绝对是个关键人物。”溪望随即道出自己的分析，“首先，三宝曾提及戴炯买了保险，而戴炯在香港就只有三宝这个亲人，因此保险的受益人不是三宝就是墨婷。而两人均跟夜七关系密切，故戴炯死后，夜七将间接获得利益；其次，杨导跟夜七有联络，他认为安仔要向大家报复，很可能是因为夜七告知戴炯出了意外，并对此添油加醋。”

“难道是夜七在背后搞鬼？”安琪亦认同他的分析。

溪望笑道：“要想知道答案还不容易吗？直接去找夜七问个清楚就行了。”

根据三宝提供的联络方式，两人联系到夜七，并约对方到一间中式快餐店吃晚饭。他们到步时，一名衣着光鲜、油头粉面的青年，站起来向他们招手。安琪认出对方是夜七，便坐下来与对方叙旧。

夜七虽然先到步，但却未点任何食物。见两人聊得投机，溪望便识趣地询问他们想吃什么，遂到收银处点餐。待他将饮料及食物捧过来，发现安琪仍在跟对方聊些与案件无关的闲话，不由得皱起眉头。心想：“她到底怎么了？她平时办事向来喜欢直截了当，为何在这件事上却拖拖拉拉？”虽然心里觉得不妥，但并没有表露出来，准备继续观察一会儿。

夜七像饿鬼投胎似的，没一会儿就将面前那碗份量十足的饭吃了个干净。以他瘦削的身形判断，他的饭量应该没这么大，想必是没吃午饭。

联想到他是个收入不稳定的临时演员，不禁让溪望怀疑他的财务状况。以此推断，日前他主动致电墨婷，或许只是为了蹭饭。没想到他虽然外表光鲜，但实际上却是囊空如洗。或许，像他这样的跑龙套，都是就算穷得没饭吃，也要打肿脸充胖子吧！毕竟，演艺界是个先敬罗衣后敬人的行业。

安琪仍没切入主题，就算继续下去，她也不见得会主动道明来意。为此，溪望只好代为开口，对夜七说：“其实我们这次约你见面，是想了解一下戴炯的事，你跟他应该很熟络吧？”

夜七叹了口气，答道：“阿炯是我的好兄弟，他突然走了，我也很难过。”

“据我所知，戴炯因在出事前曾服用会产生强烈睡意的感冒药而发生意外，听说这感冒药是你帮忙买的……”溪望故意没说下去。

夜七愣了一下，随即痛心疾首道：“都怪我不懂英文，不知道这药会产生睡意，害死自己的好兄弟。”

“你买药的时候，药剂师没提醒你这种药的副作用吗？”溪望仔细观察对方的表情。

夜七脸上闪现微不可察的惊惶，但立刻又正色道：“唉，你们别看我衣冠楚楚，其实我兜里就只有二十块车钱。要是我有钱买药，就不用找墨婷蹭饭了。那天的情况，其实是这样……”他随即道出当日买药的经过——

那天我本来要赶通告，可导演临时改变了主意，把我的角色给撤了，害我连个盒饭也没混到。拍摄地点就在墨婷上班的大厦附近，于是我便打电话约她吃饭。我本打算蹭一顿饭吃，没想到她竟然叫我帮忙买药。

跟她认识这么多年，我的情况她很清楚，知道我身上通常没几个钱。如果不是真的走不开，她也不会叫我帮忙买药。感冒药虽然不贵，可我身上那点钱就是不够，总不能去找她要钱吧！

我们虽然很熟络，但她始终是个女人，叫我帮忙买盒感冒药也要她先给钱，就算她不介意，她的同事也会笑话我。可是不帮她买药，我也不好意思找她蹭饭。正不知道该怎么办的时候，我突然想起三宝上班的超市也有卖感冒药，就打电话让他替我买。

虽然我不懂英文，间接害了阿炯，但在这事上我只是当跑腿的。如果我知道事情会变成这样，我肯定不会让三宝替我买药……

夜七虽然言之凿凿，但他的解释却又让人觉得有推卸责任之嫌，而且他似乎刻意忽略问题的重点。因此，溪望便向他问道："你有没有告诉三宝，要买无睡意的感冒药？"

"三宝有时候做事也挺靠不住的，我明明……"夜七突然掏出手机，"不好意思，我先接个电话。喂，是张导演呀！有空，我现在有空。好，我马上来，十分钟就能赶到。"

他收起电话，对两人说："我有工作，这顿饭就先谢了，得闲饮茶（得闲饮茶，意为有空再聊）！"不等两人回应，他便脚底抹油地跑掉了。

"他根本没接电话，他的手机屏幕都没有亮。"溪望看着已跑出门外的夜七，又道，"而且他也没有正面回答我的问题。"

"或许你想得没错，他的确有问题。"安琪眼中闪现一丝不安。

"他既然将责任推给三宝，我们就再去找三宝问清楚吧！"

"也只能这样了。"安琪泄气道。

两人再次来到三宝工作的超市，向他求证夜七所说是否属实，他气愤地骂道："夜七这个死仆街，竟然将责任推到我身上。"

他气得满脸通红，但随即又冷静下来，并面露愧疚之色，悔恨道："不过，我的确要对阿炯的死负上一定责任，虽然错不在我……"遂向两人道出当日的情况——

那天，夜七给我打电话，我想他大概又没钱吃饭，想找我蹭一顿饭吃。我对此早就习惯了，这个死仆街也快三十岁的人了，竟然还不去找份踏实的工作，就只会做他的明星梦，经常连饭钱也掏不出来。房租就更别说，要不是我跟志庆替他垫付房租，他早就睡天桥底去了。

我本想训他一顿，跟他说做人要脚踏实地，别再做那不切实际的明星梦，赶紧去找份正经的工作。就算做保安也好，送外卖也罢，至少还能自食其力，犯不着终日要朋友接济。我们虽然是好兄弟，但长贫难顾，不可能养他一辈子。

可是，那天他找我却不是为了蹭饭，而是叫我帮他买感冒药。他说自己感冒了，早上起床就觉得头晕眼花，不过为了赶通告，硬撑着跑去片场，但导演却临时抽掉他的角色。

他把自己说得可怜巴巴，我也不好意思训他，便问他要买哪种药，我替他买就是了。他说哪一种都成，不过最好效果强一些，吃了能快点痊愈。

我问超市里负责药物的同事，哪种感冒药的效果最好，药效最强劲。同事给我介绍一种包装盒上全是英文的感冒药，说这种药的药效最强，不过副作用也很厉害，服药后会产生强烈睡意，一再提醒我要多加注意，最好在睡前服用。

我想夜七这死仆街也没什么事可干，多睡会儿说不定能让他省下一顿饭钱，就把这盒药买下了。我本来想下班后，再把药带回去给他，但他说自己就在附近，马上过来找我。

他来找我的时候，脚步轻浮，双目无神，仿佛只剩下半条人命。我还担心他能不能自己回家，压根没想到他竟然是在我面前做戏。老实说，这死仆街的确有演戏的天赋，但娱乐圈都是靠脸蛋吃饭，他那张大众脸想要当明星简直比登天还难。多少演技比他好十倍的演员，在演艺业打滚几十年，还不只是个跑龙套。

我现在恨不得打这死仆街一顿，但当时却觉得他很可怜，把药交给他后，还塞了两百块给他，叫他先吃点东西再回家。我还交代他服药后要好好休息，这样才能尽早痊愈。要是吃过药还没好转，就去医院排队看一下。

这死仆街一个劲地跟我说好，哪想到他竟然骗我，转过头就把药拿给阿炯吃。如果知道药是给阿炯吃的，我肯定不会买这种药，阿炯也不会出意外……

三宝长叹一口气，眼角涌现泪光，黯然道："之前我跟你们聊天时突然离开，其实是因为我心中有愧，觉得自己对不起阿炯。虽然这祸是夜七闯出来的，但我多少也要负上些责任。"

溪望轻蔑一笑，心中暗道："你跟夜七果然是好兄弟，两个人都把话说得冠冕堂皇，既说自己在此事中亦有过失，同时又将主要责任推给对方。"

"别难过，发生了这种意外，谁也不想。"安琪向三宝安慰道。

“意外当然谁也不想发生，但以现时的情况判断，戴炯的死不一定是意外。”溪望冷眼盯着三宝。

第四章　人心难测

“你这是什么意思呀，阿炯的死不是意外，难道是我故意害他吗？”三宝怒气冲冲地向溪望骂道，“阿炯是我在香港唯一的亲人，他死了对我只有坏处，哪儿有什么好处！”

“先别冲动，我不是针对你，只是你跟夜七两人说法不一，难免会让人生疑。”溪望故作友善地对他说，“夜七并没有提及在你面前装病，反而说你做事不靠谱，把药给错了才导致戴炯出事。”

三宝骂道：“那个死仆街就只会颠倒是非，他从头到尾都没提过无睡意配方，只说要药效强劲，一吃就好的感冒药。”

“你们俩各执一词，谁是谁非也不好说……”溪望故作为难，突然又道，“如果你不介意，可以把他叫过来，当面把这事说清楚。”

“好，看这死仆街在我面前还敢不敢信口雌黄！”三宝怒气冲冲地掏出手机拨打，但随即又骂道，“这死仆街竟然不接我电话。”他接连再拨两次，便说对方已将电话转到留言信箱。

溪望向安琪扬了下眉，后者会意地取出手机致电夜七，证实三宝所说属实。

“夜七这个死仆街躲不到哪儿里去，他身上没几个钱，这个时候应该就在家里。我马上就下班，你们跟我一起回家找他当面对质！”三宝越说越气，若此刻夜七就在眼前，他肯定会跟对方大打出手。

“好吧，现在就只能这样。”溪望颇为无奈地点头。

在等待三宝下班其间，安琪突然戳了溪望一下，问道：“你刚才是故意用激将法惹怒三宝吧？”

溪望狡黠地笑道：“现在不好吗？在找夜七对质这件事上，他比我们更积极。”

“我就不明白，你为什么非要在这事上纠缠。”安琪面露不悦之色，不耐烦道，“虽然他们两人说法不一，但不管谁对谁错，戴炯的死也只是场意外。他们的疏忽，在法律上不构成犯罪，我们干吗要在这事上浪费时间？等我们去调查的案件可堆得比人还高呢！”

溪望正眼看着安琪，看得她心里发毛，不悦骂道：“你盯住我干吗？”

“你变了。”溪望眉头紧皱，“以前你总是不会放过任何可疑线索，就算事情跟自己无关，也会想尽办法查出真相。”

“我才没变。”安琪恼羞成怒地反驳，“真相是戴炯的死只是场意外！当中或许有诸多巧合，但只是大家一时疏忽而已，根本没人存心害他。”

溪望看着正向他们走过来的三宝，狡黠地笑道：“到底是意外，还是有人存心害戴炯，很快就会有答案。”

两人跟三宝返回位于深水埗的住所，其间安琪告诉溪望，深水埗算是闹市中的贫民区，虽然租金及消费水平仍较天水围等郊区高，但在市区已算便宜了。

三宝等人租住一栋旧式唐楼七楼其中的一套房子。唐楼较为残旧，而且没有电梯。三宝说自己每天就只上楼一次，多走一趟也不愿意，还说戴炯跟墨婷之所以要搬走，主要原因就是不想每天爬楼梯。

“阿炯死了，墨婷或许会搬回来跟我们一起住吧！”他叹了口气，随即告诉两人关于戴炯后事的一些安排——

墨婷现在所住的房子，其实是以她跟阿炯两人的名义买的，不过一直都是阿炯独自供款。现在阿炯死了，墨婷没能力继续供款，就打算把房子卖掉。卖得的钱扣除银行的贷款后，剩下来的就给阿炯办身后事。

要不是阿炯出事，我也不知道原来现在的龛位贵得这么离谱，才巴掌大的地方竟然就要近百万。公立龛位虽然只要三四千，可是要抽签，能抽中就跟中六合彩一样，真让人死不起呀！

墨婷算了一下，卖掉房子得到的钱，只够给阿炯办后事和买龛位，并没剩下多少。所以，等房子卖出后，她或许会搬回来跟我们一起住……

安琪说：“你们也太不懂行了，私人龛位也有便宜的，价钱在十万以下的并不难找。我老窦生前卖元宝蜡烛，所以我认识不少殡葬行业的叔父。他的身后事也是我一个人搞掂，前后花了不到十五万。”

三宝略感愕然，诧异道：“阿炯的后事都是由墨婷一手包办，我也不太清楚。”

“我想她大概不会搬回来了。”溪望若有所思。

“嗯，她跟我们虽然熟络，但始终是女人，跟三个大男人住在一起的确不太方便。”三宝黯然点头，遂取出钥匙，指着前面的房子说，“终于到了，我们先进去吧！”说罢便开门领两人进屋。

溪望刚进门，便仔细观察屋内情况。

这套房子比他想象中还要小，虽然总面积大概只有五十来平方，但却有三房一厅一厕。他发现没有厨房，想必是已被改建成其中一个房间。

客厅的摆设甚为零乱，茶几上丢有几份马经，能摆放东西的地方都能看见胡乱放置的杂物。地板更是惨不忍睹，啤酒罐、杯面盒、烟头等垃圾，多得几乎让人无处落足，就连沙发上也扔有几件未洗的衣物，当中竟然还有内衣。

三宝慌忙地将沙发上的衣物丢到墙角，再简单收拾一下茶几，遂尴尬地对两人说：“我跟志庆平时都很晚才回来，夜七这懒虫又不愿意打扫，所以才弄得这里乌烟瘴气。墨婷还没搬走的时候，要比现在干净得多。”

“一屋子都是男人，肯定会乱七八糟。”安琪随意应道。

溪望没说话，但却于心中暗笑：“大概是三个和尚没水喝吧！”

在客厅没看见夜七，三宝便到他房间拍门，叫了好几声也没得到回应，而且房门也锁着，想必里面无人。

“这死仆街躲到哪里去呢？”三宝疑惑地搔着脑袋，“他兜里没几个钱，不回来就只能睡天桥底。”

溪望轻描淡写道：“电话不接，人也不见了，不排除有潜逃的可能。”

“死仆街！要是让我找到他，一定要打他一顿。”三宝气愤地一拳打在夜七房间的门上。

“或许他待会儿就会回来。”安琪为夜七辩解。

“要不你们先坐一会儿，等那死仆街回来，看我怎么修理他！”三宝请两人坐下，并从冰箱里取出饮料招呼他们。

在等待夜七其间，溪望向三宝问及与戴炯等人同住时的情况，他颇为感慨道：“你也看到了，这里又破又旧，而且地方又小，住五个人实在挤得不得了。不过，我却很怀念那段日子……”

我跟夜七都没啥学历，念完中五就出来工作。为了互相有个照应，我们合租一套小房子住着。不过我比他踏实，一直都在超市里做事，而他就只会做明星梦。

说好听是合租，其实基本上就我一个人交租，夜七这死仆街经常连饭钱都掏不出来，哪儿有钱交租。说到底也是从小就认识的好兄弟，我从来没跟他计较过。

我们住的地方环境很差，而且也不安全，很容易发生火灾，我们住在那里也不安心。所以，当阿炯他们念完书，准备出来工作的时候，我就提议大家一起合租，一来能分担租金，二来大家也有个照应。

都是从小就认识的好朋友，而且当时也不富裕，所以大家都赞成我的提议，后来就把这套房子租下来了。

这套房子一共有三个房间，我当然是跟阿炯住一起。墨婷是女生独占一个房间，谁也没反对。剩下一个房间，不管夜七跟志庆愿不愿意也得住在一块。尽管生活上有些不方便，譬如每天起床都要争洗手间，晚上洗澡也要排队。不过大家都是年轻人，偶尔打打闹闹反而让人觉得更热闹。

那时候，我们的日子过得挺快乐，每天下班回来就围在一起喝啤酒聊天。虽然这里没有厨房不能做饭，我们平时只能在外面吃，但一到冬天我们就会在客厅吃火锅。

每次吃火锅，大家都跟饿鬼投胎似的，抢着夹锅里的东西吃。墨婷虽然是女生，但跟我们一起时间长了，也不见得会客气。别人快夹到嘴里的东西，她也敢抢过去吃。她就是这样经常跟阿炯抢来抢去、打打闹闹，最后竟然闹到床上去……

三宝闭着眼睛，缅怀昔日的时光，良久才感慨道：“那时候，至少没现在这么脏乱，墨婷每天都会抓夜七跟她一起打扫收拾。她搬走后，夜七这死仆街就连地也没扫过一次。”

“这么说，夜七应该比较听墨婷的话了？”安琪问道。

三宝气愤骂道：“这死仆街就是这个德性，兄弟找他帮忙推三推四，但墨婷还没开口，他就主动献殷勤。”

溪望眼光流转，遂向三宝问道：“你说，夜七会不会去了墨婷那里呢？”

“应该不会吧……”三宝说着突然怒目圆睁，咬牙切齿道，“这死仆街说不定真的跑去找墨婷，要不然他根本没地方可以去。我给墨婷打个电话问问。”遂取出手机拨打。

经过短暂的通话，三宝挂线时气得几乎头顶冒烟，破口骂道：“夜七这贱人竟然说我从货架上摔下来，还把何 B 仔（何B仔，是对男性生殖器的一种戏称）割伤了。他跟墨婷说我正在医院看专科，替我向她借了三千块救急。”

“到底发生什么事了？”安琪问道。

三宝怒气冲冲道："墨婷说夜七找过她，跟她说我出事了，代我向她借了三千块。她本想打电话问候我，但夜七说我伤到何B仔，叫她别给我打电话，免得我尴尬。这死仆街乱说一通，颠倒是非，真是气死我了。"

溪望冷峻道："他不是故意说你坏话，只是想从墨婷手中弄点钱，以应付潜逃的开销。"

"潜逃？"三宝愣了一下，遂惊讶道，"夜七为什么要潜逃？"

溪望摊开双手，耸肩道："以现在的情况判断，很可能是跟戴炯的死有关。"

三宝斩钉截铁道："不可能，阿炯出事他虽然有一定责任，但也是无心之失，大不了被我揍一顿，没必要潜逃呀！"

溪望冷笑一声，说："如果只是无心之失，他现在应该会在这里，而不是连你的电话也不接。"

"难道他是故意要害死阿炯？"三宝眉头紧锁，思索片刻又反驳道，"不可能呀！感冒药是我买的，他哪知道服用后会产生睡意呢？"

第五章 爱与现实

"他虽然没有说清楚要哪一种药，但也没按墨婷的要求，让你买无睡意的感冒药，只要求药效强劲。"溪望分析道，"但凡药效较强的药物，必定会产生副作用，感冒药最常见的副作用就是产生睡意。所谓的无睡意配方，往往只是在原配方的基础上添加咖啡因，以此抵消将会产生的睡意。不过，咖啡因本身也有一定的副作用，而且休息对感冒的康复能起很大作用，所以若想尽快康复，最好别选择无睡意配方。"他顿了顿，随即又道，"我想你在挑选感冒药时，你的同事应该跟你说过类似的话。"

三宝茫然点头。溪望又道："夜七只要对药物稍微有点认识，就会知道强效感冒药必定会产生睡意。他刻意忽略墨婷一再交代的无睡意配方，甚至骗你说药是给他吃的，无非就是想为自己创造疏忽的借口。现在他人也不见了，除了做贼心虚之外，我实在想不到其他可能。"

"怎么可能，阿炯死了对他有什么好处？"三宝痛苦地抱着头，似乎未能接受这个残酷的事实。

“暂时只知道他从墨婷手中得到三千元。不过我想他要是能逃过这一劫，以后应该会经常向墨婷伸手。”溪望狡黠一笑，又道，“虽然我不太清楚香港的楼价，但首期大概要几十万，墨婷把房子卖掉，得到的钱应该足够为戴先生风光大葬好几次。”

“130万！阿炯跟我说过，买房子付了130万首期。而且他已经供款一年多，再加上这段时间楼价一直往上飙，扣除银行的贷款和卖楼的手续费，墨婷到手的肯定超过150万。”三宝紧握的拳头狠狠地落在茶几上，使放在茶几边缘的一份马经弹起来掉到地上，怒气冲冲道，“没想到连墨婷也骗我，那是阿炯留下来的钱，她跟阿炯无名无分，凭什么独吞阿炯的遗产！”

“作为戴先生在香港的唯一亲属，我建议你最好先联系戴先生的直系亲属，再找个时间好好跟墨婷商量一下遗产分配问题。”溪望站起来又道，“我想夜七暂时不会回来，要想知道他的下落，或许我们能在他的房间里找到某些线索。”说罢便走向夜七的房间。

三宝正低头沉思，随意说道；“我没有房间的钥匙。”

“没关系，我有办法将房间打开。”溪望狡黠一笑，从肩包里取出两根细长的钢针。

“你想干吗？”安琪从沙发上弹起来，一个箭步冲到他身前将钢针夺去，并在他耳边细语，“你想死呀！我跟你说多少次了，非合法途径获取的证据，都不能呈上法庭。你要进夜七的房间，除非他自己开门让你进去，要不然就得向法庭申请搜查令。如果你硬闯进去，不但会给机会让辩方律师抓住这一点替夜七脱罪，而且还会给自己带来麻烦。”

“你终于承认夜七有犯罪的可能了？”溪望露出狡黠的笑容。

安琪意识到自己被对方戏弄，杏目圆睁地瞪着他，嗔怒道：“你根本没打算进夜七的房间。”

“谁潜逃还会在房间里留张纸条，告诉别人自己打算躲藏在什么地方呀！”溪望调皮地向她做鬼脸，遂向仍在低头沉思的三宝说，“杨先生，现在已经很晚了，我们先告辞，不打扰你休息了。”

三宝没有回话，只是扬了一下手示意他有听见。

溪望与安琪对视一眼，遂摆出邀请姿势，示意让她先走。安琪瞪了他一眼，小声骂道：“待会儿回到家里再慢慢炮制你。”随即走向大门，溪望立刻紧随其后。

“你怎么对药物的特性这么清楚？”刚离开房子，安琪便向溪望问道，“上次在晶晶家，你还突然掏出一颗泻药呢！你到底是卖假药的，还是贩毒的？”

“没这么夸张。”溪望摇头笑道，“你忘记我爸是个药物研究员了？我虽然没他那么厉害，但好歹也是他儿子，对药物多少也有点认识，带些常用药在身上也不稀奇。”松了口气，又道：“现在就回家似乎太早了。”

“还早？再不走地铁站就要关门了。”安琪不悦地横了他一眼，又道，“你要是想坐的士，我倒不介意坐顺风车。不过我得提醒你，从市区回去天水围，坐的士大概要两三百。”

“地铁站最晚什么时间关门？”

“大概凌晨一点，不过我们回去的车程要大半个小时，所以最晚十二点就要走。”

溪望取出手机查时间，笑道：“还有时间，我们去找墨婷聊几句。”

在三宝给安琪的纸条上，写有墨婷的住址，距离此地并不远，两人便坐出租车前往。

墨婷住在一栋楼龄超过二十年的住宅大厦内，此大厦虽略显陈旧，但却价格不菲。三宝说戴炯支付了130万首期，若以三成计算，那么总价将超过400万。这还是一年多前的价格，现在应该要在500万以上。

安琪粗略算了一下，墨婷将房子易手后，就算给戴炯风光大葬，至少仍能剩下100万以上存款。因此，溪望认为她跟三宝说给戴炯办理后事后，可能要搬回去跟他们一起住，恐怕只是随口说说。她若处心积虑独吞戴炯的财产，得手后必定立刻疏远三宝等人，甚至从此不再跟他们联系。

两人按照三宝写的地址，来到房子门前还没按门铃，内门便自行打开。穿着一身艳装的墨婷，在防盗门后呆望着两人，显然没料到他们会突然来访。而且她脸上有化妆，似乎正准备出门。

“你准备外出吗？我们似乎来得不是时候。”安琪说。

“只是想下楼买些日用品，明天再去也没关系，你们进来坐坐。”墨婷回过神后，匆忙打开防盗门请他们进屋。

本以为价值500万的房子，面积应该会比较大，但溪望进门后才发现这套房子竟然比安琪的房子还要小。市区果然什么都比郊区贵得多，哪怕是深水埗这种闹市中的贫民区也一样。

“真不好意思，这么晚还打扰你。”溪望歉意道。

“没关系，反正晚上我也没什么事好做。”墨婷友善地对他笑了笑。

安琪戳了溪望一下，以眼神示意对方有啥要问就赶紧开口。鉴于现在已是深夜，而且墨婷又是独居女子，溪望也觉得不宜在此久留。因此，他便开门见山地询问墨婷，有关夜七向她借钱一事，以及是否知道夜七现在的去向。

“其实我也觉得奇怪，三宝要是不好意思自己跟我借钱，大可以跟志庆借。他和志庆是好兄弟，借几千块钱应该不成问题。”墨婷遂向两人讲述此事的经过——

我刚吃过晚饭就接到夜七打来的电话，他说三宝整理货架时跌倒，被摔破的玻璃杯割伤，想跟我借三千块看医生。我跟他们自小就认识，一听见三宝出事，心里就乱套了，哪想到夜七竟然会骗我。

三宝是阿炯的表哥，虽然我跟阿炯还没正式结婚，但我一直都把他当作大哥看待。阿炯才出事没多久，要是他也有什么闪失，我恐怕会伤心死。所以，我当时什么也没想，问夜七他们在哪间医院，我马上送钱过去。

但是，夜七却说：“三宝暂时没什么大碍，缝几针就行了。你现在在哪里？钱我去你那里拿就是了。”

我当时在家里，就让他过来拿。我本以为他会过很久才到，可是没过十分钟他就到门口了。虽然我觉得有些奇怪，但救人要紧就没再多想，只叫他好好照顾三宝，要是有什么状况马上给我打电话。

夜七一个劲儿地点头答应，我把钱交给他，他就走了。直到刚才三宝打电话给我，我才知道他骗我。本想打电话去骂他一顿，但他的手机已转到留言信箱，我打了好几次也没打通……

“你知道夜七会去什么地方吗？”溪望问道。

墨婷颇为无奈地摇头，说：“他虽然整天说自己在娱乐圈里混得不错，但他其实就只有我跟三宝这几个朋友，其他都是些泛泛之交。我实在想不到他有什么地方可以去。”

溪望皱了皱眉，又问：“能说说他的情况吗？譬如他有什么爱好，又或者有没有喜欢的人之类，说不定当中有能找他下落的线索。”

墨婷迟疑片刻，忐忑道：“他曾经追过我……”随即道出与夜七过往的一段经历——

之前，我跟阿炯、夜七，还有三宝和志庆一起住在那栋旧唐楼七楼。可能我的性格比较开朗吧，虽然只有我一个女生，但我还是跟他们挺合得来。他们也很迁就我，不但让我一个人住一个房间，每次我要用洗手间，他们都会让我先用。我洗澡每次要近一小时，但他们却从没怨言。

当时我们都是单身，所以玩得特别疯，每天不是一起出去玩，就是在家里喝酒聊天。世界杯其间，我还经常跟他们一起通宵看球赛。

大家都是年轻人，住在一起时间长了，总是会产生感情的。在他们四个当中，阿炯和夜七跟我的感情最好。尤其是夜七，总是对我千依百顺。那时我还想，如果我叫他去跳楼，他说不定真的会跳给我看。

夜七其实是既温柔又浪漫的男人，我说的每一句话，他都会记在心里，经常会给我意想不到的惊喜。有一次我看见麦当劳的广告，觉得附赠的手机挂饰挺好看，就跟他说很想要一个。其实我只是随口说说，没想到他竟然为了这个挂饰，接连吃了一个星期的汉堡。

有个浪漫而温柔的男朋友是很多女生的梦想，可梦想毕竟不能当饭吃。现实是不管夜七对我有多好，他也没能力照顾我。他连一份稳定的工作也没有，整天就只会做他的明星梦。

他老是说自己天生就是个演员，大银幕才是他人生的华丽舞台，他欠缺的只是一个机会。一旦有能让他踏上舞台的机会，他的成就绝对会超过任何一个华人。以后外国人若提起华人影星，将不会再脱口说出李小龙这个名字。因为在他们脑海里，彭夜七就是华人影星的代名词。

跟他这样的人在一起，就别指望他能照顾我，不用我反过来照顾他就不错了。阿炯跟他完全相反，为人成熟稳重，处事务实，对将来早已做好全盘计划。不像他总做不切实际的明星梦，等待他幻想中的机会出现。所以我最终选择跟阿炯一起，因为阿炯能照顾我，能给我一份踏实的安全感。

我跟阿炯拍拖后，夜七仍不死心，曾经跟我纠缠了一段时间。当然阿炯对此并不知情，夜七也不想让他知道，免得以后做不成兄弟。

夜七老是跟我说，总有一天我会回心转意跟他在一起，说我其实并不爱阿炯，只是迫于现实才跟阿炯在一起。我说："好呀，既然你这样想我，那你就去赚钱给我看。只要你能证明自己比阿炯厉害，我就嫁给你。"自此之后，他就没有再缠着我。

我本以为这番话能让他发愤图强，没想到他还是跟之前一样，仍旧做着他的明星梦，终日活在自己的幻想当中，继续等待那个不存在的"机会"……

离开墨婷的住所后，溪望见还有时间，便跟安琪到便利店吃东西。他将热气腾腾的虾饺从微波炉内取出时，发现安琪正捧着一盒咖喱鱼发呆，便问道：“你想到什么？”

安琪皱眉道：“我在想如果我是墨婷，到底该选温柔而浪漫的夜七，还是选把我名字加在屋契上的戴炯？”

“其实可以不用选，我有个两全其美的办法，你想不想知道？”溪望坏笑道。

“你的办法不会是既当戴炯的老婆，又偷偷做夜七的情人吧？你这想法很恶心呢，我们女生没你们男生那么龌龊！”安琪横了他一眼，顿了顿又道，“不过，如果女生能同时娶两个老公，那倒是件好事。”

“得一想二，你才恶心，你才龌龊！”溪望白了她一眼，遂道出他的办法：“墨婷要是跟夜七合谋害死戴炯，那么她就既能跟夜七一起，又能享用戴炯的财富了。”

第六章　又死一个

“你怀疑墨婷跟夜七合谋害死戴炯？”安琪惊讶道。

“不能排除这个可能性。”

“可是，墨婷为什么要这样做呢？”安琪分析道，“戴炯一直独力供楼，但这房子是以他和墨婷的名义买下的。墨婷就算真的想害戴炯，也不会选这个时候。你不知道在香港要买套房子有多难，现在戴炯死了，墨婷只能将这个已经到手的房子转卖。如果我是她，一定会等戴炯还清贷款才下手。”

“她还住在自己的房子里，证明她还没将房子易手。”

“哪有这么快就能卖掉。”安琪横了他一眼，“你以为是街市卖菜吗？”

“房贷的还款期一般都在十年以上，香港的楼价如此之高，二三十年也很平常。”溪望并没在意对方的嘲讽，自说自话地问道，“你说二三十年的等待，对一个已经快三十岁的女人而言，是个怎样的概念？”

“给我再多的钱，我也不会糟蹋自己人生中最精彩的时光。”安琪打了个寒战，随即又骂道，“你干吗老是提起年龄这个话题！”

“你先别急着对号入座，”溪望竖起食指按在她唇前，又道，“就算墨婷愿意用自己的半生幸福来换取这套房子，夜七亦不会同意。”

安琪思索片刻，遂恍然大悟道：“墨婷正准备跟戴炯结婚！”

溪望点头道：“嗯，如果夜七一直偷偷摸摸地跟墨婷保持着情侣关系，那么这个可能是他的底线，他绝对不能容忍墨婷跟另一个男人结婚。”

“可是，如果墨婷真正喜欢的人是夜七，大可以跟戴炯分手，有必要杀人吗？”

“这不就是她当初选择戴炯的原因吗？”溪望冷笑道，“夜七虽然温柔浪漫，但没稳定收入，跟他在一起说不定哪天会沦落到睡天桥底，但墨婷现在却拥有一间属于自己的房子。”

“那房子的贷款还没还清好不好。”安琪没好气地说，“而且墨婷也没能力继续供款，转卖是必然的事。”

“你似乎忽略了一件事……”溪望狡黠一笑，又道，“保险。”

“我是说，三宝提过戴炯曾跟志庆买保险，我想受益人很可能是墨婷。”

“如果是这样，墨婷就有钱供楼了。”安琪讶然道。

溪望又道：“一次性将贷款还清应该也没问题吧！之前晶晶跟我说过，香港的保险只要不是在保单生效后一年内自杀就能理赔。而且保额一般都很高，像戴炯这样的青年人，无须身体检查就能买500万以下的保险。”

安琪认同道：“墨婷拿到这笔保险金，不但能还清贷款，就算让夜七食拖鞋饭（食拖鞋饭，是形容男性被女性包养）也没问题。”

“人有时候为求达到目的，往往会不择手段；而爱情又常会令人失去理性，甚至不惜以身试法。”溪望感慨道，“墨婷要夜七证明自己比戴炯厉害，若他能成功为墨婷骗取保险金，那么他确实比对方厉害。至少，他比对方更心狠手辣。”

“如果你是夜七，你会为我杀人吗？”安琪问道。

“解决问题有很多种方式，杀人通常不是最好的选择。”溪望将最后一只虾饺送进对方嘴里，莞尔笑道，“我们该走了，不然就赶不上末班车了。”说罢便转身走向门外。

“你还没回答我……”安琪嘴里含着食物，没能把对方叫住，只好快步追上去。

翌日，安琪整个早上都在犹豫要不要通缉夜七。虽然他突然躲起来，显然是做贼心虚，但溪望的推理却欠缺实质证据的支持。总不能在毫无实质证据的前提下，单凭“怀疑”二字就向上头申请通缉令吧！蔡Sir要是批准，肯定是吃错药。

“美雪，你说我该怎么办？”安琪将情况告知美雪，并向其求助。

美雪正在写报告，看都没看她一眼便不耐烦地答道：“问你男朋友去！”

“提起他我就生气了。”安琪一脚将身前的电脑椅踹开，骂道，“这个死健仔说来香港这么久，也没时间带他妹去市区逛街，今天一大早就让我哥带他们去旺角，竟然叫我找到夜七后再给他打电话，真是气死我了。”

“或许，我能为你提供一个打电话给他的机会。”罗杰不知从哪里冒出来。

“我发觉你很喜欢偷听我们说话。”安琪瞪了他一眼。

罗杰无奈道：“安琪姐，我有必要澄清一下，不是我故意偷听，而是你说话的声音太大了。”

安琪板着脸说：“你刚才说什么来着？”

罗杰答道：“刚收到消息，深水埗有市民报称，目睹一名男子受袭击后倒卧在后巷。伙计到场后证实该名男子已经死亡，并从他身上找到身份证，得知他的名字叫彭夜七，我想应该就是你要找的人。”

正跟见华及榴莲逛街的溪望，在接到安琪的电话后，立刻撇下两人，前往事发地点跟对方会合。

发现尸体的地点位于深水埗，属于西九龙总区的管辖范围，故此该案由西九龙重案组接手调查。溪望赶到时，夜七的尸体已被运走，但鉴证科的人员仍在现场取证。

安琪已向在场的同僚了解情况，得知经法医初步检验，发现夜七头部有多处受钝器袭击的痕迹，致死原因是后脑受钝器重击，以致头骨碎裂。现场有一把沾有血迹的锤子，死者亦有被搜掠的痕迹，身上无任何财物，故暂列为劫杀案处理。

“谁会带个锤子上街抢劫呀？”溪望无力道。

一名油头粉面的便衣警察走过来，轻蔑地瞥了他一眼，遂向安琪问道：“他是谁呀？”

安琪给两人互作介绍：“他是来港交流的内地刑侦专家相溪望；他是接手调查该案的西九龙重案组督察凯文。”

“噢，原来是内地专……家！失敬，失敬。”凯文以一口极不标准的普通话问候溪望，显然是蔑视对方。

溪望亦不甘示弱，回敬道：“俗话说得好，天不怕，地不怕，就怕香港人讲普通话。你还是说粤语吧，我会听，也会说。”

凯文被奚落一番后，脸黑黑地说：“你在内地办案应该经常碰到拿锤子抢劫的案件吧，说不定凶徒就是个自由行的内地。”

“你跟匪徒枪战后，会把佩枪丢在现场吗？”溪望嘲笑道，“如果是惯犯，哪会将作案工具丢弃在现场？”

凯文一时语塞，好不容易才挤出一句话反驳：“或许凶徒是个新手。”

溪望想也没想便给予驳斥：“如果是新手，那就不会是内地人。因为来港作案有一定成本，而且风险比在内地作案高。”

凯文的脸色越见难看，但突然又露出高傲的笑容，冷笑道：“说不定凶徒是个身患重疾的内地人，特意来港犯事，想在监狱里治病，之前也发生过不少类似的案件。这也难怪，谁让你们内地的医疗制度那么差。”

“白痴。”溪望没好气地白了他一眼，在他气得眼冒火星，快要爆发之际，驳斥道，“单纯为了进监狱治病，一条抢劫罪就已足够。除非凶手患的是神经病，否则绝不会杀人。而且，如果凶手的目的是坐牢，应该留在现场等你请他喝咖啡，而不是丢弃凶器逃走。”

凯文一时间想不到该如何反驳，便恼羞成怒地叫道：“这宗案件我们西九重案组会仔细调查，不用你们多管闲事。”

“我受香港警务处邀请来港参加交流计划，原则上能参与全港范围内所有案件调查。如果你坚持拒绝让我参与调查，或许我得跟你的上司沟通一下，顺便向他反映你对内地同胞有严重歧视倾向。”溪望取出手机向对方晃了晃。

“你竟然录音？你个死仆街！”凯文气得额角青筋暴现。

“其实我只录下你刚才这一句话。”溪望狡黠笑道，“不过已经足够了。”

凯文被他彻底打败，垂下头沮丧道：“好吧，你们想查就查吧！反正只是宗劫杀案，也没什么好查的。”

详细的法医鉴证报告要过几天才有，故此就算凯文不阻止两人参与调查，他们现在能得到的支援也不多。不过至少在解封之前，他们能在案发现场调查，也算是聊胜于无的配合。

溪望仔细观察现场地面的情况，尸体虽已经运走，但伏尸的位置有粉笔画出的人形图案，血迹、鞋印及证物掉落的地点均用粉笔圈出，能清楚看见一切可能与案件有关的事物。

根据鞋印及血迹的位置判断，凶手应该曾与死者交谈，因为他们其中两对鞋印鞋头方向相对。随后凶手突然袭击死者，并追打逃走的死者，最后终于以锤子敲破死者的后脑。死者随即倒地不起，凶手丢弃锤子搜掠死者的身体，将手机及钱包内的财物夺走。

事发时，有几名上班族在后巷的另一端抽烟，并目睹案发经过。据他们交代，当时的情况跟溪望的推断差别不大。因为目睹者与凶手的距离略远，且为保自身安全没敢靠近，所以并没看清楚凶手的相貌。只知道凶手是个三十岁左右，身形健壮的亚裔男子。

单凭现有信息，要在拥有七百万人口的香港寻找凶手并不容易。或许只能等鉴证及法医的报告，希望能从当中取得更多信息。

“这是一宗劫杀案，凶徒一次得手必定会有第二次。只要他再次犯案，我肯定能将他拘捕。”凯文再次恢复嚣张的气息。

“凶手犯案越多，留下的线索就越多，自然更容易暴露身份。”溪望瞄了他一眼，又道，“但是作为警察，你的职责好像是保护市民，而不是拿他们当诱饵。若未能在凶手再次犯案之前将其拘捕，那你跟保安有什么区别？”

“你……”凯文为之气结，但又没敢骂他，强忍怒火道，“那你又有什么办法找到凶徒？”

溪望淡然道：“如果这是一宗劫杀案，凶手肯定会将死者的手机出售。如果我是你，就不会让手下浪费时间，沿路询问市民是否有目睹凶手逃走的过程，而是从手机回收方面入手调查。”

“还以为你有什么高招，这个我早就想到。”凯文露出高傲的笑容。

溪望狡黠一笑，又道：“不过，我认为这是一宗仇杀案，凶手肯定不会将手机出售，所以我会从死者的人际关系入手。”

“这方面我已经查过了，死者在香港无亲无故，就只有几个朋友。他既不是黑社会，平日亦没跟别人结怨，哪来仇家找他寻仇？”

“既然大家的调查方向不一样，那就各自调查吧！”溪望向他挥手道别，准备跟安琪离开，却发现安琪正望着远处发呆，便问她怎么了？

“你看。”安琪指着一个在封锁线外徘徊的男人。

溪望仔细一看，发现那人竟然是杨导。

第七章　兔死狗烹

“杨导演，你怎么会在这里？”安琪上前跟杨导打招呼。

“我，我只是碰巧路过。”杨导眼神闪烁，并欲转身离开。

溪望发现他提着一袋香烛元宝，便叫住他：“杨导，你是想来拜祭夜七吧！”

杨导愣了一下，不自觉地低下头，并将祭品移到身后。他沉默片刻，遂点头道：“怎么说我跟夜七也是一场相识，他遭逢不幸，我来拜祭一下很应该。”

鉴证科的同僚已经完成取证工作，其他伙计亦已着手解封现场，溪望见状便让杨导到夜七伏尸的地方举行路祭。

见杨导有条不紊点地燃香烛元宝，安琪不禁疑惑地问道：“杨导演，我记得你之前不信世上有鬼，怎么现在却会特意过来拜祭夜七呢？”

“我本来是不相信。”杨导长叹一口气，又道，“但在娱乐圈打拼多年，见尽了各种光怪陆离之事，想不信也不成。你没发现老一辈的艺人大多都信佛吗？”

安琪想了想，事实好像的确如此，较年长的香港艺人基本上都信佛。而且大多都极其虔诚，当中更有艺人每年都到泰国拜龙王，以祈求星途顺利。因为去拜龙王的艺人众多，以致媒体亦视作娱乐新闻大肆报道。

“你怎么知道夜七出事了？”溪望问道。

夜七死于两三个小时之前，他跟安琪也是约半小时前才赶到。杨导并非警员，但消息却如此灵通，甚至连祭品也带过来，实在令人费解。

“是警察告诉我的。”杨导淡然解释，“刚才我接到警署打来的电话，告诉我夜七遭歹徒劫杀，问了我一些关于他的事情。”

溪望转头向安琪问道：“夜七的手机被凶手夺走，警方怎么会找到杨导的号码？”

“警方有权向通讯公司查询，一个电话就搞定。”安琪遂给他详细解释：香港人一般会使用需登记个人资料的手机服务，因为这样能取得更多优惠。譬如签订一定时间的使用合同，就能以0元价格购买最新款的手机。所以在某些手机店里，给各款手机标示的价钱不是金额，而是所需签订服务合同的期限，如iphone5大约要签订24个月合同。

警方可以用死者身份证上的资料向通讯公司查询，得知其手机号码以及通讯记录。然后按记录中的号码通知死者的亲友，或向他们了解死者的日常状况等信息。

“我之前也有给夜七打电话，所以刚才赶来的时候，也接到西九龙打来的电话。”安琪睁大双眼盯着溪望，问道，“你别告诉我，在内地要查个手机号码也办不到，香港的通讯公司可比内地多很多呢！”

“也不是办不到，只是比较麻烦。”溪望苦笑道，“一来内地储值卡使用普遍，登记制度亦形同虚设；二来内地通讯公司的办事效率让人不敢恭维，找他们帮忙还不如自己另想办法。”

回答安琪后，溪望便向杨导正色道：“或许，你能再跟我们谈谈安仔的事。”对方神色一慌，低着头没说话，自顾自地烧纸钱。他见状又道，“先是戴炯，然后是夜七，接下来会是谁也不好说……”杨导双手抖动，但仍装作没听见。

溪望叹了口气，惋惜道：“你什么都不说，我们想帮你也帮不了。”说罢与安琪作眼神交流，后者会意跟随他一同转身离开。

两人没走几步，便听见身后传来杨导的挽留：“就算说了，你们也帮不了我。”

溪望狡黠一笑，回头道：“一人计短，二人计长，多一个人分忧总是好事。”

“你们帮不了我。”杨导苦恼地摇头，“能帮我的就只有乃密大师，可是他却……”他没有继续说下去。

安琪疑惑地问道：“乃密大师是什么人呀？听起来像泰国人的名字呢！”

杨导沉默不语。

他正背向两人蹲下来烧纸币，溪望虽没看见他的表情，但想必不愿意回答这个问题。溪望灵机一动，便向他问道：“是夜七告诉你，安仔要向大家报复？”

杨导消瘦的躯体猛然颤抖，回头惊愕道：“你怎么知道？”

溪望狡黠地笑着，没有说话，安琪代为作答：“我们怀疑夜七跟戴炯的死有关，不排除他为掩饰自己的罪行，故意向你撒谎。”遂告诉他，戴炯发生意外的因由。

“不可能，不可能……”杨导不断摇头，“就算真的是他害死戴炯，也是安仔在背后指使，要不然他也不会惨遭横祸。”

“横祸？”溪望狡黠笑道，“如果夜七是受安仔指使，那么他绝对不是遭遇横祸，而是兔死狗烹。”

杨导愣一下，遂站起来目瞪口呆地盯着溪望，一句话也说不出。溪望冷笑道：“夜七虽然身上财物被劫，但这宗案件怎么看也不像是劫杀案。抢劫只为求财，劫匪一般不会狠下杀手。但杀害夜七的凶手显然是想要他的命，每一下都是朝他的脑袋锤过去。而且，根据目睹者的口供，凶手似乎曾跟夜七交谈，两人很可能认识。”

杨导低头思索，似乎想到些什么，但仍沉默不语。

溪望又道：“夜七跟你提起安仔的事，应该是带有某种目的，而且很可能是受某人指使。而这个指使他的人，在事后亦要了他的命。虽然我不知道是谁指使他，不过以现在的情况判断，你显然已经卷入这件事当中。”

“是安仔，一定是安仔！”杨导突然惊惶大叫，“安仔要向我们报复，我们都要死！”说着欲跑出大街。

溪望猛然抓住他的手臂，将他拉回来推到大厦的外墙上，双手按住他的肩膀，不让他逃走。溪望盯着他的双眼，严肃道：“逃避不能解决问题。先不管安仔是死是活，反正夜七向你提起他，这件事必定跟他有关。而且这个‘安仔’，也就是在背后指使夜七的人，早晚也会向你下手。如果你还想活命，最好把你知道的事情都说出来。告诉我们有谁跟安仔关系密切，而且又跟你们有过节，或者有向你们报复的可能。要不然……”溪望顿了顿又厉声道，“你的下场将会跟夜七一样！”

杨导稍微安静下来，但身体却不断颤抖，良久才开口道：“跟安仔有关而又恨我们的人，就只有潘潘一个……”遂道出一段鲜为人知的秘闻——

潘潘是安仔的母亲，是位美艳婀娜的少妇。以她的外在条件，要在娱乐圈闯出名堂，本应是轻而易举的事情。可惜她有一个坏毛病，每当面向镜头就特别紧张，不但频频说错对白，而且脸部表情也变得僵硬，就连路人甲之类的跑龙套角色亦难以胜任。

她要当演员是没可能了，做平面模特还勉强可以应付。可是她初出道时遇人不淑，不到二十岁就生了安仔。

早年曾有Fans因偶像结婚而自杀，而且艺人一旦结婚后，Fans必然会大量流失。所以偶像派艺人不能结婚，甚至不能公开恋情，早已是娱乐圈的潜规则。

像刘天王这样的巨星也一样，他女人连女儿都给他生，但身份仍是“红颜知己”。直到他迈进五十大关，才低调地给对方一个名分。中基跟阿Sa就更可笑，他们注册结婚一直没人知道，直到离婚那天才告诉大家，原来他们已经做了好几年夫妻。

其实只要老板愿意花钱做宣传，模特也能大红大紫，但没老板会把钱花在一个已经是母亲的新人身上。没宣传就没人气，没人气就当不了明星，充其量只能当个寂寂无闻的跑龙套。

所以，随着安仔的出生，潘潘的星途也就走到终点。

成为大明星是潘潘从小到大的心愿，当她知道自己已没机会走红，便把希望寄托在安仔身上。她想将安仔栽培成童星，那么作为星妈的她，自然就能活跃于镁光灯下，以尝受大众关注的滋味。

为达到这个目的，从安仔出生那天开始，潘潘就已经开始做准备。她一方面开发安仔的表演天赋，从小就让他参与各种小型话剧表演，还给他报读多个兴趣班。钢琴、唱歌、跳舞，甚至是口技，几乎所有跟表演有关的兴趣班，安仔都曾参加。另一方面，潘潘利用自己平面模特的身份，积极接触导演、监制等圈内人，为安仔的星途铺路。

潘潘做演员虽然不合格，但作为一个女人，她的外在条件相当不错，能迷倒不少男人，我就曾经拜倒在她的石榴裙下。

大概二十年前，当时安仔已经六岁多，而潘潘才二十五岁左右，既年轻又成熟。已在娱乐圈打滚了好几年的她，不再是懵懂少女，而是个善解人意的少妇。她懂得如何取悦男人，她诱人的身体亦着实让人爱不释手。我则拥有她最渴求的东西，能让年幼的安仔踏入演艺圈，所以我们一拍即合成为情侣。

当然这种带有目的的关系是不牢靠的，我们之间所谓的感情，其实只是互相利用。她利用我让安仔踏入演艺圈，我则利用导演的身份得到她的身体，说白了就是潜规则。

在她的一再哀求下，我答应让安仔参与拍摄九铁公司的宣传广告。虽然只是个广告，但九铁是大公司，广告的播放率有一定保证。若安仔在广告中能有出色的表现，以后必定会有更多表演机会。

然而，遗憾的是，安仔竟然在广告开拍前病倒。

这或许并非偶然，潘潘为了开发安仔的表演天赋，不断逼他参加各种兴趣班，以他的年纪而言实在太吃力了。安仔为应付学习，几乎没有时间休息，不病倒才怪。

可是，潘潘却不愿放弃这个来之不易的演出机会。她硬是要身体不适的安仔参加试镜，甚至还要他带病排练，以致病情一再延误，最终将他虚弱的身体拖垮。

安仔一病不起，潘潘才意识到自己过于激进，可惜为时已晚，安仔已病入膏肓，药石无效，最终带着遗憾离开人世。他死的时候，还不到七岁。

安仔死后，潘潘不但没反省自己拔苗助长的激进做法，反而埋怨我没能及早让安仔参与拍摄。她一直为此而郁结难舒，后来竟然进了青山（青山，即青山医院，乃香港最著名的精神病医院）……

杨导沉默片刻，长叹一声又道：“如果说有人因这个广告而恨我们，除了安仔，大概就只有他的母亲潘潘。不过安仔的夭折，其实是潘潘自己一手造成的，跟我一点关系也没有。她就算要找人报仇，也不该找到我头上。”

“但你害怕她或者安仔会找你报仇。”溪望一语中的。

杨导默默点头，又道：“所以当夜七告诉我，安仔要向我们报复，并且已经将戴炯害死的时候，我心里非常害怕。”

“夜七怎么会无缘无故提起安仔呢？毕竟已经是二十年前的事，而且他跟安仔应该并不熟识呀！”安琪面露疑惑之色。

杨导消瘦的躯体微微颤抖，惶恐答道：“安仔找过他。”

“什么？”两人一同惊呼，安琪更惊惶追问，“安仔不是在二十年前就已经死了？怎能去找夜七？”

“托梦，夜七说安仔给他托过梦。”杨导的身体越抖越厉害。

“夜七有告诉你，安仔托梦的内容吗？”溪望直问要点。

“有。”杨导脸上惊恐万状，“我们都要死！安仔在梦里跟夜七说，要向我们报复，我们都要死！”

杨导的情绪越来越不稳定，显然是惊慌过度。要继续在他身上了解此事，似乎不太可能，只好让他先行离开。不过在他离开之前，溪望从他口中得知了潘潘当年入住的精神病院地址。

“是潘潘！一定是潘潘在背后策划一切。”安琪的娇躯不住地颤抖，“她先让夜七害死戴炯，然后将他灭口，之后还会加害我们。”

“你为何如此肯定？”溪望不解地问道。

他并非觉得潘潘没可疑，相反他亦认为潘潘很有可能是幕后主谋。戴炯的死显然是经过精心安排，而夜七在这事上起关键作用。现在夜七惨遭杀害，明显是兔死狗烹。

夜七曾提起早在二十年前就已经去世的安仔，除非真如杨导所说的托梦，不然肯定是有人教他说。而会这么做的人，就只有对安仔的死一直耿耿于怀的潘潘。

他之所以觉得不解，是因为安琪之前一直对该案表现冷漠，甚至一度坚持戴炯的死是意外。但此刻她却认定潘潘是主谋，着实让人不解。以当前所得的消息，甚至不能肯定戴炯与夜七的死，背后是否有人操控。

“是女人的直觉。”安琪眼神闪烁，似在掩饰心中的不安。

“直觉往往只会影响判断，不能作为办案的依据。”溪望皱眉道，“而且潘潘已经疯了，一个疯子要布置如此巧妙的杀人计划，并不是一件容易的事。”

“就是因为她疯了，没什么事做不出来。”安琪仍坚持自己的观点，“我们就去找她。”

溪望虽然觉得对方的理据站不住脚，但潘潘的确值得怀疑，便点头道：“的确有必要了解一下她的情况，不过在此之前我想先到夜七房间里看看，说不定能找他们联系的证据。”

“好，我打电话给三宝。”安琪立刻致电三宝，可是对方却将电话转到留言信箱。

溪望不禁皱起眉头，疑惑道：“难道是三宝？”

第八章　他乡故知

“喂，您好，请问是陈志庆吗？我是安琪，二十年前我们一起拍过九铁的广告，还有印象吗？”安琪根据三宝提供的联系方式致电陈志庆。

溪望想进夜七的房间里调查，希望能找到相关线索，但却无法与三宝取得联系，只好让安琪致电与两人合租的志庆，要求对方协助进入夜七的房间。

然而，当安琪说明情况后，志庆却答道：“我现在在大陆，最快也要后天才能回香港。”他随即解释，自己因为要跟进内地客户的保单，已经在内地待了好几天，且暂时不能返回香港。

溪望让安琪询问有关戴炯购买保险一事。

经志庆确认，戴炯的确购买一份保险，而且保额颇高，意外死亡的赔偿金达一千万。至于受益人，志庆表示基于私隐条例不便透露，但隐晦暗示墨婷将会获得这笔钱。

“现在怎么办？”安琪将通话内容告知溪望后问道。

溪望沉思良久，遂答道：“让你的同事帮忙，申请进夜七房间的搜查令，我们先去精神病院了解潘潘的情况。”

在前往精神病院途中，溪望跟安琪讨论相关案情，分析道：“以现在的情况判断，夜七很可能是受某人指使，精心策划了戴炯这场意外。戴炯一死，墨婷就能得到数额巨大的赔偿金，并重投他的怀抱。这样除能向墨婷证明他比戴炯强之外，更能财色兼收，是个一石三鸟的好办法。”

“可是，夜七现在不但什么也没得到，而且还连命也没了。”安琪不安道。

“饼虽然画得很大，但始终吃不进肚子。”溪望冷笑一声，又道，“这个幕后主谋非常了解夜七的情况，知道他的迫切要求，从而将他控制。现在夜七已经再没利用价值，甚至有可能泄露重要信息，所以他便成为弃子，被无情地杀害。”

“一个关在青山的疯子，能将夜七玩弄于股掌之间吗？”安琪突然又对自己之前的判断略有动摇。

“或许她二十年前是个疯子，但现在可不好说。”溪望狡黠一笑，“说不定她早就出院了，而且为了给安仔报仇，处心积虑要执行这个疯狂的计划。”

“可是，真正害死安仔的人是她自己呀！”安琪娇美的躯体微微颤抖。

溪望知道她害怕自己会成为潘潘下一个目标，将她拥入怀中，温柔地安慰道：“别害怕，我会像小时候那样保护你。”

“你别骗我……”安琪如小鸟依人般，依偎于溪望怀中，平时的剽悍荡然无存。

两人来到潘潘早年入住的精神病院，以警察身份向院方查询潘潘的情况。正如溪望所料，潘潘早已康复出院，并转到私家诊所复诊。而让两人意料不到的是，接收潘潘的心理医生，竟然是之前在凶宅坠婴案中曾接触过的钟雪莉。

“这可麻烦了，钟医生大概不会轻易交出潘潘的病历。”溪望眉头紧皱，根据之前的经验，对方必定会以保护病人隐私为由，拒绝交出病历。

“这也没办法呀，她的确有权拒绝交出病历，除非我们得到法庭的许可。”安琪无奈道。

“向法庭申请相关证明需要多久？”溪望问道。

“最快也要等到明天吧，夜七房间的搜查令应该也要明天才能弄到。”

“香港的办事方式真麻烦，一点效率也没有。”溪望抱怨道，“在法庭的文件批出之前，我们什么都做不了。”

“那也不一定，榴莲跟丫头不是还在市区吗？我们可以跟他们一起逛街呀，顺便给你一个机会请我吃芝士火锅。”

“我又没输。”溪望严肃指正，“虽然案件还没查出真相，但戴炯的死显然不是意外。”

“输没输你都得请客！”安琪瞪了他一眼，没给他任何反驳的机会，便拖着他走向车站。

两人跟榴莲及见华于尖沙咀弥敦道会合。看着满街珠宝店，几乎走几步就有一家，而且店内均人山人海，溪望不禁感到疑惑，向安琪问道：“在香港买首饰不用钱吗？怎么珠宝店里全都是人？”

安琪答道：“香港人才没钱买首饰，金铺里面的都是内地人。”

溪望说：“既然这里全是珠宝店，就随便进一间看看好了。”

“好啊！”安琪两眼放光，立刻拉着他跑进距离最近的珠宝店。

店内琳琅满目的珠宝首饰，让人眼花缭乱，安琪一会儿看项链，一会儿又看戒指，在熙攘的店内钻来钻去，恨不得将店内首饰全都买下来。榴莲对首饰兴趣不大，但却对黄金情有独钟，踏入店门后就一直坐在黄金专柜前，盯着各种手工精美的金牌、金币。

溪望跟在见华身后，来到手链专柜前，看见妹妹对试戴的手链爱不释手，便笑问：“喜欢吗？”

见华正在试戴两款镶嵌碎钻的白金手链，其中一款的标价要比另一款贵近一倍。她轻轻点头，遂伸出双手向哥哥展示同戴在手腕上的两条手链，皱眉问道：“你觉得哪一款比较好看呢？”

“只要你喜欢就好看。”溪望从钱包中抽出银行卡，向店员问道，“能用银联卡吗？”

“可以。”店员眉开眼笑地答道，“银行会按当天的汇率，将人民币兑换成港币，而且我们正办优惠活动，用银联卡还有额外的95折哦！”

“我没说要买呀！”见华惊慌叫道，并将哥哥已递出的银行卡夺回。

“你连件像样的首饰也没有，不觉得会让我丢脸吗？”溪望将银行卡重新交到店员手中，再捧着见华戴有手链的手腕，并刻意遮挡手链上的标价，“现在你要做的是在这两条手链中，挑选一条自己最喜欢的，或者两条都买下来。”

见华顺从地点头，嘴角笑意隐现，盯着手腕上两条手链犹豫良久，最终决定要较便宜那一款。

溪望将她选择的手链解下来交还店员，指着她仍戴在手上的手链，对店员说：“要这一款，不用解下来了，这样戴着就好。”

“哥……”见华慌乱地叫了一声，遂安静下来，甜蜜笑道，“我心里想什么，你全都知道。”

“原来你们是兄妹呀，我还以为他是你男朋友呢！”店员边为见华剪掉手链上的标签，边笑道，“有个这么疼你的哥哥，你真幸福。”

见华没有答话，只是微微一笑，但脸上洋溢的幸福无法掩盖。

安琪目睹这一幕，便把榴莲扯过来，抱怨道：“你看人家哥哥是怎么当的，你是不是也该有一点表示？”

“你忘了我没带钱过来吗？连吃饭都没钱埋单，哪儿有钱给你买首饰？”榴莲一副死猪不怕开水烫的嘴脸。

“屁！少骗我了，我刚才明明看见你刷卡买了块金牌。”

“我是替社团进行分散投资。”榴莲正经八百地说，“现在物价飞涨，碰巧今天这间金铺的千足金又免手工费，适当地替社团进行理性投资是我这个当大佬的责任。”

“少跟我胡扯，什么社团呀，不就是你那个破茶庄。投资来投资去，还不是投资在你自己身上。”安琪往他小腿肚狠狠地踢了一脚，要不是身在珠宝店这种敏感地方，她早已向对方大打出手。

她扯着榴莲的衣领，狡黠笑道：“给我买首饰也算是拓展海外业务，可以直接写在你那间破茶庄的账簿上。”

“好呀，把明叔的房子卖掉，你想买什么都可以。”他想了想觉得不对劲，又补充一句，“限额一百万。”

安琪放开他，小声抱怨：“才一百万，真小气……”房子是她的死穴，榴莲拿房子作挡箭牌，她便无话可说，总不能真的把房子卖掉吧！

在这对兄妹争吵其间，见华在溪望耳边细语：“哥，你是不是该做点什么，姗姐好像很妒忌我耶。”

“这个你就少操心了。”溪望在她鼻子上轻轻一刮，低声笑道，“龙哥的气量没这么小。”

溪望的前女友悦桐虽跟见华情同姐妹，但心中多少有点忌妒男友对妹妹太好，只是嘴上一直没说出来。而大大咧咧的安琪却不会在乎这种事，毕竟她也是个有兄长的人，明白兄妹间的亲密跟情侣有一定差别。只是偶尔还是会吃醋，却从不会放在心上。

尽管嘴里说不用操心，但溪望还是向安琪展露笑容。虽然他一言不发，但通过眼神交流，安琪轻易就能读懂他的心意：只要你肯开口，我绝不会吝啬。

安琪呆望溪望片刻，最终还是没好意思开口，跺脚道：“不买了，反正也没什么看得上眼。”

虽然没好意思开口让溪望送自己首饰，但她可不会就此放过对方。刚离开珠宝店她就大叫肚子饿，要溪望请大家吃芝士火锅。

在她的强烈要求下，四人一同前往附近一间中档西餐厅，而就在此时竟听见有人叫见华的小名。见华在香港几乎没有朋友，当然更不可能有人知道她的小名，因此四人不由得疑惑地望向声音的来源。

声音源自一部停靠在路边的豪华房车。一名四十多岁、身材高大、穿着整齐黑色西服的男人，从驾驶室走出来将房车后门打开，然后恭敬地站立于原地。

一名年纪与见华相仿，体态略比她丰满的女生从后门下车。该女生乌黑亮丽的秀发扎成两束，于两侧盘卷而下与下巴持平，身穿青蓝色连衣裙，浑身散发着典雅的高贵气息。她盯着见华面露惊愕之色，遂欣喜若狂地叫道：“丫头？你真的是丫头？”

“星夜？”见华愣住片刻，遂兴奋地跑过去，拉住对方双手开怀笑道，“你怎么会在这里？”

“我才要问你怎么会在这里？”对方反问。

“我哥来工作，我跟他过来玩呀！”见华回头向溪望招手，并叫道，“哥，是星夜耶，你快过来。”

“那个女生是什么人？”安琪向溪望问道。

“之前不是跟你说过吗？见华在香港认识的人就只有她一个。”溪望轻叹一声极不情愿地走过去。

安琪迅速跟上，并问道：“放狗咬你那个？”

“听丫头说，她小时候还扎我小人呢！”

“她怎么会这么讨厌你？”

“我哪知道，她就是莫名其妙地讨厌我。”溪望颇为无奈。

两人走到房车前，溪望向女生问候道：“很久不见了，星夜。”

“别叫得这么亲切，我跟你也不是很熟识。”女生瞄了他一眼，扭过头不屑道，“你非要叫，就叫我娜汀亚。”

“娜汀亚，你现在长高了，我记得你以前个头很小呢！”溪望随便找个话题打破尴尬气氛。

“废话，我们都有十年没见面了，我怎么会没长高。”娜汀亚虽然一副毫不在乎的语气，但依然拉着见华比身高。两个女生站在一起对比，她明显要比见华高一点。

量过身高后，她面露满意之色，但嘴里却骂道：“你这个没用的死废柴，看你怎么对待丫头的，竟然让她的个子长得这么小。你要是养不起丫头，当年就该让她跟我来香港。”

“你怎么能这样说话呢，太没教养了！”安琪愤愤不平道。

娜汀亚杏目圆睁地瞪着她，娇斥道：“欧巴桑，你说谁没教养呀？”

“欧巴桑？”安琪一下就火了，“你在叫谁呀！”

两人剑拔弩张，四目对视犹如喷出能将对方烧成灰烬的火焰，似乎马上就要大打出手。

第九章　再闻死讯

见华慌忙挡在两人身前，以防她们真的打起来，并牵着娜汀亚的手，岔开话题：“星夜，我们正准备去吃饭，你也一起来嘛，我有很多话想跟你说呢！”

“我也有很多话想跟你说，但我不想跟你的废柴哥哥，还有那个讨厌的大婶一起吃饭。”娜汀亚皱眉想了想，又道，“要不这样，我跟你去澳门普京酒店，那里的法国餐厅还过得去。”

安琪听见她叫自己做“大婶”，便张牙舞爪想扑过去，连溪望也拦不住她。幸好有榴莲帮忙，才勉强将她拉住。

“我是拿通行证来香港耶，可以去澳门吗？”见华问道。

“帕克。”娜汀亚瞥了一眼一直守候在旁，默不作声的司机。

“以前是可以。”被称作帕克的司机立刻答道，“就算是拿通行证来香港，也能坐船去澳门，甚至在澳门过关返回大陆。但现在澳门已拒绝大陆旅客以这种方式入境。”他顿了顿又道，“不过，我们可以坐直升机过海。天雄药业跟澳门政府关系良好，老爷亦经常来往粤港澳三地。小姐的朋友只要做简单的确认手续，就能在澳门自由活动。”

“那就没问题了，我们走吧！”娜汀亚兴奋地拉见华上车，“吃完饭，我们先去赌场玩一会儿，然后就回酒店聊天，你要陪我聊到天亮哦！”

“先等一下。”见华面露难色，回头向溪望投以询问的目光。

溪望向她点了下头，遂对娜汀亚说：“你可别把丫头带坏。”

“你才会把丫头带坏！”娜汀亚瞪了他一眼，又对见华说，“我们快走，多看这废柴一眼也让我心烦。”说罢也不等见华回应，便拉她上车。

溪望无奈地摇摇头，遂礼貌地向帕克点头道：“有劳你照顾舍妹。”

帕克亦礼貌向他鞠躬：“小姐的朋友是我们的上宾，绝不敢有丝毫怠慢。”

“还跟这个废柴说这么多干吗，赶紧开车呀！”娜汀亚降下车窗催促。

“先行告退。”帕克再向溪望鞠躬，遂返回驾驶室驾车离开。

溪望稍微留意了一下，发现帕克整齐的西服下，似隐藏着发达的肌肉，而且动作十分敏捷。以此推断，他除了是个司机之外，应该还是个强悍的保镖。故此，只要是跟娜汀亚在一起，就无须担心见华的安全。

“这个傩妹很有钱吗？坐直升机过海很贵呢，一个人就要上千块。”安琪虽然并不喜欢娜汀亚，但亦按捺不住心中的好奇。

“她坐直升机大概不用花钱。”溪望轻描淡写道，“因为她家应该有私人直升机。”

“哇！私人直升机？”安琪讶异道，“她家是卖白粉的呀，怎么会这么有钱？”

“差不多吧！”溪望调笑道，“她爸是天雄药业的总裁，我爸在世时就是给她爸打工的。”

“她一个千金小姐，怎么会跟丫头这么要好？”安琪对娜汀亚大感好奇。

“我也不知道。”溪望摇了摇头，又道，“这大小姐的脾气，你也见识过了，只能以‘目中无人’来形容。她几乎跟谁也合不来，就连她老爸也一样，唯独跟丫头好得不得了。”

“我看你这是本末倒置。”榴莲插话道，“应该说，是丫头跟谁都合得来。除了花泽那怪胎偶尔会逗逗她之外，你们见她跟谁红过脸？就算生气的时候，只要有她在身边，也会让人气不起来。”

“说起来也好像是这么一回事，刚才她挡在那女的前面，我就气不起来了。”安琪若有所思道。

“也许是吧。”溪望莞尔一笑，“别先管丫头了，她们过海吃法国大餐，我们就将就吃一顿芝士火锅吧！”

“走走走，老子长这么大还没吃过呢！”榴莲心急火燎地推着溪望往餐厅走，将安琪晾在身后。

“把健仔还给我！”安琪跺了下脚，立刻追上去。

虽然她很想将榴莲踹走，跟溪望享受浪漫的烛光晚餐。但对方死活要跟过来蹭饭，她亦只好作罢。

芝士火锅跟一般的火锅不同，配料通常是熟食，或可以直接食用的水果、熏肉等。饥肠辘辘的榴莲刚坐下就点了一份四人套餐，服务员随即将配料捧过来，没一会儿餐桌上就摆满面包粒、炸薯条、青苹果粒，以及已经煮熟的意大利肉丸，还有切成手掌大小的烟熏三文鱼片等。随后，服务员又捧来一个以酒精灯加热的火锅炉，并在上面放上一锅黏稠的黄色液体，稍经加热便满桌洋溢着奶酪特有的香味，还夹带些微葡萄酒香。

榴莲首先开动，准备将整碟烟熏三文鱼倒进火锅里，溪望慌忙阻止他，叫道：“锅里的芝士还没热呢！”

榴莲盯着冒出小火苗的酒精灯，皱眉道：“这家店也太小气了吧！才这么一盏火水灯，什么时候才能把鱼肉煮熟呀？”

“乡巴佬，这是酒精灯好不好！要是火水灯，你不被黑烟熏死才怪。”安琪笑骂道，“而且配料都是可以直接吃的，不一定要煮熟，你没见识就别在这里丢人。”

榴莲眉皱得更紧，指着身前的配料问道：“既然可以直接吃，那还吃个屁火锅呀？”

溪望见锅里的芝士已冒出轻烟，便用细长的火锅叉插起一块面包粒，放到锅里轻轻搅拌，解释道：“说是火锅，其实这锅芝士跟酱汁差不多，不是用来将配料煮熟，而是让配料吸收芝士的味道，吃起来更可口。”

“没错！”安琪也用火锅叉串起一块三文鱼，放进锅里搅拌，“你该像我们这样，用火锅叉将配料放到锅里慢慢搅拌，稍微加热后再塞进你的大嘴巴里。”

火锅大概只有半个篮球那么大，安琪跟溪望两人正悠哉游哉地在锅里搅拌，已没多少位置能让榴莲下手，他等了没两秒便不耐烦道：“这样麻烦死了，既然可以直接吃，就直接放嘴里好了。”说罢便将整块烟熏三文鱼生吞。

两人呆望他好一会儿，直到他将三文鱼完全吞下去，安琪才问道：“味道怎么样？”

“跟普通刺身有点不一样……”他想了想又道，“感觉就像吃鱼肉味的雪糕，口感还不错，但味道就一般般。”

“你再试试这个。”安琪将煮得八分熟、沾满芝士汁液的三文鱼放到他的盘子里。

榴莲立马塞进嘴里，才嚼了两口便露出陶醉之色。安琪又问他味道如何，他将剩下的三文鱼全放到自己面前，答道：“三文鱼经过加热之后，肉质稍微结实一些，但又不会太老，口感非常好。再加上浓郁的芝士酱汁，入口那一刻的感觉，只能用两个字来形容——幸福！”

安琪横了他一眼，鄙夷道：“吃块三文鱼就感动成这样，要是带你去吃法国大餐，恐怕你就连老窦姓什么也不记得。”

“要是丫头也在就好了。”溪望略感失落。

安琪将一只拇指大的虾仁塞进他嘴里，不无醋意道：“丫头现在可能正在吃黑松露、鱼子酱呢！”

“或许是吧！”溪望爽朗笑道。

“先别管丫头的事，我们再不吃，我哥就要把所有东西都吃光了。”安琪从榴莲手中夺回一碗香肠。

两人虽然只是聊了几句，但榴莲已经将三文鱼吃光，还将其他配料全都揽到自己面前。他可不像溪望他们那样，用火锅叉将配料逐一放进锅里慢慢搅拌，而是直接倒进锅里，再用叉子捞上来吃，所以吃得特别快。原本应该慢慢享受的晚餐，在他这饿鬼搅和下，变成抢吃比拼，动作稍微慢一点，好吃的东西就没了。

奶酪本身十分油腻，很容易就会让人有饱滞的感觉。正常情况下，就算有五个人也不见得能将眼前这个四人套餐吃光。然而，他们虽然只有三人，但光榴莲一个就已经将东西吃掉一大半，最后还得多要两份三文鱼，才能祭饱这只饿鬼。

“靓女，续杯！”榴莲瘫在椅子上打了个悠长的饱嗝，将杯子递给服务员。因为汽水能免费续杯，他已经喝了六杯，胀鼓鼓的肚子让他几乎站不起来。

“你恶不恶心啊，打嗝至少要用手捂住你的大嘴巴。”安琪边用餐巾印去唇边油渍，边唠叨道，“还说自己是黑社会大佬，我看你充其量是个刚出狱的大佬。”

“要是每次出狱都有人请我吃大餐，我倒不介意多进去待几回。”榴莲再次大张嘴巴打嗝，毫不在意自己的模样有多难看。

安琪厌恶骂道：“就只知道吃，也不想想这顿有多贵。”

“钱嘛，生不带来，死不带去；存在银行是组数字，拿在手里是叠废纸，只有花掉才能体现其真正价值。”溪望在服务员送来的银行卡账单上签名，这顿饭花了近千元。他毫不在乎地笑道，“只要大家开心，钱多花一点也没关系。”

“既然这么不在乎，那将你的钱都存在我账户里好了。”安琪撒娇般依偎在他怀里。

“你别这么不要脸，给我规矩一点。”榴莲不爽地数落妹妹。

安琪瞪了他一眼，骂道：“关你什么事，滚一边去！”

看着这两兄妹吵架，溪望只笑不语。

饭后，三人返回天水围住处。因为见华不在，溪望终于不用睡客厅的沙发。然而，在安琪房间柔软的大床上，他也没能舒适地一觉睡到天亮，心中不停的思量：这种关系还能维持多久?

交流计划只有一个月，时间一到他就会返回内地。虽然仍能通过申请自由行来香港跟安琪见面，但这种聚少离多的交往，不足以维系两人的感情。若要长时间在一起，只能让安琪回内地跟他一起生活。可是，安琪愿意放弃自己的事业吗?

或许，这段感情只有一个月限期。

翌日，将榴莲丢下让其自生自灭后，安琪便跟溪望到新界北总部。他们本想拿相关文件，向钟医生索取潘潘的资料，以及进入夜七的房间调查。但到达总部后，他们却得知一个令人感到讶异的消息——墨婷死了。

溪望翻阅西九龙重案组送来的资料后得知，今天清晨，墨婷居住的房子曾传出激烈的吵闹声，被吵的邻居更一度听见她大叫“救命”，因而报警求助。

警察到场按门铃无人应答，只好破门而入，随即发现墨婷躺尸家中，衣衫褴褛，疑似生前曾遇到侵犯。现在凯文等人正在现场调查，为尽快获取相关信息，溪望跟安琪立刻赶赴现场。

第十章　不知所终

溪望跟安琪赶到墨婷住处门外，看见屋内有好几个便衣警察及鉴证科的同僚正在取证。两人进入屋内，安琪向凯文询问调查进展情况，对方答道：“是奸杀案，我们已经将凶手锁定了。”

原来凯文已经取得大厦的闭路电视拷贝，从中发现一名可疑男子曾于清晨进入本楼层，继而将其锁定为嫌疑人。然而，溪望在观看闭路电视后，却发现疑犯戴着一顶鸭舌帽，根本无法辨别相貌，只知道他是个体形健壮的亚裔男性。

“你这样也叫锁定疑犯？”溪望讶然道，“你准备怎样把这个男人找出来？”

“这还不简单吗？”凯文自鸣得意地笑着，向他分析案情，“这宗明显是奸杀案，凶徒大概是在这一区活动的古惑仔。凶徒在街上遇到事主，见她长得漂亮就见色起心，尾随事主返回住处。知道事主的住址后，便半夜过来将事主奸杀。”

凯文顿了顿又道：“嫌犯既然是古惑仔，要找他出来就易如反掌，只要向这区的古惑仔打听一下，不出三天就能将他抓回来。”

“难道你就没怀疑过是熟人所为吗？”溪望没好气地问道。

“谁会这么笨，向熟人下手呀！”凯文不屑道，“而且把人给杀了，最笨的香港人也不会这么做，除非凶徒是大陆过来的新移民。”

“偏见往往会影响判断力。”溪望并没有因对方的嘲笑而生气，而是直接指出对方推断的漏洞，“你会半夜三更开门让一个陌生人进屋吗？”虽然只是进门时瞥一眼，但他仍能确定门锁没有损坏。

“这，这……”凯文一时语塞，随即又强撑道，“死者在香港没几个亲友，熟人作案的可能性不大。”

“有一个就行了。”溪望没再理会他，招手示意安琪一同入进凶案现场——主卧室。

房内有明显的打斗痕迹，墨婷的遗体就躺在床上，平日美艳的脸容不见了。此刻她面色铁青、眼球突出、舌头外露，一副死不瞑目的可怕模样，令人不敢直视。她的脖子上有一道明显的扼痕，加上她恐怖的脸容，任谁都能一眼看出她是被扼颈致死。

法医根据扼痕的大小及形状推断，凶手是成年男性。死者上身衣物破碎，下体裸露且股间残留秽液，并散发一阵腥臭气味，显然死前曾遇到侵犯。

以死者的肝温推断，死亡时间大概是清晨5点，与监控录像及邻居的口供吻合。现场并没发现特别的线索，唯一值得注意的是一部被摔得支离破碎的手机。溪望认得这部手机属于夜七。

溪望曾见过夜七取出同款手机佯装接电话，且手机上有相同的挂饰。毫无疑问，这是夜七被夺的手机，可惜手机已经被摔坏，不能开机验证。

溪望从肩包取出一双手套戴上，接过鉴证人员递过来的手机仔细端详，发现手机虽已损坏，但内存卡尚无破损。他当即启动房间内的笔记本电脑，读取内存卡里的资料。

不看还好，一看所有人都呆住了。

内存卡内有诸多无关痛痒的东西，大多是夜七自拍的视频，以他的练戏过程为主。然而，在众多视频当中，有一段却让在场所有人停下手头上的工作，全都凝视着电脑屏幕。

视频的场景似乎就是这个房间，女主角更是这个房间的主人——现在正躺尸床上的墨婷。

屏幕上出现墨婷躺在床上的画面，只见她赤裸的上身不停上下摇晃，她的表情既痛苦又陶醉，呻吟声不断从微启的朱唇中传出。

看见如此画面，任何一个正常的成年人都会知道，这是一段自拍的性爱视频。安琪本来还觉得奇怪，为何墨婷跟男友做爱的视频，会出现在夜七的手机里。但当男主角出现在视频当中，她的疑问便得到答案——正跟墨婷做爱的是夜七。

溪望立刻查看视频的创建时间，得知是在一个月前，当时戴炯还没出事，并且正在筹备他跟墨婷的婚礼。也就是说，墨婷竟在婚前跟夜七偷情，而且还是在戴炯买的房子里，在他跟自己每夜缠绵的床上。

让人意想不到的并非只有这些，两人在视频中的对话更令人惊讶。

夜七说："你打算怎样甩掉阿炯这冤大头？你不会真的打算跟他结婚吧！"

"跟他结婚有什么不好，啊……"墨婷发出痛快的呻吟，好不容易才能将话说出来，"至少，至少他能给我钱花。"

"但他不能给你飘飘欲仙的快感。"夜七淫猥笑道，"不知道是谁，不吃午饭也要跟我在公司后楼梯亲热。"

墨婷闭目享受对方给自己带来的快感，嘴里却娇斥道："如果你不是有条宾周（宾周，是男性生殖器的一种文雅叫法），我才不会找你呢！"

夜七戏谑道："阿炯也有宾周呀，你找我干吗？"

"他忙得连吃饭也没时间，每天回家就直接趴在床上睡觉。"

"这不就便宜你了。"

"你说得我好像没出力似的。"

夜七突然停下动作，狡黠笑道，"我可不想与兄弟老婆通奸。"

"怎么停下来了？"墨婷扭动身体，欲与对方交合，但见对方却故意不动，当即恍然大悟，娇笑道，"你早就通奸了，我跟阿炯结不结婚都一样。"

“不一样。”夜七严肃道，“不到结婚那一天，你还有选择的权利。喜欢跟谁一起就跟谁一起，这是谁也管不了的事情。但你结婚后还和我上床就是通奸，阿炯可以向法庭申请离婚，不但无须给你赡养费，说不定还能要你赔钱呢！”

“那也是我的事情，关你什么事！”墨婷将他推倒，反过来骑到他身上继续交欢。

“这样我可是奸夫呢！”夜七一动不动，任由对方在自己身上扭动，他脸上严肃的表情与对方淫猥的动作形成鲜明的对比。

“奸夫又怎样，谁会管你？”墨婷停下来趴在对方身上，边亲吻对方的脖子，边娇嗔地催促。

夜七没有满足对方的要求，而是自顾自地说：“我好歹也是个演员，这事要是传出去，我以后还怎么混娱乐圈呀！”

墨婷嘲笑道：“你不过是个茄喱啡，别说当奸夫，就算杀人放火也只会上社会版，娱乐版恐怕连个小标题也没有。”

“茄喱啡也是演员呀！”夜七的语气中饱含怒火。

墨婷似乎意识到自己触及对方的痛处，立即换上温柔的语气，娇媚笑道：“你就放心好了，我已经想好怎样搞定阿炯。你只要听我的吩咐就行了，不必去想其他事情。”

“是吗？你打算怎样对付他？”

墨婷搂住对方的脖子，片刻后才道：“他不是跟志庆买了保险吗？你就说有朋友想买相同的保险，跟志庆打听一下，出哪些意外能得到赔偿，能赔多少钱？哪些事情又会免赔？”

“你打算把阿炯干掉？”夜七面露讶然之色。

墨婷妖媚笑道：“还不是为了你。”

夜七没有说话，只以下体的猛烈撞击做出回应，使对方再度发出欲仙欲死的呻吟……

视频结束后，溪望对仍盯着屏幕的众人看了眼，凯文立刻装模作样地咳嗽了一声，大家随即回过神来，装作若无其事地继续做事。

“现在的年轻人也太胡闹了，竟然把这种事也拍下来。”凯文道貌岸然道，“不过这是事主的个人爱好，跟案件似乎没什么关系。”

“喜欢妄下判断也是你的个人爱好，但却严重影响案件的调查方向。”溪望白了他一眼。

“你不用浪费时间去找古惑仔和扑头党了。”溪望拿起装着手机残骸的证物袋扬了扬，又道，“夜七的手机在这里，说明杀害他的凶手，跟本案的凶手极有可能是同一人。而且几乎可以肯定，凶手是两名死者生前的朋友。”

“难道是……”安琪已经猜出凶手的身份。

溪望向她点了下头，说：“给三宝打电话，如果仍无法联系他，就可以出通缉令了。”

其实溪望昨天就已怀疑三宝是杀害夜七的凶手，只是当时没有实质证据不敢妄下判断。现在情况就不一样了，夜七被夺的手机出现在墨婷的房间内，除了证明杀害两人的凶手是同一人外，更证明凶手跟两人认识。

以手机损坏程度推断，应该是被用力地扔到地上，而这个人极有可能就是凶手。昨天才从夜七身上夺来的手机，今天却砸个稀巴烂，充分说明了凶手心中的愤慨。而夜七跟墨婷做出令人恨之入骨，甚至要将他们杀之而后快的事情，大概就只有合谋害死戴炯一事。

念及此处，要推断出凶手的身份便易如反掌。戴炯的死对谁影响最深，谁又会在得知戴炯是被人害死而感到愤怒，那么他就是凶手。

“如果你调查过两名死者的生活圈子，应该会想到凶手就是……”溪望一字一句地对凯文说，“杨——三——宝！”

他的推断马上就得到验证，安琪致电三宝，发现对方的电话仍转接到留言信箱。再致电其上班的超市，对方告知三宝前天下班离开后，至今仍未到超市上班，也没有向上司请假。这在之前是从没发生过的事情，三宝因做事负责屡受上司嘉许，绝不会无故旷工。同事担心他出了意外，曾到其住处找他，但却无人应门，现在正考虑要不要报警。

溪望没再理会因他的推断而发呆的凯文，与安琪离开墨婷的住处，立刻前往三宝居住的旧唐楼。这一为查找三宝的下落，二为到夜七房间寻找相关线索。虽然志庆仍在内地出差，三宝则下落不明，以致无人给他们开门，但这难不倒溪望。

溪望于门前向安琪问道：“赶时间吗？”

“问这个干吗？”安琪一头雾水。

“赶时间就直接把门锁弄坏，不赶时间就慢慢开锁。”

“再赶时间也不差这一会儿呀！我可不想被人投诉。”

“那就慢慢来吧！”溪望将刚从肩包取出的T字形螺丝刀放回去，换上两根细长的钢针，插进匙孔里慢慢捣弄。

“你这包里到底藏了多少东西呀？”安琪打开他的肩包翻弄，发现里面装有各种各样奇怪的东西，当中有螺丝刀、镊子、放大镜等小工具，以及多种药物，甚至还有雨衣、饼干等莫名其妙的东西，更多的是她叫不出名堂的小玩意。然而最让她感到惊奇的是，肩包里竟然有一件纤薄的斗篷。

斗篷非常纤薄，叠起来放在肩包里也不占很多位置，但拿在手上却出奇的沉重。斗篷外层似乎涂有特别的涂料，呈哑光的蓝黑色，内层有呈格子状的银线刺绣，每个格子只有芝麻大小，极其细密。

安琪将斗篷展开，披在自己身上，几乎能将整个人盖住。她从斗篷里探头出来问道：“披着这玩意就像只吸血僵尸似的，你放在包里干吗，不重吗？”

“重也要放呀，我管这玩意叫‘保命斗篷’，是用来保命的。”

“名字怎么这么土？”安琪转了个圈，让斗篷轻轻扬起，“这斗篷外黑内银，好像天上的繁星一样，就叫‘星河’吧！”

溪望没好气地答道：“那不更土？反正叫什么都一样，随你喜欢吧！”

“应该没人会卖这么丑的东西吧……”安琪露出怀疑的目光，质问道，“喂，这玩意你是从哪里偷来的？”

“别说得这么难听，是你妈帮我做的。”

安琪责怪道：“你不会让我妈替你一针一针地将银线缝上去吧？”

“我有给明婶付工钱啦！”溪望回头示意对方仔细看斗篷的内层，又道，“内层的银线是特制的，普通刀具绝对砍不破。虽然给了明婶五千块茶水费，但这手工对得起这个价钱。”

“外层是不是涂了些什么？颜色怪怪的。”安琪问道。

“嗯，外层涂了特制的防火涂料，披着它保证不会被烧死。而且涂料有吸光特性，晚上披着它玩捉迷藏，一定不会被人抓到。还附带防水功能，可以当雨衣用。”溪望已将外门打开，正专心捣弄内门。

“你用得着这么怕死吗？”安琪将斗篷叠好，跟各种各样的奇怪玩意一同塞回肩包里，没好气道，“你已经穿了钢丝背心，衣袖里还藏着铁管，用得着再加上这件星河吗？”

“背心保护不了屁股呀！还有，我衣袖里的铁管早就换了。”溪望扬手触动百鬼鸣的机关，使剑刃从衣袖里弹出。

安琪瞪大双眼盯着他的袖剑，惊呼道：“哇，你过关时不是藏着这家伙吗？海关怎么会放你过来？”

“又不是乘飞机过安检，谁知道我衣袖里藏着钢管。”溪望收回袖剑，继续捣弄门锁，“而且我又不是长着贼眉鼠眼，海关才没这个闲心找我麻烦。”

“你别还说，我哥基本上来三次，至少有两次会被海关抓去搜包。”

“明显是长相问题。”溪望顿了顿又道，“你没试过被海关截查吗？”

“还好，我没试过……”安琪突然觉得不对劲，怒骂道，“你是想说我跟他长得一样丑吗？”说罢抬腿往对方屁股狠狠地踹过去。溪望刚把门锁打开，正扭动门把准备开门，结果被她这一踹便扑进房子里趴倒在地。

第十一章　另有隐情

安琪看着趴在地上的溪望，捧腹大笑，说：“我的脚比你那两根绣花针管用多了。”

溪望爬起来，佯装生气道：“马上你就知道后悔了。”

安琪娇嗔道：“快干活去，被人看见可不好。”

“好歹也有搜查令，别说得像来偷东西似的。”溪望虽然嘴里这么说，但为避免不必要的麻烦，他还是将大门关上。

客厅就跟上次来的时候一样零乱，没有特别值得注意的地方，两人便打算先到夜七的房间调查。溪望本以为要再次用钢针开门，但却发现房门已被撬开。上次过来的时候，房门还完整无缺，显然是他们离开之后才被撬开。

这房子就只有三个人住，其中志庆身处内地，夜七肯定有自己房间的钥匙，那么撬门的肯定是三宝。既然房门已开，溪望亦乐得省事，推门进入房间查看。

房间内并不像客厅那么零乱，反而出奇的整齐。位于床尾的衣柜里，挂有十多件华丽的外套，全都用塑料袋套好，以防沾上灰尘。衬衫裤子之类亦叠放整齐，分门别类地放在不同的储物箱里。

“怪不得夜七这么穷，我想他的钱全都花在衣着打扮上了。”安琪看着床头的梳妆台，台面上放满各种化妆品及护肤品。

梳妆台的尺寸非常小，说不好听只是个带镜子的床头柜。不过这个房间本来就十分狭窄，梳妆台要是稍微大一点的，恐怕就放不下了。相对梳妆台的细小，上面放的化妆品及护肤品却十分多。尤其是化妆品，几乎能用“专业”来形容。

以男性而言，夜七也太注重外表了。安琪虽然也喜欢打扮，但跟他相比亦自愧不如。

外伸的窗台上放有各种杂物，当中有一台笔记本电脑。因为睡床紧靠窗台，要使用电脑就只能趴在床上。

溪望趴在床上打算开启电脑，但却发现电脑已经开启，只是处于待机状态。将系统唤醒，入眼的是一个已播放完毕的视频。点击重新播放，正是此前曾看过的性爱视频。

“依现在的情况推断，三宝很可能是前天听取我的分析后，觉得戴炯的死或许跟夜七有关……”退出夜七的房间，溪望便向安琪道出自己对本案的推理——

前天我们离开后，三宝为解开心中的疑惑，强行将夜七的房门撬开，并在屋中电脑里发现夜七跟墨婷偷情的相关视频，从而认定他们合谋害死戴炯。

戴炯是三宝在香港唯一的亲人，得知对方并非死于意外，而是被人害死，令他感到极度愤怒，因而丧失理智。他连电脑也没关，随手找来一个锤子就跑了出去。他彻夜寻找夜七，终于在昨天早上找到对方。

在质问夜七的过程中，他按捺不住心中的怒火，用先前准备的锤子袭击对方，并将对方当场打死。他掠夺夜七的财物，其实并非为了钱财。他的目的是夜七的手机，因为他知道手机里肯定有对方跟墨婷偷情的证据。

当然，夜七从墨婷手上拿了三千块避风头，也让他感到十分愤怒。先不论这到底是“借”还是“给”，也不论夜七以他的名义借钱是否墨婷信口开河，反正在他心里那是属于戴炯的钱，所以他顺便将夜七的钱也掏光了。

人为财死，鸟为食亡。戴炯被人谋害，其实并不足以令三宝萌生杀机。他之所以会杀死夜七，无非是为了在戴炯的保险金上分一杯羹。因此，他去找墨婷谈判，并以揭发对方跟夜七的恶行作为要挟，要求对方将保险金分他一份。

然而，他突然意识到，自己这一举动无异于向对方承认自己是杀死夜七的凶手。墨婷很可能反过来，以此要挟他。毕竟夜七已经死了，墨婷大可以将所有责任推到夜七身上，而他这条杀人罪却推卸不了。

这时候，他才发现自己走进了死胡同，既无法要挟墨婷，从中得到好处，自己又背上一条人命。他为如何解开当前的困局，琢磨了一整天，最后只想到一个办法——潜逃海外。

潜逃必然要花钱，要花钱就只能向墨婷索取。拿定主意后，他也不管当时已近清晨，立刻前往墨婷住处，将对方从睡梦中叫醒。

墨婷本未曾想过，杀害夜七的凶手竟然会是他。但他来得如此突然，而且还向自己索要钱财，必然心生疑惑，至少不会顺从地将钱交给对方。

三宝大概察觉墨婷对自己起疑，情急之下便撕破脸皮，跟对方吵起来，更以对方跟夜七合谋害死戴炯一事相要挟，要求对方将保险金及变卖房子的钱交出。

墨婷当然不会乖乖就范，不但不肯给他分毫，还要求他立刻离开，否则就报警，并暗示自己怀疑杀死夜七的凶手就是他。

最令三宝担心的就是此事，既然对方已察觉问题，他干脆一不做，二不休——杀人灭口！不过，在杀死墨婷之前，或出于曾对对方起过爱慕之心、或为一泄心头之怒、或为报复对方红杏出墙，给自己表弟戴绿帽子，他先将对方强暴，让对方受尽欺凌后含冤离世。

或许，他天真地认为，只要墨婷一死，就没有人知道他的恶行……

“怎么会这样……”安琪的情绪突然变得低落，平日的强悍已不见踪影，婀娜的躯体不住地颤抖。

溪望将她拥入怀中，关切问道：“你怎么了？”

“我很害怕……”安琪连声音也变得颤抖，“他们一个接一个地出事，我怕很快就轮到我。”

“怎么会呢！”溪望轻抚她的背部，安慰道，“这只是他们几个之间的恩怨，根本不关你事。”

“本来是不关我事，但我却掺和进来了。”安琪于不安中道出她的担忧，“这事本来只是夜七、墨婷跟戴炯三个人之间的感情纠葛。但三宝在听取你的分析后动了杀机，先后杀了夜七跟墨婷，而你可是我带过来的。也就是说，我也牵涉到这件事当中。志庆现在虽然身在内地，但戴炯的保险是跟他买的，可以说他才是这件事的开始。”

“当年参与拍摄九铁广告的七个人当中，除了出国念书的俞璐，我跟其他五人都牵涉到这件事当中……”安琪沉默片刻又道，“我很害怕，害怕真的会像杨导演说得那样，我们几个都会出事。我总觉得有人在背后策划所有事情，不会放过我们任何一个人。”

“我理解你的心情。”溪望紧紧拥抱对方，格外严肃道，“相信我，我不会让你发生任何意外。”

“别离开我，我害怕……”安琪小鸟依人般依偎在对方怀中，一滴晶莹的泪水无声落下。

“原来你也会哭呀！”溪望望着怀中伊人，面露夸张的表情。

安琪抹去眼角的泪珠，恼羞成怒地锤打对方结实的胸膛，骂道：“死健仔，这时候还笑我。我哪有哭，是沙吹进眼里了。”

“等一下！”安琪突然推开对方，取出手机又道，“已经有三个人出事了，三宝也不知所终，我得确认一下志庆的情况。”遂把溪望晾在一旁，拨打志庆的手机。

“喂，您好！”

电话彼端传来志庆精神奕奕的声音，让安琪松了一口气，至少对方至今仍没发生意外。然而，当她将夜七等人的事情告知对方，并道出自己的担忧，叮嘱对方要注意自身安全时，志庆却突然沉默不语。

“怎么了？”安琪隐隐感到不安。

“其实……”志庆犹豫了一会儿才说，“俞璐早就回香港了。”

他告诉安琪，俞璐在两年前就已回港发展，并且主动联络他，其后更与他发展成情侣。但是，因为俞璐不想跟三宝等人接触，所以他一直都没将这件事告诉大家。

“俞璐是学金融的，现在是个股票经纪。可能她觉得三宝跟夜七太不长进吧，不太想跟他们接触，所以我没告诉大家她回来了。”志庆的声音从手机中传出，安琪启动了免提功能，溪望亦能听见。

“夜七虽然是整天做明星梦，但三宝不是挺勤快吗？”溪望向电话彼端提出疑问，“以他的学历，在超市当推销员也算不错，至少能自食其力，俞璐怎么会觉得他不长进呢？”

电话彼端沉默片刻，遂答道：“或许有些事情你们不知道。”

志庆告诉两人，他跟夜七及三宝一样，都是中五毕业后就投身社会。两年前，他跟三宝一起在超市里当推销员，过着得过且过的日子。直到俞璐回港联络他，在对方的鼓励下，他才辞去超市的工作转投保险业，还上夜校进修。

“其实只要肯付出努力，他们也能做到。”手机里传出志庆的感慨，“虽然我不敢说自己比他们好多少，但至少我现在的收入要比他们高几倍。”

“正所谓人各有志，不能单纯以收入否定一个人的生活态度。”溪望眉头略皱，心想俞璐是否太势利了？

“如果他们能养活自己，那么他们想过怎样的生活，谁也不会多说一句，但问题是他们连自己也养不活。”志庆的语气带有不满的意味。

原来不止夜七，三宝也经常拿不出房租。三宝虽然有稳定的收入，而且工作尚算顺利。但他总是幻想能一朝飞黄腾达，因而沉迷赌马，以致经常囊空如洗。他跟夜七都拿不出房租，自然就得由他人垫付。

戴炯跟墨婷之所以会搬走，主要原因就是对两人这种行为感到不满。但说到底也是表兄弟，戴炯对三宝再不满，有些话也不会说出口。所以他只好以另筑爱巢为由，跟墨婷搬走。

他们两个一走，房租几乎全落到志庆一个人身上。虽然志庆现在收入不低，但长贫难顾，总不能养夜七跟三宝一辈子吧！要不是念着多年的兄弟情，他早就搬走了。

俞璐为此没少给他做思想工作，叫他别再跟这两条寄生虫讲什么情义。戴炯作为三宝的表弟也拍屁股走人，他跟两人非亲非故，给他们垫付多次房租，已经仁至义尽，难道真的要养他们一辈子吗？

志庆也觉得俞璐的话不无道理，再过两年他就三十岁了，是时候该为自己的将来做打算。继续跟他们住在一起，光是垫付房租就已经是笔不小的支出，更何况还没算接济他们的部分。

故此，他以上班路途遥远为由，跟三宝及夜七说，他打算和同事在公司附近合租一套房子，过一两个月就会搬走。

“我的手机快没电了。”志庆于电话彼端道，“我把俞璐的电话号码告诉你们，你们跟她联系吧！我在大陆这边的事情还没处理好，最快也要明天才能回到香港。”他刚说出俞璐的手机号码，通话便中断了。

溪望向安琪展露温柔的笑容，道：“我想三宝及夜七大概是因为志庆即将会搬走，怕自己以后的日子过不下去才会铤而走险。这件事从头到尾也不关你事，你只是碰巧发现这宗案子，不必对此过于担心。”

“我还是觉得有人要害我们。”安琪仍感到不安，便打算致电俞璐，确认对方的情况。然而，她没想到的是，这一通电话会让她知道，可怕的故事终于发生了。

第十二章　邪恶报复

“喂，您好！请问是俞璐吗？我是安琪，还记得我吗？我们小时候一起拍过广告呢！”安琪拨通俞璐的手机，跟对方聊起来。说了几句客套后，她便道出三宝等人的情况，并询问对方现在是否安好。

“我啊，还好吧。美国印钞票抢全世界，钱全都流入股市，恒指都快升到24000点了，呼……”电话传出俞璐的喘气声，她似乎刚做过剧烈运动，但仍谈笑风生，“现在股市有大量热钱撑着，短期内大市还会继续升，你要是有闲钱，不妨让我替你投资些蓝筹股。就算没赚到大钱，至少比强积金要强多了。”

“听起来也不错哦！”安琪舒心笑道，“你在哪里，现在方便跟我见面吗？”

“方便呀！”电话彼端传出钥匙碰撞声，俞璐又道，“我刚到家门口。要不这样，我先换套衣服，待会儿我们在兰桂坊碰面，我再跟你做个量身定做的投资计划。”

安琪正想答应时，电话彼端却传来对方的惨叫，她还没来得及询问发生何事，通话已经中断。再次拨打对方的手机，却怎样也打不通。她顿时六神无主，连忙问溪望怎么办?

她一直使用免提功能，溪望亦清楚通话内容，知道俞璐就在住处门口，而且很可能出了意外。在手机无法取得联系的情况下，要知道对方遇到什么意外，就只有立刻赶往对方住处。

“快打电话给志庆，问他俞璐住在什么地方。”溪望见安琪因慌张而手忙脚乱，便夺过手机致电志庆。然而，志庆的电话却转接到留言信箱，显然是因手机没电而关机。

溪望对此亦一筹莫展，因为只有志庆才知道俞璐的住处，不能跟他取得联系就找不着俞璐。无奈之下，只好给志庆留言，希望能尽快得到他的回复。

焦急地等了约半个小时，两人终于等来志庆的回电。在告知对方情况后，得到俞璐的地址，他们立即心急火燎地赶过去。可惜此时正值的士换班时间，好不容易才截到一辆的士，却在途中遇上堵车。待他们到达俞璐居住的大厦时，已经是通话中断后约一个半小时。

两人焦急地来到俞璐住处门前，发现大门虚掩，便立刻冲进房了里。一进门，安琪就呆住了。

一个全身赤裸的女人蜷缩在客厅的地板上，双手被强力胶布反绑在身后，双眼及嘴巴均被胶布封住。虽然胶布盖住了脸部大部分位置，但仍能清楚看见脸颊上受掌掴的痕迹，后脑的发丝更沾有少量血迹。

女人裸露的肌肤上，尽是鞭打后留下的鲜红伤痕，乳房亦出现好几块青瘀，臀部被数之不尽的鲜红掌印覆盖，几乎没有一寸完好的肌肤。股间更是一遍狼藉，秽液与血污混杂，明显曾遭到侵犯。

溪望立刻将上衣脱下来，盖在女人身上，并触探对方的颈动脉，得知对方还活着，便将她脸上及双手的胶布撕掉。他试图将对方叫醒，以确认其身份，但对方处于半昏迷状态无法作答。不过，他发现一张掉落在地上的工作证，对照证件上的照片及名字，确认此人就是俞璐。

“这似乎不是普通的强奸案，凶徒的作案目的令人怀疑。”打电话叫救护车后，溪望就一直眉头紧锁，不断于脑海中分析眼前这让人触目惊心的一幕。

他留意了一下房子里的情况，发现除客厅外，其他地方都没有明显的打斗或搜掠行迹，基本上可以排除入室行劫的可能。凶徒的活动范围仅限于客厅，或者说就只限于俞璐身上。

然而，在只有一个小时左右的短暂时间内，俞璐受尽非人的对待，凶徒的目的似乎并非只为发泄性欲，更像是向她施虐。单纯以眼前的情况判断，凶徒除了没要她的命，几乎对她做尽一切可怕的事情。

“香港经常有变态色情狂出现吗？”溪望边仔细搜查线索，边向安琪问道。良久没得到回答，他便回过头来，发现对方背靠墙壁呆立，身体还不断颤抖，立刻意识到对方心中的畏惧。

他上前将对方搂入怀中，安慰道：“别害怕，或许只是巧合而已。”

“不是巧合，绝对不是巧合。”安琪因恐惧而方寸大乱，不住地摇头，“先是戴炯，接着是夜七、墨婷，三宝亦不知所终，现在连俞璐也出事。或许杨导演说得是真的，安仔要向我们报复，当初参拍广告的人都会死。”

安琪越说越激动，并不断挣扎，想挣脱对方的怀抱，逃离这个令她不安的地方。溪望紧紧地将她抱住，以防止她逃走，并呵斥道：“杨导所说的，只不过是夜七信口雌黄的梦话，你怎能当真呢！”

安琪稍微安静下来，没有继续挣扎，但身体仍不住颤抖。

“相信我，这世上根本没有鬼。”溪望安慰道，“安仔早在二十年前就已经死了，如果有人要向你们报复，那个人只可能是安仔的母亲潘潘。我们只要找到她，就能解决所有问题。”

“嗯，我现在只能相信你。”安琪的身体终于停止抖动，安静地依偎于对方怀中。然而，这片刻的安静让溪望想起一个问题——杨导为何会相信夜七的鬼话？

杨导已年近五十，并且在娱乐圈打滚多年，按理说应该什么人都见过。他肯定知道夜七为争取出演机会，什么话都能说出来，怎么还会相信对方这荒诞的鬼话？而且，他还一口咬定潘潘会为儿子报复，这当中是否另有隐情？

溪望稍微对案情作一番梳理，最终得出两个结论：一、潘潘极有可能是这一连串事件的关键；二、杨导必定隐瞒了某些事情。

或许找到潘潘的下落后，一切问题都能得到答案，但现在有更迫切的问题要解决。必须先向俞璐了解其遭袭的情况，以肯定她的不幸是否跟这一连串事件有关。

“希望这只是巧合。”溪望凝望着怀中的安琪，于心中暗道。虽然他一再安慰对方，但事情到了这个地步，他亦隐隐感到不安。

两人跟随救护车，将俞璐送到就近医院。

医生给俞璐做过检查后，发现她的头部曾受硬物袭击，以致暂时神志不清。幸好没对大脑造成严重伤害，只要休息一段时间便能康复。但她明显曾遭受性虐待，阴道更曾被塞入异物，使内部组织严重受损，以至阴道内壁出血。虽然这些身体上的损伤能够治疗，但心理上的创伤恐怕难以治愈。

“她的伤虽然严重，但没生命危险。等药效消失，她就会醒过来。”一个三十来岁的男医生，在向溪望讲解俞璐的情况后，并没有立刻离开，一副欲言又止的模样。

“还有其他问题吗？”溪望问道。

医生瞄了安琪一眼，示意他到病房外说话。

两人走到病房门外，医生才压低声音说：“我刚才替病人处理下体的伤口时，发现一些残留的油性液体，似乎是润滑油之类的东西。我已经取了样本，准备给你的同事拿去化验。”

“强奸还特意准备润滑油？凶徒的口味也太重了。”溪望于心中骂道。然而，他知道医生特意拉他出来，显然不是跟他讨论凶徒这方面的癖好，于是便问道，“你觉得这些液体有古怪？”

医生点了下头，说：“这些液体有股异味，肯定不是一般的情趣用品。虽然不敢肯定，但我觉得有可能是动物油脂。”

“医生，我不是学医的。”溪望皱眉道，“你能不能直接告诉我，这到底是怎么回事？”

“要是去到法庭，我可不会把这些话说出来。”医生往左右张望，确定附近没有别人才继续说，“我曾经听别人说，将凝结的猪油塞进女性下体，猪油会马上融化，怎么清洗也洗不掉。因为猪油会彻底破坏阴道内的微生态环境，导致恶菌大量滋生，所以被塞入猪油的女人，下体终生都会发出难闻的异味。听说这是旧时某些偏远乡村，用来惩罚不守妇道的淫妇。受过这种处罚的女人只要裤子一脱，整个房间都会弥漫恶臭，想再去勾引男子便不可能了。”

“竟然还有这种事？”溪望略感讶然。

“我也是听说的，而且现在还没证实那些就是猪油。”医生突然紧张地说，“去到法庭，我可不会把这种事说出来，你要记住啊！”在得到溪望承诺不会对其他人提及此事后，他便回到自己的岗位继续工作。

“连如此阴损的招数也用上，凶徒恐怕是对俞璐恨之入骨。”溪望喃喃道，突然心念一转，如果用这招对付背叛自己的女人，其实也未尝不可。这样对方就难以跟其他男人相好，并且会记恨自己一辈子。也就是说，对方永远不会忘记自己。

“医生刚才跟你说什么？”安琪突然出现在身旁，让正在沉思的溪望吓了一跳。安琪见他如此慌张，不由得露出怀疑的目光，质问道，“你刚才是不是在打什么坏主意？”

“我能打什么坏主意，只是想晚饭该吃什么。”溪望极力掩饰，同时于心中暗道：如果我这样对龙哥，她肯定会把家里的防护栏撬开，把我从30楼扔下去。

为避免对方生疑，他马上转移对方的注意力，说：“医生说俞璐一时半刻也醒不过来，现在反正有时间，不如去找钟医生索取潘潘的资料。”

“钟医生的诊所恐怕早已下班了。”安琪以手机查看时间，“现在过去也只会白走一趟。”

“那我们先去吃饭吧，顺便出去逛逛，反正在这里也是闲等。”溪望微笑道，“过来的时候，我看见附近有不少商场。”

“好呀！”安琪突然变得精神抖擞，但随即又低下头，无精打采地说，“还是算了，我现在没这个心情。”

对方的举动不禁让溪望生疑，于心中暗道：“难道又刷爆卡了？”他从钱包取出银行卡，在对方面前晃了晃，笑道：“我没榴莲那么大方，能给你一百万限额。但只要能让你开心，一万几千我还能负担。”

安琪盯着银行卡，眼前一亮，立刻抱着他亲了一口，娇媚笑道：“你真是我肚子里的蛔虫，我想什么你都知道。”

“走吧，趁你的蛔虫还没改变主意。”溪望莞尔一笑。

安琪将银行卡夺过去，娇笑道：“口头承诺也有法律效用哦！”遂挽着对方手臂往外走。

“你想先吃饭，还是先去逛街？”溪望问道。

“先去昨天那间金铺，其实我昨天看中了一条项链。”安琪两眼发光。

溪望苦笑摇头：“唉，我开始后悔了。”

“哇，今天的天气真好！”安琪装作没听见，拉住他加快脚步。

敲诈了溪望一笔后，安琪心情大好，在等待俞璐苏醒的过程中，她不时把玩脖子上的项链，嘴角总是挂着微微笑意。看见她不再为近日的事情烦恼，溪望不由得露出会心的微笑，心想能花钱买个好心情也总算值得，虽然数额让他有点心疼。

一直等到将近凌晨，俞璐终于醒来了。面对突如其来的不幸，这个外表美丽而刚强的女人，也忍不住落下眼泪。

安琪本来想安慰她，却见她突然一咬牙，抹去脸上的泪水，怒气冲冲地说：“我知道强奸我的人是谁！”

“凶徒是你认识的人？”安琪讶然道。

“这人你也认识。”俞璐咬牙切齿地说，“是三宝，杨三宝！”

第十三章　此人已死

“念中学的时候，三宝曾经追过我。”俞璐在安琪惊诧的目光中，道出事情的始末——

那时候，我跟他、志庆、夜七、阿炯和墨婷经常一起玩。或许当时我们比较亲近，所以让他有些误会，以为我喜欢他。其实我对他一点意思也没有，我喜欢的人是志庆。不过那时我比较害羞，没敢直接说出来，结果让他误以为我在考验他，一直对我死缠烂打。

他一厢情愿地认为，总有一天自己能感动我，通过我对他的考验，让我成为他的女朋友。但他却不知道，不管为我做什么，都只会让我越来越讨厌他。

后来，我准备到外国留学，就想趁这个机会戏弄他，跟他说：“如果你愿意等我回来，我就做你女朋友。”他居然把我的话当真，还到处跟别人说，我已经是他女朋友。看他那傻乎乎的样子，我就想笑了。

或许，我这玩笑开大了，没想到他还真的想等我回来。听说我出国后，他一直没交女朋友，害我回来香港也不敢跟他接触。不过，我一直都没能忘记志庆，回来后就偷偷跟志庆联络。

留学这几年让我变得成熟，知道幸福需要自己去争取，人亦变得比以前主动。偷偷跟志庆约会几次后，拍拖也就顺理成章。

我不想让三宝知道我回来了，但也不想一直像做贼似的，每次跟志庆约会都得偷偷摸摸。就连给他打电话，也得先考虑三宝会不会在他身边。所以我鼓励他换工作，一来可以让他改善环境，为我们日后一起生活做准备；二来能替他摆脱三宝这帮好吃懒做的损友。

志庆没让我失望，在我的支持及鼓励下，他很快就成为一名出色的保险员，人亦变得上进、积极，不再像之前那样每天都得过且过。只要改变他的生活态度，他自会觉得三宝和夜七太过懒散，用不着我多嘴，他也不想继续跟他们一起住。我想他早晚会像阿炯和墨婷那样，随便找个借口搬走，甚至以后也不再跟他们来往。

事实就跟我预想中一样，志庆越来越觉得他们烦腻。尤其是三宝，明明有钱却不愿意交房租，总是让志庆替他垫付，自己却把钱拿去赌马。

我也没说过一句坏话，志庆就已打算跟他们断绝来往，想以搬到公司附近、方便上班为由，搬过来跟我一起住。当然，他是不会将地址告诉他们，一来我不想让三宝知道我在香港，二来他亦不想他们三天两头跑过来借钱。

本以为只要等志庆搬过来，我跟三宝从此就再没有任何瓜葛，或许这辈子也不会再有见面的机会。可我万万没想到，我回香港两年都没遇上他，今天竟然跟他碰上。

今天我下班回家时，在街上碰到他，他兴奋地问我是什么时候回来，为什么没找他。我不想跟他多说废话，就说他认错人，并立刻离开。可他竟然拦住我，还提起当年我承诺做他女朋友的事。

我觉得他很可笑，指着他身上那件土里土气的黄色上衣，跟他说：“你看你穿着这件衣服像什么？像个苦力！你有车吗？房子呢？你一个月能赚多少钱？够送我一个皮包，还是一件衣服？你连自己也养不活，凭什么做我男朋友？”

我这么一说，他就愣住了。不过他的脸皮还挺厚的，嬉皮笑脸地跟我说："就算不拍拖，我们也是朋友啊！大家留个电话，以后找个时间出来聊聊。"

我说："我们也没什么好聊的，我要是跟你说股票、说基金，你大概听不懂。你那些街市话题，我也没兴趣。既然我们没有共同话题，也就没必要留电话。"

说完我就转身离开，这次他竟然拉住我，非要我给他留电话。我把他的手甩开，冲他喝骂："你再碰我，我就叫非礼！"

当时是下班时间，街上人来人往，我一叫大家都看过来，还有两个靓仔走过来问我要不要帮忙。见围观的人越来越多，他才气急败坏地走掉。

我怕他转头又会来烦我，就急忙走进附近的商场。我在商场里逛了一圈，突然觉得好像有人跟在我后面，但又没发现他的踪影。我不由得有些担忧，怕他会跟着我回家，知道我的住址后继续骚扰我。

我特意在洗手间躲了一会儿，确认他不在外面就立刻跑回家。

回到我住的大厦，确认他没跟过来，我才松了口气。毕竟大堂有门禁系统，他不知道密码就算想混过来，保安也会把他拦住。

我当时穿着高跟鞋，还一路小跑回来，到家门口时已经上气不接下气，两脚还痛得要死。不过能甩脱那个瘟神也算万幸，所以心情还挺不错，想马上洗个热水澡，去掉从他身上沾来的晦气。

就在这时候，我接到你打来的电话。我边跟你聊天，边从皮包里拿钥匙出来开门，突然听见电梯门打开发出的响声。我下意识地回头，想看看是谁回来了，可头还没完全转过去，眼角就瞥见一个黄色身影向我扑过来。我的头不知道被什么敲了一下，整个脑袋嗡嗡作响，顿即感到天旋地转、眼花缭乱。

接着，他把我拉进房子里，用胶布封住我的眼睛和嘴巴，然后把我……强奸了。虽然我当时有些迷糊，没看清楚他的样子，但看见他穿着黄色上衣，所以我能肯定他就是三宝……

俞璐没有仔细讲述自己受侵犯的过程，溪望当然不会强迫她回忆这段可怕的经历，毕竟再坚强的女性也难以承受这种伤害。

她在受袭前正跟安琪通话，凶徒应该意识到自己的暴行会被他人知道。如果凶徒并非心理严重扭曲的变态狂，那么他肯定会赶快完事，并迅速逃离现场以防被当场抓获。

但事实上，凶徒并非只满足于发泄性欲，而是极尽所能地向俞璐施虐，这显然不是单纯为了满足性欲。凶徒的行为更像是向俞进行报复，强奸只是报复过程其中一个环节。

由此推断，可以得到两个结论：一是三宝已经陷入了疯狂的状态；二是俞璐对他在情感上的伤害，比想象中还要严重得多。

不管如何，当务之急是将三宝拘捕，不过溪望更在意此案是否存在幕后策划者。毕竟三宝遇见俞璐的地点，是他平日极少前往的地段，俞璐回港两年他亦未曾遇到对方，偏偏在这个时候让他碰见，这未免太巧合了。

或许，事实当真如杨导所言，是"安仔"要向大家报复，并背后故意安排这一连串事情。而"安仔"的真正身份，很可能就是潘潘。因此，必须先找到潘潘，以确认她是否为背后主谋。

然而，在此之前，溪望希望能尽快确定另一件事。

次日，安琪到新界北总部处理该案的相关文件，溪望让她交代同事查找三宝的下落，他们则去找钟医生索取潘潘的资料。在安琪处理文件其间，溪望将罗杰拉到楼梯间，在他耳边细语两句。

"不行，不行！要是让安琪知道，她肯定会一脚把我踹下去。"罗杰望着陡斜的楼梯，面露心悸之色，似乎曾经被安琪这样修理过。

"你放心，她就算要踹也先踹我。"溪望轻拍对方肩膀，又道，"如果她真的出了事情，你作为她的同事，心里也不会好过吧！"

罗杰虽面露为难之色，但思量片刻后，最终还是轻轻点头，说："她要是向我发难，你可别见死不救呀！"

溪望笑骂道："别把我想得这么没义气。"

"你们鬼鬼祟祟地躲在这里干吗？"安琪突然出现，把两人吓了一跳。

溪望强作镇定，轻描淡写道："没什么，罗杰问我东莞好不好玩而已。"

"我才没问呢，我对那里一点兴趣也没有！"罗杰慌忙辩驳。

"欲盖弥彰。"安琪瞪了他一眼，随即拉着溪望往外走。

两人来到钟医生的诊所，向对方出示相关文件，要求对方交出潘潘的病历及相关资料。雪莉对他们的到来略感意外，但这微仅可察的愕然只是一闪而过，她的表情马上就恢复平日的冷漠，溪望甚至怀疑自己是否看错了。

"你们有法庭的许可，想要病历没问题，我待会儿跟姑娘说一声就行了。"雪莉顿了顿又补充一句，"人都死了三年，你们要她的病历有什么用？"

“什么？死了？”溪望惊讶叫道，随即追问，“你确定潘潘已经去世？”

“这还能有假吗？她的后事还是我办的。”雪莉随即道出潘潘的旧事——

我跟潘潘认识超过十年，她出院后一直有定期找我复诊，后来还做了我的同事。我们之间早就不是医患关系，而是同事及朋友。

她之所以会患上精神病，是因为不能承受安仔的离世，随着时间的推移，她已渐渐接受这个事实，病情亦随之好转。我们认识的时候，她已跟正常人没两样，复诊其实只是跟我聊聊天而已。

她曾经梦想当一个大明星，可惜却不能克服面对镜头时的紧张，致使她无法达成心愿。后来，她稀里糊涂地生了安仔，更连孩子他爸是谁也不知道。

生了孩子，她的明星梦就彻底破灭，只能将希望寄托在安仔身上。或许是天忌英才吧，安仔虽然年纪小小就已才华横溢，但却不幸夭折。这对她来说，可是前所未有的重大打击。

她将人生的所有希望都托付在安仔身上，安仔一死，她就什么都没有了，怎么可能不让她疯掉呢？还好，她最终还是熬过那段悲伤的日子。但康复之后，新的问题又出现了，那就是她必须生活。她患病前是靠做平面模特为生，但患病其间她的青春已经耗尽，要重操旧业显然不可行。

虽然她不能再做模特，但香港是个只要肯努力，就不会饿死人的地方。恰巧那时诊所要请个接待员，她虽然年纪稍大，但相貌端正，而且能说会道，挺适合这份工作的，所以我就推荐她了。

刚开始的时候，其他同事还有一点担忧，毕竟大家都知道她是个精神病康复者。但相处的时间长了，大家就渐渐接受她，不再对她存有戒心。怎么说我们也是医护人员，如果连我们也歧视精神病康复者，又怎能让其他人接受他们呢？

或许，是因为平日经常接触的关系，她似乎对精神病的诊断及治疗十分感兴趣，常常跟我借相关的书籍回家看。后来，我跟她说：“你呀，总不会想一直当接待员，直到退休吧？既然你对这方面感兴趣，怎么不去参加相关的培训，拿张文凭回来呢？这样你才能做更好的工作呀！”她也觉得有道理，就报读好几个相关的培训课程。

她也挺用功的，报读的课程都能顺利毕业，并且从接待员变成我的助手。如果她还没死，现在或许已经是个见习医生了。

三年半前，我因为参加培训而离开香港半年。回来香港后，我曾给她打电话，怎么也打不通。因为她是一个人住，我有点担心就上门找她，没想到竟然发现她已经死了……

“她是怎么死的？”溪望急切追问。

雪莉不无伤感地答道：“她在浴缸里自焚，我发现的时候，已经死去很长一段时间了。不过她家里的门窗都关着，而且房租又是银行自动转账，所以一直都没有人发现。”

“她在家里自焚，邻居竟然不知道？”安琪不解道。

“这个问题应该由警察找答案。”雪莉又恢复一贯的冷漠。

安琪意识到自己失态，连忙向对方道歉。

“潘潘一直没去上班，她的同事也没察觉吗？”溪望眉头紧皱。

雪莉淡漠道：“或许我该告诉你们一件事。”

“请问是什么事呢？”溪望说。

“潘潘的自杀虽然让人感到愕然，但也不是无迹可寻。作为她曾经的主治医生，我没能及早发现问题，也要负上部分责任。”雪莉轻声叹息，片刻后又道，“她之所以会自杀，很可能是仍执着于安仔的离世，而令她对此难以释怀的是一个叫杨绍海的导演。”

第十四章　摄魂养鬼

“杨导演？”安琪讶异道，“他不是很久没跟潘潘联系吗？潘潘的死怎么可能跟他有关？”

“他当然不敢跟潘潘联系，因为他做了一件不可原谅的事，根本没颜面面对潘潘。”雪莉随即道出一个可怕的秘密——

当年安仔去世后，潘潘因为接受不了这个事实而精神失常，并入住精神病院。在这之前，她一直跟姓杨的保持暧昧关系。

虽然这种关系，在某程度上是建立在利益之上。但潘潘在香港没有亲人，她入住精神病院后，安仔的遗体就没人认领。姓杨的好歹也算是潘潘的男朋友，政府便通知他去认领遗体，为安仔办理后事。

他虽然跟安仔非亲非故，但跟潘潘总算是一场相好，为安仔处理后事也合情合理。事实上，他的确将安仔的遗体送去火化，不过他这样做并非出于好心，而是想趁机捞取好处——他竟然勾取安仔的魂魄！

这事是潘潘自杀前一年左右才发现的，她一直对自己未能亲自处理安仔的后事而耿耿于怀，便通过当年办理安仔后事的殡仪馆，找到为安仔遗体化妆的化妆师。

她本来想向化妆师了解安仔出殡当日的安排，以此弥补心中的遗憾。然而，她从化妆师口中，竟然得到一个可怕的消息——安仔的遗体并不完整，似乎在死后被人动过手脚。

据化妆师说，安仔的下巴完全焦黑，明显曾被火烧过。而且胸腹间有一道手掌长的伤口，左边第三根肋骨也不见了。他看见安仔的遗体时，脑海里立刻想到的就是“养鬼仔”。他给死人化妆多年，也算是见过世面的人，虽然之前没亲眼见过，但曾听行家提起过养鬼仔的事。安仔这情况十有八九是被降头师动过手脚，魂魄被对方勾去养鬼仔。

化妆师察觉出问题，当然不敢贸然给安仔化妆，立刻把情况告知将尸体送来的杨绍海，并询问要不要报警。可姓杨的竟然说安仔死时就这样，叫他不要多事。他以为姓杨的是安仔的父亲，既然对方也这么说，他就没有再多嘴，只是在心里暗骂对方心肠恶毒，竟然拿自己夭折的儿子养鬼仔。

知道此事后，潘潘就想找姓杨的理论，为安仔讨回公道。可姓杨的自知理亏，总是对她避而不见。后来，她打听到对方在哪里拍戏，就冲进拍摄场地跟对方当面对质。

姓杨的也够奸险，竟然趁机报警，说潘潘恶意阻碍拍摄，还向法庭申请了禁制令，禁止潘潘接近他。有了这个禁制令，潘潘再找他理论就被视作蔑视法庭，不但会吃官司，甚至还要坐牢。

潘潘曾想通过法律途径，为安仔讨回公道，取回被窃取的那根肋骨。以便安排法事，让安仔得到安息。可是，此事已经过去十多年，安仔的遗体又早已火化，单凭化妆师的一面之词，别说要打赢官司，就连让法庭受理都很困难。

此事扰攘了近一年，潘潘仍无法为安仔讨回公道，更没能要回那根肋骨。也就是说，安仔的魂魄依然受姓杨的控制，沦为他的奴隶。这让潘潘非常自责，悔恨自己当初没好好照顾安仔，不但使安仔幼年夭折，死后更不能安息。

她为此而无心工作，在四年前就已辞去工作……

雪莉一脸黯然，伤感道：“我想，这大概就是潘潘自杀的主要原因。”

“潘潘的死也让你感到很遗憾吧！”溪望说。

虽然跟对方接触不多，但雪莉总给他非常冷静的感觉，甚至可以说是毫无感情。然而，在谈论潘潘的往事时，对方却流露难以掩饰的伤感。

“人非草木，孰能无情。我跟她相识多年，她由病人变成我的同事、朋友。她遭遇不幸，我怎么可能不难过？”雪莉叹了口气，突然又恢复一贯的冷漠，淡然道，“不过悲伤并不能解决问题。”

知道对方也有感性的一面，溪望不由得对雪莉增添几分好感。

虽然顺利取得潘潘的病历及相关资料，但人都已经死了，这些资料便没多大用处。不过，在索取病历时，溪望还是随口向年约三十五岁的欧姑娘询问潘潘在世时的情况。

“潘潘在世时跟钟医生的关系很好，她们就像两姐妹一样，可能因为她们两个的品位差不多吧！”欧姑娘回忆道——

她们两个的身高跟体形都差不多，衣着品位又近似，所以会经常交换衣服穿。在更衣室换衣服时，我们甚至经常把她们认错。钟医生还开玩笑说，她要是临时有事不在，让潘潘穿上医生服顶她的位置，肯定不会有人发现。

在得知安仔被人拿去养鬼仔之前，潘潘一直都很开朗，做事也很勤快，谁也看不出她曾经患过精神病。但在那之后，她就整天心不在焉，叫她好几遍也没反应，而且经常出错。

后来，法庭出了禁制令，她知道自己没办法拿回安仔的遗骨，就更加意志消沉，无心工作。她这样子，连钟医生也保不住她，只好劝她辞职回家休息。

她辞职后，钟医生一直有跟她保持联系，还经常去探望她。不过，钟医生在三四年前突然请了半年大假，说要参加一个海外的培训课程，在这段时间里就谁也没有跟她联系过。

钟医生回来后，立刻就去找她，但却发现她竟然早就死了……

欧姑娘叹息道：“其实钟医生以前没现在这么严肃，自从知道潘潘出事后，才变成现在这样。”

溪望向她道谢后，便与安琪返回新界北总部。

两人通过警队的资料库，找到三年前潘潘自杀一案的资料，其中一份由前线警员撰写的报告，清楚讲述了发现尸体的过程——

1月2号下午（三年前），报警中心接到市民的报警求助，声称发现其同事倒毙

于家中浴缸里，要求我们立刻前往出事地点了解情况。

我跟另一名伙计到达现场后发现，涉案房子大门已被强行撬开。据大厦看更交代，是因为报案人钟雪莉无法跟其独居的朋友潘潘取得联系，怀疑对方在家里出了意外，故要求看更撬门查看。两人进入房子后，随即发现死者潘潘的尸体。

刚踏入出事房子，我就闻到浓烈的腐臭气味，令人感到恶心，甚至轻度昏晕。为了能在确保安全的前提下，进一步了解房子内的情况，我立刻将客厅的窗户打开。

窗外吹进来的猛风，虽然使房子内不再像之前那么让人难受，但依然弥漫着难闻的气味。同僚很快就发现气味源自浴室，我们便一起走进去调查。

进入浴室后，发现一具完全烧黑，且高度腐烂的尸体蜷缩于浴缸内。浴缸底部有一层蜡质物体，边缘亦有一摊蜡迹，墙壁及天花板没有明显的熏黑迹象。排气扇虽处于启动状态，但仍能闻到浓烈的腐臭气味。

此外，在浴室内发现多个空桶，里面有少量酒精蜡……

溪望再查看该案的法医报告，得知法医在进行尸检后，发现死者与潘潘的年龄吻合，可鉴别的身体特征一致，从而确定死者的身份是潘潘。

死者没有明显的挣扎痕迹，亦没有受捆绑的迹象。胃部残留物中存有大量镇静药物，以此推断死者遭焚烧时，处于深度睡眠状态，因而没做出本能的逃生反应。

负责调查该案的警员认为，潘潘是服食大量安眠药后躺进浴缸里，再将酒精蜡铺在自己身上，并铺满整个浴缸，然后在浴缸边沿点燃一根蜡烛。

随着安眠药发挥效用，潘潘进入深度睡眠状态。而她点燃的蜡烛，则在她睡着之后继续燃烧，并且越烧越短，最终将浴缸里的酒精蜡点燃。

此时她已经陷入深度睡眠状态，所以未对高温做出本能的逃生反应。酒精蜡燃烧的温度不高，浴室内的可燃物亦在事前被移除，所以没有引发火灾，也没有引起邻居的注意。

经查证，导致死者死亡的酒精蜡及安眠药，均为死者本人亲自购买，再综合各种证据，有充分理由相信死者是死于自杀，此案无可疑之处。

溪望看完调查后，不由得小声惊呼："竟然用酒精蜡慢烤，比烧炭有创意多了。"

"你要不要试试？"安琪横了他一眼。

溪望讪笑道："我的苦头还没吃够，还没到要见阎罗王的时候。"

玩笑开过后，他便认真起来，皱眉思索片刻后说："你有没有觉得，潘潘除了死得有创意之外，还很奇怪呀？"

"有什么好奇怪的，光吃安眠药不一定能死。"安琪没好气道，"只要发现得早，大多都能救活，每年不知道有多少倢仔倢妹这样浪费政府资源。潘潘在诊所里工作，肯定知道吃安眠药自杀的成功率不高，所以来个双料自杀，这样就保险多了，而且还能死得舒服些。"

"我不是说这个。"溪望指着照片中那具焦黑腐烂的尸体，向安琪问道，"你愿意死后变成这样吗？"

安琪厌恶道："哪有女人想变得这么恶心！"

"这就是问题所在。"溪望解释道，"潘潘的志愿是做明星，或许她会想让自己的死引起广泛关注，但绝对不想让别人看她变成这个模样。"

"你的分析很有道理，但前提是她当时神志清醒。"安琪白了他一眼又道，"如果她头脑清楚，还会自杀吗？多大的人了？她自杀的时候已经42岁，这辈子又经历过这么多风浪，竟然还想不开，你就没怀疑过她当时的精神状态？或许她的精神病又复发了。"

"这也是其中一个需要考虑的因素，但我还是觉得一个爱美的女人，就算想自杀应该也会将自己打扮漂亮才上路。"

"哥哥是公认最爱美的，但还是跳楼自杀了。"安琪叹息一声又道，"你不知道作为他的影迷，在现场看见他那血肉横飞的模样，我心里有多难受。"

溪望淡然道："据我所知，张国荣似乎不是自杀。"

"你说什么？"安琪猛然揪着他的衣领，"你可别乱说，就算哥哥今晚不上来找你，哥哥的影迷也不会放过你。"

"冷静点。"溪望移开对方双手，稍微整理衣饰，"我有个朋友是在内地做公关的，她跟我说，张国荣出事前几天还跟她谈将要举行的表演当中一些细节。以他的性格就算要寻死，也会先完成手头的工作，怎么可能刚谈完演出细节，转头就跳楼去？"

"真的吗？你没骗我？"安琪再次揪着他的衣领，不过马上就冷静下来，"人都已经死了，现在再说这个也没有意义了。"

"我们还是继续谈潘潘这宗案子吧，我总觉得她的死有问题。"溪望眉头紧皱。

安琪漠不关心道："你今晚招魂，直接问她呀！"

“唉，这事先放下吧！”溪望虽然觉得很可疑，但当前有更重要的事情要处理，又道，“或许我们该打个电话跟杨导联系，确认钟医生说的事情是否属实。”

“好吧！”安琪无精打采地拿起听筒，拨打杨导的手机号码，“怎么还不接电话？”

等了好一会儿也没人接听，她只好再拨一次。又等了一会儿，电话终于接通，但从听筒传出的却不是杨导的声音：“我是西九龙重案组督察凯文。”

“凯文？”安琪惊讶叫道，“杨导演的手机怎么会在你手上？”

“是新界北的安琪吗？怪不得号码这么眼熟。”凯文说，“如果你要找杨绍海，那么你的电话就来晚了。”

“难道……”安琪讶然追问，“杨导演死了？”

“现在还没死。”凯文淡然答道，“有市民报称目睹一宗袭击案的案发经过，我们来到现场发现一名身上有十多处刀伤的男性，已经确认其身份是导演杨绍海。我们刚将他送上救护车，能不能救活就不好说了。凶徒下手这么狠，大概是他得罪了哪个老板，被对方买凶寻仇……”

安琪没理会对方长篇大论的分析，颓然将电话挂掉。

虽然没听见电话彼端的通话内容，但单凭她骤变的神色，溪望已猜到发生了什么事，便安慰道：“别担心，我会将凶手找出来。”

“我们别再查这件事了，好不好？”安琪突然抓住溪望双手，双眼尽是惶恐之色。

溪望理解对方心中的畏惧，但同时亦对此感到不解。他所认识的安琪绝不会轻言放弃，不管遇到什么困难，都只会激发起她的斗志。然而，此刻她竟然萌生退缩的念头。

“你害怕？”溪望问道。

安琪迟疑片刻，遂点头道：“是安仔，是安仔要向我们报复。潘潘都已经死了，如果真的有人在幕后策划所有事情，那个人就只可能是安仔……”她的脸色渐见苍白，又道，“当年参与广告拍摄的人都会死，我要是不及早抽身，早晚也会跟他们一样。”

“你为何会有这种想法呢？”溪望不解道，“安仔也早就去世了。”

“鬼仔！”安琪突然神经兮兮地叫道，“杨导演不是勾了安仔的鬼魂养鬼仔吗？肯定是鬼仔现在不再受他的控制，他才会这么惊慌。安仔变成了鬼仔，要向大家报复，所有人都会死。”

自从遇到杨导之后，溪望就觉得安琪变得有些奇怪，现在就更明显了，她已近乎失去理智。若只是单纯出于牵涉此事而感到畏惧，这种表现也太夸张了。

溪望觉得她似乎隐瞒了某些事情，或许罗杰那边很快就会找到答案了。

第十五章　不速之客

杨导住所整个玄关都血迹斑斑的，透过这些令人心惊胆战的血迹，可以推断行凶过程多么可怕。溪望向把守的警员出示临时证明文件后，便俯身穿越警戒线，进入房子内调查。

这张证明是溪望刚弄来的，因为安琪打死也不肯一起过来，为此还跟他吵了一架。他只好让美雪帮忙弄张暂时证明，以此证明自己的身份，免得连案发现场都进不来。

房间内没有打斗迹象，大门也没有损坏痕迹。凶徒应该在骗取独居的杨导开门后，就在玄关处突然袭击他，并于行凶后立刻离开。很明显，凶徒并非冲他的财物而来，整洁的客厅跟血迹斑斑的玄关犹如两个世界。

杨导住所的环境似乎不错，屋内的装修很雅致，壁柜上还放满来自世界各地的精致装饰品，让人觉得房子的主人很有生活情趣。然而，在西式装饰风格的客厅内，竟然有一个神龛放在最显眼的地方，难免给人一种说不出的诡异感觉。

或许觉得跟案件无关，凯文似乎没有动过神龛上的东西。溪望仔细观察内里布置，发现除一尊四面佛铜像外，神龛内还供奉着一个长度比手掌略短的水晶棺材。棺材晶莹剔透，能清楚看见里面放有一个人形骨雕，被泡在一层黄色的油状液体当中。

“棺材里的大概就是‘安仔’吧！”溪望戴上橡胶手套，拿起棺材仔细观察，发现内里的骨雕似乎沾有异物。

他从肩包取出镊子，小心翼翼地打开棺材盖，将沾在人形骨雕头部位置的异物夹起。他再从肩包取出放大镜，仔细观察镊子上的异物，随即皱起眉头，疑惑道：“难道安仔还要吃肉？”

从骨雕上取出的异物，显然是一块皮肉组织。但只有那么一点儿，要确定到底源自哪种动物身上，恐怕得送去鉴证科化验才行。

溪望将这块比芝麻还小的组织，放进用于保存证物的小瓶子里，再将棺材盖上放回原处，然后为自己的打扰，向“安仔”致歉。就在此时，他突然察觉到一股源自身后的异样，似乎有一双充满怨恨的眼睛盯着他。

他猛然转身，眼角瞥见门外有一道白色人影闪过，便立刻追出去。看守的警员被这一举动吓了一跳，还没来得及发问，他已经冲出门外。他追到电梯间时，正有一部电梯的梯门缓缓合上，透过不足一指宽的门缝，勉强能看见电梯内有一名身穿白衣的女性。他疾步前冲，按下电梯按键，可惜稍慢半秒，梯门已经合上，电梯正缓缓下降。

他一咬牙转头冲进楼梯间，并从肩包里取出一个烟盒大小的塑料包，用力拉动边缘的拉环。他这一拉，塑料包立刻充气鼓胀，变成一块约1米长、30厘米宽的椭圆形塑料板。

“还想找机会去海滩试试花泽这块迷你冲浪板，没想到竟然要用来滑楼梯。”溪望往陡斜的楼梯上一跳，将冲浪板置于脚下，便像滑雪似的沿着楼梯滑下去。

他拉着以钢丝连接的冲浪板前端的拉环控制方向，从杨导居住的23楼一直往下滑。虽然冲浪板底部涂上了耐磨的涂料，但终究是由塑料制造，撑了20层终于磨破了。

外层一破，里面的空气便全漏出来。若是平时倒没关系，但此时溪望在惯性作用下，正以高速往下冲。冲浪板一破，他立刻失去平衡，犹如人肉风火轮般往下滚。幸好没滚几圈就到拐弯处，他靠地势稳住身体，立刻爬起来继续往下跑。

溪望冲到地下大堂的电梯间，发现梯门正在关合，但仍能清楚看见里面空无一人。对方显然已经离开，他心有不甘地骂道：“晚了一步，花泽这玩意真不牢靠。”

他气愤地一拳打在电梯旁的大理石墙壁上，同时通过光洁的墙壁，看见一个白色身影，从他身后的阴暗角落蹿出来。他还没来得及转过身来，一把短小而锋利的匕首已架在他脖子上，冰冷的声音亦随即传入耳际：“其实我已经等你很久了。”

“杨露？”溪望愕然叫道。虽然没能看清楚对方的脸容，但脖子上的匕首已能让他认出对方。

“或许我该觉得高兴，因为你还记得我的名字。”杨露阴冷地笑道。

“不过，一想起你对我的伤害，我又高兴不起来。”她将拿着一面化妆镜的左手伸到溪望面前，让对方通过镜子看到自己的脸容，哀怨地问道：“能看见吗？”

“能看见。”溪望强作镇定，“你跟之前一样，像一朵冷艳的白玫瑰。”

“虽然知道你只是想拖延时间找方法脱身，但我还是觉得有点高兴。”杨露稍微挪动匕首，在对方脖子上划出一道细小的伤痕，“可是你没记起对我的伤害，却又让我非常难过。”

溪望突然想起之前跟对方交手时，在对方脸上划了两道伤痕，便说：“我没有忘记，但那两刀似乎没在你脸上留下疤痕。”

“仔细看还是能看见。”杨露左手突然用力一抓，化妆镜立刻裂开变成两半。

“如果你想还我两刀，我倒无所谓。”溪望顿了顿，冷笑道，“但你要知道这里是香港，你背后就有一个摄像头。还了这两刀之后，海关恐怕不会轻易让你过关。”

“我没你想象中那么大意，值班室里的老大爷现在只看见一对痴缠的男女搂在一起而已，他不会想到有把匕首正架在你脖子上。”杨露阴冷笑道，“还有，你认为我想去哪里，海关能阻止吗？”

溪望想起对方正被通缉，不可能通过通关口岸进出香港。那么说，她是以偷渡的方式来港？如果是这样，她大概也不介意多背负一条人命。

“你想怎样？”溪望异常冷静，心想对方能在弹指之间将自己杀死，但至今仍没动手，显然是有不杀自己的原因。

“你还穿着上次那件背心吗？”杨露收起镜子，用左手轻抚对方腹部，犹如爱抚自己的情郎，“如果不是它，你的肚子早就被我割开了。很可惜哦，真想看见你肠子掉一地的样子。”

溪望冷峻道：“如果你想杀我，一上来就动手了，根本不会跟我多说一句话。”

“你很聪明，刚才我的确挺想一刀割破你的喉咙。但我要是把你杀了，师傅肯定不会原谅我。为了师傅，我不会要你的命……”杨露突然话锋一转，咬牙切齿道，“但我也不会让你好过，你给我的伤害，我必定加倍奉还！”

溪望暗松一口气，笑道：“你特意偷渡来香港，不会就是为了在我脸上划四刀吧？”

“只在你脸上划几刀，又怎能平息我心里的愤恨呢！”杨露阴冷笑道，“不过你放心，我暂时没打算对付你，这次只是来跟你打个招呼而已。”

“你的胆子还不小呢，不怕我让香港警方通缉你吗？”溪望狡黠笑道。

“你没这么狠心。”杨露突然收起架在溪望脖子上的匕首，走到他身前搂住他，在他耳边说，“除非你想以后再也见不到你那个可爱的妹妹。”

溪望突然目露凶光，左手掐着杨露的脖子，将她按在墙上。剑刃随即从右手衣袖里弹出，悬于对方眉心前，恶狠狠道："你把丫头藏在哪里？"

"刚才好像是你提醒我，摄像头就在背后呢！"杨露狡诈笑道，"值班室里的老大爷大概要报警了。"

果然，一名身穿保安制服，年约六十岁的老头子，立刻从值班室冲出来。他一手拿手机，一手拿警棍，稍显肥胖的身体颤个不停，指着溪望喝道："你想干什么，我已经报警了，快放开那个女孩！"

"我在香港的身份可比你的处女妹妹还要干净，到了警署你的麻烦肯定比我多。"杨露露出狡诈的笑容，轻举食指将悬于额前的剑刃推开，又道，"我们还会见面的。"说罢便从容地往外走。

"小姐，你没事吧？"保安紧张地问道。

杨露礼貌地向他鞠躬致谢，笑道："你这么威猛，他又岂敢动我一根头发？"

"那不用报警了？"保安傻乎乎地笑了笑。

杨露穿过门禁系统，并没有回头，只是轻轻挥手示意不必报警。

保安转头盯着溪望，厉声道："这次算你走运，快点给我滚蛋，不然我就报警！"

"我不就是警察吗，还报什么警啊！"溪望出示证明文件骂道。

轰走保安后，他立刻取出手机致电见华。他本以为会无法接通，或由杨露接听，没想到竟能听到见华的声音："哥，星夜还想我多陪她几天呢，可以吗？"

原来见华仍在星夜在一起，对方好歹也是千金小姐，跟她待在一起，安全应该不成问题。想必是杨露为脱身而信口开河，溪望这才松了口气。

"哥，星夜爸爸在香港买了家酒店，名字叫韵逸酒店。她准备带我去酒店玩几天，你要不要一起来？"见华于电话彼端问道。

"我还有工作，你们玩开心一点，要注意安全哦！"溪望叮嘱对方后就准备挂线。

"星夜说，你可以跟姗姐和猛哥一起来，想住多久也没关系。酒店里玩的吃的什么都有，而且就在大屿山，我们可以去迪士尼玩耶。"见华似乎很想哥哥同行。

溪望虽不想扫妹妹的兴致，但又担心安琪，想尽快将此案查个水落石出，便敷衍道："我先问问安琪想不想去，晚一点再给你答复。"

"好耶，你们一定要来哦！"手机里传出见华欢快的笑声。

挂线后，溪望便轻声叹息："年轻真好，没多少烦恼。"

杨露突然现身香港，肯定不会是来跟溪望打招呼那么简单。她被内地公安通缉，要来香港只有两个方法，一是偷渡，二是给自己弄个新身份。她刚才说自己的身份比见华还干净，显然是选择了后者。

买个非洲小国的国籍，几万块就交易，进出香港往往比拿通行证更方便。某些小国甚至完全不理会申请人的过去，纵使申请人之前犯案累累，拿到新国籍后就能摇身一变，成为一个守法公民。要将这种人逮捕归案，除了需要国际刑警协助，还涉及各国之间的引渡条约。而内地因仍存在死刑，所以互签引渡条约的国家，至今只有31个，当中有不少是在世界地图上找不到的小国。

若杨露当真取得他国国籍，那么要将她押返内地可不是一件容易的事。虽然香港跟内地有引渡条例，但香港讲求法治精神，只要肯花钱打官司，要赖上十年八年也不是件难事。

“她来香港到底想干什么呢？如果只为逃避刑责，没跟内地签署引渡条约的台湾不是更好的选择吗？”溪望眉心打结，怎样也理不出头绪，只好暂且将此事放下。

是夜，榴莲独自坐在客厅里发呆，自从见华跟随星夜离开后，他的活动范围基本上就只限于这间房子，原因是他兜里没有港币。虽然他带来了银行卡，但在天水围这种城郊地区，能让他刷卡的地方并不多，大多店铺只能以现金交易。他有想过去提款，可是一来手续费高，二来他想坚持自己的原则——这次来香港一毛钱也不花。

之前安琪经常会买啤酒和零食回来，他喝着啤酒看球赛，时间还挺容易打发。可是对方今天的心情似乎不太好，一回来就说很累，饭也没吃就回房间休息。

她少吃一顿还能当作减肥，但这样榴莲就找不到人蹭饭了，这才是大问题。所以，当看见溪望提着两袋东西回来，榴莲就立刻扑上前把他抓住，哭喊道：“你终于回来了，我快饿死了。”

“你放心，有我在，不会让你挨饿。”溪望扬了扬手中的两袋材料，笑道：“生炒腊味饭如何？”

“最好再来一锅鱼蓉玉米羹。”榴莲口水都快流出来了，“要是还有蒜子鸡煲就更好。”

“等我一会儿，马上就好。”溪望提着材料走向厨房，突然又回头问道，“龙哥已经睡了？”

榴莲答道：“她说不想吃饭，一回来就钻进房间里，到现在也没有出来。”

“那只能用老办法引她出来了。”溪望露出狡黠的笑容。

第十六章　投案自首

溪望跟榴莲蹲在安琪房间门前，一人捧着一碟刚炒好的腊味糯米饭，另一个则用扇子，透过门缝将饭香扇进房间里。没过多久，安琪便猛然打开房门，冲两人骂道：“你们无不无聊呀！”说罢夺走溪望手中的糯米饭，捧到餐桌上自顾自地吃起来。

“你别一个人都吃光，我们还没吃呢！”榴莲立刻飞奔过去，跟妹妹争夺餐桌上的饭菜。

如饥民暴动般过了十来分钟，餐桌上的三菜一汤已经被兄妹俩吃个干净。溪望好不容易才抢到些残羹剩饭，虽然这顿饭是他做的。

“水准还不错，就跟小时候一样，可以做我的佣人了。”安琪吃饱后，心情似乎比之前好多了，跷着腿用牙签剔牙。

“我现在的厨艺比小时候好很多好不好。”溪望没好气地收拾碗筷。待他将碗筷洗干净，从厨房出来时，安琪已经恢复原状，正跟榴莲在电视机前席地而坐，一起玩格斗游戏。

此时战况已经进入最紧张的阶段，榴莲略占上风，正用夸张的幅度扭动身体，使劲地按控制板发动连击。安琪一时大意被连击打中，眼见就要被打败，情急之下她竟然一脚把对方踹倒，这才险胜一场。

“操，打不过就出飞毛腿，一点儿体育精神也没有。”榴莲气愤地爬起来往门外走，“不玩了，老子到楼下抽烟去。”他走后，溪望便代替他的位置，跟安琪一起玩游戏。

溪望玩游戏的技术一般，很容易就被打败，安琪连胜三盘后，得意扬扬地朝他高举胜利手势，嘲笑道：“你这么弱，做我的陪练也不配。”

“玩游戏不是我的强项呢。”溪望毫不在意，顿了顿又道，“查案才是我的专长，想知道我在杨导家里发现什么吗？”

“没兴趣。”安琪转过头盯着电视机，继续玩游戏。

“真的不想知道？有重大发现哦！”见对方没什么反应，溪望便自言自语道，

“我在杨导家里发现一件放在水晶棺材里的人形骨雕，或许钟医生说的都是事实，这件骨雕很可能是用安仔的肋骨制成。”

安琪装作没听见，视线并没从电视机上移开。但她显然心不在焉，接连失误让溪望有反击的机会。

“我刚才去过总部，罗杰说还没有三宝的消息。”溪望继续自言自语，“当年参与拍摄广告的人，包括杨导在内一共有八个，现在除了你跟志庆之外，其余六人均已出事。志庆身处内地或许还能置身事外，但你至今仍丝毫无损，实在让人想不通……”

“你很想我出事吗？”安琪突然将控制板用力地扔到地上，站起来瞪着对方。

“你知道我不是这意思。”溪望抬头与她对视，脸上毫无怯色，淡然问道，“你是不是有事没跟我说？”

安琪露出不自然的神色，迟疑片刻，遂冷哼一声，甩头返回房间，重重地将门关上。微细的锁门声响起，仿佛在向溪望宣告，他今晚得睡客厅的沙发。

溪望无奈地耸耸肩，这个结果在他意料之中，他只是想给对方一个机会向自己坦白。安琪总认为有人在背后策划所有事件，但最有可能是幕后主谋的潘潘，却已被证实在三年前自杀身亡。

撇开身处内地的志庆，剩下的怀疑对象就只有三宝，但三宝怎么看也不像有操控大局的能力。不管怎样，三宝也是本案的关键人物，只要能找到他，那么要查明真相就容易多了。

然而，这并非溪望当前所顾虑的问题。他正在想，安琪为何如此肯定有人在幕后策划这一系列事件？她很可能对自己隐瞒了某些事情。

拍档之间不能互相信任，是最令人头疼的事情。之前跟映柳拍档时，溪望虽然自始至终也没信任过她，因为她只是厅长派来监视自己的监工，所以溪望并没有在意，但安琪跟她不一样。

安琪自小跟溪望青梅竹马，两人既是拍档又是情侣，溪望不可能像对映柳那样，完全不在意对方。

“唉，还是跟阿慕拍档好，至少不用担心他会背叛我。”溪望轻声叹息，随即又补充一句，“虽然他有时候比较笨，遇到危险也只会逃跑。”

翌日早上，溪望跟随安琪到新界北总部，得知仍没找到三宝，他便跟罗杰说：“有尝试联系志庆吗？他应该已经从内地回来了。三宝在香港的亲友不多，或许会联系他。”

罗杰耸肩道："有给他打电话，但到昨晚为此，他的手机一直都转到留言信箱，所以没能联系上他。"

"这就奇怪了，他是做保险的，怎么可能总是不接电话呢？"溪望眉头紧皱，向罗杰要来号码，准备亲自致电志庆。

"鉴证科的化验报告送来了。"美雪拿着一叠文件走过来。

溪望放下电话，先查阅报告。

鉴证科分别对从杨导家中找到皮肉组织，及从俞璐阴道中收集到动物油脂进行化验。前者被证实为女性阴道表皮组织，而后者则证实为人类油脂。

一个可怕的念头，在溪望脑海中闪现——尸油！

"我知道志庆为什么不接电话了。"他在众人不明就里的目光中，道出自己的推断，"强奸俞璐的人并非三宝，而是杨导！至于袭击杨导的凶徒，很可能是志庆。"

在骨雕上发现的阴道表皮组织，应该是杨导用骨雕侵犯俞璐时留下。因为骨雕长期浸泡在尸油当中，所以俞璐的阴道里亦沾有残留的尸油。综合以上两点，足可肯定杨导就是侵犯俞璐的凶徒。若要确实的证据，只要对表皮组织进行基因比对，验证是否属于俞璐即可。

至今仍不知所终的三宝，虽有可能是袭击杨导的凶徒，但这个假设显然欠缺理据。三宝正处于潜逃状态，必定手头拮据，他若袭击杨导，应该会顺势掠夺对方的财物，但案发现场却没有发现搜掠的痕迹。

按时间推断，志庆应该是昨天才回来香港，而杨导又是昨天遇袭，在时间上他有作案的可能。他很可能知道了真相，因而丧失理智找杨导报仇，连捅对方十数刀后逃走。他于事后冷静下来，知道自己闯下弥天大罪，必定会躲藏起来，甚至远走高飞。

听完溪望的推理，罗杰便问道："要不要发通缉令？晚了，怕他已经出境。"

"先等一下。"溪望皱眉思索，并喃喃自语，"他是怎样发现真相呢？"

苦思无果，他便拨打志庆的手机，打算给对方最后一次机会。若仍没能接通，才向对方发出通缉令。然而，电话拔出后，并没有像预期中那样转驳到留言信箱，而是很快就有人接听，并传来志庆的声音。

溪望表明身份后，志庆便叹息道："我知道你们早晚会找上我，我已经准备好到警署自首。"

"新界北警察总部的地址，你应该知道吧？"溪望淡然道，"我就在这里等你，希望你别让我等太久。”

挂掉电话后，溪望于脑海中重新梳理案情。这宗案子似乎比他想象中更为复杂，当年参拍广告的人都牵涉其中，似有一只无形的黑手将他们推往地狱深渊。

溪望现在最担心的是安琪，虽然她至今仍安然无恙，但根据罗杰的调查结果，幕后主谋早已向她伸手。问题是她能否及早觉悟，以避免堕入对方的陷阱。

因为安琪不想再牵涉到此事当中，所以志庆到达后，溪望便让罗杰及美雪帮忙，给他录取口供。溪望则在监控室里，通过闭路电视观看三人于会面室内的情况。

“是我用刀戳的那个姓杨的贱人……”志庆自首的原由跟溪望意料中一样，但他随后道出的内情却让人感到惊讶——

其实我之前一直都很自卑，总觉得别人看不起自己。

我的学历没阿炯跟墨婷高，也不像三宝跟夜七那么能说会道。虽然我们在香港都没几个亲友，所以才住在一起，而且都是刚出来社会的年轻人，但我总是觉得自己低人一等，老觉得他们看不起我。

三宝跟夜七还好，他们收入一般，夜七还经常连饭钱也没有。跟他们在一起，我感觉还好一些。但阿炯跟墨婷就不一样，他们收入高，平时在我面前说的大多都是些跟钱有关的话题，尤其是墨婷，老是有意无意地提起一些高消费品，仿佛在嘲笑我买不起这些东西。所以，我很讨厌他们。

其实，我也不喜欢三宝跟夜七。夜七跟我们合租以来，至少有一半时间拿不出房租，还经常厚着脸皮跟我们蹭饭。三宝也好不了多少，终日沉迷赌博，老是幻想一夜暴富，每个月的工资大多都贡献给马会，也是经常拿不出房租。

阿炯跟墨婷受不了他们，就打算以买房为名搬走。他们这一走，房租就等于落在我一个人头上。其实我也想搬，但我在香港没几个亲友，如果搬出去就只能住旧房，环境差不说，一个人独居也很寂寞。

就在这时候，我突然接到俞璐打来的电话。原来她已经回香港一段时间，只是不想跟三宝见面，才没联系我们。在她的鼓励下，我转做保险员，不但收入增加，跟她的感情也越来越好。

阿炯跟墨婷搬走后，就跟我料想中那样，房租几乎全落在我头上，三宝跟夜七总是拿不出钱来交租。虽然我的收入比以前高，但也不可能养他们一辈子，而且我跟俞璐的关系进展迅速，就打算搬过去跟她一起住。

可是，当我告诉三宝跟夜七，我打算搬走的时候，他们竟然缠着我，不让我搬走。说我走后，他们要是交不起房租，就得睡天桥底。他们这一说，我就火起了，当场跟他们翻脸，对他们大骂：“凭什么要我养你们一辈子！”

我本打算回房间收拾行李立刻搬走，跟他们断绝来往，以后再也不管他们的死活。但是，夜七竟然威胁我，说我要是不管他们，就将我们之前偷窥墨婷洗澡的事说出来。

他说我要搬走也可以，但走之前得帮他弄一笔钱。他知道阿炯跟我买了一份保险，要我替他想办法骗取赔偿金。虽然偷窥也没什么大不了，但终究是件不光彩的事，让别人知道对我名声也有影响，所以我就答应了。

我听墨婷说，阿炯患上了感冒，但他实在太忙，连看医生的时间也没有。想到阿炯为带客户看房子，经常要开车，我就跟夜七说可以从这方面入手。

我叫夜七想办法，让阿炯服下会产生强烈睡意的感冒药，这样他肯定会出交通意外，赔偿金自然就手到拿来。问题只是怎样才能让阿炯将药服下，而又不会引起别人怀疑。

夜七说可以找墨婷帮忙，他还告诉我，其实他一直跟墨婷保持暧昧关系。要是这次能把阿炯干掉，他跟墨婷就可以光明正大地在一起。

之后，我就去忙自己的工作，没再理会他们的事情。反正我对他们都没有好感，谁死谁活也与我无关，我只想尽快摆脱他们。

夜七跟墨婷比我想象中要怕死多了，他们两个都不敢亲自去买感冒药，而是使计让三宝代买。不管过程如何，最终他们成功地让阿炯在车祸中丧命，只要办好相关的手续，赔偿金早晚会送到他们手上。

在四天前的深夜，我当时还在大陆出差，三宝给我打电话，说在夜七的房间里发现他跟墨婷做爱的视频，怀疑阿炯的死跟他们有关。

我当时想，夜七既然今天能要挟我，说不定哪天还会再找我麻烦。于是，我就告诉三宝，夜七曾问过我保险的事，说他有个朋友想买阿炯那种保险，还问我要怎样才能拿到赔偿金。我说在交通意外中死亡，通常能拿到全额赔偿金。

三宝一听就火起了，说夜七肯定是跟墨婷串谋害死阿炯。阿炯的死能给墨婷带来一笔巨额赔偿金，也难保她不会财迷心窍。

之后的事情，我想你们应该很清楚。三宝找到了夜七，把对方杀死为阿炯报仇。之后，他又拿着夜七的手机去找墨婷，要挟对方把赔偿金分他一半。

墨婷知道夜七已经死了，就算三宝揭发他们的勾当，她也可以将所有罪名推给夜七，当然不肯将已到嘴边的肥肉吐一半出来。三宝一时气不过来，就骂她是恶毒的淫妇，将她强奸后活活掐死……

第十七章　幕后指使

“你为何对三宝的行动如此了解？”身处监控室的溪望，通过罗杰向志庆发问。

志庆沉默片刻后答道：“其实他一直有跟我联系，他身边已没多少朋友，唯一能信任的人就只剩我一个。”

“可惜他信错人了。”美雪嘲笑道。

“虽然阿炯他们三个死了，但都不关我事。我没有叫夜七害死阿炯，我只是告诉他，如果阿炯吃药后出意外，墨婷可以得到赔偿金。”志庆摆出一副事不关已的态度，“我也没有叫三宝杀人，只是将真相告诉他而已。”

“你不杀伯仁，伯仁却因你而死，说到底责任还是在你身上。”罗杰冷漠道，“就算你能逃得过法律的制裁，也逃不过良心的谴责。”

“他这种人还有良心吗？”美雪冷嘲热讽道，转头对志庆说，“戴炯等三人的死不关你事，但杨绍海被你亲手捅了十多刀，这个你不会否认吧？”

志庆默默点头，继续讲述事情的经过——

前天，我接到王姗的电话，说小璐出事了，我就连夜赶回来。当看见她遍体的伤痕，我恨不得立刻就将那个伤害她的人渣剁成肉酱。所以，当她告诉我，强奸她的人是三宝时，我就想立刻去找三宝算账。

可是我仔细一想，又觉得不对劲。三宝这几天一直有跟我联系，我甚至知道他藏身在哪家旅馆。他杀了夜七和墨婷后，我已一再叮嘱他别再惹事，先躲藏起来避避风声，然后再想办法逃到大陆去。他怎么可能在这个时候，还跑去强奸小璐呢？

我把自己想法告诉小璐，可她仍一口咬定强奸她的人就是三宝，还说我不相信她，将我赶出病房。

随后，我本想去找三宝，确认强奸小璐的人渣是否就是他，但却在途中接了一个匿名电话。对方的声音经过处理，听不出性别及年龄，但这并非重点。重要的是这个匿名者告诉我，强奸小璐的人是杨绍海。

匿名者说姓杨的深信养鬼仔之说，已到了近乎着魔的程度，认为自己近二十年来之所以事事顺利，全是鬼仔给他带来好运。而他所养的鬼仔，就是二十年前未能参与拍摄九铁广告的安仔。

阿炯出事后，姓杨的就开始怀疑，自己养了二十年的鬼仔已经长大，不再听命于他，并失控地向当年参与广告拍摄的人展开报复。随着夜七、墨婷相继出事，他就更担心自己会遭到鬼仔报复。

他以为只有跟鬼仔站在同一阵线，才能令自己幸免于难。于是，他尾随小璐回家，在家门前将她打晕，并拖进房子里施暴。他在施暴的过程中，极尽所能地磨折小璐，希望以此表明自己跟鬼仔的立场一致。他甚至将鬼仔的真身——用安仔肋骨制成的人形骨雕，塞进小璐体内，以表示跟鬼仔共同进退、有福同享。

听完这个电话后，我气不打一处来，随便冲进一间超市买了把菜刀，准备把姓杨的捅死。我之前曾跟夜七一起去找过这姓杨的，所以知道他的住址。

我去到他家门前，说有关于安仔的事要告诉他，骗他给我开门，然后就一刀捅过去。一连捅了他十多刀，看见血不断地从他身上流出来，流到满地都是。我意识到会闹出人命，这才开始感到惊慌，立刻扔下菜刀跑回家。

回家后，我心里很乱，就给小璐打了个电话，将这件事告诉她。本以为她会骂我做事太冲动，没想到她听完后，竟然莫名其妙地说："我们都被那个人利用了。"说完，她就挂线了。我再给她打电话，她不但没接，还将电话转到留言信箱。

她大概不想跟我这个杀人犯再有任何瓜葛吧！

虽然心里十分难受，但我能理解她的想法。我在家里想了一整晚，觉得有必要为自己做过的事负责任，就打算前来自首……

"这个幕后主谋到底是谁呢？"溪望为这个问题而愁眉不展。

罗杰在志庆的手机里，找到匿名者的电话号码，经调查后证实是无记名的储值卡，仅拨打过一次电话，拨出地点是尖沙咀。除此之外，就没查到其他的信息。

另外，志庆还供出三宝藏身的旅馆，但溪望跟罗杰前往该旅馆却发现，三宝在昨天清晨接了个电话之后，就匆忙退房离开。而志庆回香港后就没再跟三宝联系，所以并不知道对方的下落。

是夜，饭后安琪仍在生溪望的气，对他不理不睬，又与榴莲坐在电视机前玩游戏。溪望独自呆坐在沙发上，于脑海中将案情进行一番梳理，希望能够推断出幕后主谋的身份。

当年参与拍摄广告的七人以及导演杨绍海，除安琪至今仍安然无恙外，其余七人均遭遇不同程度的厄运。戴炯、夜七及墨婷死于非命；俞璐惨遭强暴；杨导重伤昏迷，生死未卜；三宝及志庆触犯刑法，入狱也是早晚的事，三宝更可能要在监狱终老。

如果说此事与当年的广告无关，恐怕也没有人会相信。但最有可能策划这一系列事件的潘潘，却于三年前已自杀身亡。

“还有谁会对当年的广告如此在意呢？”溪望于心中暗道，脑海中突然闪过一个名字——钟雪莉。

然而，他马上又否定了这个假设。作为一名心理医生，钟医生必定十分理性，就算同情潘潘的遭遇，也不至于会为对方开展如此疯狂的复仇计划。毕竟在这件事上，她没能得到任何好处。若套用无相法则第三条，对潘潘的同情亦不至于会让她丧失理智。

“到底是谁呢？”溪望的目光落在安琪身上，于心中暗道，“你要是肯对我说真话，或许事情就好办多了。”

门外突然响起激烈的拍门声，来人仿佛想把门给拆掉。溪望坐的位置靠近大门，本想起身开门一看究竟。但刚打输一盘的安琪，恼羞成怒的跳起来，怒吼道：“拍你妈啊！竟然害我输掉，按一下门铃会死吗？”说罢便怒气冲冲地去开门。

刚把内门打开，她的凌人气势便立刻消失，隔着防盗门呆望着外面那个头发染成紫色，举止轻佻的年轻人，已到喉咙的怒吼，出口却小得几乎让人听不见，语气亦变得婉转怯弱：“你就不能按一下门铃吗？这样拍门会让邻居投诉的。”

“安琪姐，我还怕没人投诉你呢！”年轻人动作夸张地甩了一下额前的刘海，嬉皮笑脸道，“你看见我大概也知道是怎么回事了，不过作为一名负责任的财仔，我还是必须提醒你，你这个月的数还没填呢！”

“嗯，我知道，我只是这两天比较忙，没时间去银行。”安琪唯唯诺诺道，“你放心，明天一早我就去转账。”

“安琪姐，不是我不相信你。”财仔佯装为难道，“按公司的规矩，要是明天还没到账，我就得去差馆提醒你。你也知道干我们这一行，最不想去的地方就是差馆。安琪姐你就当做善事，赶紧把这个月的数填上，别让我难做。”

“行行行，我明天一定会把数填上。”安琪敷衍一句便将门关上。然而，财仔却于门外高声叫道："安琪姐，千万别忘记哦，要不然明天投诉你的可不是邻居。"

安琪通过猫眼确认财仔已经离开，才松了一口气，回头发现榴莲跟溪望都盯着她，当即愣了一下，遂讪笑道："冰柜里好像有布丁，我拿出来给你们吃。"说罢便想逃往厨房。

"给我站住！"榴莲冲她放声怒吼，扑上前像抓小鸡似的，揪住她的衣领，把她扔到溪望身旁，怒目圆睁骂道，"你这个败家女，这次又借了大耳窿多少钱？"

安琪怯弱地举三根手指，用蚊子般的声音说："30万。"

"我操！30万，比上次还要多！"榴莲怒极反笑，"我该说你败家的本领有长进，还是说你的胆子越来越大呢？"

"是通胀太厉害了。"

"还敢顶嘴！"榴莲猛然举起右手，准备狠狠地给她一巴掌。

溪望连忙站起拦住榴莲，劝说道："这样也解决不了问题。"

榴莲怒哼一声，翘起双手背向他们坐在地上，怒斥道："这是她的问题，跟我一点关系也没有，叫她自己想办法解决。她去卖血也好，卖肉也罢，我绝不会多看她一眼。"

"哥，我明天再不给财仔还钱，他们真的会去警署找我呢！要是让上司知道我跟他们借钱，说不定会让我丢工作。"安琪苦苦哀求，"哥，你就再帮我一次嘛！"

"帮个屁！上次你是怎么答应我的？"榴莲转头骂道，"你当时对着天发誓，要是再向大耳窿借钱，就算去跳楼也不会求我替你还债。现在你怎么还不去跳楼？"

"哥，难道你就忍心眼睁睁地看着我去跳楼吗？"

榴莲怒吼道："你怕我不忍心，可以去跳海啊！"

"闹够了！"溪望突然抬脚把榴莲踹翻，严肃道，"要是明婶知道你叫龙哥去跳海，她不把你剥皮拆骨才怪。"

榴莲虽然没有反驳，但仍气在心头，爬起来继续背向他们坐在地上，赌气道："反正我一毛钱也没有，要不就把这房子卖掉，我们一人分一半，应该够你再败家几年。"

安琪楚楚可怜地说："哥，你要是把这房子卖掉，我就得睡天桥底了。"

"哼，这也是你自找的。"榴莲翘手闭目，摆出一副不管妹妹的死活的姿态。

溪望无奈摇头，走到他身旁，搭着他的肩头坐下，说：“30万，一人一半，你我各出15万。”

“不行，我一毛也不出。”榴莲将头扭过另一边。

“她好歹也是你妹妹。”

“四六，我出12万。”

溪望严肃道：“别再闹了好不好！”

榴莲猛然将他的手推开，站起来转身对安琪大吼：“把电话拿过来。”安琪立刻诚惶诚恐地将手机递上。

“我那份你先垫着，回内地还你。”溪望也站起来，返回安琪身旁坐下。

“利息按市价算。”榴莲虽仍怒气未消，但还是致电花泽，吩咐对方往自己的账户调动资金。

“你怎么会有这么多钱？”安琪小声地向溪望问道。

溪望苦笑道：“这可是我给丫头准备的嫁妆。”

安琪缩成一团，不敢再说话。

待榴莲打完电话后，溪望便对安琪说：“好了，现在你的问题已经解决，该跟我们说真话了。”

“什么真话？”安琪茫然答道，“我没炒股票，也没过海搏杀。只是一不开心就去刷卡，所以才要跟财仔借钱。”

“我说的不是这个。”溪望轻摇食指，“罗杰查过你的账户，发现最近突然多了30万，可是你却没动过这笔钱。我跟榴莲各花了15万，你是不是该向我们坦白，这笔钱到底是怎么回事？”

“罗杰竟然敢在我身后做小动作！”安琪怒不可遏地跳起来，摆出一副张牙舞爪的姿态，若罗杰就在她面前，肯定会被她生吞活剥。

溪望把她拉回沙发上坐下，严肃道：“是我让他去查的，如果是你上司让他去查，你可没现在这么轻松。”

“你到底干了什么好事？”榴莲亦怒目瞪着她。

安琪低下头，缩成一团，沉默片刻才开口：“有人想贿赂我。”

“你没将此事上报？”溪望问道，安琪点了下头，他又道，“既没上报，又没动这笔钱，是仍在犹豫要不要接受对方的贿赂吧？”

“我心里很乱，虽然知道不能动这笔钱，但又怕财仔会闹到警署。”安琪苦恼道，“如果你们不帮我，我明天就会拿这笔钱还债。”

“这笔钱是谁给你的，对方要求你做什么？”溪望直问重点。

安琪答道：“是匿名者，他要我替他偷一件证物。”

第十八章　鸟尽弓藏

“匿名者？”榴莲骂道，“不知道对方的身份就直说，用得着这么文艺吗？”

“我的意思是对方与打电话给志庆的神秘人很可能是同一人。”安琪解释道，“对方的声音经过处理，无法分辨性别、年龄。”她虽然嘴里说不再理会相关案件，但仍偷偷看过志庆的口供，知道匿名者给志庆打电话一事。

溪望将相关要点告诉榴莲，他便不再多嘴，示意安琪继续把事情说清楚。安琪继续说：“匿名者给我打电话，说他想要回一个证物，只要我帮他拿出来，他就会给我一份丰厚的谢礼。然后，我就发现账户里多了30万。”

“他要你偷什么？”溪望问道。

“不知道，他没说。”安琪摇头答道，“他说还未到要我动手的时候，不过他叫我放心，那件证物不值钱，亦不是枪支弹药等危险品，就算丢了也不会出大问题。”

“这明显是个陷阱，当年参与拍摄广告的人都先后出事，我还奇怪你怎么至今仍安然无恙，原来对方早已对你出手。”溪望分析道，“不管你有没有窃取证物，只要你动用这笔钱，就已掉入对方的陷阱。”

“那我该怎么办？”安琪方寸大乱。

溪望笑道：“还能怎么办，当然是立刻给你的上司打电话，为这30万备案了。难道你还想把这笔钱花掉？”

“哦。”安琪应诺一声，立刻致电蔡警司，向对方上报此事。挂线后，她才松了口气：“蔡Sir说他会处理，只要我别动这笔钱，就不会有问题。”

“现在我们该弄清楚这个匿名者到底是什么人。”溪望向安琪问道，“你是什么时候接到匿名者的电话？”

“就在我们遇到杨导演的前一天。”安琪回忆道，“匿名者还暗示我别插手戴炯的案子，他说我有个老朋友要报复当年参拍九铁广告的所有人，只有帮他盗窃证物，我才能逃过此劫。”

她又道：“当时已快到财仔的还款期，我还想是不是上天可怜我，给我这笔钱救急呢！可是，当我冷静下来，又觉得自己不该动这笔钱，要不然这辈子也翻不了身。”

“你是想有我们这两个冤大头在身边，根本不用为钱烦恼吧！”榴莲不屑道。

“我哪儿有这么想。”安琪反驳的声音几乎细不可闻，遂扯开话题，说，“虽然我还犹豫要不要用这笔钱，但当年参拍广告的人接连出事，我开始相信匿名者的警告，尽量避免介入他们的案子。”

“30万，不多不少，刚好跟你的欠债数额一样。”溪望皱眉思索，遂向安琪问道，“财仔应该不会随意透露客户信息吧？”

“当然不会了，上次你不也打电话去问过吗？如果他们随便泄露债仔资料，就算私隐专员公署不找他们麻烦，也没人再敢跟他们借钱。”安琪顿了顿又补充道，“债仔要是不还钱，那就另当别论。为了讨债，他们没什么是做不出来的。像刚才那样，到债仔的住所、公司，‘提醒’对方还钱，其实就是变相公开债仔的隐私。”

“但财仔也没将你借款的数额说出来。”溪望继续分析，“我跟榴莲算是你最亲近的人，但也不知道你跟财仔借了30万。匿名者为何会恰好给你30万，而且还是在还款期将近的时候给你？”

他思索片刻，遂向安琪问道：“你最近有没有向别人提及自己跟财仔借钱？”

“跟财仔借钱又不是很光荣的事，谁会到处告诉别人呀！”安琪不住摇头，“我连你们也没说，更何况是外人。”

对方在五天前才跟安琪联系，应该是最近才知道她的财务状况。而溪望自到香港后，除了这两天跟她闹别扭外，其余时间都跟她黏在一起。她去过哪里，见过什么人，溪望基本上都知道，印象中未曾有人试探她的财务状况。

溪望想了好一会儿，也没理出头绪，便随口向安琪问道：“昨天我回去总部时，罗杰说整个下午也没见你，你到哪里去了？”

“我逛街去了……”安琪支吾了好一会儿，终于在溪望责备的目光道出事实，“我找钟医生复诊。”

“复诊？”榴莲睁大双眼盯着她，惊慌地问道，“你得什么病了？癌症还是艾滋？还能活多久？”

“你就这么想我死吗？”安琪一脸可怜巴巴的表情，转头对溪望说，“上次你在星光大道跟老吴先生钓鱼，我觉得无聊就在附近逛街，其间竟然碰到钟医生。她说跟我这么有缘，就送我一个催眠减压疗程，当即就把我带回诊所去，给我做了一次催眠减压。”

“催眠……”溪望眉头紧皱，回想起阿慕的前女友，曾利用催眠术使阿慕爱上她，不禁哆嗦一下，责怪道，“你怎么可以随便让别人催眠你呢！”

安琪怯弱答道：“反正又不用花钱……”

“天底下从来没有免费午餐。”榴莲亦骂道，“但凡有好处主动送上门，必须留意三分。连这个也不懂，你早晚会被卖掉。”

溪望亦点头认同，说：“我们离开诊所时，钟医生还在上班，怎么可能回头就跟你在街上碰见？你就没想过，她是故意跟着你吗？”

“我还真没想过呢。”安琪摇头道，“当时我听见她说免费，想也没想就跟她走了。”

“是心理暗示，她发现了你的性格弱点。”溪望叹息一声，又道，“之后情况怎样？”

“我跟她回诊所后，她就让我躺在躺椅上放松心情，然后让我想象自己躺在一个很舒适的沙滩上……”安琪仔细地回想当时的情况，但却什么也记不起来，皱眉道，“然后我好像睡着了，没过多久就醒过来，感觉要比之前轻松了不少。”

溪望说：“或许你就是这时候告诉她，自己欠财仔30万。”

“我也不清楚自己有没有说，只知道醒过来感觉很轻松。”安琪说，“昨天我心情不好，又有空闲时间，就打算过去再做一次。但我之前没打电话去预约，到步后才知道钟医生休息，所以白走一趟。”

溪望思索片刻，说：“这个女人很可疑，查一下你账户里那30万的来源，如果能证实这笔钱跟她有关，那么她很可能就是这一连串事件的幕后主谋。”

“可是，她为什么要害我们？”安琪茫然问道，“我不知道戴炯他们跟她有没有关系，但我之前并不认识她，她没理由会害我。”

“老实说，我也想不通这个问题。”溪望眉心紧锁，“如果只是因为同情潘潘的遭遇，要为她报仇，那么对象应该只有杨导一个。但匿名者的计划，显然是针对当年参与广告拍摄的所有人。钟医生如果没有疯掉，应该不会如此是非不分。”

“想这么多干吗，查出这30万是谁汇过来的，不就知道是谁做的好事。”榴莲对查案不感兴趣，要不是安琪牵涉其中，他也不会呆坐一整晚听两人谈论案情，“早点睡觉，明天再去把那王八蛋揪出来吧！”说罢，他便爬起来回房间睡觉。

“我们也睡吧！”安琪羞怯道。

次日，溪望跟安琪来到新界北总部，让罗杰帮忙追查那30万的来源。随后，他们准备到医院了解杨导的情况，但美雪却匆忙跑过来叫住他们，并道出一个令人惊愕的消息——三宝死了！

根据西九龙传来的信息，今天早上一名旅馆的清洁工人，在进入房间清洁时发现住客死亡，随即报警求助。警员到场后，证实死者为正被通缉的杨三宝，经法医初步检验，死因极有可能是中毒。

据旅馆东主称，死者为前天早上入住，当时一次性交付两天租金，其后一直没有离开房间。警员调出旅馆这两天的闭路电视，发现前天上午曾有一名女子进入死者房间，之后直到清洁工人发现死者之前，该房间再无任何人员进出。

美雪说西九龙还发来了闭路电视的拷贝，并调出给两人观看。通过闭路电视，虽然能看见一名女子进入三宝的房间，但该女子戴着帽子、墨镜及面罩，几乎掩盖了所有面部特征，明显是有备而来。单凭这并不清晰的画面，根本无法辨别对方的相貌。

纵使无法看见嫌犯的相貌，但溪望反复观看录像后，仍发现了一条重要的线索。他指着画面中疑犯的手背，说：“你们看见没有？她手背上有一道伤痕。”安琪跟美雪盯住屏幕仔细地观看，发现疑犯手背的确有一道明显的伤痕，以颜色判断应该是新伤。

“这似乎对寻找嫌犯没多大帮助。”美雪皱眉道，“人海茫茫，我们要去哪里找这个手背有伤的疑犯？”

溪望笑道：“没有目标当然不好找了，但是如果知道嫌犯的身份，那找起来就容易得多了。”

安琪愣了一下，遂惊讶叫道：“你怀疑凶手是俞璐？”

“嗯，她一再声称自己被三宝强奸，有足够的行凶动机。”溪望点头道，“而且，虽然她受了伤，但仍未至于下不了床，要溜出医院毒杀三宝并不难。”

“可是志庆不是已经告诉她，强奸她的人是杨导演吗？”安琪质疑道。

“你留意一下时间吧！”溪望答道，“志庆给她打电话的时候，已经是她离开旅馆之后了。”

“我们马上去医院拘捕她。”安琪抓住溪望的手就往外跑。

“先别急，她现在大概不会在医院。”溪望将她拉回来，又道，“她受过高等教育，毒杀三宝只是一时冲动，冷静下来便会想到自己将面临法律制裁。她曾在国外念书，为逃避法律制裁很可能潜逃海外。”

“我马上联系机场。”美雪立刻致电机场查询，查得俞璐的确订了今天的机票。幸好飞机还没起飞，她便通知驻守机场的同僚将俞璐拦下来，带返警署接受调查。

就在等待同僚将俞璐押送回来时，罗杰已查到那30万的来源，这笔钱竟然是从俞璐名下的账户中汇出，这不由得让人怀疑她才是幕后主谋。

“难道她就是匿名者？”安琪讶然道。

“应该不是。”溪望摇头道，“匿名者连打个电话也对声音进行处理，不可能犯这种低级错误。”

罗杰附和道：“这个俞璐可能只是个替死鬼。”

“直接问她本人不就知道了。”美雪查看时间后又道，“差不多是时候迎接贵宾了。”

置身于会面室中的俞璐，装束跟旅馆闭路电视中的疑犯近似，她摘下墨镜与面罩，露出瘀青的脸颊，镇定自若地对安琪说：“在医院的时候，要问的你们都问过了，还要我过来干吗？”

“这次请你过来，并非为你遭到强奸的案件。”安琪冷漠道，“或许，我该先告诉你一个消息，杨三宝被发现伏尸于旅馆的房间里，根据这张旅馆闭路电视的截图，警方怀疑凶手是一名身高及体形跟你差不多的女性。”她将截图扔到对方面前。

“你们不会单凭一张截图就怀疑我吧？”俞璐仍脸色不改，理直气壮道，“前天我还躺在医院病房里，怎么可能跑到旅馆去。”

“我们既没说这张截图是什么时候拍到，也没说杨三宝的尸体什么时候被发现。”美雪冷笑道。

“这……”俞璐一时语塞。

“鉴证的结果很快就出来，你有没有去过旅馆，马上就有答案。截图中的女人没戴手套，至少会在门把上留下指纹。”安琪劝说道，“我们总算相识一场，作为朋友我建议你最好向警方坦白。你应该知道不诚实作供，会影响法官对你的判决。”

俞璐沉默良久，突然放声大笑：“哈哈哈，飞鸟尽，良弓藏；狡兔死，走狗烹。这就是弃子的下场，从一开始我就是他的棋子，他把我利用完了，就将我送进监狱。”

“他是谁？”安琪问道。

“我不知道，我没见过他。”俞璐苦笑摇头，泪水从眼角涌现，“这两年，我一直被他玩弄于股掌之间，但别说他的长相，我就连他的名字也不知道。”

“是匿名者？”安琪道出自己及志庆均接到匿名电话一事。

“原来被他操控的人还不止我一个。”俞璐的泪如泉涌，不住地落下，“为什么？我已经按照他的吩咐，几乎牺牲了一切，甚至出卖自己的感情，为什么他仍不肯放过我？”

“出卖感情？”安琪愕然道，“难道你跟志庆一起，也是匿名者的意思？”

“陈志庆算什么？”俞璐哭喊道，“他只不过是个超市推销员，他有什么能让我看得上眼？”

“那是什么让你对匿名者言听计从？”安琪问道。

俞璐沉默片刻，又道：“他手上有我的把柄。”

第十九章　扯线傀儡

“他诱导我掉进他的圈套，然后要挟我，迫使我听从他的命令……”俞璐开始讲述自己受匿名者操控的经过——

两年前，我刚回来香港发展的时候，雄心壮志地想创一番事业，利用自己敏锐的金融直觉，替客户赚了不少钱。虽然相比之下，我得到的佣金少得可怜，但我仍感到十分满足。因为我能用自己专长，大展宏图。

就在事业开始步入轨道时，我突然接到一个神秘电话。对方的声音经过处理，无法分辨性别、年龄，对方亦不肯透露自己底细，只要求我将某只股票的股价抬高。

要做到这一点其实不难，只要利用两个账户互相买卖这只股票就行了。当然，这样做是违法的。若被发现，轻则会被停牌，重则可能要进监狱。

对方身份神秘，而且提出的要求又触犯法律，我当然不会答应。然而，作为回报，他却提出一个让我难以拒绝的条件——100万酬劳。为表示诚意，他还先给我的账户汇入20万。

尽管觉得他很可疑，但我一时财迷心窍，还是替他操控了股价。虽然他要求的涨幅不高，不容易引起别人怀疑，但我这样做已构成犯罪。其后，他没有如约给我支付剩下的酬劳，反而以此要挟我，迫我听从他的命令。

他继续让我进行违规操作，虽然他并未从中获取利益，但却让我一步又一步地落入他的陷阱，使他能够掌握我更多的犯罪证据。他若将这些证据交给警方，便会令我前途尽毁。我不想进监狱，就只能任由他操控。

当他掌握了足够让我在监狱里耗尽青春的罪证后，就没有再让我进行违规操作，而是命令我联系志庆。他要我做志庆的女朋友，但却不能让其他当年参与拍摄九铁广告的人知道。我不知道他有何目的，但我没有选择的余地，必定听从他命令。

我假装对志庆念念不忘，主动联系他，约他出来叙旧。为遵从神秘人……或者说是匿名者的意思，不让其他人知道我们来往，我就撒谎说不想跟三宝和夜七接触，说他们不长进，而且三宝曾追过我，我不想跟他纠缠。

其实，我根本不想跟他们中的任何一个人接触，包括志庆，但我不能违抗匿名者的命令。匿名者要我鼓励志庆转做保险员，还让我教唆他串通投保人骗取保险金，我全都一一照办。

任人摆布的感觉真的很可怕，虽然我知道做出反抗，必须付出沉重的代价，但我实在不想永远忍受这份恐惧。我不知道匿名者下一个电话，会不会要我去杀人，甚至让我自杀。

所以，在再次接到匿名者的电话时，我终于忍不住问他，到底要怎样才能放过我？如果要一直做他的傀儡，我还不如立刻跳楼自杀。对于我的反抗，他并没有感到惊讶，反而嘲笑我，说："好呀，你现在就去跳楼吧！死了就不用再受人控制。"

在那一刻，我觉得十分无助，没有人能帮我，我甚至不敢跟任何人提起这件事。而我在匿名者面前，又是多么软弱可欺，除了死就没有任何可以反抗他的方法。

"你不会去跳楼的，你长得这么漂亮，你舍得让自己摔个血肉模糊吗？要不试试烧炭，前几年也挺流行的，至少能让你的死相好看些。"他仿佛能看穿我的心思，知道我不甘心就此了结一生，不断嘲笑我。

我虽然不想死，但我更不想一直受他控制，就于心中盘算要不要去自首，或者逃亡海外。或许，我这念头也被他看穿了，他说：“你跑不掉的，你就在我眼皮底下，我对你的一举一动都了如指掌。你可以考虑自首，如果运气好，你的晚年应该无须在监狱中度过。”

他仿佛能完全看透我的想法，我根本无力做出反抗。就在我对将来感到绝望的时候，他突然又给我一道曙光，对我说：“这种游戏玩太久也会让人生腻，不如这样吧，我们再玩一把刺激的。然后，我就让你恢复自由。”

我喜出望外地问他，要怎样才肯放过我？

他说：“我知道你不喜欢三宝那几个人，其实我也不喜欢他们，只要你替我送他们上路，以后你就自由了。当然，我不会让你拿刀去把他们杀死，你甚至无须跟他们接触，所有事情都可以交给志庆去办。”

他让我在志庆面前挑拨离间，让志庆讨厌三宝他们，然后再找机会让他们窝里反。这事并不难，因为志庆本来就对三宝他们颇有微词，我只要在他耳边添油加醋就行了。

大概在一个月之前，匿名者再次给我打来电话。他似乎跟夜七联系过，知道对方想阻止戴炯跟墨婷结婚，以及弄一笔钱向墨婷证明自己比戴炯更有本事。

匿名者要我让志庆教唆夜七跟墨婷串谋骗保。这种事志庆之前不知道做过多少次，可谓驾轻就熟。不过，他之前都只是教唆大陆的客户骗保，而这次在香港，多少让他感到心虚。

因此，在知道戴炯出事后，志庆就借口到大陆出差，其实是想避风头。他这一举动显然已在匿名者的计算之内。匿名者说，三宝早晚会发现戴炯是被人害死，要我向志庆暗示，若三宝向他问及此事，就将夜七跟墨婷做的好事告诉对方。

除此之外，匿名者还给我汇入10万元，加上之前他给我的20万，让我汇入指定的账户。我对他这一举动感到莫名其妙，其实他一直以来所做的事都让人难以揣测，只是这次触及我的财产，要我将之前那20万吐出来，让我有点不悦，便对这个账户多加留意。

当我发现这个账户是属于你——王姗的时候，我才意识到匿名者要对付当年参拍九铁广告的所有人。虽然我也可能是他要对付的目标之一，但我却天真地以为，只要听从他的命令，他就会放过我，让我恢复自由。

其实，那天在街上遇到三宝，我就觉得不对劲。我回来香港已经两年，从来没碰见三宝他们几个，他们一般不会到这附近，为何三宝竟然会在这时候出现？可惜我当时没想仔细，现在想来必定是匿名者的安排，是他将我回家的路线告诉三宝。

三宝一直都很喜欢我，当时他又背负了两条人命，知道自己以后可能再也没机会见到我。所以，当他知道我会在那里经过，就在那里等我出现，希望能见我最后一面。他还缠着我要电话号码，应该是想日后逃到其他地方，仍能跟我通话。

我跟三宝不欢而散，肯定也在匿名者的预料之中，他的目的只在于让我以为自己被三宝跟随。随后，我在家门口受到袭击，被对方打晕后拖回家里施虐。因为对方穿着跟三宝近似的黄色上衣，使我一度认为对方是三宝。

之后，我在医院接到匿名者的电话，他假惺惺地说很同情我的遭遇，还说以后再也不会要挟我，让我恢复自由，做一切自己想做的事。但是，他同时又扇动我对三宝的仇恨，说三宝已经连杀了两个人，就算再添多一条强奸罪，也是债多不愁。他鼓动我将三宝杀死，甚至替我准备好毒药。

仇恨将我的理智蒙蔽，那一刻我只想将三宝杀死，根本没有考虑后果。但是，我必须先知道三宝的藏身地点，不过这个问题很快就得到解决。

志庆知道我出事后，连夜从大陆赶回来。他一直有跟三宝联系，所以知道对方躲藏在什么地方，不过他却认为三宝不可能袭击我。当时我心中充满仇恨，完全没有理会他提出的疑点，反而因为他不相信我而感到愤怒，并将他赶走。

我知道他一定会去找三宝，所以他离开后，我就立刻致电三宝藏身的旅馆。我装作没有怀疑三宝，跟他说警察正准备到旅馆拘捕他，让他立刻转移地点，然后再跟我联络。他是只受惊的兔子，任何风吹草动都能让他惊恐万状，完全没有对我产生怀疑。

随后，三宝给我回复，将新地址告诉我。我以散步为借口，偷偷离开医院，返回家中更换衣物，并在大厦附近的花圃里找到匿名者藏起来的毒药，然后就去找三宝。

我将混入毒药的饮料拿给三宝喝，他竟然对我没有丝毫怀疑，反而为自己身陷绝境，仍能得到我的援手而感动不已。当然，这是在他喝下饮料之前。

看着他口吐白沫，脸色渐渐发黑，倒在床上不断抽搐，直到身体停止抽动，我才离开旅馆。然而，正当我准备返回医院，为自己营造不在场的证据时，志庆却来电告诉我，他捅了杨导演十多刀，对方大概活不成了。他还说，是一个匿名电话告诉他，强奸我的人并非三宝，而是杨导演。

那一刻，我才意识到匿名者根本没打算放过我，他只是为了能继续利用我，才给我一个永远不会兑现的承诺。现在，我已经没有利用价值，他不但要将我抛弃，更要让我堕入万劫不复的深渊……

听完俞璐的交代后，溪望对案情作一番梳理，弄清楚这宗案子的来龙去脉——

匿名者于两年前主动联系俞璐，成功诱导她进行违规操作，从而掌握她的犯罪证据，并以此作为要挟，迫使她继续犯罪。当掌握足以令她无从反抗的罪证后，匿名者便进行第二步计划，命令她接近志庆，从而到达间接控制志庆的目的。

匿名者通过俞璐，成功让志庆转做保险员，为日后对其加以利用埋下重要的伏笔。他利用志庆唆使夜七串谋墨婷谋害戴炯。在这过程中，三宝遭到两人利用，致使良心受到谴责。

其后，三宝撬门闯入夜七的房间，发现对方与墨婷的性爱视频，从而察觉戴炯很可能并非死于意外。他致电志庆询问内情，对方在俞璐的授意下，讲出部分真相。

三宝知道真相后怒发冲冠，因而失去理性将夜七杀死，以替戴炯报仇。随后，他冷静下来，开始计算利益得失，继而向墨婷索取保险金，遇到拒绝便愤然将对方杀死。

之后，匿名者又诱使杨导演强奸俞璐，并设计误导俞璐，让她认定对自己施虐的人是三宝，继而煽动她毒杀三宝。与此同时，匿名者又致电志庆告知真相，使其丧失理性，持刀将杨导演捅致重伤。

在诱导众人自相残杀的同时，匿名者也没放过安琪。他洞识安琪的弱点，企图通过行贿致使其入狱。幸好安琪为此一再犹豫，最终没敢动这笔钱。

当年参拍九铁广告的导演及一众演员，均遭到不同程度的伤害，匿名者显然跟这个广告有莫大关联。可是，经查证后发现，除案中受害人外，当年参拍该广告的工作人员，要不早已移民，要不转到内地工作。仍留在香港的近日亦身处剧组当中，并无可疑之处。更重要的是，他们都没有加害受害人的动机。

为了查出匿名者的身份，溪望从他与俞璐的通话入手。据俞璐交代，匿名者每次都会用不同的电话号码联系她。为东窗事发后，给自己留一条活路，俞璐完整地保存了跟对方的所有通话记录，并提供相关的通话录音，以此证明自己一直受对方操控。

美雪向通讯公司查询相关号码的记录，发现全是只用过一次的储值卡，拨出地点遍布油尖旺各处。若要以此追查匿名者的身份，犹如大海捞针。

溪望亦尝试通过追查汇入安琪账户那30万的来源，试图找出匿名者的身份。但香港毕竟是金融中心，洗黑钱活动频繁，一时半刻也没能得到任何线索。

正苦无对策之际，一个令人振奋的消息传来——杨导演醒过来了。

第二十章　已死之人

“是潘潘，是她让我强奸俞璐，她要我为自己所犯下的罪孽赎罪……”杨导正躺在羁留病房的病床上，他的声音虽然微弱，但情绪却十分激昂，且充满恐惧。他犹如向牧师告解般，极力向溪望及安琪讲述事情的经过，以求得到心灵上的救赎——

二十年前，我因一时鬼迷心窍，想通过养鬼仔让自己的事业更进一步。当时我认识一位从泰国过来的降头师乃密大师，虽然他已经隐退，不再轻易施展降头术，但我帮了他一个大忙。为报答我，他替我收了安仔的魂魄，还用安仔的肋骨制成鬼仔像，以保佑我事业顺利。

在安仔的庇荫下，我虽然未能在事业上取得预想中的辉煌成就，不过总算事事顺利。但是，一直以来我心里都有一个担忧。

当年乃密大师曾告诫我，鬼仔并非常人可驾驭之物，我若执意要养鬼仔，日后难保不会被鬼仔反噬。他还说，替我收了安仔的魂魄，跟我已互无拖欠。日后我若遇到麻烦，就别指望他会帮忙。

因此，我很担心安仔终有一日会不受控制，甚至向我报复。幸好这十多年来，安仔一直都很听话，并没有捣蛋作乱。但是在四年前，潘潘知道我利用安仔的尸体养鬼仔，就一再纠缠我，想取回安仔的遗骨。

虽然我最终也摆脱了她的纠缠，但我的事业却莫名其妙地开始走下坡路。我隐隐感到安仔已生异心，不再像之前那样庇佑我。我为此感到十分彷徨，担心会遭到安仔的反噬。

还好，我虽然在事业上没之前顺利，但总算没出大问题，至少身体没出什么毛病。反正我已经快五十岁，就算事业上没太大作为，在娱乐圈内多少也有点江湖地位，要混口饭吃还不难。

可是，在一个月前，我突然接到潘潘打来的电话。她告诉我，安仔已经长大了，不会再像之前那样任由我摆布。安仔要将一直积压在心底的怒火，全部释放出来。安仔不但要让我死无葬身之地，还要让当年参拍九铁广告的所有人都到阴间陪他。

当时我还能勉强让自己镇静下来，认为潘潘只是因为没能取回安仔的遗骨，才信口雌黄吓唬我。但在获悉戴炯的死讯后，我才意识到潘潘也许没撒谎，安仔可能真的要向我们报复。随着夜七及墨婷相继出事，我心里就更加惶恐不安，几乎能肯定安仔已经失控。

我知道自己对付不了安仔，曾想向乃密大师求助。但却发现他早已离开香港，谁也不知道他去了哪里。其实，就算能找到他，他也不见得会帮我。当年他已经明确表示，我俩已经互不相欠，不管日后发生什么事，他也不会出手帮我。或许他早已预见有此一日，所以当时的语气才会如此决绝。

就在我最彷徨无助的时候， 潘潘再次来电，她跟我说："虽然你罪大恶极，但安仔跟随你这么多年，和你总算有那么一点缘分。如果你能替安仔完成心愿，证明自己跟他站在同一阵线，他或许会放过你。否则，你等着跟夜七他们一样的下场吧！"

随后，她告诉我，安仔很喜欢俞璐，但他幼年夭折，无法一尝云雨之乐，多少也有点遗憾。如果我代替安仔跟俞璐做爱，将安仔心中的怒火全发泄在俞璐身上，证明自己是站在安仔这一边，安仔就会放过我。

我心里很害怕，怕会遭到安仔报复，跟夜七他们那样死于非命。所以只好听从潘潘的吩咐，穿着安仔喜欢的黄色上衣，带上人形骨雕，在她指示的地点等待俞璐出现。

虽然我已多年没跟俞璐见面，但潘潘用手机将照片发给我，所以我还是能认出她。我看见她的时候，她正跟一个男人在街上纠缠。那个男人有点眼熟，我想了一会儿才记起是三宝。他跟夜七一起住，我们近两年好像见过一两次面，我对他还有些许印象。不过，我并没有在意他的出现。我只想尽快向安仔证明，我跟他站在同一阵线。

在俞璐跟三宝不欢而散后，我就一直跟着她。她多年没跟我见面，或许已经不记得我的模样，又或者更在意是否被三宝跟踪。虽然她刻意在商场里转了几圈，甚至在女厕躲了一阵子，但还是没发现我跟着她。

我一直跟着俞璐回家，利用潘潘给我的密码通过门禁系统，在她家门口袭击她，将她打晕拖进房间里。我按照潘潘的吩咐，将俞璐绑起来，还用胶布封住她的眼睛和嘴巴，然后抽出皮带，狠狠地打在她身上，以发泄安仔的怒火。

我将她打得遍体鳞伤后，就准备替安仔跟她做爱。但在此之前，我按照潘潘的吩咐，将人形骨雕插入她的下体，先让安仔的真身感受云雨之乐，然后才替安仔跟她做爱……

“你撒谎！”安琪义正词严地指着躺在病床上奄奄一息的杨导，“潘潘早就死了，怎么可能指使你强奸俞璐？”

杨导有气无力地反驳：“我没有撒谎，我所说的句句属实……”

“或许，指使你的是匿名者。”溪望道出俞璐、志庆等人均接到声音经过处理的电话。

“不是，打电话给我的人是潘潘，她的声音我很熟识，绝对不会有错。”杨导虽然气若游丝，但语气坚定。

这可奇怪了，潘潘明明早就死了，杨导怎么可能接到她的电话?

潘潘诡异的自杀方式在溪望脑海中浮现，与本案相关的线索亦一一呈现于脑海当中。经过一番梳理后，最终留在他脑海中的就只有一个名字——钟雪莉。

“我想，我已经知道真相。”溪望向安琪招手，遂转身走向门外，“走吧！”

“你要去哪里？”安琪问道。

“去拘捕匿名者。”溪望露出狡黠的笑容，又道，“不过在此之前，我们得先准备一份礼物。”

两人来到钟医生的诊所，溪望进入对方的办公室，便鼓掌称赞道：“你的计划很成功，当年参拍广告的人，几乎被你一网打尽。”

“我不知道你在说什么。”雪莉抬头瞥了他一眼，遂低下头继续查看病历，脸上的表情毫无变化，淡然道，“如果你需要接受心理辅导，请你先到外面找欧姑娘登记。”

“其实我已经登记过了，我怀疑自己得了妄想症。”溪望在她对面坐下，并示意一脸茫然的安琪先别说话，然后又道，“在我脑海里涌现一个关于你的故事，我很想知道这个故事到底是我自己想象出来的，还是真有其事。”

“你这种情况不属于妄想症，不过我会建议你做一次心理评估。”雪莉将病历合上，仔细地观察溪望的表情，似在评估病人的病情。

“或许，你该先听我把故事说完，然后再对我进行心理评估。”溪望徐徐向雪莉道出，这个根据案情推理出来的“故事”——

潘潘这辈子最大的遗憾，莫过于未能照顾好安仔，甚至令他死后沦为杨导操控的鬼仔。为了弥补这个遗憾，你必须从杨导手中夺回安仔的遗骨，以让安仔脱离杨导的操控。为了达到这个目的，你展开了长达两年的复仇计划。

你先利用俞璐的贪念，诱导她堕入你设计的陷阱，掌握她的犯罪证据，继而进一步操控她。其后，你通过俞璐对志庆进行间接操控，为你的复仇打下基础。

控制了俞璐和志庆之后，你就将魔爪伸向夜七，通过诱导、欺骗等方式，让他不断向杨导灌输“安仔要报复大家”这个信息，使杨导终日疑神疑鬼，惶惶不可终日。

安琪突然出现，虽然在你的意料之外，但亦让你知道时机已经成熟，你的计划可以执行最后一步——将当年参拍九铁广告的所有人推进万劫不复的深渊！

你诱导夜七设计害死戴炯，在这个过程中，你还通过俞璐给志庆提示，以让志庆对夜七进行教唆，促使夜七完成这项任务。或许，你还联系过墨婷，利用她的贪念，诱导她配合夜七。或者说，是利用墨婷，迫使夜七执行加害戴炯的计划。

戴炯死后，你通过杨导诱导安琪介入调查，并于事前对安琪行贿，企图将她送进监狱，以及得到你想要的东西。安琪一再犹豫，没有动用你的贿金，在你的意料之外，但没有阻碍计划继续进行。

通过安琪，你成功让三宝察觉戴炯的死有可疑之处，继而发现夜七跟墨婷的暧昧关系。你再通过志庆，激发三宝的愤怒，诱使他将夜七及墨婷杀死。

然后，你又设局让杨导强奸俞璐，并误导俞璐，使她以为自己遭到三宝强奸，继而将三宝毒杀。与此同时，你又将真相告知志庆，使他丧失理智袭击杨导。你本想让志庆将杨导杀死，可惜志庆下手不够狠，只让杨导重伤昏迷。不过这也没关系，反正你的目的已经达到了。

你成功地让他们互相残杀，戴炯、夜七、墨婷及三宝死于非命，俞璐及志庆身陷牢狱，杨导重伤入院，能不能活下来也是未知之数。除了安琪之外，当年参拍广告的人无一幸免。

就整体而言，你的计划是成功的，唯独对安琪的行贿失败了。虽然这在整个计划中，只是细微的一环，但却直接导致你没能得到最想要的东西……

溪望将装着人形骨雕的水晶棺材放在桌面上，对雪莉狡黠笑道：“我讲你的故事，讲得还算精彩吧！钟医生……”他顿了顿又道，“或许，我该叫你原来的名字——潘潘。”

雪莉脸上闪现一丝惊愕，但瞬即便掩盖过去，淡然道：“我对你这个幻想出来的故事不感兴趣，但你很明显有严重的心理问题，必须尽快接受治疗。”

“是吗，这个故事还有下半段，你先听完再下结论吧！”溪望继续讲述自己的推理——

四年前，当你知道杨导的恶行后，曾试图以正常途径取回安仔的遗骨，可惜最终也未能如愿，对方甚至用法律手段阻止你继续纠缠。你对这个社会感到绝望，认为要为自己及安仔讨回公道，就只能靠非常手段。

愤怒彻底扭曲了你的人性，甚至诱使你的精神病复发。为求达到目的，你甘愿牺牲一切，包括你的知心好友，甚至引以为傲的相貌!

你利用雪莉对你的信任，把她骗到自己住处，通过在饮料中添加安眠药将她迷倒。然后，你用酒精蜡为她安排了一场别开生面的“自杀”。

你的身形、年龄等多项外部特征均与雪莉近似。因此，当警方在你家中发现被烧成焦炭的雪莉，而这个时候“雪莉”本人又站出来，并声称这具是潘潘的尸体时，根本没有人会对此产生怀疑。

当然，在此之前，你得先牺牲自己的相貌，代雪莉请了半年大假，通过整容将自己变成雪莉。你跟雪莉相识多年，对她的底细非常清楚，而且又参加过相关的培训课程，具备一定专业知识，要取代对方的身份，对你来说并不困难。

利用雪莉这个身份作掩护，你的复仇计划就能畅通无阻地行进……

“你对这个故事不感兴趣，大概也不会在乎安仔的遗骨。”溪望将水晶棺材的盖子打开，用镊子将人形骨雕夹起。他从肩包里取出一瓶红色液体，狡黠笑道：“你可不知道，在香港这种地方，要找一瓶黑狗血有多困难。不过为了让安仔魂飞魄散，不再为害人间，这点功夫还是要做的。”说罢，便作势将红色液体淋在骨雕上。

“不要！”雪莉……或者说是潘潘，突然扑向溪望将骨雕夺去。她把骨雕藏在怀里，蹲在墙角缩成一团，生怕被对方夺回。之前的冷漠、睿智的神情，早已消失不见，此刻她犹如一只受惊的兔子，脸上尽是惶恐之色，不断喃喃自语道，“不要过来，不要伤害我的安仔……”

“这是怎么回事呀？”安琪一时间无法理解眼前的突变。

“她对自己的催眠失效了。”溪望耸肩道，“她为了让自己变成真正的雪莉，对自己进行了自我催眠，让自己相信，她就是钟雪莉。我将真相说出来，催眠大概失效了。现在她已经变回潘潘，一个神经病康复者。不过看现在这情况，她的病又复发了。”

“这变化也太突然了吧，跟演戏一样。”安琪有点接受不了。

“她本来就是个演员，不过只在不对着镜头时，才能发挥出水准。”

“那你这瓶黑狗血又是怎么回事？在香港杀狗可是犯法的。”

溪望将瓶子递到她面前，笑道：“你见过草莓味的黑狗血吗？”

“呀，原来是士多啤梨酱，怎么做得跟血一样。”安琪用手指沾了一点放进嘴里，“味道还挺不错呢。”

溪望把整瓶草莓酱塞给她，正色道：“其实潘潘的目的只有一个，就是夺回安仔的遗骨，向你们报复只不过是附带的余庆节目。”

安琪不解问道：“我有点不明白，如果你不把骨雕带过来，她要怎样拿回去？”

“她之前给你打电话时，不是要你替她偷一件证物吗？”溪望解释道，“如果你用了那笔钱，她就会要你将作为证物的骨雕偷出来。然后，你就等着被她举报。”

“原来她让杨导演带上骨雕去侵犯俞璐，目的就是为了让骨雕成为证物，这样就会被警方带走。”安琪恍然大悟，遂感到后怕，心悸道，“太可怕了，如果我用了那笔钱，她这个计划就完美了，我会跟志庆和俞璐一起蹲监狱。”

溪望叹息一声，说：“为了自己的孩子，女人没什么事做不出来。”

尾　声

一

“杨绍海已无生命危险，但仍需入住羁留病房。他承认自己强奸俞璐，但一再强调是受潘潘指使。”安琪向蔡警司汇报案件处理情况。

“把受害人虐待成这样，就算是受女王指使，法官也不见得会同情他。”蔡警司不屑骂道，“不过这个俞璐也不该可怜，她这遭遇也是自找的。”

“嗯，俞璐教唆杀人的罪名，可能因为证据不足而难以入罪。但她毒杀杨三宝却是证据确凿，没十年八年大概出不了监狱。另外，她在股票交易中的违规操作，已经交给商业罪案调查科跟进，要定罪应该问题不大。”安琪翻看案件资料又道，“陈志庆将被控以意图谋杀，他本人已经认罪，现在正等候排期上庭。商业罪案调查科正就他串通投保人骗保一事着手调查，我看他出狱的日子大概也不比俞璐早多少。”

“做得不错，这么复杂的案件，竟能在如此短的时间内破案，你男友还真有点本事。”蔡警司狡黠笑道，“他要是有兴趣在香港发展，我可以替他安排一下。不过先声明，按警队文化，情侣是不能一起行动的，我不可能让你们长期当拍档。”

“你认为以慩仔的能力，他要是留下来，你能一直骑在他头上吗？”安琪白了他一眼。

“跟上司说话正经一点。”蔡警司面露尴尬。

“哦！”安琪敷衍点头，又道，“潘潘向我行贿的事要怎么处理？我的账户还没解封呢！”

“反正你又不是只有一个账户，而且那个账户里也没你多少钱，着急什么？”蔡警司得意笑道，“这事你大可放心，不会对你的记录有任何影响，你的账户也很快就会解封。不过你以后可要注意一点，信用卡欠款这么多，可别给我添麻烦。”

“你也放心，我不会跟你借钱。”安琪嘴巴上逞强，但心里却捏一把汗。要不是溪望及榴莲替她还债，她或许还真的会给对方惹来麻烦。

“我也没打算借给你。”蔡警司顿了顿又道，“那个叫潘潘的女人现在怎样？”

“她还能怎样，就在青山里待着。”安琪不忿道，“闹出满城风雨，竟然一句神经病就将责任推个一干二净。大概连送她上庭听审的工夫也可以省掉，直接等法官的判决就是了。应该是强制入住青山，直到康复之类吧！这宗案子前后死了四个人，还有一个重伤，还没算之前被她亲手杀害的钟雪莉医生，就算抓她去打靶也不过分吧！”

“神经病也是人，你这句话要是让议员听见，不乘机插你一身刀才怪。”蔡警司一脸道貌岸然，“更何况她是真疯，不是假傻，政府给予适当的关怀也是应该的。如果你得了神经病，同样可以杀人不负责任。”说罢又咕噜一句，“不过她这样的疯子，最好在青山住一辈子，放出来也只会给我们添麻烦。”

安琪冷眼盯着他，于心里骂道：“我要是神经病，首先把你掐死。”

二

“哇哈哈！”安琪刚走出电梯，就莫名其妙地放声大笑。

“你笑个屁呀！”榴莲瞪了她一眼，“今天忘了吃药吗？”

安琪按捺不住心中的兴奋，娇笑道：“我在想怎么花那7万块。”

“你哪来这么多钱？”榴莲呆望着她，遂怒发冲冠地呵斥道，“你自己有钱，为什么还要我们替你还债？”

“我之前是没钱呀，这7万块是你给我的。”安琪笑得花枝乱颤。

榴莲不明就里问道：“我什么时候给你7万块，那30万你不是用来还债吗？”

“是呀，我用了30万港币还债，但你给我汇来的是30万人民币，换成港币多了7万多，哇哈哈……”安琪再次放声大笑。

榴莲愣了一下，遂意识到自己一时疏忽，只叫花泽给安琪的账户汇入30万，没说清楚是港币还是人民币。花泽平日惯用人民币，当然不会想到他说的是港币，出错也是情有可原。

然而，这一时疏忽却让榴莲损失好几万，他当然不会将这些钱白送安琪，立刻扑上前想把她抓住，怒吼道：“把钱还给我！”

“你想得美，哈哈哈……”安琪大笑着往外逃，回头道，“这7万块就当你这段时间的伙食费，哈哈哈……”

溪望跟在后面看着他们追逐，自言自语道：“我是不是该落井下石，回到内地只给榴莲12万人民币呢？”他突然狡黠一笑，又道，“我本来就打算给他12万，不能因为他的过失，而为我带来额外的损失。”说罢便步出大堂，去找那对大大咧咧的兄妹。

刚走出大堂，就能看见兄妹两人在大厦门外的空地上打起来，不过很快就分出胜败，结果一如既往——榴莲惨败了。虽然打架是榴莲的强项，但溪望自记事以来也没见过他打赢安琪。当然，归根究底只是榴莲对妹妹处处手下留情，但安琪对哥哥出手却招招要命。

正所谓“成王败寇”，榴莲既然打输了，那7万块就只能白送安琪。安琪对这个结果很满意，兴高采烈地说要请两人去吃大餐。

就在他们准备出发时，一辆的士停驶进屋苑。车还没停下来，韩暖便从车窗探头出来将他们叫住。

安琪上前说：“韩先生，我们好像没叫车呢！”

“我知道，我也不是来载你们，而是来送信的。”韩暖下车走到溪望身前，将一张明信片递给他，说，“刚才有个长得十分英俊的年轻人给了我三百块，叫我将这张明信片送到你手上。”

溪望接过察看，发现是一张以酒店为背景的明信片，背景上的文字说明显示，这家酒店名为“韵逸”。信中的内容极为简短，只有屈指可数的四个字——不见不散。

然而，明信片的署名却让溪望精神为之一振——神偷凌风。

灵异档案 九广铁路闹鬼广告

若论香港最广为人知，影响最大的灵异事件，九广铁路闹鬼广告必定不出三甲。

此事源于20世纪90年代初，在香港电视台播放的一则广告。该广告为九广铁路公司的宣传广告，内容是几个小朋友在小树林里玩火车游戏。据说，参与拍摄该广告的小朋友原有8人，但其中一个在开拍前病死，所以实际上只有7个小朋友参拍。

然而，诡谲的是，不少市民在仔细观看该广告后，却发现广告中共出现8名小朋友，当中包括那名在开拍前已经病死，没有参与拍摄的男童。而在广告中被该男童搭着肩膀的小朋友，更在其后离奇死亡。

据说，此事曾被香港报刊广泛报道，更一度引起市民恐慌。老求曾向多名四十年以上港人求证，当中大多都对此事仍有印象，说当时几乎引起全城恐慌，惹来满城风雨。

事隔十年，网上传言此灵异事件为谣言，并一一列举证据，更声称得到九铁公司官方回复，说所有参与拍摄的小朋友全部健在。

辟谣者声称，九铁公司于1992年12月曾邀请所有参拍广告的小朋友，出席在北京举行的圣诞联欢会，并拍下照片广发新闻界，以事实证明所谓的灵异事件乃无稽之谈。又说，据九铁向其提供的资料，在1992年12月24日的《信报》、《成报》等报纸找到相关报道。此外，在1992年12月21日的《明报周刊》及1992年12月25日的《经济日报》亦有刊登该事件的始末及照片。

然而，老求在查证此事时，或许因为年代久远，没能找到任何相关的图片及文字报道。唯独找到明报周刊相应日期的封面，但封面上未有只字提及此事。

老求再向香港的朋友求证，却被告知对澄清一事毫无印象，只记得当年九铁因舆论压力而悄然撤下广告，并没对此做出任何说明或澄清。

网上的信息往往真假难辨，所谓的“辟谣帖”说不定就是“造谣帖”，要想知道真相就必须自己亲自查证。若要查证此事，最好的方法莫过于直接向九铁公司查询。

为此，老求特意发函九铁公司查询，希望对方能就此事给予回复。香港机构的办事效率比老求想象中要高，很快就给老求回复。可是，对方并没有像“辟谣帖”所说那样，给老求做热情解答，一一列举证据澄清谣言。

九铁公司就此事的回复，只有冷漠的一句：

对不起，我们没有这方面资料！

九广铁路公司

［卷五　完］

卷六·狩猎狂徒

引　子

一

在太阳还没照耀第一道曙光，光与暗交汇的黎明时分，随着雾气的消散，一道人影渐渐显现于清雅幽静的酒店后院之中。

一名妖艳的女人快步向人影靠近，随着步伐摇曳的秀丽长发上，有一双调皮的耳朵伸出发鬓，使她看上去就像一只神秘的妖精。而且这妖精的脸庞上，还流露出一股既诱惑又令人感到不安的邪气。

如妖精般的女人走到人影前，单膝跪下敬畏道：“BOSS，那个人已答应协助我们将姓相的铲除，一切均按照计划进行当中。”

那个被称为“BOSS”的人，正在欣赏即将到来的日出，没看对方一眼，毫不在意地说：“准备什么时候动手？”

女人皱眉答道：“翼蛇虽说会将姓相的引来酒店，但他向来我行我素，连BOSS的命令也敢阳奉阴违，能否乖乖地配合也不好说。”

曙光初现，一只辛勤的蜜蜂飞出蜂巢，按照太阳的指引，开展新一天的工作。当它从BOSS身前飞过时，一道急速的气流扑面而来，它还没弄明白是怎么回事便已失去自由。

BOSS瞥了一眼被自己以两指夹住的蜜蜂，淡漠说道：“蜜蜂是最忠心的战士，为了族群的利益，它们会毫不犹豫地将尾刺刺向敌人。虽然这样会令它们失去引以为傲的武器，甚至是性命。我只需要像蜜蜂一样的战士，那些不听从命令的人，就跟失去爪牙的猛兽一样，连生存的资格也没有。”

“是的，BOSS，我知道怎么办。”女人唯唯诺诺地点头，“等把姓相的解决后，我会送翼蛇到地狱陪伴他的父亲。”

“这个主意很好，不过恐怕你还没这个能力。”BOSS说着猛然回头，眼角瞥见远处发出的一点亮光，遂冷笑道，“似乎有人拍了张不该拍的照片。”

“我立刻去把她杀掉。”女人抬头望向刚才发出闪光的地方，但没敢站起来，静默地等待对方批准。

“别着急，虽然我这模样不适合被别人看见，也不方便让他人知道我们的关系。不过她对此毫不知情，只是不小心将我们摄入她的风景照当中罢了。”BOSS再望向初升的旭日。

“但是照片一旦流出，很可能会暴露BOSS的身份。”女人一脸焦虑。

“我没说要放过她。”BOSS泰然自若道，“或许你能利用她玩些花样，把姓相的小朋友引过来。”

“我知道该怎么办了。”女人露出阴险的笑容。

二

发奎独自坐在保安部，边把玩手中的香烟，边呆望着监控录像屏幕。身为保安部经理，他本可不值夜班。但昨天刚有个同事辞职，暂时还没新人替补，人手一时安排不上，他只好亲身上阵。在新保安入职之前，他大概还得继续这份无聊的差事。

他取出手机查看时间，此时已将近凌晨1点。这里虽然是酒店，但位于远离市区的大屿山，一般不会有人在这个时候入住，所以屏幕上也没见什么动静，大部分房客已回房间休息。

用手机上Facebook看了一会儿留言后，他就准备去巡楼，顺便抽根烟。酒店只有部分场所可以抽烟，但这些地方都有其他同事值班，自己好歹也是个部门经理，被别人发现他偷懒可不是件好事。因此他打算到楼顶抽烟，反正那里也是他要巡查的地方。

正当他准备动身时，突然发现屏幕上出现一个人影。

那是电梯里的摄像头所拍到的画面，通过屏幕可以清楚看见一个二十出头的女孩走进电梯。发奎认得这个女孩昨天才入住酒店，而且她此时的举动十分怪异，不禁停下脚步。

女孩进入电梯后，弯腰把脸凑近控制板，连按了好几个楼层，随即立正身子贴背电梯里面的角落。约莫过了10秒，见梯门仍没有合上，她便疑惑地走近梯门，突然以夸张的动作探头到门外查看，然后又退回电梯里并一再退步，缩到控制板旁的角落，似乎在躲避某人。

又过了十余秒，电梯门仍没有丝毫动静，女孩便好奇地走近梯门往外瞄了几眼，突然跳到门外。她在门外前后移步，遂背贴墙壁站在门外左侧。虽然在闭路电视中，只能看见一条手臂，但足以说明她并没有离开。

之后的画面就更奇怪了，女孩在门外举起双手，脸容轻松地转身返回电梯。她再次弯腰凑近控制板，将所有楼层的按键都按个遍。然后，她又走出电梯外，面向右侧晃动双手。虽然闭路电视没有声音，但光看画面就能知道，她似乎在跟别人说话。

女孩在电梯外手舞足蹈好一会儿后，便从电梯左侧离开。她离开后没多久，电梯门徐徐关上。虽然在画面没能看见电梯移动，但不停熄灭的按键灯说明电梯正在下降。

女孩的举动让发奎感到疑惑，她似乎在跟别人说话，但在画面中自始至终也没有其他人出现。

“或许是嗑药了吧！”发奎没再理会此事，拿起手电筒准备到楼顶抽烟。他万万没想到刚才所见的画面，竟然会是一宗诡秘命案的开始。

第一章　短裙美腿

安琪步出欣澳地铁站，抬头望向正下着微微细雨的天空，抱怨道："好不容易才出来玩一趟，竟然碰巧下雨，我还想去迪士尼呢！"

"你多大的人了，还去迪士尼干吗？"拖着行李箱的榴莲白了她一眼，"那地方到处都是人，干什么都得排队，一天下来除了排队啥也没玩上。"

安琪嘟起嘴说："不去迪士尼，难道去宝莲寺吗？我们又不是公公婆婆，谁会去那种地方。"

"哪里也不去，我们待会儿就待在酒店好了。"榴莲咧嘴笑道，"反正这次的重点只在于酒店的自助餐。"

"就知道吃！"安琪一脚踢向他的小脚肚，遂挽着溪望的手臂撒娇道，"我不管啦，好不容易才请了两天假出来玩，一定要去迪士尼！"

"去也得等停雨后才能去呀。"溪望无奈笑道，遂扬手截停一辆蓝色的士，"先去酒店跟见华会合吧！"

三人冒雨跑向的士，正准备上车时，突然有一个背着背包的男人从旁边蹿出，先他们一步打开车门钻进车厢。安琪正想开骂，却见男人朝他们招手，仔细一看便认出对方是韩暖。

"你怎么会跑到这里来？"安琪愕然问道。

"雨越下越大了，先上车再说吧！"

韩暖不断催促，而且雨势渐大。榴莲也没管同伴反应，将行李塞入车尾厢，便钻进副驾位置上避雨。溪望及安琪见状，亦只好先钻进车厢避雨。

"你不是开新界的士吗，怎么会跑到大屿山来？"安琪上车便向韩暖问道。

"跟你们一样，过来玩呀！"韩暖转头跟前面的司机说，"阿哥，韵逸酒店，多谢。"

"你的目的地也跟我们一样？"溪望露出怀疑的目光，"这会不会太巧了？"

"其实也不巧，你看见这个就明白了。"韩暖掏出一张免费券向对方展示。

溪望仔细一看，发现这是张韵逸酒店的免费住宿券，凭券可在该酒店免费入住一间标准房间三天。入住其间能享用酒店的大部设施及服务，当中竟然还包括餐饮服务。

"这张优惠券，你是在哪里弄到的？"安琪面露讶然之色，随即又两眼放光，

"能住三天还管饭，是哪家百货公司的优惠活动，现在结束了没有？"

"你又想败家了？"榴莲回头瞪了她一眼。

安琪缩了缩身子，讪笑道："我只是随口问问而已。"

"可能会让你失望了。"韩暖收起免费券，耸肩笑道，"这张免费券是那个让我送信的靓仔给的。反正不用花钱，不用白不用。碰巧我刚出地铁站就遇见你们，结果连的士费也能省了。"

"我们没说要替你付车费！"安琪嘟着嘴说。

"反正也就一百几十块，以后你坐我的车，我给你打八折好了。"

"至少要五折！"

两人为此讨价还价时，溪望则在皱眉思索。

韩暖刚才是从旁边冒出来，而不是他们身后的地铁站出口。也就是说，对方并非恰巧走出地铁站遇到他们，而是在地铁站外守候，看见他们就立刻冒出。如果此举只为蹭车也太抠门了，刚才还下着雨呢！

"或许，他是故意跟随我们。"溪望心念及此，不由得对韩暖多一份戒心。对方只是一名萍水相逢的的士司机，却总是有意无意地接近自己及身边的人，难保对方不是另有所图。更重要的是，神偷凌风要给自己送信有千百种方法，为何非要委托这个不相干的人呢？

溪望越想越觉得韩暖很可疑，但对方暂时还没做出任何威胁性举动，总不能单凭自己的主观判断就将他推下车吧！他毕竟是曾经帮助见华的恩人，在他做出越轨行为之前必须以礼相待。

目的地距离地铁站并不远，不足半小时，的士已将四人送到韵逸酒店门前。

溪望下车后，粗略看了一下周围的环境。酒店由三栋十五层的大楼，呈E字形连接而成。虽没他想象中豪华，甚至有点陈旧，但毕竟位处郊区，花园占地甚广，而且环境十分幽静，勉强能达到三星标准。

不知是否是下雨的缘故，他们步入大堂时，并没看见多少客人。溪望走到服务台查询，接待员得知他们是娜汀亚的朋友，便说老板吩咐，他们到来后，由戴管家亲自负责接待。

"请稍等，我给戴管家打电话，请他过来招待你们。"接待员拿起电话拨打。溪望从她的胸牌得知，她名叫洛静楠。

"你跟那个健妹的父亲很熟吗？"安琪有点受宠若惊道。

溪望摇头答道：“我爸生前替他工作，所以我有幸跟他见过几次面，也谈不上熟识。”

“管他呢，能白吃白住就行了。”榴莲咧嘴笑道。

静楠放下电话，对溪望说：“戴管家还有事要处理，请你们稍等片刻。”她说的“戴管家”，应该是上次跟娜汀亚一起的帕克。

毕竟曾跟对方见过面，而且帕克给人的感觉十分谦逊，溪望不好意思跟他摆架子，便说：“既然戴管家事务繁忙，我们就过去找他吧，免得他为我们特意走一趟。现在方便带我们去找他吗？”

“方便，老板吩咐过我们，要尽量满足你们的一切要求。”静楠立刻走出服务台给他们带路。

榴莲拖着行李箱低声咕噜：“真的什么要求都能满足吗？先拿个一万几千给我花花。”

他虽已刻意压低声音，奈何那天生的大嗓门，声音再怎么压低，旁人也能听得一清二楚。静楠装作没听见，快步走在前面带路，安琪则狠狠踢了他一脚，以眼神示意他别再丢人现眼。

“韩先生哪里去了，他刚才不是跟我们一起吗？”溪望边跟随静楠的脚步，边往四周张望。在偌大的大堂内，并未发现韩暖的身影，对方似乎在他向静楠咨询时，不知道溜哪里去了。

“管他呢，反正我们跟他又不熟。”榴莲对此人没多少好感。

“人家好歹也帮你付过饭钱，你怎么能这么没良心呢！”安琪横了他一眼。

榴莲冷哼一声，回应道：“无事献殷勤——非奸即盗，这句话无论何时何地都管用。”

静楠把三人带到办公室门外，门没有关上，能看见里面有四五个人或接听电话、或处理文件，都忙得不可开交。溪望一眼就认出身形魁梧的帕克，他正在接听电话。

“请您放心，我会协助小姐将酒店的事情处理好……”

静楠轻轻敲门引起帕克的注意，他抬头看见溪望等人，便对电话另一头的人说：“小姐的朋友来了……请放心，绝不会有丝毫怠慢。”

他放下电话便扬手示意静楠回去工作，并走过来跟溪望三人逐一握手，谦逊有礼地说：“欢迎三位莅临本酒店，没能出门迎接，还望见谅。”

“戴先生太客气，舍妹这几天没给你添麻烦吧？”溪望亦礼貌地回应。

“令妹斯文大方、平易近人，绝不会给人添麻烦。我倒是十分担心她怕麻烦别人，没把自己的需求说出来。”

安琪没耐性听他们两个说这种没营养的客套话，便插话道：“我们还是先去找见华吧，你们继续聊下去，迪士尼就要关门了。”

“我先带你们去小姐的房间，她跟相小姐已经在这里的10楼住了几天。”帕克带三人走向电梯间，边走边说，“王小姐若要去游乐场，我待会儿让人将门票送去你房间。”

“有车接送没？”安琪眼睛亮起来。

“当然有了，你们是贵宾，怎能让你们自己坐车呢？”帕克突然面露歉意，“说起来还真抱歉，这几天忙着处理酒店事务，忘记派人去接你们过来，请见谅。”

溪望说：“你太客气了，我们也是心血来潮突然想过来，没必要劳师动众。”

“我只想要自助餐券。”榴莲嘀咕了一句。

帕克对他笑道：“你们是小姐的朋友，不需要这种东西。待会儿我带你们去餐厅，介绍餐饮部经理给你们认识。在餐厅的营业时间内，你们随时可以过去用餐，其他时间可以让他们将食物送到房间。”

“想怎么吃都成吗？”这回轮到榴莲两眼放光。

“只要你能吃得下。”帕克微笑点头。

一行四人进入电梯，刚进门安琪便捂住鼻子，皱眉道：“电梯里好像有股怪味。”

帕克歉意道：“真抱歉，这里的电梯总有股奇怪的味道，我们试过很多方法都无法辟除。”

“你就少抱怨了，反正又不是要你住在电梯里。”榴莲满不在乎道，随即补充一句，“餐厅没怪味就行了。”

“就知道吃！”安琪瞪了他一眼。

帕克说：“请放心，除了电梯，酒店其他地方都没有异味。”

电梯徐徐上升，门刚打开，安琪便跳到外面深吸一口气，电梯外果然没有奇怪的气味。溪望步出电梯，稍微留意了一下周围的情况，发现该层的房间不多，似乎每个房间都很大。而且除了其中一个房间门前站着两个穿黑色西装，戴着墨镜的肌肉男外，并没看见其他人。

帕克带他们走向肌肉男看守的房间，并解释道：“这一层的房间都是豪华房，房间比较大，设施也较为完善。因为小姐不喜欢受别人打扰，所以在入住前将这一层清场。现在这里就只有小姐跟相小姐两位入住。”

“哇，她们两个住一层楼？”安琪讶然道，“这也太浪费了吧，香港随便一家酒店，住一晚都要上千呢！”

帕克轻描淡写道：“这一层的房间原价是5888元一晚。虽然没总统套房那么豪华，但要包起整层的房间，一晚也要过十万。”

安琪讶然道：“哇，让她这样乱搞，酒店还怎么做生意呀？”

“其实这家酒店在某种意义上，算是老爷给小姐买的玩具。”帕克解释道，“去年小姐突然说不想念书，老爷见她终日无所事事，就买下这家酒店给她管理。为了锻炼小姐的责任心和管理能力，老爷平时很少过问酒店的事务。所以只要不把酒店弄倒闭，小姐想怎样乱搞都没关系。”

竟然把三星级酒店当作玩具，这让安琪彻底没话说。

四人走到房间门前，两个肌肉男一同向帕克打招呼。帕克挥了下手，示意他们退到一旁，并按下门铃。

稍等片刻便见见华蹦蹦跳跳地开门跑出来，并扑向溪望的怀抱。她于哥哥怀中撒娇道：“哥，我就知道你一定会来。”

“我要是还不过来，恐怕星夜会乘机赖账，不把你还给我。”溪望笑着轻捏妹妹的脸蛋，遂问道，“星夜在哪？我们该跟她打个招呼。”

“她在阳台踢毽子。她可厉害呢，我怎样也赢不了她。”见华故作委屈，向哥哥撒娇。

“她这败家女竟然还会踢毽子？让我会一会儿她。”安琪斗志高昂地走进房间。

“你是故意让安琪替你出头吧？”溪望无奈笑道。

见华调皮地吐舌头，娇笑道：“我什么也没做呀！”

兄妹两人跟榴莲一起走进房间，帕克站在门外，没进来的意思。

娜汀亚独自在宽阔的阳台上踢毽子，她穿着一件冰蓝色工字背心，及灰色A字运动短裙。在她身上虽不见之前的华丽，但却充满青春气息。一双洁白美腿几乎完全展露于裙摆之下，配合她轻快的踢毽动作，裙摆飞扬的优美画面引人无限遐想。

“猛哥，你怎么了？”见华见榴莲流出鼻血，惊慌地问道。

“上火了，没事。”榴莲随手将鼻血抹掉，目光始终没从娜汀亚身上挪移半寸。

“废柴，怎么现在才带你的契家婆过来？”娜汀亚瞥了溪望一眼，视线最终落在安琪身上，“我还以为你们被犯人埋了。”

“你怎么老是这么没礼貌呢！”安琪怒目斥责。

“对待下等生物需要讲礼貌吗？”娜汀亚将毽子踢起用手接住，亦向安琪怒目而视。

眼见大战一触即发，见华立刻上前挡在两人中间，并对安琪说：“姗姐，星夜踢毽子很厉害呢，我怎样也赢不了她。”

“有我厉害吗？”安琪不屑地瞥了娜汀亚一眼，“我还拿过踢毽子比赛的冠军呢！”

“是哪门子的冠军呀？”娜汀亚蔑视道。

安琪昂首挺胸，自豪道：“王少强纪念中学校内赛冠军。”

“哈哈，笑死人了，这种比赛也好意思说出来。”娜汀亚抛起毽子，双腿变换踢了几个花样，高傲道，“我也拿过冠军，不过那次参加的是全港国际学校联赛。”

两人再度剑拔弩张，看来不比一场，谁也不会服气。娜汀亚再拿出一个毽子，要跟安琪比试一分钟内谁踢毽子的次数多。见华拿起秒表计时，溪望跟榴莲则分别负责数两名比试者踢毽子的次数。

大家都准备好后，两个女人之间的比试随即开始。

第二章　爱是战争

限时比试远没花样踢毽子精彩，不过这只是一般情况下而已。眼前两名比试者，分别穿着短裙及短裤，各有一双修长的美腿，单看这两双美腿已能大饱眼福。

虽然安琪向来对自己的美腿引以为傲，但娜汀亚也毫不逊色，在飞扬的裙摆下快速晃动的美腿，令榴莲看得热血沸腾。平心而论，两人的美态各有千秋，安琪有一份成熟的韵味，而娜汀亚则有着逼人的青春气息。

一分钟很快就过去，见华按停秒表那一刻，两名比试者同时询问自己的成绩。负责数安琪的溪望竖起一根手指，正色道：“不多不少，刚好一百下。”

“才一百下？”安琪自鸣得意道，“太久没练习了，以前我能踢更多。”

“喂，饭桶！”娜汀亚胸有成竹地向榴莲问道，“本大小姐踢了多少下？”

“踢了……”榴莲掰着手指头，以掩饰自己的尴尬。其实他刚才根本没有数，只是盯着对方一双美腿发呆。

溪望给他使了个眼色，他瞬即会意，故作严肃道：“你也是一百下，不多不少。”

“怎么可能，我平时一分钟不会踢这么少。”娜汀亚不服气地叫嚷，“肯定是你这个饭桶数错了，不成，再来一次！”

“再来一次肯定是你输。”安琪亦毫不示弱。

“我们来这里的目的，可不是为了看你们踢毽子。”溪望说着给榴莲使了个眼色，示意他帮忙制止这场无聊的闹剧，

榴莲会意道：“要不你们两个继续在这里斗个你死我活，我们找地方唱卡拉OK去。”说罢便转身走向门外。溪望亦拉着见华作势往外走。

“这里又不是市区，哪有地方让你乱吼。”安琪虽不乐意，但只有她跟娜汀亚，而没第三者作证根本比试不了，也就只能跟随大家离开。

“想唱歌不是没地方，不过我不会去那种三教九流的地方。”娜汀亚一把将见华拉回来，又道，“要不这样，先让帕克给你们安排房间，我跟丫头换套衣服就跟你们去宴会唱歌。”

“好耶！”见华举手赞成，拉住安琪说，“我昨天才跟星夜去那里玩过，站在舞台上唱歌，感觉就像当明星一样。”

“当时又没有观众，哪会像明星。”娜汀亚轻描淡写道，“不过你们要是有这个兴致，可以让帕克把酒店的员工都叫来当观众。”

“还是让他先替我们安排房间吧！”榴莲轻摇身旁的行李箱，“我可不想一直拖着这箱子。”

“随你们喜欢吧！”娜汀亚将三人赶出门外，并约好待会儿在宴会厅见面。

刚走出房门，溪望便看见韩暖站在电梯间前的走廊上，帕克就在他身旁，似乎正在跟他说话。他看见溪望等人，便立刻向他们挥手打招呼。

帕克回头看了溪望他们一眼，遂压低声音跟韩暖嘀咕了一句，然后朝他们走过来。溪望虽然没能听清楚帕克的话，但隐约听见似乎是叫韩暖别给他惹麻烦，而且态度并不友善。

溪望向帕克转达娜汀亚的意思，让对方先安排房间，然后带他们到宴会厅。帕克说房间早已准备好，遂带三人走向电梯间。

“顺便也替我安排一下嘛。”韩暖扬了扬手中的免费券。

帕克没有理会他，但他仍厚着脸皮跟在众人身后。众人一走，两名肌肉男就立刻守在房门外，犹如左右门神。

“那两个保镖会不会太紧张了？”韩暖自言自语道。

“谨慎一点好，免得那些不受喜欢的人骚扰小姐。”帕克说话时，却并未看韩暖一眼。

众人乘电梯到4楼，帕克为溪望等人安排了三间相邻的房间。韩暖看见两名清洁工从溪望旁边的房间走出来，便轻晃手中的免费券，跟帕克说：“这房间没有客人，我就住这里好了。”

“这里还有很多空房，我可以给你安排更好的房间。”帕克面露不悦之色。

“大家住在一起比较热闹嘛。”韩暖搭着溪望的肩膀，向帕克表示自己跟对方十分熟络。

“酒店是休息的地方，相先生不一定跟你一样喜欢热闹。”帕克望向溪望，似想借他之口拒绝韩暖入住隔壁的房间。

然而，溪望心中却另有盘算。

韩暖这个人实在太可疑了，正如榴莲所说“无事献殷勤，非奸即盗”，他的刻意接近，似是另有所图。这种人与其任由他在背后做小动作，还不如让他待在眼皮底下，这样至少还能及时做出反应。

因此，溪望便对帕克说：“没关系，我们跟韩先生也挺聊得来。”

帕克略感意外，却并未多言，按两人的意思安排韩暖入住隔壁的房间。

韩暖向帕克展露胜利者的笑容，并拍着溪望的肩膀说：“好兄弟，以后坐我的车，给你打八折。”

溪望应酬地向对方笑了笑，随即便到榴莲的房间取回自己的行李。

交流计划马上就要结束，溪望只能在香港多留两天。因此他们只打算在这里小住两天，带来的行李并不多，一个行李箱就能装完。

溪望将行李放回自己的房间，顺便上了趟洗手间。洗手时，他发现水龙头的出水量特别少，好不容易才能将手上的洗手液冲洗干净。他本想将这个情况向帕克反映，但走出房间却没看见对方的身影，倒是有个年龄与安琪差不多，身穿经理制服的女子跟安琪和榴莲在走廊上聊天。

“我原本念的是应用化学，后来为了容易找到工作，才去念酒店管理。唉，兴趣不能当饭吃，香港就是个这么现实的地方。”女子正跟两人聊着，见溪望从房间出来，便朝他点头并作自我介绍，“您好，我是客房部经理居晓雅。戴管家有事要马上去办，让我带你们去宴会厅。”

她向溪望递上名片又道：“如果你们对客房服务有不满意的地方，可以随时向我提出。”

“房间很干净，我很满意。”溪望接过名片，突然想起刚才洗手时的情况，便向对方反映。

晓雅皱眉道：“或许是水塔出了问题，等雨停后得派人检查一下。给你们带来不便，真抱歉。”

“没事，只要这里自助餐好吃，其他都不是问题。”榴莲咧嘴笑道。

“就知道吃。”安琪白了他一眼，遂催促晓雅带他们到宴会厅。

正当他们准备动身时，韩暖突然跳出来跟在他们身后，嬉皮笑脸道：“你们准备去哪里玩？把我也带上吧！”

“好呀，人多比较热闹。”安琪告知对方，准备到宴会厅大展歌喉。韩暖说自己喜欢听歌，死皮赖脸地跟随众人。

宴会厅十分宽敞，能同时容纳两百人以上，还有一个可以上演小型话剧的舞台。溪望一行人到步时，并未看见娜汀亚跟见华的身影。她们刚做完运动，恐怕得梳洗装扮一番才会过来。

榴莲等一会儿便不耐烦，见晓雅已让工作人员调试好音响设备，便拿起麦克风走上舞台，大吼一曲《挪威的森林》。这里的音响设备本来是挺不错的，但被他的大嗓门一吼便爆音连连。其他工作人员早就逃命似的跑掉，晓雅勉强撑了一会儿，最终以为众人取饮料为由遁走。

溪望虽然没有自虐倾向，但总不能不给兄弟留一点面子，而且还要等见华过来，只好跟安琪在一张靠近舞台的小圆桌旁坐下。令人感到意外的是，韩暖竟然没有逃跑，还跟他们坐在一起。

安琪疑惑地向他问道：“听这爆麦王唱歌，你不觉得难受吗？”

“你在讲什么？”韩暖取下耳塞问道。

“哇，你竟然随身带着这种东西，还有没有？借我用一下。”安琪伸手去抢对方的耳塞。

韩暖立刻将耳塞塞回耳朵里，装聋作哑道：“你说什么？我没听见呢！”

“还说自己喜欢听歌，虚伪！”安琪向对方投以鄙夷的目光。

韩暖假装没看见，继续观看榴莲的“表演”。撇开那让人头晕目眩的噪音，单看榴莲在舞台上手舞足蹈的模样，感觉也挺滑稽的。

溪望默默地注视着韩暖，心想：他不是来听别人唱歌，只是想跟着我们。他到底有什么目的呢?

当榴莲吼完最后一句歌词时，娜汀亚的声音随即从宴会厅正门传来：“吵死了，你想把酒店里的房客全都赶走吗？”

娜汀亚跟见华在刚才那两名肌肉男的陪同下走近舞台，榴莲装作没听见她的责骂，还向他们挥手致谢：“多谢，多谢大家捧场，特别要多谢山顶的朋友。既然大家这么捧场，我就再唱一曲……”

“给我滚下去！”娜汀亚走上舞台，从榴莲手中夺过麦克风，并将他推下去，“本大小姐今天要让你知道，歌是怎样唱的。”

榴莲被轰下台虽不服气，但对方是女生，他也不好计较，跟见华一起坐到溪望那张圆桌旁。晓雅不知何时走回来，并捧来了饮料分派给众人。榴莲一口把整杯果汁喝光，盯着台上的娜汀亚，不忿道：“我倒要听听你唱歌有多好听。”

见华说：“猛哥，你还真别小看星夜耶，她唱歌可不比歌星差。”

“那我可要见识一下。”榴莲向台上的娜汀亚投以蔑视的目光。

已经无处可去

这份爱的热量

啊……

娜汀亚选了一首名叫《恋は戦争》的日文歌，她才刚开腔，台下众人便立刻安静下来。她的嗓音能媲美专业歌手，而且感情运用到位，只是歌声中仍流露出一份不可一世的傲气。

溪望虽然不懂日语，但投射屏幕上有歌词的中文翻译，让他知道这首歌的大意为：女孩不知如何向自己喜欢的人表白，但又压抑不住心中的情感，于是以宣战的方式向对方示爱。

虽是向对方示爱，但由娜汀亚口中唱出来，却没表现出半点软弱，反而有一种盛气凌人的霸气。

韩暖不知何时取下耳塞，闭上双目静心聆听台上狂傲的演唱。见他听得陶醉，安琪便问他觉得娜汀亚唱得怎样。韩暖有条不紊地评论道：“吐字清晰，节奏掌握娴熟，高音更飙得惊艳。而且有一股如女王般君临天下的霸气，比原唱更能表现这首歌的韵味。”

“哇，你能听得懂日语？”安琪诧异道。

“我好歹也是的士司机，在香港这种国际大都会，没几门外语傍身，连乘客要去哪也不知道。”韩暖说罢又继续聆听台上的演唱。

安琪突然想到另一个问题，遂向溪望问道：“这个败家女会说日语？”

溪望没开口，倒是见华给她答案：“星夜的母亲是日本人呀，她自小就会说日语。”

歌曲进入最后的高潮，娜汀亚突然指向台下众人，并缓步走下舞台。大家不约而同地望向溪望，显然都认为她在向溪望示爱。

“都盯着我干吗？”溪望皱眉道。

安琪狠狠地捏着他的手臂，不无醋意道：“怪不得她会放狗咬你，原来打是亲骂是爱，她是想引你注意。”

溪望痛得眼泪也快掉下来，急忙做出解释：“我可不能控制她的想法呀，而且我跟她的年纪也差太远了。”

“只要两人相爱，年龄不是问题。”韩暖盯着见华，似乎话中有话。

此时娜汀亚走到见华身旁，唱完最后一句突然将她拉起来搂在怀中，强行亲向她柔软的樱唇。

这一幕把众人都吓呆了。正在喝果汁的韩暖，差点没呛死，将果汁全都喷出来。见华当然亦不例外，不过她只是娇羞地往娜汀亚的手臂轻拍一下以作惩戒，并没有挣脱对方的怀抱，似乎对此没多大反感，只是责怪对方不该在这种场合，做出这种令人尴尬的举动。

溪望的反应要比妹妹激烈多了，他从椅子上跳起来，想扑过去将两人分开，但却被榴莲跟安琪拉回到椅子上。

“兄弟，你要解放思想呀！”榴莲将溪望按在椅子上，劝说道，“现在都21世纪了，这种事其实挺平常的，有些国家同性恋还能结婚呢！”

安琪亦附和道：“就是嘛，这不过是各人的取向不同，有人喜欢吃中餐，也有人喜欢吃西餐；有人喜欢男人，也有人喜欢女人。你不能用自己的个人标准约束他人，也不能强迫别人认同你的准则。”

“我操，她不是你们的妹妹，你们当然说得轻松。”溪望彻底抓狂了。

“这个我明白，没有哥哥不讨厌妹妹的另一半。”榴莲以过来人的身份劝说道，“当初知道你跟王姗搞在一起，我心里也很不爽，还揍了你一顿。但现在我们还不是称兄道弟的，过段时间你自然就会接受她。”

“顶你个肺！”安琪一拳打在榴莲脸上，怒骂道，“什么搞在一起，把我们说得像奸夫淫妇似的。”

见华本想趁安琪两兄妹打闹的空当向哥哥解释，但娜汀亚突然面露厌恶之色，望向正门冷哼一声，说：“走，我们回房间去。”说罢便拉着她从侧门离开。

正当众人为此感到不解时，一个浑厚而威严的声音从正门传来：“世侄，我们好久不见了。”

众人循声觅去，看见一名年近五十，坐在电动轮椅上的男人，在帕克的陪同下从正门进来。他虽然面露微笑，但却有一种不怒自威的慑人气势。而且他纵然坐在轮椅上，竟能边走边让身体缓缓站立……

第三章　狭路相逢

与帕克同行的男人控制电动轮椅走向溪望，与此同时他的身体缓缓上升。来到溪望身前时，他已呈站立姿态，并伸手与对方握手。

出于好奇，安琪仔细地观察男人的轮椅，发现似乎是很先进的型号。香港的公共场所大多设有无障碍设施，经常能看见行动不便的人，独自坐电动轮椅到处跑。但眼前这张能使人“站”起来的轮椅，却并不多见。

其实男人一直都坐在轮椅上，只是随着靠背上升，配合安全带支撑起他的身体，才使他能够“站”起来。实际上，他现在就像被绑在一个支架上。不过对一个双腿残疾的人而言，这样能更好地维持他的尊严。

“昊叔，我们已经有十年没见面了。”溪望跟男人握手，并把他介绍给众人认识，“这位是天雄药业的总裁，星夜的父亲昊叔，樊天昊。”

溪望先后介绍了榴莲及安琪，轮到韩暖时，却发现对方已不知道跑哪里去了。他突然想起对方看见华时的眼神，觉得对方很可能跟着见华离开，甚至会对见华不利。不过刚才娜汀亚一走，她的两个保镖就立刻紧随其后，而她跟见华又形影不离，韩暖应该没机会伤害见华。

心念及此，溪望便继续跟天昊交谈叙旧。天昊跟他寒暄几句，突然提起他的父亲，叹息道：“自从云博去世后，我们就再没联络，这十年你应该吃了不少苦吧？”

“也没什么，还应付得了。”溪望微笑作答，但笑容中难掩那一丝辛酸与沧桑。

“当年我本打算收养你们兄妹，但重宏那家伙却说云博的遗愿是要你们学会自立，死活也不让我收养你们，非要你们靠自己的能力熬过难关。”天昊露出安慰的笑容，“现在看来云博的决定是对的，我自问没本事教出一个像你这么出色的儿子，就连你妹妹也比我那个任性的女儿强多了。”

“昊叔谬赞了。”溪望谦逊道，“对了，你怎么突然会来这里？”

“其实我是特意来看你的。”天昊扬手示意众人坐下来，自己亦将控制轮椅下降，或许是长时间站立让他感觉到不适。

让轮椅变回原来的形态后，他又叹息道：“云博生前是我最得力的下属，他走得这么突然，我也很难过。这些年我一直记挂着你们兄妹，只是碍于云博的遗愿，才没有直接帮助你们。”

“昊叔千万别自责，我们现在不是也过得很好吗？”溪望脑海中闪现父亲慈祥的笑脸，遂打算向对方询问当年父亲离世时的情况，便问道，“我觉得父亲的死有些奇怪……”

“老爷，你约了李老先生吃午餐。”一直站在天昊身后的帕克，突然俯身提醒对方。

“哎呀，你不说，我还真差点给忘了，老李最讨厌别人迟到。”天昊说罢又回头对溪望说，“世侄，我们今天就谈到这里吧！这酒店没有停机坪，到市区要花不少时间，我得赶紧动身才行。”

不等溪望回应，他便挥手向他们道别，控制轮椅走向正门，并吩咐帕克必须视溪望等人为上宾，他们想在酒店里住多久也没关系，不能有丝毫怠慢。临走前，他又对溪望说：“星夜跟你说过那件事吗？”

“什么事呀？”溪望不明就里地问道。

“原来她没跟你说……”天昊顿了顿，遂笑道，“没事，她大概不想麻烦你。反正是她自己说一定会把这事处理好，我就等着看她有没有这个本事。”说罢便在帕克的陪同下离开了。

“奇怪了，那个败家女向来把别人当奴隶使唤，有什么事会用得着你却又不敢开口？”安琪自言自语道。

溪望答道：“我们才来没多久，或许她还没找到机会说吧！”

帕克没一会儿就回来了，跟众人说餐厅已经开门，问他们要不要先去用餐。榴莲本来就是冲自助餐而来，当然得在第一时间冲进去。就算没扶墙进，至少也要扶墙出。

餐厅才刚开门，且自助餐时间还没正式开始，所以客人并不多。帕克介绍餐饮部经理石赣给三人认识后，便去请娜汀亚下来用餐。他还没走，榴莲已经开始行动，抢先向生蚝、三文鱼、金枪鱼等生食下手，也不管用餐时间还没到。

溪望可不像这只刚投胎的饿鬼，在石赣的安排下，跟安琪在一张靠窗的八人长桌前就座。随后，他趁沙拉盘还没人用过，打算先做一份沙拉跟安琪慢慢吃，而就在他搅拌沙拉时，发现身旁有个人定眼看他。他转头一看，发现对方竟然是熟人，不由得道：“啊，你怎么会在这里？”

“我还以为自己认错人了，没想到还真的是你耶。”说话的是刘倩琪，她正睁着一双水灵的大眼盯着溪望，满脸兴奋雀跃之色。

溪望向她解释自己本为公务前来香港，到该酒店则是受朋友邀请。倩琪则说自己莫名其妙得到免费券，碰巧又有时间，就来这里玩几天，昨天就已经到了。

“我最初还以为自己遇到的是骗子。”倩琪讲述自己获得免费券的经过时，仍仿若置身于梦境——

大概半个月前，我接到一个陌生号码的来电，是个女生打来的。她说我被抽中成为幸运儿，只要答对一条问题就送我香港七日游。我想哪会有这么好的事，对方肯定是骗子。不过当时我也没什么事要做，就打算拿她消磨一下时间，盘算着怎样才能让她把狐狸尾巴露出来。

她问我一个关于法律的问题，好像是杀人的最高刑罚是什么。“杀人偿命，欠债还钱”是谁都知道的道理，杀人的最高刑罚是当然是枪毙了。果然，她说我答对了，可以得到来回香港的车票，一张能入住酒店七天的免费券以及一张迪士尼门票。

这么容易就能得到奖品，让我更加怀疑她是骗子。于是我问她，要不要先给她交保证金、税金之类的款项。可她竟然说不要，说我不用花一分钱就能得到奖品。

我想，她不急着骗我的钱，应该是想先套取我的资料吧！于是又问她，是不是要我提供个人资料，譬如地址、身份证号码之类。她竟然也说不要，因为她已经有我的资料了，还说马上就会将奖品寄给我。

我这下子可被她弄糊涂了，她既不要我寄钱，也不要我的资料，难道我的运气就这么好，真的中奖了？

正当我想再问清楚时，她却挂线了。我本来想拨回去，但仔细一想，会不会是电话吸费之类的骗局呢？只要我回拨给她，电话费就会被扣光。想到这个，我就放弃了，心想自己哪有这样的运气，还是把这事忘了吧！

可就在第二天，我竟然真的收到对方寄来的快递。里面的确有到香港的来回机票和酒店免费入住券。这时候我又想，对方会不会是想把我拐卖呢？人贩子把年轻女生卖给山区农民当老婆的新闻，还挺常看到的。

然而，车票是正规车站的车票，我之前也没听说过这个车站曾经出问题。至于免费券，我打电话到酒店查询也确认可以使用。我在网上查过，这家酒店也是有牌照、合法经营的三星级酒店，游乐场门票似乎也是真的。

我一再确认车票、门票及免费券都没问题，这才安心收拾行李过来玩……

倩琪露出甜蜜的笑容，娇憨道："其实，我到现在还怀疑自己是不是在做梦呢！之前我买饮料，连'再来一瓶'都没中过，可这次不但有免费旅游，竟然还在这里碰到你。"

"我也觉得很意外。"溪望莞尔一笑。

"或许是天意吧！"她面露娇羞之色，笑道，"我今天本来打算去迪士尼玩，要不是碰巧下雨去不了，我们也不会遇上……"

安琪等了好一会儿也没见溪望回来，便走过来找他，没想到他竟然在跟女生聊天。见两人聊得如此投机，她的醋意不由得一涌而上，以带敌意的眼神盯着倩琪，向溪望问道："这位是你朋友吗？"

溪望几乎能闻到她身上那股酸溜溜的醋劲，知道自己不马上以行动做出表示，她大概不会让自己好过。于是便轻搂她的柳腰，向倩琪介绍道："这位是我女朋友王姗，她在香港当警察。"

安琪这才展露笑颜，向倩琪笑道："叫我安琪就行了。"

"才没见你一段时间，竟然在香港找到女朋友了？"倩琪不经意地露出失望的神色。

眼见到餐厅用餐的人越来越多，安琪便叫两人到餐桌边吃边聊。正当他们准备移步时，溪望又遇到一个熟人——李梅。

"嗨，帅哥！"李梅走到溪望身前，并向他展露娇媚的笑容，"在这里也能遇上，我们还真是有缘呢！"

"你来这里干什么？"溪望道，煞气于不知不觉间流露出来。

"跟你们一样，过来玩呀！不过，我是一个人过来，可不像你左拥右抱。"李梅向他抛了个媚眼，“我住在1408号房，如果你应付完这两位美女仍有余力，随时可以来找我哦！”说罢对两名女生娇媚一笑，遂独自走开。

“她是什么人呀？”倩琪问了安琪心中的问题。

“她叫李梅，名义上是个律师，但实际上是干什么的，我也说不清楚。”溪望盯着李梅妖艳的背影，厌恶道，“反正她绝不是好人，你们要对她多加提防。”

“别管她了，我们去看看我哥吧，那只饿死鬼拿回来的食物，都快把餐桌堆满了。”安琪宣示主权般抱着溪望的手臂。

溪望见倩琪仍盯住李梅，便问她怎么了？她迟疑片刻后答道：“这女人的声音，很像打电话来送我奖品的那个人呢！”

溪望愣了一下，遂于心中暗忖：倩琪此次来香港，难道竟是李梅暗中安排？她到底有什么目的呢？

返回餐桌时，榴莲正像刚从监狱放出来似的，将放满整张八人餐桌的食物，不停地往嘴巴里塞。邻桌的客人盯着他交头接耳，误以为他正在参加大胃王比赛。

然而，溪望给他介绍倩琪时，他便立刻停下来，遂以台布擦干净嘴巴及双手，道貌岸然地站起来跟对方握手。他这瞬间的转变，与刚才判若两人，使倩琪忍不住掩嘴而笑。

与初相识的女生同桌，榴莲的举止突然变得拘谨，不再像非洲饥民般猛吃东西，只捧着杯咖啡装小资。他不吃了，满桌食物只能靠其余三人共同解决。

四人边吃边聊，没一会儿便看见帕克跟娜汀亚及见华前来用餐。正如溪望所料，韩暖一直跟着见华，不过有娜汀亚的两名保镖跟随，倒也不怕他会做出奇怪的举动。

看见娜汀亚到来，石赣立刻上前恭敬道：“小姐，你跟相小姐的午餐已准备好，请到贵宾房用餐。”

“我们坐那里。”娜汀亚朝溪望瞥了一眼，遂跟见华走过去。

石赣紧跟在她身后，当看见餐桌上放满食物，连一点空位也没有时，不由得面露难色，说：“小姐，厨房今天为你跟相小姐准备的是怀石料理，是否需要将桌面收拾一下？”

“不用了，直接倒掉吧！”娜汀亚像赶苍蝇似的挥手赶走石赣，后者亦不敢多言，立刻退下。

虽跟众人同坐一桌，但娜汀亚只跟见华聊天，既没吃东西，也没有理会其他人。韩暖亦厚着脸皮坐下来，有一搭没一搭地跟众人聊着，不过除安琪会跟他多说几句外，就只有溪望礼节性的为他介绍了倩琪。

溪望突然想起倩琪及韩暖的免费券，趁帕克在场，便问他是怎么回事。帕克答道：“老爷买下这家酒店，除让小姐学做生意外，也用来招待生意上的伙伴。但凡跟天雄药业有业务来往的单位，大多都会收到免费券。虽然酒店亦对外营业，但小姐喜欢清静，就没有刻意宣传，所以客流量相对较少，利润基本上也只够维持日常开支。”

“怪不得星夜能把10楼清场，原来这里的客人本来就不多。”溪望自言自语道，遂想起李梅是天雄药业研究所的法律顾问，而研究所又是天雄药业的下属单位，她能弄到免费券并不稀奇。

可是，韩暖的免费券又是怎么来的？难道他口中的青年亦跟天雄药业有业务上的来往？又或者跟其有来往的，其实是李梅？

心念及此，溪望望向正在远处用餐的李梅，显然对方一直在注视着他，还风骚地给他抛了个媚眼。

就在他为李梅的意图而感到困惑时，一直在向大家搭讪的韩暖，似乎找到了一个能引起众人注意的话题：“听说这间酒店曾经死了很多人，几乎没有一个房间没出过人命，包括你们住的房间。”

第四章　衣柜藏尸

“你别吓唬我，我最怕这个了。”倩琪不自觉地靠向身旁的溪望。

“我可没撒谎。”见倩琪感兴趣，韩暖便继续这个话题，“这家酒店曾先后出现过两个杀人狂，一个杀了14人；另一个相比之下就逊色多了，才杀死3个人。”

“怎么可能？”倩琪讶异道，“他们接连杀了这么多人，警察难道不知道吗？”

“你知道吗？”韩暖向身为警察的安琪扬了下眉。

“知道。”安琪没好气地点了下头，“这种大案子怎么可能没听说过呢，只是没想到就是这家酒店而已。”

“其实这两个杀人狂有很多共同点，他们都是在入住这间酒店其间行凶杀人，而且受害人全都是像你们这样年轻貌美的女性……”韩暖故作阴森地盯住倩琪，吓得对方立刻搂住溪望的手臂。

安琪见状自然醋意大发，伸手到餐桌下捏了溪望大腿一把，痛得他眼泪快要掉下来了，连忙将手臂从倩琪怀中抽出。

倩琪意识到自己失态，便挪移了一下椅子，跟溪望保持适当的距离，遂向韩暖问道："之后怎样，杀人狂有被警察抓到吗？"

"早就抓住了。"安琪醋意略消，但脸上亦带不悦之色，对倩琪冷嘲道，"大概就只有你才会被他吓到，现在这年头别说连续杀死14个人，就算要连续杀死3人也不容易。他说的那两个杀人狂，早在二十多年前就已经被踹进监狱了，现在还没放出来呢！"

"原来是这样，刚才吓死我了。"倩琪大呼一口气。

"你可别高兴得太早。"韩暖故作阴森笑道，"死在这两个杀人狂手上的美女，全都是这间酒店的房客，都在是自己的房间里遇害。而且这间酒店曾经是自杀圣地，有不少房客在自己的房间里以上吊、割脉、烧炭、跳楼等方式自杀。所以，这里几乎每个房间都出过人命，当然也包括你们所住的房间。"

"你说的不会是真的吧？这酒店怎么会这么恐怖？"倩琪娇小的躯体不住地颤抖。

韩暖故作严肃道："你还别说，这酒店还真的被称为'恐怖酒店'，不少在这里住过的房客都说，晚上会听到奇怪的声音，或遇到一些不可思议的事情。"

"说起来，昨晚我睡得迷迷糊糊时，好像听见有滴水声从洗手间传出来呢……"倩琪颤抖道，"可是，水龙头明明都拧紧了。"

"那你可要小心。"韩暖突然压低声音，阴阳怪气道，"很可能是那些'好朋友'在里面洗澡。"

"那我该怎么办？"倩琪顿时六神无主。

"你每次进房间之前都要先敲门，让'好朋友'知道你回来了。还要将所有抽屉、柜子全都打开，仔细检查一遍，尤其是衣柜。"

"为什么？"这下子连安琪亦感到好奇。

"给你们说个故事吧！"韩暖故作神秘地笑了笑，遂道出一个令人毛骨悚然的可怕故事——

这事发生在三年前，当时有位姓罗的台湾女设计师，临时决定来香港出差，所以事前没有预订酒店。

她本打算到步后再让香港公司的职员替她找酒店，可碰巧飞机晚点，抵达时已经是深夜。她在机场没找到接机的人，只好自己想办法找地方落脚，便让的士司机载她到附近酒店。

那时恰巧是五一假期，机场附近的酒店全部爆满，她连跑了三间酒店都没有房间，只好让的士司机载她去第四间酒店。当时她已经很累了，就问司机哪家酒店一定有房间。

司机跟她说："去韵逸吧！那里位置比较偏僻，平时没多少客人。不过那里档次不高，如果你肯将就过一夜，可以去那里。要是那里也没有房间，其他地方大概也不会有。"

她当时只想尽快找个地方睡觉，档次再低也比露宿街头好，所以让司机载她来到我们现在住的这家酒店。不过，你们别看这里好像没什么客人，说到底也靠近机场跟迪士尼，节假日还是会爆满的。

她来到酒店时已经是凌晨，到步后却发现这里也满客了。她实在累得走不动了，不由得大发脾气，非要经理给她安排一个房间。经理拿她没办法，只好给她安排了一间特殊的房间。

之所以说"特殊"，是因为上一位入住的客人两天前突然离开，但却没办理退房手续，行李也没有带走，酒店只好暂时将房间空置。

罗小姐承诺若上一位客人突然回来，不管是任何时候，她都会把房间还给对方，经理也承诺一旦有其他房间就给她换房。

或许因为过于劳累，罗小姐刚躺上床就睡着了。然而在半梦半醒之间，她仿佛听见有敲打声从衣柜里传出，好像有人在衣柜里面敲门。虽然很累，但她还是被惊醒了。仔细一听，发现自己并非做梦，衣柜里真的有敲打声传出，而且一下一下的很有规律。她壮着胆子，想把衣柜打开，可是里面似乎被什么东西闩上，怎么使劲也打不开。

敲打声不断传出，实在让人无法安心睡觉，在一轮讨价还价之后，罗小姐终于叫来酒店的工作人员强行将衣柜打开。然而，看见衣柜内的情况后，她便更不能入睡了，因为藏在里面的是上一位客人，一个身材火辣，但面容恐怖的女人。

女人的面容之所以恐怖，原因是她已经死了，是上吊自杀死的，而且已经死了两三天。敲打声是因为尸体在衣柜里前后摇晃，脚尖撞到衣柜门而发出……

韩暖用双手掐着自己的脖子，并吐出舌头作吊死状，对倩琪阴森笑道："所以你一定要检查衣柜，说不定里面藏着一具尸体。"

倩琪被他吓到了，捂耳闭目叫他不要再讲。溪望本想安慰倩琪，但又怕安琪吃醋，只好将这个重任交给榴莲。

“死掉的是什么人？”一直只跟见华聊天的娜汀亚，突然转头向韩暖问道。

韩暖反问：“这可是你家的酒店呢，你怎么会不知道？”

“我爸去年才把这里买下，难道我会逐一翻查这酒店的历史吗？”娜汀亚瞪了他一眼，命令道，“快说，不然我马上叫人把你扔出去。”

一直跟随娜汀亚左右的两名肌肉男，闻言便昂首挺胸地站到韩暖身旁，仿佛在告诉他，这并不是开玩笑。

“说、说，我马上就说。”韩暖讪笑道，“那个上吊的女人是个三流艳星，拍过不少三级片，但一直没能成名。或许就是这个原因吧，所以她就跑到酒店里自杀。”

“听说她在自杀之前，拍了一部恐怖片，更有传说她被鬼上身。不过这并不是重点……”韩暖故作阴森地笑了笑，“这件事最恐怖的地方在于衣柜被她从里面封死，是个相对密封的空间。可是她人都已经死了两三天，身体为什么还会晃来晃去？”

“把你吊在衣柜里面看看不就知道了。”娜汀亚给肌肉男使了个眼色，两人立刻一左一右将韩暖架起来。

“喂，你别在这里胡闹行不行！”安琪拍案而起。

“这是我的地方，我想怎么闹就怎么闹，你管得着吗？”娜汀亚亦毫不示弱，对她怒目而视。

“哟，你这败家女可要把情况弄清楚。”安琪嘲讽道，“我好歹也是个警察，全香港都是我的地盘。别以为你爸给你买了间闹鬼的破酒店，你就能在这里胡作非为！”

她突然重重地拍了一下桌子，严肃道：“你要是敢公然指使手下伤害他人，我一定会把你押回警署！”

“你敢！”娜汀亚站起来瞪着她。

两人剑拔弩张，正面冲突似乎已难以避免。就连向来擅长化解纷争的见华，一时间也不知该如何是好。眼见大战一触即发，被两名保镖架起来的韩暖向帕克使了个眼色，对方随即示意保镖将他放下来。

韩暖活动一下肩膀，嬉皮笑脸道：“没想到我这个中年大叔，竟还能让两位年轻的美女为我争风吃醋。”

“争风吃醋？”安琪愣了一下，遂骂道，“你该吃药了吧！”

娜汀亚亦冷哼一声，转头望向见华，没再跟安琪争吵。一场纷争就此被化解，众人随即继续用餐，仿佛什么事都没发生过。唯独溪望留意到韩暖与帕克的眼神交流，于心中暗忖：他们应该早就认识，韩暖绝不会是个普通的的士司机，那他到底是什么来头呢?

就在溪望为此感到困惑之际，娜汀亚突然转头向众人道：“前几天，还真有个女房客莫名其妙地失踪了，就和刚才他说的那个艳星的情况差不多。说不定，她现在就待在你们某个人的衣柜里。”

这可又把胆小的倩琪吓到了，自然反应般扑向刚坐到她身旁的榴莲怀中。“不用怕，待会儿我去你房间来个地毯式搜索。哪怕是一只蚊子，我也会替你找出来。”榴莲大声道。

娜汀亚厌恶地瞥了他一眼，遂向溪望命令道：“废柴，别在这里白吃白喝，去把那个失踪的女房客找出来。”

溪望耸肩道：“替你找人倒没关系，但你至少要把对方的名字告诉我吧，不然让我怎么去找？”

“阿湛，那女房客叫什么名字？”娜汀亚向其中一名保镖问道，对方俯身在其耳边细语一句，她便对溪望说：“叫林雪儿，大概在半个月前莫名其妙地突然失踪，你跟阿湛去保安部看看她失踪前的录像。”

她转头盯着安琪，又道：“现在就去，别只知道吃。”

安琪当然知道她在讽刺自己白吃白喝。虽说是受对方邀请而来，但终究是拿人手短、吃人嘴软，这口气只好往肚子里咽，和溪望一起跟随阿湛前往保安部调查女房客失踪事件。

阿湛在娜汀亚面前是个冷酷的保镖，但离开她的视线范围后便变得十分健谈。溪望从他递上的名片得知，他的全名叫“湛豪杰”，人如其名是个豪爽的人。

在前往保安部途中，阿湛道出失踪事件的大概经过——

大概在半个月前，有个叫林雪儿的房客本预定当日退房，但却没有到服务台办理退房手续。清洁工人进房间清洁时，发现她的行李还放在里面。

这种情况其实也挺常见的，房客突然改变主意，想多住几天是很平常的事，只是忘记告诉服务台而已。因此大家也没太在意，当然也没有收拾她的行李。

可是，随后有警察来酒店调查，说她的家人报称其失踪，最后一次与她联系时，她仍住在酒店里。警察向保安部索取监控录像，希望能从中找到她的去向，谁知道竟然发现一件奇怪的事……

“是什么事？”安琪好奇问道。

“我也说不清楚，待会儿你们看过录像就会知道。”阿湛已将两人带到保安部。

他介绍年近三十的保安部经理田发奎给两人认识，并告诉对方，小姐让他们调查林雪儿的下落，要求对方尽量配合。

知道两人是娜汀亚的朋友，发奎当然不敢怠慢，立刻调出监控录像让他们观看，并从旁解释：“这是女房客失踪前拍到的监控录像，当时大概是凌晨一点钟……”屏幕上显示出电梯内部的情况，一个二十来岁的年轻女孩正步进电梯……

视频约莫播放了四五分钟，发奎便按下停止键，并解释道：“之后，她便再没有在酒店任何一个监控摄像头前出现。她失踪前这些奇怪的举动，真让人怀疑她是不是碰到了不干净的东西。”他健壮的身体微微颤抖了一下。

“很奇怪吗？我倒不觉得。”溪望让他将视频倒回林雪儿刚进入电梯的时候，并让图画定格，指着雪儿的双脚分析道，“她穿着拖鞋，应该是刚从自己房间出来，而且没打算离开酒店。”

溪望又指她的脸，说：“她也没戴眼镜，应该只打算离开房间一段很短的时间。”

“你怎么知道她是个近视眼？”安琪不解问道。

“你认真看她下一个动作就会明白。”溪望示意发奎播放视频，并做出进一步分析……

第五章　人间蒸发

随着视频的播放，可以看见雪儿进入电梯后，便弯腰将脸凑近控制板，并连按了好几个楼层。溪望分析道：“她凑近按键板是因为看不清楚按钮上的数字，这说明她近视，而且程度还非常深。”

“她连按几个楼层的按钮，也是这个原因？”安琪问道。

“有这个可能。”溪望点头答道，“你留意一下，她不是乱按的，而是只按中间那列按钮。可能她凑近按键板仍看不清楚，只好凭记忆按下整列按钮。我想，她的房间在这列按钮中其中一个层楼。”

“她的房间在4楼，的确是在中间那列按钮当中。”阿湛说。

“4楼？怎么会这么巧，我们也住4楼呢！”安琪略感愕然。

“或许并不是巧合。”溪望想起天昊曾提及娜汀亚答应他会处理好“那件事”，他所说的大概就是指房客失踪一事，而娜汀亚邀请自己来酒店的目的，很可能就是想让自己帮忙处理此事。

溪望道出心中所想，安琪不由得骂道：“我就知道她没这么好心，说是请我们过来玩，其实是想我们替她做事。”顿了顿又补充一句，“还不想付报酬，真是吝啬。”

“我想应该不会吧，小姐挺大方的。或者说，她对钱其实没什么概念，也不太在意。”阿湛辩解道，“如果她是有心找你们帮忙，肯定会给你们支付报酬，不过……”

听见会有报酬，安琪双眼便亮起来了，连忙追问“不过什么”。 阿湛答道：“小姐的脾性，你们也见识了。她从来不会当面向别人道谢，就算想答谢对方，也只会用很婉转的方式。有时候，她的谢礼甚至会让人哭笑不得。”

安琪皱起眉头，不屑道：“我就知道她没这么好心。”

“她从小就是这样，从不会认真地向别人说一声‘谢谢’，我早就习惯了。”溪望说罢便将注意力集中在屏幕上，继续分析雪儿的怪异举动。

雪儿按下中间那列按钮后，便立正身子贴背电梯壁，缩在里面的角落里，等候梯门合上。然而，等了约10秒梯门仍未关合，她便疑惑地走近梯门，猛然将上半身伸出门外，往两侧各瞄了一眼又立刻缩回来。

溪望分析道：“她觉得有人按了电梯的外部按钮，所以梯门才没有合上。但你们看清楚，实际上是她按完楼层键后，错把开门键当作关门键，才导致梯门迟迟没有合上。将视频倒回她离开按键板那一刻，可以看到梯门动了一下，这能证明她当时按的是开门键。”

“我还奇怪梯门怎么没关上，原来是她自己按错键，害我还这么认真盯着看。”安琪泄气道。

“虽然是她自己按错了，但她突然探头往外看，说明了一件事。”溪望狡黠地笑了笑，又道，“她这一举动，明显是想证实门外是否有人跟她开玩笑，故意按住外部按钮不让梯门关上。她会有这个想法，显然是因为在这一楼层里有她认识的人，而且她还刚跟这个人见过面。按理说，中老年人不爱跟后辈开这种玩笑，所以跟她见面的应该是个小孩或年轻人。当然，年轻人的可能性要高一些。”

阿湛叹息道：“可惜从视频里不能分辨，她是从哪一层进入电梯，不然找她或许会更容易一些。”

“那也不一定。”溪望让发奎将视频倒回雪儿凑近按键板的时候，指着按键说，“仔细看中间那列最上面的按钮。”在视频中虽然没能看清楚按钮上的数字，但明显能看到中间最上面的按钮，被按下后先亮起来但随即又暗下来。

溪望解释道：“按键灯之所以会熄灭，是因为电梯当时就停在那一层。”

“14楼！”阿湛恍然叫道，“电梯按钮中间那列最上面的是14　楼。”

“好了，现在我们已经知道她最后出现在14楼，接下来该分析她跑到哪里去了。”溪望又将目光移到屏幕上。

雪儿往门外探头后，又迅速退回电梯内，且一再后退，让自己背贴梯壁，最后缩到按键板前的角落，似乎不想让人看见自己在电梯里。

溪望让发奎停止视频，并向他问道：“是不是每层楼电梯外面的布局都是一样？”

发奎点头答道：“除地下大堂外，其他楼层电梯附近的格局基本一致。”

“那14楼电梯对面的墙壁上，是否也挂了一面大镜子？”溪望又问。

发奎如实作答：“是的，除了大堂外，每层楼都挂有相同的镜子。不过因为角度问题，在视频中没能看到那面镜子。”

溪望狡黠一笑，遂分析道：“电梯的外部按钮在视频画面的左侧，但她探头出门外是先看右侧，再看左侧。我想她应该是通过对面墙上的镜子，看见没人在外部按钮附近，所以才会先望向右侧。”

“但那边没有外部按钮呀？”发奎不解道，“每层楼的电梯外部按钮，都在两部电梯中间的位置，没有额外的按钮。”

溪望解释道：“你每天都在酒店上班，当然知道那边没有按钮。但她入住酒店的时间不长，下意识地认为电梯两侧都有外部按钮，这也是很平常的事。”

“那她为什么要缩到角落呢？”安琪疑惑问道，“是因为她看见外面有让她害怕的东西吗？”

“不是，她什么也没看见。”溪望摇头道，“或者应该说，她其实没看清楚外面有什么。刚才说了，她是个近视眼。她探身出门外，又立刻缩回来，在这极短的时间内，不可能看清楚外面的情况。正因为没看清楚，所以才令她感到不安，缩到角落是保护自己的表现，或许她不想让某人知道她在电梯里。”他说罢遂示意发奎继续播放视频。

可儿躲在梯门旁约十余秒，见梯门仍没有丝毫动静，便好奇地再度走近梯门。她往门外瞄了几眼，突然跳到门外跺了一下脚，并在门外来回移步，最终背贴墙壁靠在门外左侧。虽然在监控录像中，只能看见一条手臂，但足以证明她没有离开。

溪望分析道：“之前是她自己按错键，但梯门久久未能关上，显然是有人故意捉弄她。她注意到这一点，这一跺脚动作有震慑意味，既说明她感到不安，同时亦说明她不觉得自己的安全受到威胁。而且这次她没再望向画面右侧，而是一直望向左侧，还站在外面等待，说明她已经发现左侧有人。”

此时在屏幕中，只能看见林可儿的右臂出现在梯门外。纵使如此，仍清楚看见她正在做举手投降的动作。溪望分析道：“戏弄她的人似乎已经现身了，并对她做出语言上的威胁。”

雪儿保持着投降姿势，转身返回电梯之内。

溪望指着屏幕说：“她虽然举起双手，但表现轻松，并且返回电梯内。这说明对方的威胁或许使她感到紧张，但未至于令她产生恐惧，以至担心自己的人身安全。更重要的一点是，直到这一刻为止，她的人身自由仍没受到限制。”

雪儿再次弯腰凑近按键板，双手并用将中间那列按键重复按了好几遍，还按了几次开门键。溪望分析道：“她仍把开门键当作关门键，接连按了好几遍，说明她此时想离开。不过你们留意一下，从她上次凑近按键板直到现在，电梯门也没动过，显然有人按住外部按钮。所以就算她没有按错，梯门也不会关上。”

“如果外面真的有人，怎么不走到梯门前跟她说话呢？”发奎质疑道。

溪望解释道：“这说明此人非常熟识酒店的情况，并且暗藏祸心，故此刻意不进入监控范围。”

“这个解释似乎有点牵强。”发奎道。

“就目前而言，也没有更好的解释。”溪望的目光再次落到屏幕上。

此时雪儿正站在电梯门外，面向画面右侧不时晃动双手，似乎在跟某人说话。溪望说：“她显然是个肢体语言丰富的人，其实从她刚才进电梯时的表现就能看出来。这时候她应该在跟一个刻意不进入监控范围的人解释某件事，或拒绝对方某个要求。”

安琪困惑问道："可是那个人不是应该在画面左侧吗，她怎么会面向右侧跟人说话？"

溪望露出狡黠的笑容，答道："这是个很重要的线索，说明当时在电梯外，除了这个失踪的女孩外，还有另外两个人，分别在画面以外的左右两侧。"

雪儿晃了一会儿双手，便从画面左侧离开监控范围。没过多久，一直处于开启状态的梯门缓缓合上。溪望分析道："她才离开不久，梯门就关上。而且你们留意一下按钮，梯门再次开启时，10楼那个按钮的灯熄灭了，说明电梯已经到了10楼。也就是说，那个一直按住外部按钮的人，已跟她一起从画面左侧离开。而在画面右侧的人，则刻意回避监控录像，没有立刻跟随，待梯门关闭才跟上。"

溪望对发奎说："或许你能给我提供一份，她失踪前14楼的房客名单。当然，重点在于电梯左侧那部分。"

发奎似乎对他的分析仍存有怀疑，但并没有拒绝他的要求，答应待会儿到办公室索取名单，并让人送到他的房间。

溪望还要一份视频的拷贝，并要求到14楼实地调查。发奎说自己正准备上去巡逻，可以陪同一起前往，顺便能解答一些与酒店有关的问题。

众人正准备离开保安部时，溪望突然想起韩暖曾提及酒店的闹鬼传闻，便向发奎求证。发奎为难地皱起眉头，迟疑片刻才答道："作为酒店的职员，我本来不能跟房客说这方面的事情。但你们是小姐的朋友，而且又要调查失踪房客的下落，我想不该对你们有任何隐瞒。"

他顿了顿又道："说每个房间都死过人虽然有点夸张，但酒店过去的确曾发生不少命案，说每层楼都死过人并不为过。"

"那有没有房客曾经投诉，在房间时听见奇怪的声音，或者遇到奇怪的事情？"安琪问道。

发奎默默点头，并补充道："还经常有房客投诉，在房间里闻到奇怪的气味。不过这些情况没对房客造成严重影响，充其量只是令他们没能睡个好觉。我们通常以心理作用为由，来应付他们的投诉。反正大家都认为这里是闹鬼酒店，以讹传讹，多少会对心理有些影响。而且自酒店换了新老板，并重新装修之后，也就没再出过人命。"

"怪不得败家女敢住在这里，原来她爸接手后，酒店就没再出人命。"安琪喃喃自语，遂恍然大悟道，"那么说，这次房客失踪对刚接手酒店的败家女老窦而言，是个非常严重的问题了？"

“以昊叔的财力，这间酒店只能算是买给星夜的玩具而已。”溪望笑道，“就算整座酒店倒塌，只要星夜没有受伤，他也不会皱一下眉头。倒是星夜作为这件玩具的主人，肯定不想自己的玩具出问题。”

“她爸也太宠她了。”安琪突然想到刚才在宴会厅里的情况，疑惑道，“可是，败家女怎么一看见她爸，就立刻板着脸跟见华离开呢？”

“这是他们的家事，我们这些外人是说不清楚的。”溪望说着示意大家前往14楼，边走边说，“印象中，星夜母亲在世时，她就像牛皮胶似的，整天粘住昊叔。后来，昊叔跟妻子在国外公干时遇到车祸，他妻子伤重不治，客死异乡，与此同时，他也没能再站起来。”

“自此以后，星夜跟昊叔的关系就越来越差。我记得星夜来香港之前，她就已经几乎不跟昊叔说话。”溪望叹息道，“没想到都已经过了十年，她跟昊叔的关系还是这么差，再怎么说昊叔也是她唯一的亲人。”

众人刚走出保安部，便看见一名英姿飒爽，动作干练的短发美女迎面而来。她看见安琪便惊呼道：“安琪，你怎么跑到大屿山来？”

“荆虹？”安琪认出对方，遂上前跟对方交谈，“我过来玩呀，你也是吗？”

“我是办公事的。”荆虹瞄了溪望一眼，调笑道，“哪像你这么幸福，能跟男朋友一起度周末。”

“我已经够倒霉了，你就别笑话我了。”安琪招手示意溪望上前，给两人互作介绍，“这位是新界南重案组见习督察荆虹，我跟她是警校的同学。”

随后，她又向对方抱怨道：“好容易才能过来玩两天，可是却碰巧遇上下雨，而且还得帮忙调查失踪房客的下落……”

“你们也在调查林雪儿的下落？”荆虹讶然道。

第六章　死亡预言

“怎么了？”安琪愕然道，遂恍然大悟，“你刚才说来办公事，该不会是找失踪房客的下落吧？可是，这不是该由失踪人口调查组负责吗？”

“我倒想可以不接这份苦差。”荆虹向她大吐苦水，“这宗虽然只是失踪案，但失踪者是外籍华人呀！香港向来自称是全球最安全的旅游城市之一，突然有个外国人莫名其妙地失踪，外国媒体早就大肆宣扬了。而且……”她往保安部瞄了一眼，“你们刚才从那里出来，应该看过她失踪前的视频吧！那些唯恐天下不乱的媒体，不断炒作这个视频，还把舆论往灵异方向引导，现在有不少人认为她的失踪是灵异事件。”

“哇，原来这事闹得这么大，怪不得要重案组介入。”安琪面露惊讶之色，遂问道，“那现在调查有进展吗？”

荆虹颇为无奈地说：“一点进展也没有，上头天天给我脸色看。刚才还抓我去责骂，说不管怎样都要把人找出来，活要见人，死也要见尸。”

“能告诉我这宗案子的详细情况吗？”溪望向荆虹问道。

“当然可以了。”荆虹巴不得有人帮忙，立刻将已知信息逐一告诉对方——

失踪者林雪儿，加籍华人，21岁，身高162CM，体重50KG，16天前独自从加拿大来香港旅行，并入住韵逸酒店。两周前父母因与她失去联络，通过香港的朋友向警方报案。

根据林雪儿的父母交代，她是个活泼、好动、爱交朋友的女孩。她经常做义工，人缘很好，特别喜欢旅行。她之前曾有多次独自出游的经验，而且每天都会跟父母通电话，向他们报平安。因此，父母十分放心地让她独自出游。

然而，正因为她每天都向父母报平安，所以当她没打电话回家，父母便意识到她出了意外，继而通过香港的朋友报警。

我们在她的房间里发现一袋光碟及书籍，根据袋里的票据，得知是从酒店附近一间名叫“最后书店”的书店里买的。我们去过这间书店，查看监控录像后证实，她的确在失踪前一天曾在此购物。书店的店员对她的印象很深，说她是个性格外向，很有精神，也很活泼的女孩，这跟其父母的描述一致……

“性格活泼好动，而且每天都会向父母报平安，自杀的可能性几乎可以排除。”溪望分析道，“那么她突然不与父母联系，可能只有两个：一是遇到意外；二是自由受到限制。”

“我们也这么想，但她第一次来香港，除了酒店，活动范围应该只限于旅游景点等人多的地方。”荆虹皱眉道，“如果她在旅游景点出意外，没可能不被发现。”

溪望朝发奎瞄了一眼，遂对荆虹说：“田经理说，看遍酒店所有出入口的监控录像，并没发现林雪儿离开酒店。我想，你们应该已经将整座酒店都找遍了吧！”

荆虹有气无力地说：“就是找遍整间酒店也没发现她的踪影，才叫人想不通。”

“真的每个角落都找过了？”溪望疑惑道，“我知道香港是个重视隐私的地方，警方应该不能随便进入已有房客入住的房间调查吧？之前我跟安琪想进入疑犯的房间调查，还得去申请搜查令。”

“你说得没错，这酒店有近七百个房间，当然不可能逐一申请搜查令。”荆虹轻晃食指，又道，“但你也别小看我们，我们派出三只经专业训练的警犬，前不久在它们的帮助下，才刚将一宗50年前的悬案侦破。可是，它们在酒店里找了近两个星期，却什么都没发现。如果林雪儿就在酒店里，别说把她藏在房间里面，就算把她塞进密封箱，警犬也能把她找出来。”

“那就奇怪了……”溪望皱眉思索。

林雪儿最后出现在14楼，之后就再没在酒店的任何监控录像中出现。也就是说，她不可能通过电梯下楼。走楼梯吧，十多层的楼梯，不管她是自己走，还是被他人拐带，也有很大机会被人碰见。

就算她是深夜下楼，酒店的所有出入口均设有监控，她不可能绕过监控离开酒店。若她没有离开酒店，以警犬如此灵敏的嗅觉，也没可能找不到她。

溪望想了好一会儿也没理出头绪。荆虹见他在发呆，便说想再去林雪儿曾入住的房间调查，跟安琪道别后就走了。

发奎看了下手表，见溪望仍没动身的意思，便催促道：“是时候该我去巡楼了。”

继续凭空推理，大概也不会有什么收获。倒不如到林雪儿最后出现的地方走一趟，看看是否能找到线索。因此，溪望便与安琪及阿湛，跟随发奎走进电梯。

进入电梯后，安琪又闻到那股异味，而且随着电梯上升，怪味越来越浓。到达14楼时，她已经屏息闭气了好一会儿。因此，梯门刚打开，她便立刻冲出来深深地吸了一口气。

然而，这里似乎跟其他楼层不一样，空气中充斥着一股浓烈的漂白水气味，不禁令她皱起眉头。她向发奎问道：“这里怎么会有这么重的漂白水气味？”

发奎无奈耸肩，答道：“酒店规定不能带同宠物入住，但之前有个房客偷偷带了一只鹦鹉进来，被其他房客投诉了。你也知道禽流感有多厉害，正所谓‘不怕一万，就怕万一’，所以客房部把这一层彻底清洁消毒了好几遍。”

“原来是这样，怪不得漂白水的味道这么浓。”安琪嘀咕了一句，遂跟溪望一起在电梯前进行调查。然而，他们查看了好一会儿，除了证实溪望之前的部分推断外，并没有其他新发现。

正准备离开时，之前带他们到宴会厅的晓雅迎面走过来。在跟他们打过招呼后，晓雅便拉着发奎说：“小田，放置杂物的房间有一盏灯坏了，你快来帮忙换灯泡。”

“我好歹也是个经理，你别老是叫我去换灯泡行不行？”发奎抱怨道。

“你换不换？”晓雅瞪了他一眼，他立刻举手投降。

“我得去当苦力，失陪了。”发奎向溪望等人道别后，便跟随晓雅离开。

安琪望着两人背影，调皮地在溪望耳边说：“他们两个肯定是情侣。”

“何以见得？”溪望问道。

安琪胸有成竹地答道：“女人的直觉。”

溪望苦笑摇头，遂扬手示意阿湛进电梯，一同返回餐厅找见华等人。

而此刻在餐厅之内，榴莲仍在发挥他近乎无限的“战斗力”，边在倩琪面前装小资，边将眼前的食物消灭。虽然他尽量不让自己吃得太狼狈，但他吃了这么久仍没停下来，倩琪就算再笨也能猜到他是个大吃货。

韩暖仍然有一搭没一搭地跟大家搭讪，不过自安琪走后，就只有见华跟倩琪礼节性地给他回话，榴莲跟娜汀亚则完全无视他的存在。

基本上，娜汀亚就只跟见华说话，在两人闲话的过程中，见华突然小声问道：“你说哥发现了没？”

“他要是还没发现，那就真是连废柴也不如了。”娜汀亚面露不屑之色。

“哥要是知道我跟你合伙骗他过来，不知道会不会骂我。”见华双眸闪现不安的神色。

“那不就更好了。”娜汀亚大笑道，“你跟他翻脸了，就不用跟他回内地去，以后留在香港陪我。我们也可以去日本，反正我也有一段时间没去探望外公了。”

“谁要跟你去日本，最晚后天我就要跟哥回内地了。不知道哥能不能在回去之前找到那个女房客……”见华眉头轻皱，又道，“那个女房客到底跑到哪里去了呢？监控没拍她离开酒店，警犬也把整间酒店都找过，还是没找到她。”

“想寻人吗？或许我能帮上忙哦！”韩暖向见华笑道。其实他一直想逗见华说话，只是娜汀亚总是跟见华说个不停，所以他一直没找到机会插话。

“你有什么办法？”娜汀亚以眼角瞄了他一眼，命令道，“快说出来。”

“表面上我是个的士司机，但我真正的身份其实是个占卜师。”韩暖从腰包掏出一叠塔罗牌，边洗牌边说，“我的占卜可是很灵验哦，尤其是寻人，几乎从没失手。只要你把对方的名字说出来，我一定能占算出他在什么地方。”

“你要是真的这么厉害，就不会拿免费券来这里白吃白喝。”娜汀亚向他投以蔑视的目光。她虽然看似完全无视其他人的存在，但还是会留意他们交谈的内容。

“只是混两餐而已，耶稣也得吃面包嘛！”韩暖讪笑道，遂将塔罗牌收起来。

“都已经拿出来了，不管灵不灵验也占卜一次吧！”娜汀亚一副满不在乎的语气，“失踪的客房叫林雪儿，告诉我，她现在在什么地方？”

“遵命。”韩暖又露出笑脸，将洗好的塔罗牌叠好，横向摆放在娜汀亚面前，并示意对方分牌。

因为榴莲没再继续去拿食物，服务员也过来收拾了好几次，所以餐桌现在还算整洁。娜汀亚突然露出严肃的表情，集中精神凝视着眼前的塔罗牌，并将其分成三叠。

“哟，看来你也懂一点门道。”韩暖收起笑容，眼神中闪现出一丝阴险的狡黠。

“少废话，赶紧给我占卜林雪儿的下落。”娜汀亚命令道。

韩暖没说话，专注地将牌叠回一叠，并将牌由横向逆时针转为直向，然后扬手示意对方抽牌。

娜汀亚抽出三张牌，韩暖先翻开前两张，分别是“13，死神”以及“15，恶魔”。他皱着眉头说：“死神与恶魔相伴，你要找的人恐怕已凶多吉少。”

娜汀亚亦眉头略皱，遂斩钉截铁道：“不管她是死是活，我要知道的是她的下落。”

韩暖翻开最后一张塔罗牌，牌面是一个站在河边的天使，她一只脚站在岸上，另一脚则踏入河中；她的双手各拿着一只圣杯，并用圣杯相互倒水，试图使两只圣杯的水保持平衡。

“是‘14，节制’。”韩暖解释道，“这张牌告诫世人当面对诱惑时，必须控制自己的欲望。天使手中的圣杯分别代表‘物质’和‘精神’，必须在两者之间取得平衡……”

“别跟我说这些废话，我只想知道林雪儿的下落！”娜汀亚不耐烦道。

“行行行，别着急，我现在就说。”韩暖指着天使脚下的河流，分析道，“天使其中一只脚踏入河中，这已经是最好的明确的暗示。”

“她被投进河里？”娜汀亚转头向帕克问道，“酒店附近有多少条河流？”

帕克答道：“大河没有，只有细小的河沟。不管是大河还是河沟，都不可能隐藏尸体。因为河水是流动的，尸体很容易就会被河水冲到海里，继而被人发现。”

“不在河里，会在什么地方呢？”娜汀亚转头望向韩暖，严肃问道，“她到底在哪里？”语气中带有逼人的气势。

“这张牌的暗示不一定是河流，不过一定跟水有关，至于具体位置……”韩暖顿了顿，摊开双手无奈道，“我要是连这个也能占算出来就不用开的士，每天占算下期六合彩开奖号码就行了。”

“废物，就这点儿本事也好意思出来献丑。连个大概位置也算不出来，有什么用？”娜汀亚狠狠地瞪了他一眼。韩暖只好尴尬地赔笑。

“也不能说韩先生的占卜毫无用处。”溪望不知何时已跟安琪及阿湛返回餐厅，向众人说道，“节制是第14张牌，林雪儿最后出现的地方恰巧就是14楼。”

娜汀亚瞥了他一眼，冷漠问道：“关于她的下落，你有没有头绪？”

“虽然已经知道她最后出现在14楼，但暂时……”溪望突然觉察到源自背后的异样。那是一种似曾相识的感觉——有人在背后盯住他，而且还是个熟识的人。

他猛然回头，发现有一个白色身影躲藏在柱子后面。他仔细一看，不禁讶然叫道：“杨露？”

第七章　挑拨离间

溪望回头发现，在背后盯住他的竟然是身穿白色套裙的杨露。而对方被他发现后，并没有立刻逃走，反而大方地从躲藏的柱子后面走出来，还跟他打招呼：“嗨，我们又见面了。”

她来这里干什么？

这个问题在杨露出现那一刻，便盘旋于溪望脑海当中。

先是李梅，接着是杨露，到底是什么原因吸引她们来这间位置偏僻的闹鬼酒店？她们是冲自己而来吗？还是有其他目的？然而，杨露若想对自己不利，肯定不会这么容易就被发现，至少她不会穿如此显眼的白色衣服。

溪望突然发现，迎面向他走过来的杨露，目光并非落在他身上，而是他身后的餐桌。他瞬即意识到问题所在——她的目标是娜汀亚！

之所以会有这个想法，是因为餐桌旁一共坐有5人，其中榴莲、韩暖及倩琪均跟杨露毫无关系。见华虽是溪望的妹妹，但杨露若要加害她，又无须如此大费周章跑来香港，她在学校念书的时候，便有很多机会可以下手。

因此，杨露特意跑来香港，而且还来到这间酒店，目标必然是娜汀亚。至于她为何要向娜汀亚下手，很可能是因为已过世的宏叔。宏叔生前是天雄药业下属单位员工，娜汀亚的父亲则是天雄药业总裁，两人早年就已认识。

宏叔曾多次在溪望面前表示，并不喜欢这位老朋友，但却从未提及当中的因由。或许，他们之间存在某些恩怨，杨露作为宏叔的徒弟，替师傅向仇人报复是理所当然的事。

“有想我吗？”杨露走到溪望身前，向他身旁的安琪瞄了一眼，眼神中带有三分敌意，随即又向溪望展露冷艳的微笑。

“有，我当然想你了。”溪望猛然抓住对方的手腕，冷峻道，“我每天都在想怎么将你送进监狱。”

杨露突然泪眼婆娑，“当时你还那么热情，现在你却……”说着，一滴晶莹的眼泪从白皙的脸颊上滑落。

“你说什么！”溪望怒骂道。

杨露声嘶力竭道，“那个狂风暴雨的夜晚，我们在停电的研究所里面……”

撒谎的最高境界是“不撒谎”，只选择性地道出部分事实，从而达到误导他人的目的。杨露现在用的就是这一招。

她说的是当日在研究所里，两人交手时被溪望划破脸颊一事，但她只说事实的一部分，而且使用的言辞又极易令人联想到男女之事，难免会让人误会。最要命的是，溪望对此却无从反驳。

“她是什么人？”安琪冷眼盯住杨露，向溪望问道。溪望能感觉到她那弥漫全身的醋意，正想解释时，杨露突然甩开他的手。

杨露两眼望着安琪，颤抖地后退了一步，又望向溪望，伤心欲绝地说：“原来你已经有了新女朋友……”说着痛哭一声，遂转身快步离开餐厅。

她的举止显然过分夸张做作，明眼人一看就知道她在做戏。不过，这只是溪望的想法，安琪那如烈焰般燃烧的怒火让他知道，对方对此深信不疑。

“她到底是什么人？你跟她是什么关系？”安琪揪着他的衣服怒吼。

在这种情况下，若如实告诉安琪，“她是杀手，她刚才所说的一切，都是为了离间我们的关系。”换来的肯定是一顿拳脚。

溪望正为该如何解释而犯愁时，见华悄悄在娜汀亚耳边说：“你得替哥想个办法，不然就别指望他能去调查女房客的下落。”

娜汀亚本来只打算看戏，但听见华这一说，知道自己不能袖手旁观。她向榴莲扬了下眉，淡漠问道：“会不会玩梭哈？”

“我不喜欢赌博。”榴莲在倩琪面前，装出一副正气凛然的模样。

“唉，外面还在下雨，今天大概不能出去玩。”娜汀亚挨着椅背，故意提高声音，朝正背向她的安琪叫道：“我还打算给你们每人十万筹码，陪我玩几盘梭哈呢！”

安琪正向溪望兴师问罪，但听见她说每人给十万，耳朵马上竖起来，连忙丢下溪望，走过来问道：“怎么玩法？”

“人太少不好玩呢！”娜汀亚故作扫兴地望向榴莲。

榴莲立刻伸直腰板，道貌岸然道：“小赌怡情，各位女士要是有这个雅兴，在下乐意奉陪。”

娜汀亚狡诈地笑了笑，遂说明规则：“我们一起玩梭哈，每人十万筹码，当其中一人输光所有筹码，赢到筹码的人就可以跟我兑换现金。”

“这样你不是很吃亏吗？”倩琪不解道，“不管谁赢了，最终就只有你一个人输钱。”

“嗯，我的确很吃亏。”娜汀亚脸上笑容不改，“为了弥补我的损失，每一盘输掉筹码的人，不管输多输少都得让我用墨水在脸上画一笔。”

“这不就跟拍羽毛毽子的惩罚差不多？”韩暖问道。

娜汀亚狡黠笑道：“没错，我小时候最喜欢玩羽毛毽子，因为我总是能赢。”

“现金最后才结算，但每输一盘都要画大花脸……”安琪说着突然想到一个问题，遂问道，“你输了怎么办？”

“你从我手上赢取的筹码，最后都能换成现金，难道你还想画我的脸呀？”娜汀亚翘起双手，面露不悦之色，“你们要不要玩，要玩就跟我去棋牌室，不玩就拉倒。”说罢便拉起见华，作势离开。

“我玩。”安琪第一个举手，并给榴莲使了个眼色，对方亦会意地将手举起。

韩暖跟倩琪也要玩，但娜汀亚说溪望必须在回内地之前，找到林雪儿的下落，不准他参与这个游戏，倩琪便想留下来陪他。

“已经有5个人，也不差你一个。”娜汀亚冷眼瞄了倩琪一下，便拉着见华离开餐厅。安琪当然不能让这个大财神溜走，立刻跟上去，榴莲及韩暖跟随其后。

刚步出餐厅，娜汀亚便向安琪嘲讽道：“管好你的契家佬，别刚赶走一只白骨精，又来一只狐狸精。”

安琪知道对方暗示倩琪对溪望有好感，但她此刻只想着怎样在赌桌上赢钱，便假装没听懂。

待众人离开餐厅，倩琪便向溪望羞怯问道："不介意我陪你吧？"

"求之不得。"溪望莞尔一笑，"我们到4楼走一趟吧，我想去失踪房客的房间看看。"

两人乘坐电梯到4楼，根据刚才阿湛提及的房号，找到林雪儿失踪前入住的房间。来到房间门前，溪望发现房间门大开，还看见荆虹在房间里面。他跟倩琪进入房间，并向对方打招呼。

荆虹诧异地盯住倩琪，呆了一会儿才跟溪望说："你还真是魅力四射呢，才不见一会儿，身边的女伴就换人了。"

"别误会，这位是我妹妹。"溪望为两人互作介绍。

"不对呀，你们一个姓相，一个姓刘，怎么可能是兄妹？"荆虹眉头略皱，思索片刻遂恍然大悟，调笑道，"'妹妹'可真是个不错的称呼呢！进可攻、退可守，送礼自用两相宜，哈哈！"

"你想到哪里去了，我真把她当作妹妹。"溪望给她使了眼色，示意她适可而止，因为倩琪已经羞怯得低头退到墙角。

毕竟是初相识，荆虹也不想引起对方的反感，便没有继续戏弄他们，跟溪望在房间内搜索林雪儿留下的蛛丝马迹。在接到报案后，警方曾对这个房间进行多次搜查。跟林雪儿相关的物件，基本上都已被带返回警署，所以他们还能找到的线索可谓凤毛麟角。

不过，溪望还是注意到书桌上有笔记本电脑留下的压痕，便向荆虹询问，林雪儿的行李中是否有笔记本电脑。

荆虹点头道："嗯，我们的确带走一台电脑，还发现她失踪前曾用这部电脑更新Facebook。"

"她的Facebook有提及一些值得注意的事情吗？"溪望问道。

"大多都是些跟这次来香港旅行有关的事情，比如一些风景照，或者吃过哪些地道食物，买什么礼物准备送给谁之类。"荆虹顿了顿又道，"最值得注意的是，她在失踪前一晚曾在Facebook中留下'今晚准备出去，希望那些跟踪狂不要靠近我'这样的信息。"

"跟踪狂？"溪望皱眉思索，"会不会跟她的失踪有关呢？"

"不清楚，不过还有一件事值得注意。"荆虹将手伸到眼前作拍照状，"她行李中有一部相机，但里面却没有内存卡，我们找遍整个房间也没找到内存卡。”

“会不会是出门时忘记带了？我也经常这么冒失呢。”倩琪说。

“不可能。”溪望摇头道，“她既然能在Facebook上传照片，说明她的相机可以使用。没找到内存卡，或许是因为她失踪时带在身上，又或者已被人偷走。”

荆虹困惑道：“如果要偷，为什么不干脆把整部相机偷走，一张内存卡能换几个钱呀？”

溪望皱眉道：“或许内存卡里面的资料，比一部相机更值钱。”

他们逗留了约一小时，几乎查看了房间内每个角落，却没有特别的发现，于是便准备离开。

刚踏出房门，溪望便发现躲藏于走廊拐弯处的白色身影，不由得皱起眉头。对方没有继续躲藏，而是大方地朝他走过来，掩嘴娇笑道：“那个女人没把你怎样吧？”

“杨露，你来这里到底想干什么？”溪望露出凶狠的目光。

“哟，这个也是你妹妹吗？”荆虹走出房间后便打趣道。

“我才没有被通缉的妹妹。”溪望露出不屑的神色。

“通缉？真好笑，我可没有案底呢！”杨露掏出一张香港身份证递给对方，又道，“不信的话，你大可以去查一下。”

溪望接过查看，发现身份证上的照片是杨露没错，但名字却写着“易露妍”。他将身份证转交荆虹，示意对方核实。

荆虹察觉事情不对劲，便没有多话，立刻取出手机走一旁致电总部，核对身份证的真伪。她挂线后便走回来将身份证交还杨露，面露疑惑之色，对溪望说：“她没有被通缉，也没有案底，警方没有关于她的任何不良记录。”

溪望说：“她是内地的通缉犯。”

荆虹沉默片刻，遂皱眉道：“刚才我问过了，她没办回乡证，理论上来说从没有去过大陆，当然也不可能被大陆通缉。”

“怎么可能……”溪望惊疑片刻，遂发现自己竟一直先入为主判断错误。

他第一次跟杨露见面是在内地，自然就认为她是内地人。但以现在的情况判断，她极有可能是香港人，只是以偷渡等方式非法进入内地，并以“杨露”这个假名在内地生活。

黑户在内地本来就是个公开的秘密，单是广东省内就有逾千万黑户，每十个人当中便有一个是黑户。杨露……或许该称她为“易露妍”，她以这个假身份做掩护，纵然在内地犯下命案，只要潜逃回香港，她的身份就如她所说那样，毫无污点。因为她没办理回乡证，理论上她从没踏足内地，自然也不可能在内地犯案。

在这种情况下，要将她扭送回内地伏法，就算有香港警方配合，在操作上也存在一定困难。

溪望思索着如何才能将对方送进监狱时，易露妍已反将他一军，指桑骂槐般对荆虹说："我可是个身家清白的良好市民耶！不像有些人，表面上奉公守法、正义凛然，但双手却沾满鲜血，暗地里也不知道杀了多少人。"

"你不要再胡言乱语！"溪望向她怒目而视。

"我有胡说吗？"易露妍毫无惧色，理直气壮道，"你敢说自己没杀过人！"

"你……"溪望再一次无从反驳，只能向对方干瞪眼。

"你这双手夺去了多少人的性命，你自己心知肚明。"露妍冷讽一句，遂转身走向电梯间。

"你真的杀过人吗？"荆虹眼神中闪现一丝不安。

"我之前是警察，现在也替警察做事，背负人命又有什么好奇怪的。"溪望往她外套腰部稍微凸起处瞄了一眼，又道，"难道你的佩枪就从来没用过？"

倩琪亦帮腔道："杀人也分合法跟非法呀，在法律允许的情况下，把坏人全部杀光也是件好事。"

"虽然法律赋予我这个权力，但不到万不得已，我可不想让它杀人。"荆虹略显尴尬，慌忙整理外套，以将内里的佩枪藏好。

"仁慈与软弱往往只在一线之间。"溪望凝视着电梯间，眼神中充满杀意，"面对凶残的歹徒，只要稍事迟疑便会断送性命。"

第八章　争风吃醋

在林雪儿的房间里没发现新线索，荆虹打算返回新界南总部，希望能从相关资料中寻找蛛丝马迹。不过从溪望口中得知安琪正跟娜汀亚等人玩梭哈，她便想去跟安琪打个招呼再走。若安琪赢钱了，她也可以趁机敲一顿。

三人一同前往棋牌室，荆虹进门一看见安琪的样子，就忍不住放声大笑。倩琪亦忍俊不禁，转过身就笑出来。

此时赌局已经结束，单看众人的脸面就能知道，安琪肯定是大输家。娜汀亚用墨水给她画了一个“夜叉妆”，正给对方拍照留念。

溪望也很想笑，但被安琪恶狠狠地瞪住，只好强忍着笑意任由脸上肌肉抽搐。

榴莲两边脸颊分别被画了一只乌龟及一条刀疤，但在点算筹码后发现赢了八千多。最大的赢家是见华，虽然脸上也被涂上几滴墨水，但她一共赢了十多万。

娜汀亚懒得点算自己的筹码数量，反正只要有人赢取筹码，她就得给对方兑换现金。当然，作为回报，她的脸上没任何污迹。然而，最奇怪的是，韩暖剩下的筹码不多不少，刚好是十万，虽然他脸上也被画了几笔。

“哈哈，太好玩了。”娜汀亚分别给见华及榴莲开出支票，并吩咐帕克将安琪的照片放大，挂在酒店大堂。虽然输了十多万，但她却非常开心。

倒是榴莲接过支票便皱起眉头，不悦道：“你给我支票，我也不知道该去哪里兑换，直接给我现钞吧！”说罢将支票抛到娜汀亚面前。

“你认为我会把那种脏东西带在身上吗？”娜汀亚横了他一眼，拿起支票作势要撕掉，“不要拉倒。”

“要要要。”榴莲慌忙把支票夺回，嘴里碎碎念，“有钱人的思维真难理解，大家都为了几张钞票累死累活，你竟然嫌脏。”

“钞票的确挺脏的，在来到我们手上之前，也不知道被多少人触摸过。”韩暖故作阴森道，“当中或许有人刚擦完鼻涕，也有人刚替宠物清理粪便，甚至有人刚杀过人……”

“听你这么说，我以后都不敢拿钱了。”倩琪胆怯地靠到溪望身旁，但被安琪瞪了一眼，又立刻跟对方保持距离。

“哥，你替我保管吧。”见华随手将支票递给溪望。

“这是你的钱，你还是自己收起来吧！”溪望将支票塞回妹妹手中。

见华直接将支票放进他的肩包里，在他耳边细语：“你以为星夜真的喜欢玩梭哈么？这是你替她寻找失踪房客的报酬，她故意输给我的。”

荆虹见两人举止亲密，不由得向溪望投以诧异的目光，问道：“相小姐也是你妹妹？”

“嗯，有问题吗？”溪望随口答道，遂察觉对方话中含义，补充道，“你也知道她跟我一样都姓相，当然是我亲妹妹了。”

“你的妹妹还真多。”荆虹感慨道。她本想敲安琪竹杠，但见对方输得这么惨，便随口挖苦几句就跟众人道别离开。

安琪一心想着赢钱，现在不但输光了，还被画大花脸，心里要多郁闷有多郁闷，被荆虹挖苦后更忍不住抱怨："刚才那局要不是我一时大意，就不会把筹码全部输掉。"

"你之所以会输是因为你太贪心。"娜汀亚朝她投以不屑的目光，"要是你能像丫头那样知足，没把握就不贸然下注，便不会输得连一个筹码也不剩。"

刚被荆虹挖苦一番，已经让安琪十分恼火，现在又遭到娜汀亚嘲讽，让她几乎要掀桌子。然而，人在盛怒之时，往往会出奇的冷静。安琪意识到发怒只会让对方继续嘲笑自己，于是强忍怒火，刻意以轻描淡写的语气做出反击："是呀，丫头挺沉得住气的，所谓'窈窕淑女'就是形容她这种脾气好，身材也好的女生。不像某些人，脾气差，又长得胖。"

"你说什么！"娜汀亚拍案而起，两名保镖立刻站到她身后助威。

安琪亦不示弱，随即站起来并拉起坐在身旁的榴莲及韩暖跟她对峙。

"你们想干什么！"溪望站在两帮人中间，责骂道，"你们一个是警察，一个是酒店老板的女儿，在这里打起来对谁也没好处。"

"小姐，老爷吩咐要视相先生等人为上宾对待。"帕克亦上前劝说，并在娜汀亚耳边细语，"斗争无益，倒不如退一步海阔天空。"

安琪身为警察，在休班时间与他人斗殴生事，必定会受纪律处分。故此，她绝不会跟对方动真格，不过是为保面子而装腔作势。

娜汀亚虽然经常胡作非为，但此刻亦略有忌惮。毕竟房客失踪一事尚未解决，再生事端难免会遭父亲责怪。而且一旦跟安琪反目，难保她不会把溪望带走，到时候要再找溪望过来帮忙可就困难多了。

然而，娜汀亚虽不想生事，但又不愿放下身段跟对方和解。此刻，她需要的是一个台阶，好让她能保存颜面。

溪望洞察她的心意，便拍手笑道："其实你和丫头的身形差不多，就是比她高一点。丫头这几天穿的衣服，都是跟你借的吧？"

"呸，别以为我会像你这个废柴那样，让丫头穿旧衣服。昨天我才让一间店专门关门半天，只接待我们两个，替丫头买回一大堆衣服。"娜汀亚虽然没给对方好脸色看，但她心里明白，溪望是为她找台阶下。

可是，溪望拿她跟见华作比较，无意中又激起她的斗争之心。她虽与见华感情深厚，但凡事要争第一的性格，迫使她必须与对方分出高下。

她朝身旁的阿湛问道："我跟丫头比，谁胖一点？"

阿湛一直在她身旁充当布景板，哪想到她会把矛头指向自己，眉头深锁地想了好一会儿，才结巴答道："小姐的身材十分标准，不胖也不瘦；相比之下，相小姐稍微消瘦了一点。"

"你的意思是我比较胖是不是？"娜汀亚气不打一处来，举起手去拧比她高一个头的阿湛的耳朵，怒斥道，"跟我去健身室，我要让你知道撒谎是需要付出代价的。"说罢便扯着对方的耳朵离开棋牌室。

帕克向溪望点头道别，遂跟另一名保镖离开。

"竟然逃走了，真没意思。"安琪意犹未尽道，遂摆出胜利手势，还做了个鬼脸。可是，配上她的大花脸实在让人忍俊不禁，大家都不由得放声大笑。她因此气得跳起来，但大家仍止不住笑声，她只好气鼓鼓地走向门外。

"你要去哪里？"溪望强忍笑意，追上前拉住她。

安琪一把甩开他的手，气急败坏道："我回房间洗脸，难道你还想抓我去游街示众？"说罢便头也不回离开棋牌室。

她走后，见华便跟溪望说："哥，我想去看看星夜呢！"

"去吧，别让她太折腾阿湛。"溪望苦笑道，"这哥们莫名其妙地成了她的发泄对象，也太冤枉了。"

"星夜也不过是借机找台阶下台，我去替湛哥说几句好话，应该就没事了。"见华说罢便跟众人道别。

"我也想做做运动，出一身汗。"韩暖亦跟随她离开棋牌室。

溪望慌忙给榴莲使了个眼色，后者会意地追上韩暖，搭着他的肩膀笑道："我也一起去，反正外面还在下雨，没什么地方可以去。"

等两人走后，倩琪便轻声道："韩先生好像老是跟着你妹妹呢！"

"嗯，我知道，所以才让榴莲跟他一起。"溪望皱眉思索，仔细推敲韩暖到底是个什么人，为何老是跟着见华？

倩琪将食指放于唇前，思索片刻道："他会不会是喜欢你妹妹呢？"

溪望面露惊愕之色，急忙否定："怎么可能，以他的年纪可以当丫头父亲了！"

"香港人跟内地人结婚，有很多都是老夫少妻呀，你也用不着大惊小怪吧！"

"不成不成。"溪望不住地摇头，"我绝不会让丫头嫁给这个糟老头。"

"你也太紧张你妹妹了，她总有一天会离开你，组织属于自己的家庭。"倩琪双眸中流露出暧昧的暖意，"你也是时候该为自己的将来做打算了，总不能为了照顾妹妹，一辈子也不结婚呀！"

溪望察觉她话中有话，便装疯卖傻地笑道：“为了照顾你跟丫头这两个妹妹，就算要我打一辈子光棍，我也不介意。”

“其实你可以不把我当妹妹……”倩琪露出幽怨的目光。

溪望明白对方的意思，但却不想让她有不必要的遐想。正想该如何撇开这个话题时，他突然想到林雪儿在电梯视频中的举动，由此冒出一个念头——她当时似乎在跟电梯外的人解释某件事，会不会是因为对方在感情上对她有某些误会呢？

心念及此，他便想从林雪儿的Facebook中找线索，遂跟倩琪说：“我想我得跟戴管家借台电脑。”说罢准备前往健身室找帕克。

倩琪知道他有意转移话题，也就没有多说什么，只是低着头默默跟随。

两人离开棋牌室后，躲藏于走廊尽头的易露妍轻叹一声，眼中尽是妒忌之色，自言自语道：“看来，你们的感情似乎还不错呢！”

跟帕克借来电脑后，溪望就独自在房间里浏览林雪儿的Facebook。通过对方发布的信息，他对这个女生的性格有了初步了解。

在加拿大出生及长大的林雪儿，是典型的洋妞性格，开朗外向、不拘小节。在她的Facebook上，有不少她跟其他网友的聊天记录，哪怕是之前并不认识的陌生人，她也能跟对方聊上半天。而且她毫无心机，经常在无意间向陌生人透露自己的个人资料，譬如年龄、学历等，甚至是地址、电话等敏感信息。很难想象一个如此不注重保护自己隐私的人，会不被骗徒“关照”。

尽管发现林雪儿是个粗心大意的人，但这似乎跟她失踪一事并没有太大关联。正当溪望想继续查找相关线索时，却被敲门声打断，他查看了一下时间，原来不知不觉间已经到了晚饭时间，大概是安琪或者倩琪过来找他吃晚饭吧！然而，他开门后却发现，来人竟然是前台接待员洛静楠。

静楠将一份房客名单交给他，并告知餐厅已经开饭。安琪及倩琪等人已先一步到餐厅去了，请他尽早下楼用餐。

溪望谢过对方后仔细查看名单，发现是林雪儿失踪前一天，14楼的入住记录。让他感到意外的是，在名单当中竟然有李梅的名字。

“该不会这么巧，难道她跟此事有关？”溪望于心中仔细思索，直到静楠再次提醒他下楼用餐才回过神来。

来到餐厅时，溪望发现除娜汀亚外，其他人都已经到了。此外，李梅及露妍亦在餐厅之内，前者风骚地向他抛了个媚眼，后者则向他投以幽怨的目光。

大家依旧坐中午那张八人餐桌，安琪及倩琪身旁都有空位，且两人都凝视溪望，以眼神示意他坐在自己身旁。不同的是，倩琪的眼神中带有请求的意味，而安琪则是命令姿态。

溪望最终选择坐在安琪身旁，此举虽令倩琪颇为失望，但若做出相反的选择，安琪说不定会掀桌子。

“你们想吃什么，我去拿。”榴莲在倩琪面前装了好一会儿小资，终究敌不过空空的肚子。

“我突然想吃沙拉呢，你会做吗？”溪望笑道。

“不就是抓一把青草放碟子里，哪有不会做。”榴莲自信地甩了一下额前那撮头发。

“我去做吧！”倩琪站起来，朝溪望微微一笑，“之前你请我吃饭，我一直都没机会报答你。”

“一盘沙拉换一顿饭，你还真会算。”溪望亦回以微笑。

倩琪娇媚一笑，遂向榴莲招手，跟他一同前往食物区，留下面面相觑的众人。

“她好像挺喜欢你呢。”安琪醋意大发。

溪望挪动椅子靠近对方，温柔笑道：“你的选择得到别人认同，不是一件值得高兴的事吗？”

“哼，高兴的大概就只有你。”安琪娇嗔道，遂伸手到餐桌下捏对方的大腿，痛得溪望又差点叫出来。

榴莲很快就捧回一大堆食物，以海鲜肉食为主，放满了半张餐桌。倩琪随后亦捧回一碟卖相精美的沙拉，不但有各种蔬菜，还搭配了鸭胸等肉食，还伴以凯撒汁及黑椒碎，单是看上去就十分诱人。

倩琪将沙拉放在溪望面前，还故意坐到他身旁的空位上，娇羞道：“我的厨艺虽然比不上你，但做沙拉还是有一点心得，你快尝尝给一点意见吧！”

对方盛意拳拳，溪望自然不会推辞。但他还没拿起叉子，安琪就已将沙拉抢过去，说：“让我先尝一下。”并朝倩琪投以挑衅的眼神。

两个女人之间的战争一触即发，然而谁也没想到，这碟让两人争风吃醋的沙拉，最终竟然夺去一条人命。

第九章　误中副车

安琪跟倩琪于无声中对峙，为了一碟沙拉暗中较劲。餐桌上众人皆不敢开口，全都盯住溪望，看他如何化解这场因其而起来的争端，韩暖甚至露出幸灾乐祸的笑容。

溪望此刻可谓愁肠百结，作为男朋友他必须偏袒安琪，但倩琪是故人之女，他曾答应宏叔，绝不会让任何人欺负她。现在两人分明想在此一决高下，以测量自己在他心中的地位，他不管为谁说话，都会伤害到另一方。

就在他苦恼于该如何处理此事时，娜汀亚带着累得像条死狗一样的阿湛，以及帕克和另一名保镖进入餐厅。

娜汀亚走到餐桌前，瞥了溪望一眼，遂对见华说："我们去贵宾室。"也不等对方回应，便牵着她的手走向贵宾室，但没走几步又回头瞪住阿湛说，"你别跟着进来，浑身都是臭汗，看见你就什么胃口也没有。"

阿湛欢天喜地地点头，待她走远便向溪望问道："我能坐这里吗？"得到对方允许后，他立刻坐下来诉苦，"小姐把我折磨得够呛了，就差没把我的皮剥下来。"说着，腹鸣如雷声般响起。他尴尬地笑了笑，又道："不好意思，我的胃快要被胃酸融化了。"

"你不介意的话，先吃这个吧。"溪望将沙拉放到他面前，"是倩琪亲手做的，味道应该不错。"

"那我就不客气了。"阿湛实在是饿坏了，也不管什么礼仪食相，拿起叉子便猛将沙拉送进嘴里，还边吃边说"好吃"，大赞倩琪的手艺。

溪望可不在意沙拉的味道如何，只想尽快解决这个烫手山芋。他见阿湛三下两下就把沙拉吃掉一大半，不由得大松一口气，先对安琪露个笑脸，遂向倩琪歉意道："看来要下次才能尝试你的……"

话还没说完，即见阿湛用手摸着自己的脖子，脸色渐红，仿佛被噎到以致呼吸不畅。然而，正当溪望想叫他别吃得太急时，他却从椅子上倒下来且全身抽搐，没一会儿便两腿一伸，瘫倒在地不动了。

这突如其来的变化，使正在餐厅内就餐的食客们大惊失色，引起不小的骚动。刚才还在狼吞虎咽的肌肉猛男，突然倒地抽搐，任谁在第一时间想到的都会是食物中毒。

帕克从贵宾室出来了解情况，他走阿湛身前蹲下，仔细观察对方的脸容，并撬开对方的嘴巴观察，又凑近闻了闻，遂冷静地说："脸色潮红，口中有杏仁味，而且黏膜亦是红色，应该是山埃中毒。"

因突变而愣住的一桌人，首先反应过来的是溪望，他向帕克问道："阿湛……死了？"

帕克点了下头，往那碟被阿湛吃掉一大半的沙拉瞥了一眼，说："摄入量很高，下手的人非常狠毒，不给他留下任何活命的机会。"

"怎么可能，沙拉是我做的，我没必要害他呀！"倩琪慌乱地摆手摇头。

"或许你想害的人不是他。"安琪站起来，一脸怒容地盯住她，又道，"要不是阿湛突然出现，现在躺在地上的很可能是我。"

"不是我，真的不是我……"倩琪急得哭起来，"我从来没想过要害人，呜……"

"你先冷静一点。"溪望站起来按着安琪肩膀，让她坐回椅子上，"这碟沙拉是倩琪做给我吃的，你跟阿湛要吃沙拉都是不可预计的变数。除非她想杀的人是我，否则凶手绝对不是她。"

倩琪猛然点头，并向安琪解释："我喜欢小相都来不及呢，怎么可能会害他呢？"

"你终于承认了，哼！"安琪冷哼一声，把头扭到一边，不再理会她跟溪望。

倩琪意识到自己说漏嘴，当即面红耳赤地低下头。

在现在这种情况下，溪望可没心思管男女之事，立刻询问倩琪，有谁曾接触过出事的沙拉。倩琪苦恼摇头，答道："沙拉本来是做给你吃的，我怎么会随便让别人碰到。"

溪望思索片刻又问她做沙拉时的细节，以推断是否有能让别人做手脚的机会。倩琪仔细回忆一番，遂答道："刚才我去拿碟子时，中午跟你打招呼那个女人，碰巧就在我前面，她顺手将碟子递给我。她还跟我开玩笑说，要抓住男人的心，必须先抓住他的胃。"她所说的女人是指李梅。

溪望朝独自坐在远处的李梅望去，发现对方亦在留意他这边的情况，并不怀好意地朝他笑了笑。

"凶手难道是她？"这个疑问于溪望脑海中闪现时，倩琪突然又想到另一件事，并急忙道出，"在我做沙拉之前，沙拉盘被那个穿白衣服的女人用过。"遂指着坐在柱子后面的易露妍。

易露妍面前放有一碟沙拉，但她似乎尚未开吃，只是默默地注视着溪望这边的情况。当她的目光与溪望接触时，双眸流露出一种难以言喻的哀怨，说不清是妒忌还是愤恨，又或者是报仇未遂的不忿。

溪望仔细思索每一个可能性，若凶手是李梅，那么她必然是通过碟子下毒；若凶手是易露妍，她应该是在使用沙拉盘后，将毒药洒在沙拉盘上。

心念及此，他不由得急忙站起来高声叫道："都别吃沙拉！"

倩琪是先将材料夹到碟子里，然后再倒进沙拉盘里搅拌。故此，不管下毒的是谁，沙拉盘都会残留毒药。也就是说，在倩琪之后使用沙拉盘搅拌的沙拉都有毒！

虽然溪望已在第一时间做出警告，可惜还是晚了一步。话音未落便有一名用餐的女士倒地，死状与阿湛无异。阿湛倒地后已引起食客骚动，没过一会儿又倒下一个，不由得令全场食客惊恐万状，部分女生更是高声尖叫。

帕克立刻招来石赣，让其马上报警，自己则指挥酒店员工安抚食客，及收回所有食物。他还让保安守在餐厅门口，暂时不让任何人进出，以待警察前来处理。

"发生什么事了？"娜汀亚跟见华从贵宾室走出来，向帕克问道。

"阿湛中毒了。"

娜汀亚瞥了一眼倒卧在地的阿湛，皱眉道："还不送他去医院？"

帕克无奈摇头："已经来不及了。"

"师弟，你要振作一点呀！"跟随娜汀亚身后的另一名保镖，突然扑到阿湛身旁，使劲地摇晃他的身体，随即又对他进行心肺复苏，并想给他做人工呼吸。

幸好帕克眼疾手快，在两唇接触之前，一手捂住保镖的嘴巴，顺手将他拉起来，斥责道："阿湛已经死了，不管你做什么，他也不会活过来。而且他是中毒死的，给他做人工呼吸，难保不会要了你的命！"保镖被骂后，垂头丧气地坐到身旁的空椅子上，默默注视地上的尸体。

面对众人投向保镖的疑惑目光，帕克主动做出解释："他叫南振鸿，是阿湛的师兄，两人自小一起长大，情同手足。"说罢，他便跟石赣一起指挥服务员，控制餐厅内的混乱局面。

南振鸿沮丧地长叹一声，遂喃喃自语："我就说这酒店有古怪，那个女房客失踪前举动那么奇怪，就跟鬼上身似的……"

"这酒店真的有鬼吗？"倩琪面露惊惶之色，声音细如虫语。

"大概就只有阿南这个胆小鬼会相信。"娜汀亚一脸怒容地盯住振鸿，"阿湛已经死了，你再怎样抱怨亦无补于事。还不如尽快把事情弄清楚，还他一个公道。”

她转头又对溪望说：“阿湛就在你面前出事，你得给我一个说法。”

溪望神情肃穆，点头答道：“虽然才刚认识，但阿湛总算是我的朋友，就算你不开口，我也会把这事查个水落石出。”

警察很快就到场处理，将阿湛及另一名女士的遗体运走，记录在场的食客资料，并逐一录取口供。荆虹亦是到场警员之一，她跟安琪打过招呼后，便对溪望说：“原来你就是曾誉为‘刑侦新人王’的内地刑侦专家。我之前有眼不识泰山，要是有失敬之处，还请你多多包涵。”

溪望谦虚道：“过奖了，那不过是虚衔而已。”

“林雪儿的下落尚未找到，现在又出两条人命……”荆虹愁眉苦脸地叹了口气，“如果可以的话，希望你能帮忙调查这两宗案件。”

“这是我应该做的……”溪望点了下头，突然意识到一个问题，遂喃喃自语道，“或许，这不仅仅是两宗案件。”

“为什么这么说？”荆虹愕然道。

“是误中副车。”安琪恍然道，“凶手本来想杀健仔，但阿湛却阴差阳错做了他的替死鬼。”

“原来是这样。”娜汀亚亦明白当中的因由，“废柴正在调查女房客的下落，有人不想他查下去，就向他下手。而会这么做的人，自然就是令女房客失踪的人。”

“如果是这样，那我就不明白了。”见华疑惑道，“哥才刚开始调查就有人向他下毒，可荆小姐已经调查了近半个月……”她的疑惑令众人一同沉默，到底凶手是出于什么动机，而在沙拉中下毒呢？

溪望将视线移向正在接受女警搜查的易露妍，只见她泰然自若，没任何可疑之处。再望向李梅所坐的位置，发现她正向自己这边走过来。

李梅走到溪望身前娇笑道：“帅哥，待在你身边还真晦气呢！上次我才陪你一晚，就连车子都报废了。不过跟王所长和刚才躺在地上的那个帅哥相比，我还算走运，至少没把命弄丢。”

“或许只是时辰未到而已。”溪望双眼闪现凶光，冷峻问道，“你来这里到底有什么目的？”

“之前不是说过了吗？我来这里玩呀，可惜今天下了一整天雨，害我没机会去认识其他帅哥。”李梅露出惋惜的神色，随即又道，“我今夜会一个人待在房间哦！”说罢给他抛了个媚眼，遂返回自己的位置等待接受搜查。

“她为什么会突然走过来跟我说这些废话呢？”溪望瞄了一眼身旁的安琪，发现对方虽有醋意，但并没向自己兴师问罪。毕竟中午时已经向她表明，自己跟李梅曾有过节，此刻对方再次离间，自然不会起什么作用。

“她应该会想到这一点，难道只为逞一时口舌之快？可是她并不是这种人呀！”他在脑海中琢磨了好一会儿，仍没理出头绪，只好作罢。毕竟现在需要他费神的事情还有很多，根本没时间去猜度李梅的小动作。

同时出了两条人命，警方当然不敢松懈，搜查工作做得十分仔细，在场的食客及酒店员工全部都要搜身，就连溪望等人也不例外。虽然其间娜汀亚曾大发脾性，但在帕克的劝说下，还是乖乖地让女警搜身。

荆虹跟同僚忙了好一阵子，但却没任何发现。不少食客因此而鼓噪，不但责怪警方办事不力，还投诉酒店处理不当。

为平息众怒，帕克当机立断地向众人宣布，将会向所有受影响的客人各赠送一张能免费入住酒店一天的免费券。他处事的果断及迅速，让溪望颇为佩服，但同时也心感疑惑——他当管家是否太屈就了？

刚才他只是看了几眼，就能确认阿湛死于山埃中毒，说明他博学多识；阻止阿南给阿湛做人工呼吸时，亦显露出他的敏捷身手；处理突发事件，能临危不乱。他的种种表现，均远超出一个普通管家的能力范围。

不过，昊叔就只有娜汀亚一个女儿，自然得找个可靠的人来照顾她，百里挑一亦在情理之中。更重要的是，帕克既然能得到昊叔的信任，那么他肯定不会做出对娜汀亚不利的事情。

也就是说，他不可能跟当前这两宗案子有关，更不可能向溪望下毒。因为对娜汀亚而言，这都是有百害而无一利的事情。既然他没有下毒的可能，就能确认他不是敌人。故此，溪望便可将注意力集中在李梅及易露妍身上。

她们两人当中，必定有一个是凶手！

第十章　长夜漫漫

突然闹出人命，大概也没有人还有心情为晚上的时间安排节目。因此离开餐厅后，众人便返回各自房间休息。

虽然几乎可以肯定凶手仍留在酒店，但溪望并没担心见华的安全。因为帕克亲自充当了娜汀亚的保镖，并且严禁任何闲杂人等进入10楼，所以见华跟他们一起十分安全。

沙拉下毒事件虽有怀疑对象，但暂时没能找到关键证据，因此溪望返回房间后，便继续浏览雪儿的Facebook，希望能尽快找出对方的下落。

然而，在浏览对方几乎所有公开日志后，他只得到一个信息，就是对方此次来香港似乎是为了见一个网友。这个网友很可能是此案的关键，但奇怪的是日志中几乎没提及此人的任何信息，对方也没有在日志中留言。

或许，两人是以Facebook以外的方式联系，溪望对此并没在意。他比较关注的是，雪儿在日志中提及来到香港后曾跟对方合照，但不方便将照片公开，怕会引起某人误会。

荆虹曾提及在雪儿行李中，有一部没有内存卡的相机。或许正因为内存卡里储存了犯人的照片，所以才会被其取走。雪儿到香港后，曾将照片上传网络，或许已将这张“不方便公开”的照片上传，只是设定为私密状态才无法浏览。

“看来得找专业人士帮忙。”溪望取出手机，拨打人渣的号码。

电话接通后，听筒便传出响亮的麻将洗牌声，人渣欢快的声音亦随即传出：“望哥，给我买了iPhone5没有？”

“我用的是香港电话卡，你怎么知道是我打来？”

人渣答道：“老大要是打电话回来，肯定会先找花泽。所以我知道是你打来的，而且一定有事要让我干。”

“所以你就先问我要手机喽。”溪望苦笑摇头。

人渣狡笑道：“‘三军未动，粮草先行’，这不是你教我们的吗？”

“你放心，我不会要你白干。替我做一件事……”溪望要求对方破解雪儿的Facebook密码，想办法找她跟香港网友的合照。

“是外国人？那得翻墙才行。”人渣满不在乎道，“不过对我来说毫无难度，我会替你把她在网上留下的所有信息都找出来，明天你就会连她的三围尺寸，喜欢哪个品牌的内衣也一清二楚。”

“你的技术什么时候退步了，竟然要明天才能查到？”

“大哥，我正在四方城内搏杀，发高烧快连内裤也要输光了，哪儿肯放我走。总之，明天你一定能得到想要的资料就是了。”听筒除传出人渣的声音外，还有响亮的麻将声以及发高烧那神经质的叫骂。

人渣在挂线之前，也不忘叮嘱一句：“别忘了给我买iPhone5哦！”

“臭小子，只想着让我买手机，却只字不提付钱。我才不信买回去，你会乖乖地给我结账。”溪望无奈地叹了口气，对着电脑屏幕中雪儿的Facebook，道，“林小姐，你的情报还真不便宜。”遂关闭电脑，开始仔细琢磨案情。

据已知情报判断，给阿湛下毒的人不是李梅就是易露妍，当中以李梅较为可疑。

在溪望的印象中，李梅是只无宝不落的黑凤凰，她绝不会无缘无故跑来香港度假。而且她今晚还突然走过来，说了几句无关痛痒的废话，这明显不是她的作风。若说这当中没有内情，溪望怎么也不相信。但她为何会做出这个奇怪的举动，溪望却想不出因由。

易露妍正被大陆公安通缉，潜逃回香港或许是为了与大陆的假身份撇除关系，以此逃避法律制裁。至于为何会来这里，不排除她只是闲来无事，特意来给溪望添乱。毕竟她曾说不会违背宏叔的意思，对溪望狠下杀手。

可是，溪望总觉得这个女人是个心理不正常，而且极度记仇的女魔头。在不把他弄死的前提下，这女人必定乐意用各种方法折磨他。如果有把握让他中毒后不会死掉，哪怕是变成半死不活的植物人，这女人大概也不会有丝毫的犹豫。

要判断她们两个谁才是凶手，溪望一时间也没能理清头绪，只好暂时将此事放下，转而细想雪儿失踪一事。

自雪儿失踪后，警方曾派出警犬搜查整栋酒店，但至今仍没发现她的踪迹。而在所有出入口的监控录像中，亦未发现她已离开酒店。若她还留在酒店之内，必定是遭人禁锢，且极有可能被禁锢在14楼或邻近楼层。

电梯内有监控，要将她从最后出现的14楼转移到其他楼层，就只能走楼梯。在这个过程中，她肯定不会乖乖配合，只要一声尖叫便会引起其他房客注意。因此，若要转移禁锢地点，必须限制她的活动，譬如把她弄昏或捆绑并堵住嘴巴。

然而，酒店人多口杂，不论以哪种方式转移，都很容易被发现。而且扛个人走楼梯需要消耗大量体力，充其量只能转移到邻近楼层。

故此，只要以14楼为中心点进行地毯式搜索，按理必定能将雪儿找出来。现在最大的问题，只是不能随便进入已有房客入住的房间。不过，这只是警方的问题，溪望作为一名“临时工”，有多种手段可用。

心念及此，溪望便打算明天让帕克弄一套制服，以打扫房间为名，对14楼及邻近楼层的房间进行调查。他当然不会逐个房间搜查，重点是那些自雪儿失踪至今，一直被同一房客租住，且挂上免打扰牌的房间。

他取出静楠送来的房客名单，首先入目的名字便是“李梅”。李梅在雪儿失踪前便已入住酒店，且一直租住至今，更巧的是她所住的1408号房正好位于电梯左侧。

“难道是她……可她为什么要将雪儿藏起来呢？”溪望正为此感到不解之际，房门突然被人打开。

他立刻转头望向门外，且下意识地紧握拳头。当他看见对方原来是安琪时，才缓缓松开五指，抱怨道：“你进来之前至少该敲一下门吧！”

“我有你的房卡，还敲门这么麻烦干吗！而且你又没有在房间里藏着别的女人，怕什么呢？”安琪的语气虽像开玩笑，但眼睛却到处张望，就像捉奸似的。

溪望没有理会她，目光再次落在房客名单上。

“今日真是倒霉透顶。”安琪将房门反锁，走过来坐在床沿上，将鞋子踢掉，晃着一双美腿发牢骚，“好不容易才能出来玩两天，却下了一整天雨，害我哪里也不能去。如果只是这样也就算了，竟然还遇上命案。”

“最气人的还是那个败家女，下午玩梭哈时，她老是针对我。”她越说越激动，重重地拍打床上的被铺，“尤其是最后那一局，如果不是她一再挑衅我，我就不会跟她晒冷。我不跟她晒冷（晒冷，意为压下全部赌注，常用于梭哈等赌博游戏），就不会输光所有筹码。见财化水也就算了，还被她画得人模鬼样，真是气死我了！”

她在喋喋不休地向溪望抱怨，但对方却只专注于眼前的房客名单，不但没有答话，甚至没有多看她一眼。见对方毫不理睬，她就来气了，跳起来一脚踹向溪望所坐的椅子，愤然骂道：“你到底有没有听我说话？”

还好溪望坐得稳，没被踢倒在地。但他正在分析案情，突然被对方踹了一脚，难免心生怨怒，便站起来反骂：“你有完没完呀，不就是些鸡毛蒜皮的小事！”

听他这么一说，安琪就更生气了，杏目怒睁，遂起脚踢向对方。

对方突然偷袭，溪望哪来得及闪避，只好立刻合拢双腿，想以膝盖阻挡对方的攻势。可惜他的动作不及安琪敏捷，不但被踢中，还因对方力劲过猛，使他整个人跳起来。

这一脚重踢几乎让他趴下，只见他俯身跪倒，嘴里除了痛苦的呻吟，没能发出其他声音。安琪虽意识到自己出招太狠，但又气在心头，不愿向对方示好，便以责骂掩饰尴尬：“真没用，连这种程度的攻击也避不开。如果我想要你的命，根本用不着下毒。”说罢便穿上鞋子转身走向房门。

“你走之前能不能过来扶我一下？”溪望好不容易才从牙缝中挤出这句话。

“叫你那个护士妹妹扶你去！”安琪回头瞪了他一眼，遂快步离开房间。

“原来你还在吃醋……”溪望呻吟着移动到床沿，过了好一会儿才缓过来。

安琪平日虽然大大咧咧，但没几个女人在感情上能做到豁达大度。她既然会说出这种气话，说明她介怀溪望跟倩琪的关系过于亲密，这是个必须及时处理的严重问题。但现在不管如何解释，大概也不起什么作用，故此溪望只好打电话向妹妹求助。

此时，见华正拿着一叠崭新的千元港币，跟娜汀亚在房间里玩大富翁。接过哥哥打来的电话后，她便对娜汀亚说："我们的大侦探需要紧急支援耶！"

“那个废柴又惹到什么麻烦了？”娜汀亚露出不耐烦的神色，随手将一叠钞票丢在地上，并拿湿纸巾擦手。虽然是全新的钞票，但她总觉得非常肮脏。

见华挽着对方的手臂笑道："是最让他头痛的问题。"遂道出安琪闹情绪一事，并说，"如果不把这个问题解决好，哥恐怕不能安心替你解决酒店的问题。"

“你就知道拿这事迫我上船。”娜汀亚娇嗔骂道，遂呼唤于门外把守的帕克，让他请安琪过来。

“需要吩咐餐厅准备食物吗？”帕克问道。

“你拿主意吧！”娜汀亚挥手示意他退出房间。

帕克很快就把安琪请来，还让餐厅送来芝士、巴马火腿等食物以及饮料，还准备了一瓶红酒。他亲自将饮料及食物捧进来，并将红酒开启倒进醒酒壶，随即退出房间。

安琪心情不太好，也不理会什么醒酒时间，抓起醒酒壶就给自己倒了一杯，随即一饮而尽。她喝完才跟娜汀亚说："找我过来有什么事，还嫌我不够倒霉，又想戏弄我吗？"

“呀，你还惦念着下午被我画了个大花脸？”娜汀亚略显愕然。

“你准备把我的丑态挂在酒店大堂，我能不记挂吗？”安琪又倒了杯红酒，并一口喝掉一半。

娜汀亚轻描淡写道："我不过随口说说，谁会把这么丑的照片挂在大堂，不把客人吓跑才怪。"

“你这话是什么意思，是嘲讽我吗？”安琪火冒三丈，怒目瞪着对方。

“这些火腿的味道不错耶！”见华插起一片火腿递给安琪，“姗姐，你也尝尝。”

安琪知道对方故意转移话题，但面对这个心地善良的丫头，她又气不起来，只好接过火腿品尝。

见华见气氛稍有缓解，便笑道：“姗姐，其实我们请你上来，只是想跟你聊聊天。”

“你以为我会相信吗？”安琪向对方扬了下眉，“你哥是怎么教你的？无事不登三宝殿，人不论做什么事都有其原因及目的。如果你找我聊天，我还会相信，但她……”她朝娜汀亚瞥了一眼，“我想她大概没什么想跟我聊。”

“这个的确是事实。”娜汀亚摆出一副盛气凌人的姿态，傲慢道，“基本上，我跟你这种生活于社会低下层的差婆，没什么共同话题。”

“道不同不相为谋，要不是为了不让戴管家难做，我也不想走这一趟。”安琪将杯中红酒喝光，遂站起来又道，“既然我们也没什么可说，我就告辞了。”说罢便转身走向房门。

见华慌忙给娜汀亚使眼色，示意对方想办法让安琪留下。

娜汀亚皱了下眉头，目光无意中掠过衣帽间，遂狡猾笑道：“丫头，你不是说找不到适合的衣服，配昨天买的那个手袋吗？待会儿让帕克把它扔掉好了，免得放在这里碍眼。”

见华愣了一下，遂会意道：“那个手袋打折后还要两万多，扔掉会不会太浪费了。”她转头向虽已走到门前，但明显放慢了脚步的安琪叫道，“姗姐，你先别走。”

第十一章　少女心事

“又怎么了？”安琪面露不耐烦之色，但却折返走到两人身前。

“等我一下。”见华快步跑进衣帽间，片刻便取出一个崭新的时款手袋。她将手袋递给安琪，笑盈盈道：“姗姐，这段时间一直受你照顾，我也没什么可以报答你，这个手袋就当我送你的谢礼好了。你应该不会嫌弃吧……”她本想再下点嘴头，将手袋硬塞给对方，但见安琪早已两眼放光，那些废话也就可以省去了。

“我们是自己人，用不着这么客气啦。”安琪言语中虽有推却之意，却没将手袋归还对方，而是爱不释手地于手中捣弄。

见这招奏效，见华便拉安琪坐下来，并为她倒了一杯红酒。把她留下来后，见华便跟她聊着些无关痛痒的家长里短。

她们聊了好一会儿，话题虽已落到溪望身上，但仍未进入主题。娜汀亚不像见华这么有耐性，沉默半天终于忍不住插话："我自小就认识废柴，他虽然是个酒囊饭袋，但总算是个重感情的人……"

"你不是最讨厌他吗，怎么突然替他说好话了？"安琪独自喝掉大半瓶红酒，虽不至显露醉态，但明显已比刚才放松，对娜汀亚的态度也没之前那么恶劣。

"我虽然讨厌他，但不会因此而撒谎。"娜汀亚严肃道，"像他这样的人，绝不会贪新忘旧，更不可能一脚踏两船。"

"开始入主题了，哈哈哈……"安琪借着酒意放声大笑，浅酌一口红酒又道，"我就说你们不会无缘无故叫我过来聊天，原来是替健仔当说客。"

"被你发现了。"见华俏皮地朝她吐舌头，"姗姐，你不会生气吧？"

"你说呢！"安琪佯装发怒瞪了她一眼，遂开怀大笑，"我们也是自小就认识，我是怎么样的人，你还不清楚？我才没这么小气呢，也不会为这种事怀疑健仔。"

"你没怀疑废柴跟那个护士有一腿，那为什么还跟他吵架？"娜汀亚好奇问道。

"你们年纪尚小，还不清楚男女之间的感情是怎么一回事。"安琪叹息一声又道，"我生气不是怀疑他另结新欢，而且因为他马上就要回大陆，却宁愿去查案也不多抽点时间陪我。"

娜汀亚意识到两人吵架是因自己而起，不由得感到一丝愧疚，但高傲的个性又不容她向对方表示歉意，反而盛气凌人道："想他留下来还不容易吗？用酒店的名义替他申请签证就行了，我明天就让帕克去办手续。"

"妹妹仔，如果事情这么容易就能够解决，我自己也能搞定，用不着你出手帮忙。"安琪再度叹息，伸手按在见华的肩膀上，又道，"问题其实出在丫头身上。"

"我？"见华一脸愕然，遂慌忙说道，"姗姐，你是不是有些误会了？哥跟我虽然不是亲生兄妹，但我们之间绝没有男女之情……"

安琪伸出食指按在见华唇前，笑道："你才误会，我根本不是这个意思。"

她解释道："健仔最重视的是亲情。当年他曾答应我，读完书就来香港找我，可是他后来却没有兑现承诺。所以，我在口岸看见他时，才会忍不住冲上前打他一顿。”

“姗姐，哥是有苦衷的，爸在他刚念大学时就过世了……”见华双眸泛红，泪光隐约可见。

“蠢材，这就是我打他的原因呀！”安琪轻戳见华的小脑袋，笑道，“博叔虽然走了，但以他的能力要来香港还不容易？不管是升学还是工作签证，只要他想来就一定有办法。可是他只能把自己弄过来，没办法把你也一起带过来。”

“原来哥是为了我才没来香港找你。”见华恍然大悟。

安琪点头道：“这说明在他心目中，你比我更重要，所以他宁愿违背承诺，也要留在大陆照顾你。现在的情况也一样，他要留在香港一点也不难，但他不想让你放弃学业，所以他一定会跟你回大陆。”

“那你跟他们一起回大陆不就行了？”娜汀亚说。

安琪苦笑道：“可我又不想放弃在香港拥有的一切呢！”

娜汀亚皱起眉头，不解问道：“既然你早就知道，你们最终不能在一起，为什么还要跟他拍拖？”

“不在乎天长地久，只在乎曾经拥有。”安琪意味深长地笑了笑，“虽然我们都不会为对方放弃一切，但我们又很喜欢对方，为什么不把握现在这个机会，给自己留下一个刻骨铭心的回忆呢？这样至少在以后的日子里，我不会为自己没放胆去爱，而留下毕生的遗憾。”

“只在乎曾经拥有……”娜汀亚喃喃念道，开始理解安琪的想法。

女性大多冲着结果而谈恋爱，总是憧憬爱情能天长地久，却不知道爱情的真谛并非长久的“占有”，而是曾经“拥有”。当不能永远占有对方，这一刹那的“拥有”至少不会让自己的人生留下过多的遗憾。

心念至此，娜汀亚对安琪的态度大为改观。她一时兴之所至，从酒柜取出一支上好年份的红酒，跟对方开怀畅饮。

在她们举杯畅饮的同时，溪望仍在琢磨林雪儿的下落，并且已有些许眉目。根据雪儿在Facebook上的留言，她此次到香港的目的，显然是为了见某个网友。而她这个年龄的女性，又很容易对异性产生憧憬。因此，这个让她不远万里从加拿大飞来香港的网友，极有可能是男性，而且年龄应该不会跟她有太大差距。至少不太会是个中年大叔，或者是个糟老头。

可是，如果她是来见一个年轻帅哥，为何又会跟李梅扯上关系呢？

溪望越想越不明白，正为此犯愁之际，思绪被门外响起的敲门声打断。他打开房门，发现站在门外的竟然是韩暖，便问对方有何贵干？

“我刚才又碰见那个年轻人了，他让我把这个交给你。”韩暖给他递上一张便条。

“是送你免费券那个年轻人吗？他还在酒店里？”溪望追问道。

“他早就走了。”韩暖答道，“我是在大堂碰见他的，他叫我把便条交给你，还塞了一百块小费给我，然后就走了。我看着他走出酒店门口。”

溪望双眼闪现一丝怀疑的目光，向对方问道：“都这么晚了，你怎么还跑到大堂闲逛？而且还这么巧碰见那个年青人？”

“业务所需嘛。”韩暖从腰包掏出一叠酒店简介，“作为一名专业的的士司机，我有义务向乘客推介适合的酒店。所以我就跟服务台要了一叠简介，没想到恰巧就碰见那个年轻人。”

虽然觉得对方的解释有点牵强，但继续追问下去似乎也并没多大意义。因此，谢过韩暖后，溪望便将房门关上，逐一查看便条的内容。便条上的字不多，只写着“花无百日红，人无千日好”，署名则是意料之中的“神偷凌风”。

这张便条的意思，大致是说溪望今天没被毒杀，无非是运气好。但是人不可能一辈子走运，总有一天会倒霉。这既可视作善意的提醒，也能说是恶意的恐吓。

“他到底是敌人，还是朋友？”溪望一时间难以猜度对方的立场。

虽然不能确定对方的意向，但有一点溪望可以肯定，那就是凌风就藏身在酒店之内。他之所以有这个推断，是因为手中的便条是用酒店房间里的便条纸写成，不入住酒店要获取这种便条纸并不容易。

凌风作为“陵光”成员之一，显然不会如此大意，忽略这个重要的细节，从而暴露自己的行踪。他或许是故意提醒溪望，自己就在酒店之内，溪望的一举一动都在他的监视之中。

这在某程度上，亦算是一种威胁。

然而，溪望对此却毫不在意，毕竟是凌风主动邀约他过来。若对方不在这里，他会更纠结。此刻，他更在意的是韩暖。

凌风两次都让韩暖送信，若说只是巧合，实在难以令人信服。而且韩暖举动怪异，也难免让人生疑，怀疑他跟凌风的关系，甚至有可能是凌风本人，至少他的年纪与凌风相近。至于他口中的年轻人又是怎么回事呢？

若非见华曾与萧铁炫有过一面之缘，溪望肯定会认为这个“年青人”只是韩暖随口虚构出的人物。

单是李梅跟露妍就已经够让溪望头痛，再加上凌风更令他一个头三个大。这家酒店到底有何独特之处，能让他们蜂拥而至？

就在他反复思量，希望能找到当中的因由时，敲门声再度响起。他将房门打开，发现倩琪站在门外，朝他温柔笑道："我一个人待在房间里很无聊呢，能进去跟你聊聊天吗？"她的衣着跟白天时不同，而且身上散发着淡淡的香气，显然是刚洗过澡。

溪望正在琢磨案情，根本没有聊天的兴致，而且还刚跟安琪吵了一架，自然就不会再惹她误会。毕竟安琪的态度已经表明，介意溪望跟倩琪的关系过于亲密。若两人在这个敏感时刻仍不避忌，恐怕她这次就不只踹溪望一脚那么简单。

故此，溪望便以疲倦为由婉拒。

"累了就早点休息吧！"倩琪一脸失望，但仍强颜欢笑，"我先回房间，不打扰你了。"说罢便转身准备离开。

溪望本想送她到电梯间，但刚踏出房门便发现躲藏于走廊拐弯处的白色身影。他双眼闪现凶光，朝对方冷笑道："你怎么像冤鬼似的，老是阴魂不散。"

易露妍朝他们走过来，露齿而笑："这里是公共地方，我不能在这里散步吗？"

"这间酒店有15层，外面还有个大得能让你裸跑也不会被人看见的花园。可你哪里都不去，却跑到我这里来，这未免太巧了吧？"

她走到溪望身前，突然露出忧伤的神色，哀怨道："我也不知道自己为什么会走到这里，或许是想你吧！"

"我也很想你，但我只想着怎样才能把你送进监狱。"溪望厌恶道，"免得你老像只苍蝇似的，在我身边飞来飞去。"

"你竟然说我是苍蝇？"她眼现泪光，一副伤心欲绝的模样，转头对倩琪说，"你看，他就是这么寡情薄意，你待在他身边，早晚会为他肝肠寸断。"说罢边低声抽泣，边走向电梯间。

"这女人总是疯疯癫癫，也不知道她心里到底在盘算什么。"溪望心底涌起一股无名怒火。

倩琪盯住露妍的背影，直到对方于电梯间前消失，才声音颤抖地跟溪望说："她就住在我隔壁。"

溪望愣了一下，第一反应是易露妍会否对倩琪不利，但随即又否定了这个想法。易露妍作为宏叔的徒弟，应该知道倩琪是宏叔的私生女一事。她虽然对溪望恨之入骨，但看在宏叔的份上，至今仍未动杀手，可见她对宏叔极为尊重，绝不可能加害倩琪。

想到这里，溪望才松了一口气，向倩琪安慰道：“别担心，她跟我虽然有过节，但绝不会无缘无故地伤害你。你注意跟她保持距离，别招惹她就是了。”

倩琪虽然面露惧色，但迟疑片刻后还是跟溪望道晚安，乘电梯返回自己的房间。

溪望回到房间里，大字形地躺在床上。他真的觉得累了，但他的累并非源于办案，而是因为周旋于几个令他头痛的女人之间——大大咧咧但性情火暴的安琪、芳心错许的小家碧玉倩琪、口蜜腹剑的蛇蝎美人李梅、冷艳但心理变态的露妍，还有趾高气扬、老是给他添乱的娜汀亚。

溪望突然觉得，自己上辈子肯定对女人做了些不可原谅的事，所以这辈子才会被这群女人围堵。他叹了口气，弯腰发力，从床上跳起来，喃喃自语道：“宁得罪小人，莫得罪女人。还是先休息一下，明天抓紧时间把这两宗案件查清楚，尽早离开这个是非之地。”

他走进浴室洗澡，发现水压仍然很低，其后刷牙时更发觉自来水有一股奇怪的甜味。他想大概是水塔有一段时间没清理才会这样，又或者这里的水质本来就有股怪味，因此便没作多想。

然而，他此刻做梦也没想到，这跟林雪儿的下落有着莫大关联。

第十二章　寻获芳踪

次日，天公作美阳光普照。

“雨终于停了，趁今天天气好，我们去迪士尼玩一整天好不好？”安琪趁大家坐在一起吃早餐，兴冲冲地叫嚷着。话虽然是对大家说，但她的目光却只停留在溪望身上。

溪望明白她的心意，亦知道这是解除“冷战”状态的最好方法。但他更想尽快查清楚林雪儿的下落以及昨天的命案，因此便默不作声地低头吃早餐。

然而，让溪望意想不到的是，一向喜欢对安琪冷嘲热讽的娜汀亚见他没有表态，竟然吩咐帕克准备门票及接送车辆，并为大家安排行程。安琪也没像之前那样跟娜汀亚斗气，而是衷心地跟对方说了声“多谢”。

见两人的关系起了微妙变化，溪望知道自己肯定错过了一些很重要的事情。不过过程并不重要，既然娜汀亚主动向安琪伸出援手，他也没理由拒绝对方的好意，便答应跟大家一起去玩。

可是，就在众人刚吃完早餐，准备出发的时候，发奎突然焦急地跑到帕克身旁，并在他耳边细语。帕克随即露出凝重的神色，遂俯身到娜汀亚耳边细语。

“找到了？”娜汀亚先露出惊喜之色，随即亦如帕克一样神色凝重，向众人道，“车已经准备好了，你们去玩吧！”她转头望向溪望，命令道：“你，跟我们走。”

她给帕克使了个眼色，示意对方带路，但突然又觉得有点不妥，回头对安琪说：“先借你的男人用一下，一会儿还给你。”

安琪虽面露失望之色，但并没拒绝之意，豪爽道：“尽管拿去用！”

“能不能先告诉我发生什么事了？”溪望突然觉得自己像一件玩具，被眼前这两个女人推来送去。

娜汀亚稍事迟疑才开口：“那个失踪的女房客找到了。”

“在14楼?”溪望立刻追问。

“不是。”娜汀亚轻轻摇头，“在楼顶的水塔里面。”

“死了？”众人哗然叫道。

虽然这已是意料之中的事情，但当得到确认时，难免还会让人感到事实的残酷。

“这事让我跟废柴去处理就行了，你们去游乐场玩吧！”娜汀亚转身走向门外，并示意溪望跟随。

“我也想去看看。”倩琪紧随溪望身后。

安琪见状亦无意玩乐，立刻追上前，并宣示主权般挽着溪望的手臂，说：“我好歹也是警察，当然得到现场了解情况。”

溪望扭头看着她，歉意道：“你明天就得回去工作，现在不去就没机会了。”

“没你陪我，去也没意思。”安琪毫不在意。

连发起人都跑了，其他人也无意前往游乐场，于是便一同上楼顶。

酒店楼顶不能以电梯直达，只能在15楼通过楼梯进入。楼顶除了在楼梯间旁边，有四个屹立于1.5米水泥底座之上，自身高约2.4米的巨大水塔外，就没有其他设施。

众人到达楼顶时，发现已有大群警察及消防员在场，发奎解释道：“昨天有房客投诉水压很低，所以趁今天没下雨，我们一大早就安排工人清理水塔。可没想到工人在清理水塔时，竟然发现里面有一具尸体。这可把大家吓坏了，全都乱得团团转，我只好立刻告诉戴管家。”

帕克接着说：“水塔的入口较小，不足以让成年人通过，工人没办法将尸体捞出来，只能等消防员来处理。其实在你们用早餐之前，警察就已经来了，只是之前不知道尸体的身份，所以没有惊动小姐。”

“现在情况怎样？”娜汀亚问道。

“消防员放干水塔的储水后，在下方凿开一个洞口才能将尸体移出水塔。经法医初步检定，已确定是失踪多日的女房客。”帕克往站在警察堆里荆虹望了一眼，又道，“尸体刚才已经运走，详细情况可以向荆督察了解。”

娜汀亚瞄了溪望一眼，命令道：“还不去干活！”

溪望无奈地耸耸肩，跟安琪一同走到荆虹身前，向其了解情况。

“我快被这宗案子烦死了，本以为把人找出来就什么都好办。但是现在看来，这宗案子比我们想象中要诡异得多。”荆虹抱怨一轮后，遂将警方现掌握的资料道出——

警方接到酒店的报警求助后，立刻派警员前来了解情况，发现其中一个水塔内确实有一具疑似人类尸体的异物。因塔顶入口太小，到场警员无法将异物捞出，便要求消防队增援。

其后消防队到场，确认异物为一名全身赤裸的女性，以头上脚下的姿态陈尸于水塔之内。消防员随即将水塔储水放干，并在水塔下方割开一个缺口才能将尸体移出。

经法医检定，死者为失踪多日的加籍华人林雪儿。尸体手脚扭曲，但没有任何外伤或受挤压的痕迹，也没有曾受性侵犯的迹象。初步判断死因为溺水导致窒息死亡，且被水浸泡时间在十天以上……

“她很可能自失踪后，就一直泡在水塔里面，难怪我们找遍整间酒店也找不到她。”荆虹抬头望向总高度达4米的水塔，眉头皱得几乎能把苍蝇夹死，困惑道，“现在我们要解决的第一个问题是，她到底是怎样进入水塔的？”

“用梯子不就行了？”安琪往消防员架在底座上的梯子指了指。

“不论借助任何工具，都必然会留下相应的痕迹，但鉴证科的伙计却只找到清理水塔的工人，以及消防员留下的痕迹。”荆虹苦恼地摇头，“除此以外，什么也没找到，就连一个鞋印也没有。”

“凶手是清理水塔的工人！”安琪语气坚定道。

“先别妄下判断，别忘记昨天下了一整天雨。”溪望轻摇食指，“受雨水冲刷，昨天之前的痕迹恐怕已经消除。”

荆虹点头道：“这就是让人头痛的原因，现在我们连死者是自杀、他杀，还是死于意外也确定不了。”

“虽然痕迹已被破坏，但要判断这宗案子的性质并不难。”溪望遂做出详细分析——

根据家属、亲友，以及林雪儿曾光临的书店店员描述，她是个性格外向，开朗、活泼、好动，且爱交朋友的女孩。像这样的女孩子在没受任何刺激的情况下，绝不会突然了结自己的生命。

而且她在失踪之前，每天都有跟父母通电话报平安。如果她有意自杀，肯定不会每天给父母打电话。还有，她是以全身赤裸的姿态陈尸水塔，对女性而言这种死状极其不堪，谁愿意死后还给亲友留下一个如此恶心的坏印象?

因此，基本上能排除自杀的可能性。

死于意外也不可能，因为难度实在太高了。死者身高为162CM，在没梯子等辅助工具的情况下，不可能爬上总高度达4米的水塔顶部。若是利用工具爬上去，那么她掉进水塔后，肯定有人将工具搬走。

更重要的是，她闲来没事干吗要到楼顶“裸跑”？她要么是被人追赶，要么是被人扛上水塔，不管是哪种情况都涉及第三者。既然涉及第三者，那么就绝非单纯的意外，而是“他杀”！

听完他的分析后，荆虹便点头道：“我们也是先考虑他杀，但这又衍生出另一个问题——凶手是怎样上来楼顶的？”

她往站在一旁的发奎瞄了一眼，解释道：“刚才我已向田经理了解过，只有两道门能通往楼顶。其中一道门只能从里面上锁，在工人上来之前，这道门是锁上的；另一道是逃生门，一旦开启，报警器便会响起，而且有闭路电视监控。”

发奎接话道：“我刚才已经让警方查看过监控录像，自林小姐失踪至今也没有人进出这道逃生门，报警器亦没有响起。”

“另一道门的钥匙由谁保管？”溪望向发奎问道。

“由保安部保管，工人上来清理水塔，也是我亲手给他们开门。平时能接触这把钥匙的人，都是酒店员工，像我跟下属每次巡楼都要上来楼顶巡视，所以每次都会把钥匙带上。”发奎突然觉得有点儿不对劲，遂补充道，“不过酒店员工有一定流动性，就像我们保安部，在林小姐失踪前一天就有个同事辞职了。”

“那么说，钥匙有可能落到酒店以外的人手上？又或者说，任何人都有可能获得这把钥匙？”溪望问道。

“理论上有这个可能。”发奎一脸尴尬地答道，“按规定钥匙在使用后必须立刻交还保安部，但我不能确定其他同事有没有贪图省事，私下偷配钥匙。毕竟楼顶也不是什么重要的地方，管理上难免会有些松散。”

溪望转头对荆虹笑道：“这个问题也有答案，或许你该从能接触楼顶钥匙的人入手，当然别忘了那个已辞职的保安部同事。”

“还有一个问题让人怎么也想不通呢……”荆虹望向高耸的水塔顶部，“塔顶的入口十分狭小，根本不足以让成年人钻进去。死者的身形虽然较为娇小，但若强行将她塞进水塔里，不管当时她是否已经死亡，都会留下明显的外部伤痕。可是，经法医初步检验，却没发现死者身上有任何伤痕，不管是生前或死后留下的外伤都没有。”

对于这个问题，溪望一时间也没想到合理的解释，正想爬上塔顶查看入口的实际大小时，安琪突然想到一个极其严重的问题，遂高声惊叫：“尸体在水塔里面找到，那么我们昨晚用来洗澡刷牙的不就是泡尸水？我还烧开水喝呢，呕……”说罢便恶心欲吐。

“还好，我怕会水土不服，这两天都是喝矿泉水。”虽然有点恶心，但倩琪仍心感万幸。

韩暖不怀好意地对她笑了笑，提醒道：“别忘记餐厅的食物都是用水塔里的水做的。”

倩琪脸色骤变，跑开几步便吐了一地。

“这还不是最可怕的呢！”韩暖阴冷地笑道，“雨水或许能将地面上的痕迹冲洗掉，但不管用什么方法也不可能将一个成年人，从狭小的入口塞进水塔里，但却不留下任何伤痕。”

“你到底想说什么？”娜汀亚不耐烦地瞪了他一眼。

“想想这间酒店之前的闹鬼传闻吧！”韩暖阴阳怪气道，“这不是人可以做到的事情。既然不是人做的，那么就只有……”

“你别再说啦！”见华牢牢地挽着娜汀亚的手臂，颤抖道，“大白天也让人起了一身鸡皮疙瘩。”

韩暖得意地笑了笑，没有继续说下去。

“喂，废柴，你怎么不吭声了？”娜汀亚盯住溪望骂道，“你该不会也认为是鬼魂作祟吧？”

“当然不会。”溪望轻轻摇头，“我只是在想，死者已经失踪了半个月，如果她自失踪后就一直泡在水塔里，那么水质应该会很糟糕。就算房客没有察觉问题，餐厅用这种水烹调食物，应该也会让不少人拉肚子吧！”

帕克上前说道：“酒店有定期检验水质，上一次是在三天之前，当时没发现水质有任何问题。”

溪望狡黠一笑，说：“那么说，死者很可能是在上次水质检验之后，才被人投入水塔里面。”

“怎么可能！”荆虹立刻做出反驳，“自接到报案后，我们已经把整间酒店里里外外找过好几遍，还派出警犬协助搜索。除非她被藏在酒店以外的地方，不然我们没可能找不到她。”

“你们之前也没发现死者在水塔里面。”

溪望这句话让荆虹无从反驳，她无奈地摊开双手，说：“好吧，我们先假设死者是在水质检验之后才被投进水塔。那么，犯人是怎样避过警方的搜索呢？”

“最大可能是藏在14楼或邻近层楼某个被长期租住的房间里。”

“这是不可能的事情。”荆虹摆手摇头，“我们已经让警犬搜索过所有房间。如果她在房间里，我们早就把她找出来了。”

“但你们也没有每一个房间都走进去搜查。”溪望质疑道。

“哈哈，你不觉得很可笑吗？”荆虹不屑道，“我们派出的警犬可是在外国受训，每一只单是训练费就要三万美金。你认为隔着一道门，就能让它们的鼻子失灵了？”

溪望眉头略皱，辩解道：“虽然我还没想到能避开警犬搜查的方法，但以目前的情况判断，这个可能性是最高的。”

“媒体很快就会蜂拥而至，我们还是先别在这个问题上纠缠。”荆虹又皱起眉头，“之前那段电梯视频流出后，已被那些唯恐天下不乱的媒体描绘成灵异事件，如果我们不能尽快破解死者如何在没留下任何外伤痕迹的情况下进入水塔，恐怕会引起市民的恐慌。”

第十三章　搬弄是非

“听你的口气，似乎仍没有排除自杀及意外的可能性。”溪望失笑道。

“在没有确实证据之前，不能排除任何一个可能。”荆虹耸耸肩又道，“你认为她是怎么样进入水塔呢？”

“我得先看看入口的实际大小，才能作进一步推断。”

荆虹往消防员架在底座上的梯子指了指，说：“我穿裙子不方便陪你上去，你自便吧！”

溪望盯住梯子迟疑片刻，遂说道：“我想凶手应该不是用梯子爬上去。”

“不用梯子用什么？”安琪问道。

“这个问题你就让废柴去想吧！你不是来办案，而是来玩的。”娜汀亚向她招手，又道，“你昨天输光筹码应该很不服气吧，要不要再给你一个机会？”

“你不会又想涂我一脸墨水吧？”安琪皱起眉头。

“今天不用墨水，改用夹子夹脸怎样？”娜汀亚狡诈地笑了笑。

“只要不是墨水就行了。”安琪爽朗笑道，遂跟随对方离开楼顶。

大家都跟随娜汀亚前往棋牌室，唯独倩琪说自己不会赌钱，想留下来陪伴溪望。安琪见状亦想留下来，但娜汀亚却小声跟她说：“那个人不是你校友吗？废柴哪敢在她面前造次，不怕她跟你打小报告呀！”

安琪仔细一想亦觉有理，溪望若有什么越轨的举动，荆虹这大嘴巴肯定会第一时间向她告密。溪望必定也想到这一点，自然不会跟倩琪有任何亲密的接触。反正溪望也不会跑到哪儿里去，她大可以安心地在棋牌室一边搏杀，一边等他调查。

待安琪及娜汀亚等人离开后，溪望才向荆虹解释为何认为犯人不是借助梯子爬上水塔。他指着放在四个水塔中间的梯子说：“底座上的空位并不多，只有四个水塔中间的位置能勉强放下一架梯子。犯人若借助梯子将死者送到塔顶，必然会使死者的身体与两旁的水塔产生摩擦或碰撞，从而留下伤痕。而且犯人既要运送死者，又要携带梯子，在操作上有一定困难。”

“可是，不用梯子怎么爬上去？”荆虹疑惑问道。

“你跟我过这边来就知道了。”溪望带着她跟倩琪绕到楼梯间的另一边。在楼梯间另一侧的墙壁上，有一架简易梯子可以爬到楼梯间顶部。他指着梯子说：“刚才我就注意到，这里有一架现成的梯子，利用它可以轻易爬到塔顶。”

荆虹盯着眼前这架垂直固定于墙壁上的梯子，摊开双手问道：“如果死者是被人投进水塔，犯人怎样将她抱上去？”

溪望笑道：“不用抱，背着就可以了，你要不要试一下？”

“我才不要！”荆虹连忙摆手摇头，遂看着倩琪又道，“要不让你妹妹跟你试一下？”

溪望向倩琪投以询问的目光，后者娇羞地点了下头，他遂对荆虹小声说道：“别告诉安琪，要是破不了案，最头疼的人可不是我。”

荆虹小声戏谑道：“我看你注定要当一辈子老婆奴。”

溪望无奈地苦笑，遂将倩琪背起来，并让对方搂住自己的脖子。

“我们假设犯人已将死者杀害，此时死者已是一具尸体。因此犯人需要借助棉绳、布条之类的辅助物品，将死者绑在自己身上，但又不会在死者身上留下勒痕。”溪望让倩琪搂住自己，准备爬上梯子，“不过我们只是试验，所以不用绳子了。”说罢便用力一蹬，使劲往上爬。

倩琪的身形跟死者差不多，要背着她爬上垂直的梯子，没一定的体能是不可能办到的事情。还好，溪望的体能并不逊色，没一会儿便爬到楼梯间顶部。荆虹没跟随他爬上去，只留在下面等候。

溪望将倩琪放下来，两人走到楼梯间顶部的另一端，这里能看清楚塔顶的情况。水塔的上盖已被人掀开，露出一个狭小的四方形检查孔。塔内储水已被抽干，通过检查孔可以看见消防员在下方凿开的缺口。缺口亦呈四方形，比检查孔约大1.5倍。

溪望让倩琪留在原地，自己则跳到水塔上，他以自己的身体量度检查孔的大小。发现难以让成年男性穿过，身形娇小的女性或许勉强能钻进去，但难免会受检查孔边缘刮削而留下伤痕。要在不留下伤痕的前提下，将死者塞进水塔里似乎是件不可能的事情。

他蹲在塔顶沉思良久，仍没能想到犯人是如何将死者塞进水塔的。此时，一名正在收拾工具的消防员，晦气地对同僚说：“真倒霉，刚才被水塔里的水喷到脸上，还不小心弄到嘴里去，味道怪怪的，也不知道会不会有病菌。”

他突然想到昨晚刷牙的时候，也觉得水的味道很奇怪，好像有一股淡淡的甜味……脑海中灵光闪现，他疑惑地喃喃自语：“难道是这样？”

“你是不是想到些什么了？”荆虹在水塔下方叫道。

他点头答道：“等我们下来再说。”说罢便爬上楼梯间顶部，再次背着倩琪从另一侧的梯子下去。

“有什么发现吗？”荆虹焦急问道。

溪望答道：“要将死者背上去，需要一定的体能，一般女性恐怕难以胜任。也就是说，犯人很可能是男性。”

“虽然算是收窄了范围，但对调查的帮助似乎不大。”荆虹的失望之色尽表于颜，“现在最重要的是解开死者如何进入水塔这个难题。”

“这方面我已经有头绪，但暂时还不能确定，需要一样东西做测试。”溪望搔着脑袋，目光不自觉地移向别处，又道，“这附近有卖那种东西的地方吗？”

“什么东西呀？”荆虹不明就里盯着他，“如果是日常用品的话，附近有间便利店。”

“便利店应该没有那种东西。”溪望尴尬摇头。

荆虹突然觉得气氛有点不对劲，但此事关系到破解水塔之谜，她不由得焦急道：“香港除了大炮火箭，基本上没什么买不到，但前提是你必须说清楚是什么东西，至少得把用途说明白。”

“那是……”溪望瞄了倩琪一眼，欲言又止，遂在荆虹耳边细语。

“什么？情趣用品店！！！”荆虹高声惊呼，在场所有警务人员同时朝他们望过来。

“拜托，你别叫这么大声好不好。”溪望无奈道。

看见同僚的反应，荆虹真想找个洞钻进去。她转过身背向众人，向溪望问道：“你去那种地方干什么？”

“反正不是干你想象中的事情。”溪望没好气道，“别再磨蹭了，赶紧带我去吧！”他转头对倩琪说，“你要是不想去那种地方，可以留在酒店。”

“反正我也没事干，就跟你们去见识一下吧！”倩琪羞怯地低下头。

“虽然我不知道你想干什么，不过跟你们走一趟，似乎也不会有什么损失。”荆虹用手机查得离酒店最近的情趣用品店位置后，便立刻带两人前往。

他们刚踏出酒店大门，一道如鬼魅般的白色身影，便从大堂一阴暗处走出来。

“你还真有情趣呢，竟然在这时候还去那种地方。”易露妍盯着他们将近消失的背影，神经兮兮地笑道，“不知道你准备跟谁用这些小玩具呢？是你的安琪，还是刘护士？”说罢露出怨恨的眼神，遂快步追上去。

三人来到酒店附近的综合商场，并找到一个店面细小，但内里装修精致的情趣用品店。倩琪一进门便羞臊地低下头，双眼所见的范围基本上就只有自己的双脚。

“来这种地方，你越害羞就越尴尬。”荆虹挽着她的手臂，往正在柜台前与年轻女店员交谈的溪望瞄了一眼，笑道，“你得像他那样，拿出‘顾客就是上帝’的自信。我们是来花钱，卖这些东西的人都不尴尬，我们就更不必害羞。”说罢便拉着对方去看店内各种新奇的情趣用品。

在她们研究各种让人脸红心跳的小玩意的时候，店员已为溪望找到他想要的东西。溪望开玩笑地问两人有没有看到喜欢的东西，他可以送给她们。荆虹倒不客气，挑了一套内衣让溪望埋单，而倩琪则羞臊地不住摇头。

离开时，溪望神情肃穆地对荆虹说：“封口费已经付了，你可别跟王姗说我们来过这里。”

“你放心吧！受人钱财，就算不替人消灾，也不至于反咬一口。”荆虹露出满意的笑容，遂盯着溪望手中那个装有情趣用品的袋子，好奇问道：“你到底买了什么？”

“或许能用来解开水塔之谜的小道具。”溪望将袋子递给她，“你自己看吧！”

荆虹打开袋子，发现里面装有三支同款的润滑剂，便将其中一支拿出来仔细观看。溪望轻摇食指，示意返回酒店。

他们离开后，易露妍才从一个隐蔽角落走出来，并喃喃自语：“你买这种东西想干什么呢？”

三人返回酒店，发现大堂里来了不少记者。几名警员在发奎及其他酒店保安的协助下，正在劝说这些记者离开。

“我不陪你们上去了，现在太阳这么猛，说不定会被晒出雀斑来。我过去帮忙应付这些记者，顺便吹一下冷气。”荆虹走向记者堆，回头又道，“我们待会儿在棋牌室碰面吧！我想安琪今天的手气，应该不像昨天那么差。”

溪望点头答应，脑海突然灵光一闪，遂向倩琪问道：“你有带泳衣过来吗？”

倩琪愣了一下，遂羞怯答道：“有呀，你想去游泳？”

“倒不是想去游泳……”溪望尴尬笑道，“不过，你要是不介意，我想你换上泳衣替我做件事。”

“只要能帮上忙，我……”倩琪娇羞地低下头，声音小得几乎连自己也听不见。

得到对方的同意，溪望便兴冲冲地拉着倩琪走进电梯。就在梯门将近合上时，他透过门缝看见易露妍正倚在大堂一根柱子旁，向他展露奸险的笑容。

见电梯已开始上升，易露妍遂取出手机按下重拨键，待电话接通便对彼端的人说：“告诉你一件有趣的事……”

此时，在棋牌室中，安琪一扫昨天的败绩，赢了不少筹码。虽然脸上被夹了好几个夹子，但亦笑得合不拢嘴。韩暖刚挂掉电话，便盯着她掩嘴偷笑。这让她觉得很不爽，板着脸骂道：“你输傻了，干吗看着我一个劲儿地傻笑？”

韩暖忍不住笑出声来，对她说道：“正所谓‘情场得意就赌场失意’，你今天赢这么多，要小心有得必有失哦！”

娜汀亚瞥了他一眼，淡漠道：“有话就直说，别转弯抹角，没人想跟你玩猜谜游戏。”

“既然大小姐亲自开口，我就直说吧！”韩暖阴险笑道，“刚才有个朋友打电话告诉我，说她看见相先生跟一个漂亮的女生到情趣用品店买了不少东西……”

第十四章　弄假成真

安琪原本满面的笑容，此刻已消失不见，取而代之的是高冒三丈的怒火，怒睁的双目仿佛闪现电光。韩暖似乎没看见她这可怕模样，继续高声调侃：“我朋友刚才还在酒店大堂听见相先生跟那个女生说，想看她穿泳衣的模样，似乎还想到楼顶玩。”

安琪突然拍案而起，把身前的筹码拍得往四处飞溅，朝榴莲沉声道：“跟我上楼顶。”

“小相不是那种人。”榴莲出奇地冷静，并对韩暖怒目而视。他正准备斥责对方时，却见刚应付完记者的荆虹走进来，并跟众人打招呼。

“你来得正好。”韩暖狡诈笑道，“你刚才是不是看见相先生跟一个女生到情趣用品店买东西？”

荆虹愣了一下，遂支吾答道：“这个……他确实是去过，可是……”

韩暖不给她解释的机会，立刻又问：“他是不是跟那个女生去楼顶了？”

“嗯，他是跟刘小姐……”荆虹偷偷瞄安琪一眼，看见对方正怒发冲冠，便不敢再说下去，改为替溪望解释，“但他只是想……”

韩暖接着她的话头说：“想跟护士妹妹试一下刚买的情趣用品效果怎样？”

安琪猛然将身旁的椅子踢飞，朝榴莲叫道：“走，跟我上去！”

榴莲见妹妹正气在心头，不让她亲眼看个清楚，事情大概不能得到解决，于是便点头答应。

“我们一起上去看看吧，说不定相先生正玩得开心呢！”韩暖起哄般鼓动众人情绪。

“如果到楼顶后，发现你向我们撒谎，我会用最快的方法让你回到地面。”娜汀亚站起来后对韩暖说道，同时给见华使了个眼色，示意对方一同到楼顶，以防发生变故时能及时做出补救。

见华会意地点头，但心里却想着另一个问题。她偷瞄韩暖一眼，遂假装若无其事地说：“你们先上去吧，我去趟洗手间就来。”

娜汀亚眼中闪现一丝顾虑，俯身在她耳边细语：“我让阿南留下陪你。”

她轻轻摇头，瞥了眼放在桌面上的手机，小声回应道：“别担心，我会保护自己。”

“那好吧，我们先上去。”娜汀亚招手示意众人一同前往楼顶。

然而，当众人来到电梯间时，却发现韩暖这个始作俑者没有同行。帕克察觉有异，向娜汀亚问道：“要不要去找相小姐？”

娜汀亚边戴上蓝牙耳机，边摇头道：“丫头不是笨蛋，而且保安部就在这里，应该没问题。”遂将手机递给对方。

帕克接过手机一看，发现正与见华通话当中。也就是说，若见华那边出了状况，娜汀亚能在第一时间知道，及时通知保安部营救。

另一边厢，见华在洗手间里待了一会儿便走出门外，警惕地往周围环视一圈，很快就发现韩暖的身影。她走到对方身前，强作镇定地问道：“为什么跟着我？”

“有吗？”韩暖嬉皮笑脸道，“我还以为你是故意制造机会，方便跟我单独说话呢。”

被对方识破意图，见华在气势上不由得弱了一截。但她仍强行让自己保持冷静，学着哥哥的语气，厉声道：“别以为我不知道，你这两天一直跟着我，不论我去什么地方，你都会找借口跟过来。”

她加重语气，严肃问道：“你到底有什么目的？”

“我没什么目的。”韩暖耸肩笑道，“只是喜欢你而已。”

见华心神一乱，不自觉地后退一步，对方的表情及语气，让她想起另一个人。她迅速控制自己的情绪，再度严肃质问对方："我不想听你的花言巧语，快说，你到底有什么目的？"

"不是已经说了？我喜欢你。"

"你少跟我瞎扯！"见华虽怒气冲冲地呵斥对方，但她天生是和善的人，再怎么生气也没能起半点威吓作用，反而让人觉得她更加可爱。

见没能震慑对方，她便气急败坏地说："你跟我们认识还不到一个月，你的朋友我们更是一个也不认识，你怎么会有朋友看见哥去情趣用品店？"

"你的头脑果然比那几个钝胎管用，一下子就发现问题的重点。"韩暖闭上双眼，认真地连点了几下头。他睁眼的那一刻，脸上露出邪魅的笑容，狡黠道："不过你把怀疑对象弄错了。在这间酒店里，想害你哥的人多得是，但我不是其中之一。"

看着对方脸上的笑容，见华有种似曾相识的感觉，脑海中连接浮现出两个画面——地铁上讲鬼故事的古怪老头，以及在医院出现的神秘青年。

"你是萧铁炫？"见华惊慌叫道。

"你还记得我的名字，让我深感荣幸。不过我更希望你能叫我的英文名，这会让我觉得亲切一些。"韩暖的声音及语气都变了，变得跟见华在医院遇见的神秘青年萧铁炫一模一样。

"主人，她发现你的身份了，要不要牙牙把她杀掉？"稚嫩的女童声音从韩暖身上传出。见华随即发现他衬衣之下，似有东西在蠕动。没一会儿便有一条粉红色、约食指粗的玉米蛇从他衣领下钻出来，朝见华吐出鲜红的蛇信，"牙牙觉得她的血应该是甜的。主人，让牙牙把她杀掉吧？"

"这条蛇竟然会说话？"见华一脸煞白，不自觉地后退，直到背贴走廊墙壁才停下来，于是缓缓地坐到地上缩成一团。

"多事，滚回去继续睡觉！"韩暖用食指轻触蛇头，这条自称"牙牙"的玉米蛇随即缩回衬衣之内。他走近见华，想伸手扶起对方，笑道，"别在意，牙牙只是跟你开玩……"

"别碰我！"见华挥拳拨开对方的手。

虽说她只是个羸弱少女，在正常情况下，这一下粉拳充其量只能替对方搔痒。但是，随着她粉拳挥动，一抹血雾便于空气中散开。

韩暖以极快的速度后退，皱眉往左手手臂瞥了一眼，发现洁净的衣袖已被鲜血染红了一片。他讶异地抬头，对方虽蜷缩成一团，但却伸出右拳指向他。仔细一看，他便发现见华食指上那枚奇特的戒指——莲花泽泪。

见华虽弱不禁风，但只要紧握拳头就能让戒指上的莲花高速旋转。借助锋利铜制花瓣，要让对方受点皮肉之苦还是能做到的。

“你其实没必要……”韩暖刚踏前一步，便听见急促的脚步声，遂看见发奎跟两位保安从走廊另一端跑过来，并向他大喊“你想干什么”、“别动”之类的话。

“我们会再见面的。”他无奈地耸耸肩，从身后的火警楼梯迅速离开了。

发奎指示两名下属追赶韩暖，自己则跑到见华身前。在确认对方没有受伤后，他便回电向帕克汇报情况。

帕克挂掉电话后，即在娜汀亚耳边细语，告知见华只是稍受惊吓，并无大碍。

娜汀亚点了下头，小声吩咐道：“首先要确保丫头的安全。让保安部就算把整间酒店翻过来也要把那个死仆街给揪出来。”说罢便跟众人前往楼顶。

安琪尚未知晓见华的情况，心里只想着找溪望算账，第一个穿过警戒线，怒气冲冲地踏上通往楼顶的楼梯。紧随她身后的榴莲绝对信任自己的兄弟，一路上不断劝说，叫她别相信韩暖的挑拨离间。

“你给我闭嘴！”安琪厌烦地瞪了他一眼。

榴莲无奈地耸肩，叹息道：“你马上就会知道我没骗你。”

此刻，在酒店某个僻静的角落，韩暖正把自己的上衣撕破，以布条包扎受伤的左臂。将伤口包扎好后，他边从背包里取出一套火红色的衣饰，边取出手机拨打电话，对电话彼端的人说：“想看戏就马上到楼顶去。”

手机听筒传出一个优雅的女性声音：“你竟然也会主动向我提供消息？想要我什么答谢你尽管说吧！”

韩暖边穿衣服，边狡诈笑道：“不必了，就当作你给我弄免费券的谢礼好了。”

“你也太占人家便宜了吧，你跟我要的免费券，够你在酒店里住一个月呢！”对方顿了顿又道，“我倒是奇怪，你住这么久要干吗？”

“我没说是只有我一个人住呀。”韩暖已将衣服穿好，把手机放到另一边耳朵，又道，“再不去楼顶就要散场了。”说罢匆匆挂线。

他从背包里取出一个火红色的蛇头面具，凝视片刻后肃穆道：“爸，终有一天我会替你和嘉怡报仇。”

警察及消防员均已撤离楼顶，但仍偶尔有像荆虹这样的警员需进出调查取证，所以通往楼顶的门没被锁上。

安琪踏进楼顶后，便呆立于楼梯间门口，双眼盯着前方一动不动，似乎看见某个令人意想不到的画面。被她挡在后面的榴莲，探头到门外瞧了一眼也马上呆住。

呈现于他们眼前的一幕，不但非常奇异，而且极其美艳——溪望正在收拾一堆沾有不明液体的白色被子，穿着性感比基尼泳衣的倩琪则站在他身旁，正以毛巾抹干涂满全身的透明黏液。而在他们脚边还放有一个粉红色的旅行袋，三支已用光的润滑剂，以及一个能将整个成年人装进去的黑色垃圾袋。

溪望正背向楼梯间，尚没发现安琪的到来，面露歉意地对倩琪说："润滑剂似乎用得太多了，刚才没弄痛你吧？"

"相溪望！你在干什么？"安琪一声怒吼，以接近七十码的时速冲上前，飞身使出旋风踢。

溪望闻声回头，但还没看清楚状况后腰就挨了一脚，连人带被子被踢飞数米。他狼狈地趴倒在地，还好抱着被子，所以没受伤，但腰背却痛得像断了腰骨一样。他想弄清楚发生什么事，但还没爬起来，背脊又挨了一脚，硬是被安琪踩在被子上。

"你别告诉我，带着被子、润滑剂上来楼顶，是想跟那女人晒太阳。"安琪恶狠狠地说，并连踩对方好几脚。

溪望已弄明白对方的意思，连忙解释道："你误会了，倩琪是来帮我做试验的。"

"试验润滑剂的效果吗？"她捡起地上的润滑剂瓶子，但踩住对方的脚并没松开，"还水溶性、可舔食呢，一次把三支用光，感觉应该很不错吧？"

"你真的误会了，我们没你想象中的那样。"溪望顿感百口莫辩。

"那你告诉我，你们在做什么？"安琪愤然怒骂，狂踩对方十几脚后，再一脚把对方踢得在地上滚了好几圈儿。

倩琪从旅行袋里取出一件外套披上，便上前向安琪解释："王小姐，我们真的什么也没……"

"这里轮不到你说话！"安琪回头怒目横眉地瞪了倩琪一眼，吓得对方立刻闭嘴不言。她又望向正在地上不住呻吟的溪望，冷漠地说："我们完了。"说罢便转身离开。

榴莲见状连忙上前拦住她，劝解道："你至少给小相一个机会，让他把事情说清楚。"

“孤男寡女在楼顶偷偷摸摸，还带上被子润滑剂这么有情调，还用得着解释吗？”李梅不合时宜地从楼梯间走出来，掩嘴娇笑，“还好现在社会开放，要是早几十年，直接把他们抓去浸猪笼都行。”

安琪回头恨怨地瞪了溪望一眼，遂甩开榴莲走向楼梯间，淡漠道：“我跟他已没什么可说的。”

榴莲眉头紧皱地看着溪望，恨铁不成钢地说：“兄弟，我绝对相信你，但你最好能给我一个合理的解释。”说罢便快步追上安琪。

“我也想知道你们在这里搞什么鬼。”娜汀亚没好气道，遂给阿南使了个眼色，示意对方上前将溪望扶起来。

安琪出脚几乎没留半点余力，溪望觉得浑身骨头像快要散架一样，虽不至于要入院治疗，但起码得休息三两天才能恢复。阿南把他扶起来，他便缓步走到倩琪身前，歉意道：“连累你名声受损了。”

“没关系。”倩琪慌忙摇头，遂关切问道，“你还好吧，要不要送你去医院？”

“我还撑得住。”溪望挤出一个牵强的笑容，遂转头对李梅冷峻道，“李大状，是什么风把你吹上来了？”

“这里可是酒店的公共场所呀！”李梅假装吃惊道，“你们可以上来寻开心，我就不能上来欣赏风景吗？”

娜汀亚给帕克使了个眼色，后者随即向李梅解释：“这里不属于公共场所，而且你上来的时候应该看见楼梯口有警方的警戒线，所以请你马上离开。”

“也不用着急请李大状离开，先让她回答我刚才的问题吧！”溪望面露厉色，严声地对李梅说，“你为什么会跑上来？”

李梅这时候才意识到自己犯了个极其严重的错误——她不该在这个场合出现。因为在没有人通知的情况下，她不可能知道溪望出了状况，并且跑上来看戏。可是，她又不能将对方名字说出来。

就在她思索该如何蒙混过关时，一个白色身影从容地从楼梯间走出来，并挥手跟溪望打招呼。

“怎么连你也上来凑热闹了？”溪望盯着总是穿着一身白衣的易露妍，皱眉道，“难道你们约好在这里开派对吗？”

“才不是呢！”易露妍娇羞笑道，“人家是为了你，才特意安排这场表演。”

“你们两个不会准备在这里合伙把我杀了吧？”溪望虽想摆出迎战姿态，但腰背传来的痛楚却令他连走路都不利索。要是真的打起来，别说以一敌二，她们其中任何一个都能轻易地送他上黄泉路。

“我才不会跟她这种人合作。”易露妍轻蔑地瞥了李梅一眼，转头对溪望说，“我是来告诉你，昨天下毒害你的人是谁。”

第十五章　秘密协议

“你的好意我心领了。”溪望冷笑道，“就算你不说，我也知道是谁下毒。”

“过分的自信早晚会把你害死。”易露妍摇头叹息，“你这人头脑是好，但有个致命弱点，就是太过信任身边的人。在研究所的时候是这样，在这里也是这样。”

“你这话是什么意思？”溪望露出凝重神色。

“仔细想想吧，昨天能下毒的人只有三个。如果我要杀你，早就已经下手了，用不着等到现在，你大可以把我排除在外。”易露妍分别往李梅及倩琪各瞥了一眼，“所以下毒的必定是她们两人其中一个。”

倩琪慌忙摆手摇头，对溪望说：“不是我，我怎么会下毒害你呢！”

溪望瞥了李梅一眼，转头对易露妍说：“你这样一再挑拨我跟同伙的关系，有意思吗？”

“狗咬吕洞宾，不识好人心。”易露妍怨恨地瞪他一眼，指着李梅又道，“你再想想，这女人为什么会在这个时候跑上来？”

溪望正欲作答，她却扬手示意对方先别开口，继续道：“我知道你想说你的护士妹妹没带手机，我也没说是她通知这女人的。”

“那你到底想说什么？”溪望没好气道。

“我想说的是……”易露妍盯住李梅，双眸闪现凶光，“这女人为什么会上来？”

“我喜欢去哪里，没必要向你交代。”李梅以不善的语气回应。

“不是没必要交代，而是你不能说，说了就会暴露她的身份！”露妍指着倩琪，对李梅说，“你上来是想看她有没有替你将眼中钉拔除！”

“够了！”溪望冲易露妍怒骂，“你到底还要胡言乱语到什么时候？”

“我没有乱说，只是你不肯接受现实罢了。”易露妍冷酷道，“你很聪明，只要仔细回想昨天在餐厅里的情况，应该就能察觉端倪。”

经她一说，溪望脑海中立刻浮现出昨日在餐厅里，李梅莫名其妙地走过来说了一通废话的一幕——当时倩琪就坐在他旁边，而李梅似乎是刻意站在倩琪身旁跟他说话……

“想到了吧！”露妍得意笑道，“这女人为什么要特意走到你身边？她为了将毒药从你的护士妹妹身上拿走，免得你的好妹妹暴露身份。”

虽然不愿意相信，但事实的确有可能像她所说的那样。溪望不由得向倩琪投以疑惑的目光。

“小相，我没有，我怎么可能害你呢！”倩琪将旅行袋提于胸前，像只受惊的小猫缓步靠近溪望，“相信我，我没有下毒，我真的没有……”就在她跟溪望的距离只有一步之隔时，突然银光闪现，一柄锋利的匕首出现在两人之间。

前一刻仍楚楚可怜的倩琪，此时凶相毕露，抛开用作遮掩的旅行袋，双手紧握匕首直刺溪望左胸。

虽事出突然，但若是平时，以溪望的身手要避开对方的袭击仍游刃有余。可是，他刚被安琪暴打一顿，腰背的痛楚使他的动作要比平常慢上半拍，没能及时做出闪避，只能眼睁睁地看着匕首插向自己胸膛。

“你就是这样杀死我生父的吧？”倩琪盯着已经刺穿对方上衣的匕首，脸上没有任何感情。

“是李梅告诉你的？”溪望沉声问道。

倩琪默默点头，一行泪水划过白皙的脸庞，伤感道：“你安心上路吧，我很快就会来陪你。”她将匕首拔出，准备再刺向对方胸膛时，一声惊叫划破长空。

发出这声惊叫的是刚踏进楼顶的见华。她没理会见华，继续将匕首刺向溪望。就在电光石火之间，一只强而有力的手出现，紧紧抓住她的手腕，使她无法继续将匕首刺出。

她定眼一看，发现抓住她手腕的人，竟然是胸口已挨了一刀的溪望。而更令她不解的是，匕首上竟然没有半滴鲜血。

“你还不知道吧，他不论什么时候都会穿着防砍背心。”易露妍朝李梅轻蔑笑道，“真可惜呀，只差一点你的奸计就能得逞了。”

距离溪望较近的阿南已反应过来，扑上前立刻夺去倩琪的匕首，并将她制服。而在楼梯间门口呆了好一会儿的荆虹，这才回过神来，取出手铐走上前，心有余悸地对溪望说：“刚才我以为你死定了。”

“哥，你没事吧？”见华惊惶地冲过来，确认溪望并无大碍才稍松一口气。

荆虹走到倩琪身前，准备为她戴上手铐，但她却挣扎着冲溪望叫道：“姓相的，你这个杀人犯，你杀了我生父，我做鬼也不会放过你！”

溪望露出忧伤的脸容，沉痛地对她说：“宏叔的确是死在我手上，但那是他的意愿。他一心求死，只是借我双手离开这个残酷的世界。”

倩琪目瞪口呆地盯着溪望，良久才从嘴角挤出一句话：“你……你骗我！”

“他没有骗你，自从相云博死后，你父亲已不再留恋人世，要不是为了你，恐怕早就自行了结生命。”易露妍缓步走向倩琪，指着李梅又道，“真正骗你的是这个女人，她想利用你杀死那个负心汉，故意歪曲事实骗你上当。”

她回头朝李梅轻蔑笑道：“幸好她百密一疏，没想到负心汉竟会穿着防砍背心，导致她最终功亏一篑。”

“事情才没这么容易结束！”李梅突然露出狰狞的嘴脸，掀起短裙，想从绑在大腿上的枪套中拔出手枪。然而，当她将手伸到枪套上时，却发现枪套内空无一物。

“女士，你是不是在找这个？”一个男性声音从楼梯间顶部传来。

众人抬头一看，发现一个身穿火红色西服，披着一件夸张红色披风的怪人蹲在楼梯间顶部边缘。他戴着一个红色蛇头面具，鼻子以上的脸容均被面具遮盖，只露出嘴巴及一双锐利的眼睛。他的打扮虽然怪异，但更令人注目的却是他右手上正拿着一支小巧的手枪。

帕克迅速站在娜汀亚身前，用自己健硕的躯体保护对方。荆虹亦慌乱地拔出佩枪指向怪人，声音颤抖地叫道：“别动，警察，快举手投降。”

“警官，你没发觉手枪比平时轻了一些吗？”怪人伸出左手缓缓张开，六发子弹随之从他手中滑落。

溪望将见华推到自己身后，冲怪人高声叫道：“你是什么人？”

“暗号是……”怪人冷酷笑道，“不见不散。”

“你是神偷凌风？”溪望惊愕地盯着对方。

“我们的事情待会儿再聊，先把其他事处理一下。”凌风朝露妍使了个眼色。

易露妍不知何时拿了荆虹的手铐钥匙，一把将阿南推开，替倩琪打开手铐，并扶着她对溪望说：“我要把她带走，不过你放心，她好歹也是师傅的女儿，我不会让她受半点伤害。”

露妍扶着倩琪走向楼梯间，一路自言自语道：“师傅真不该把你托付给那个靠不住的负心汉。”当她走到楼梯间门口时竟突然发难，猛然转身疾挥玉臂，四块锋利的刀片从她指缝飞出，一同袭击溪望脸面。

腰背的痛楚使溪望不如平日敏捷，幸好与对方相隔不短的距离，要避开这些刀片还不算吃力。可是，见华就在他身后，他要是避开，刀片就会全落在见华脸上。毁容事小，若不走运割破颈动脉，片刻即可致命。

为保见华安全，溪望绝不能作任何方式的闪避，只好从肩包中抽出保命斗篷“星河”抵挡。然而，在这电光火石之间，哪有时间让他翻弄肩包里的杂物。好不容易从包里抓到斗篷，才刚抽出来还没来得及完全展开，刀片已经来到眼前。他连忙抓起斗篷抵挡，但只能挡住其中三块，余下那块从他左边脸颊划过，留下一道细长的血痕。

易露妍面露冷笑，伸出食指在自己右边脸颊划了一下，示意溪望还欠她一刀，遂扶着倩琪离开。

“哥，你没事吧？”见华从溪望身后钻出来，立刻掏出手帕替他印去脸上的鲜血，心痛道，“可能会留下痕迹呢！”

“没关系，这样看起来更有男子气概。”溪望看着易露妍的背影消失于楼梯间内，摇头苦笑道，“我真够笨，竟然一直都没注意到她每次出现，倩琪都在我身边。”遂于心中暗忖：“她不是跟着我，而是一直跟着倩琪。她来香港的目的就只有一个——保护宏叔唯一的女儿。”

“现在轮到你了，警官。”凌风把枪口指向荆虹。

荆虹惊惶失措，颤抖问道：“我跟你无怨无仇，你为什么要向我下手？”

“警官，你的表现简直拉低了全港警察的整体水平。”凌风以枪口搔着自己的脑袋，“要是安琪的话，就算没有子弹，大概也会把枪扔过来，然后跟我拼命。”

荆虹没有回话，只是羞愧地低下头。

凌风大概觉得继续嘲笑她也没什么意思，便说道：“捡起你的手铐，替这位女士戴上，把她押回警署。”他将枪口指向李梅。

“她又没犯法……”荆虹怯弱道。

“这是从她身上弄来的。”凌风扬了扬手枪，“你就随便给她弄个私藏枪械罪吧！”

“可枪在你手上……”

“难道要我把‘证物’交你保管吗？”凌风愤然怒骂，荆虹立刻惶恐地捡起手铐，跑到李梅身前给她戴上。

“你要背叛那位先生？”李梅抬头向凌风投以怨恨目光，“你应该知道会有什么后果。”

“嗯，我很清楚。自从嘉怡死后，我不曾爱上任何人，也不敢交朋友。目的就是为了不留下把柄，让他能够再次要挟我。”凌风语气一转，向荆虹厉声道，“立刻把这个女人带走，再过一分钟你就只能带走一具尸体。”

荆虹没敢答话，惊惶地拉着李梅走进楼梯间，并迅速走下楼梯。

待她们走后，凌风便谦卑地对娜汀亚说：“樊小姐，在下并无意冒犯，只想跟姓相的那对兄妹说几句话，能否请你回避一下？”

“我跟丫头没有秘密，没有必要回避。”娜汀亚毫无惧色。

然而，帕克可不会让她乱来，给阿南使了个眼色，两人强行将她架走。走进楼梯间之前，帕克与溪望对视一眼，除示意对方要小心外，还暗示马上会带人前来支援。

“好了，这里已经没有别人，我们也该说点儿正事了。”凌风把玩着手枪冷笑道。

溪望让见华躲在自己身后，冷峻道：“你约我来酒店见面，到底有什么目的？”

“约你来酒店有两个原因。”凌风竖起两根手指，“第一，李梅想在这里把你杀掉；第二，我知道你想见我。”

溪望驳斥道：“没可能，这事我只跟一个人说过，她不可能告诉你。”

“我知道你是想向我套话。”凌风得意地笑了笑，“单凭易露妍刚才的表现，就可以判断她跟我认识。她是杀手王的徒弟，知道杀手王让你来找我也不稀奇。不过，将你的事情告诉我的人并不是她。”

“不是她？除了她还有谁知道我在找你……”溪望对此百思不解，知道他此行的目的人就只有潘多拉，但对方应该不会跟凌风扯上关系。沉思良久后，一个熟识的名字于脑海中浮现，他不由得讶异道：“难道是他？”

“你似乎已经想到了。”凌风狡黠笑道，“没错，就是他，杀手王。”

“不可能，宏叔已经死了。”溪望沉着道，“死人又怎能把消息告诉你？”

“我没说他死后才告诉我呀！”凌风仰天大笑，遂冷酷道，“我跟杀手王早有协议，不管他现在是死是活，协议仍然有效，只不过现在改由他的徒弟执行。”

“这就是宏叔让我来找你的原因？”溪望思索片刻，遂问道，“你们的协议是什么？”

“想知道我跟杀手王之间的协议，必须先向我证明你的能力。”凌风站起来，指着林雪儿陈尸的水塔说："那个女孩拍了一张不该拍的照片，才会被李梅设计害死。你应该很清楚李梅的手段，她一般不会亲自动手。"

"你要我查出谁是凶手？"溪望问道。

"如果连这点小事也办不到，你就没资格知道协议的内容。"凌风说罢便转身走向酒店背面。

溪望在见华的搀扶下，绕到楼梯间带梯子的一侧，抬头向对方追问："我要怎样联系你？"

"你没必要联系我，待你查出真相，我自会告诉你下一步该怎么做。"凌风走到边缘，背后的披风突然往左右展开，变成一双火红色的巨大蝙蝠翅膀。

见华呆望着凌风，喃喃自语："我还以为他只是COS礼服蒙面侠，没想到还COS蝙蝠侠呢！"对方似乎听到她的话，朝她露出邪魅的笑容，遂跻身一跳，竟从楼梯间顶部往酒店后院跳下去。

就在见华发出惊呼的同时，凌风借助背后那双蝙蝠翅膀在空中滑翔，盘旋两圈后似乎准备离开。她脑海浮现对方刚才那个邪魅笑容，便冲对方大叫道："你是萧铁炫？"

凌风已下降到14楼左右的高度，但似乎仍听到见华的声音，伸出右手向她挥手道别。

溪望盯着他那双翅膀咕噜道："单手控制滑翔机会不会太危险了？"

见华突然想起一件事，冲口叫道："他的左手刚才被我弄伤了。"几乎与此同时，凌风的身体猛然往左倾侧，竟然撞到酒店的外墙上。他随即急速下坠，掉到酒店后院一棵大树上，没入茂盛的枝叶当中，让人看不清楚他是死是活。

第十六章　破解疑团

"他会不会摔死呀？"见华惊惶问道。

"他要是这么容易就死掉，就不配称为'神偷凌风'。"溪望无奈笑道，"不过摔死他也活该，好好的有电梯不用，非要在我们面前耍酷。"

"你们没事吧？"帕克带着近十人冲上来，荆虹、发奎也在其中。

荆虹双手紧握已重新装上子弹的手枪，慌张地往四处张望，并问道："那个怪人呢，怎么不见了？”

“掉下去了。”溪望指了指酒店后院。荆虹这才大松一口气，遂收起佩枪。

“易露妍跟倩琪怎样？”溪望问道。

荆虹答道：“她们早就跑了，不过我已经汇报上头，应该很快就能把她们拘捕。”

“能让你们抓到，就不是杀手王的徒弟了。”溪望没把心里这句说出来。

众人来得快，走得也快。帕克问清楚坠落地点后，立刻跟发奎及其他保安下去搜索，荆虹一同离开。

他们刚走，娜汀亚便跟阿南跳出来，问见华刚才到底发生了什么事。见华如实告知，但把杀手王的部分省略。

“那个怪人要废柴查出凶手是谁，然后就耍酷掉下去了？”娜汀亚心生疑惑，但随即想到对方是冲溪望而来，一些关键性问题，见华不方便说出来。

她明白见华亦有其难处，但一想到溪望知道的比自己多，她便无名火起，冲溪望骂道：“废柴，都怪你办事拖拖拉拉，瞎忙了这么久也没找到凶手才会闹出这么多事来。”

“我昨天才来呢！”溪望颇感委屈，从肩包里取出一个小巧的急救包，让见华替他处理脸颊上的伤口。

“都两天了，你还是一点头绪也没有是不是？”娜汀亚才不管这么多，越骂越起劲，“你这个废物，不好好去查案，就只知道乱搞，多挨几刀也是活该。”

“也不是毫无头绪，已经发现不少线索了。而且我跟倩琪上来也是为了解开水塔之谜。”溪望觉得自己比窦娥还要冤。

“那你解开这个疑团没有？”娜汀亚仍旧盛气凌人。

“你先看我们带了些什么上来。”溪望指向地上的杂物，无奈地向对方道出实情——

刚才我跟倩琪在这里只是做实验，试图解开水塔之迷。

死者被发现时全身赤裸，为了最大限度地还原案情，我特意让倩琪换上泳衣。本来我该让安琪帮忙，但她当时正跟你们在赌桌上搏杀，在赌局结束之前大概拉不动她。而我明天就得回内地，不能浪费任何时间，只好让倩琪帮忙。

我模拟犯人的作案过程，通过旁边的梯子，将倩琪背到楼梯间顶部，再走到另一边跳到水塔上方。我将垃圾袋底面弄穿，铺在塔顶检查孔边缘。这一来是为让倩琪进入水塔，不会被检查孔边缘刮伤；二来是防止留下罪证。

我让倩琪将润滑剂涂满全身，然后以脚下头上的方式从检查孔钻进水塔。当然，这两项工作本应是犯人做的，但我跟倩琪毕竟男女有别，所以只能让她自已来。

倩琪的身形跟死者差不多，胸部以下的部分一下子就滑进去了。虽然胸部及肩膀稍微有点阻力，但只要多添一些润滑剂，再用点力气就能轻易将她整个人塞进水塔。

水塔的储水已经抽光，这跟犯人处理死者尸体时的情况不一样。为避免倩琪跌伤，我预先将被子放在塔底。她掉到被子上的时候，全身都是润滑剂，自然会把被子弄脏……

“等一等！”娜汀亚打断他的话头，质疑道，“女房客被发现时不是呈头下脚上的姿态吗？你为什么让她脚下头上地钻进水塔？”

“因为犯人也是这样将死者塞进去。”溪望解释道，“水塔里的储水是流动的，死者被发现时手脚扭曲便是这个原因。相对而言，人的上半身较下半身重一些，在水流带动下，很容易就会翻过来。”

“真的是这样吗？”娜汀亚疑惑道，“我怎么总觉得有什么地方不对劲。”

“刚才的情况就是这样，我没说一句假话。”溪望道貌岸然道，但于心中暗忖：难道我会告诉你，将倩琪塞进水塔时，她泳衣卡在检查孔脱落吗？

“如果死者真的被凶手用这种方法塞进水塔，也太恶心了吧！”娜汀亚向溪望投以厌恶眼神，“又裸体又润滑剂，大概就只有你这种色狼才能想出来。”

“我不是凭空想出来的，而是推理出来。”溪望一脸严肃地解释，“昨夜我刷牙的时候，发现水里有一股奇怪的甜味。刚才我拿这种润滑剂用水稀释，然后尝了一下，味道虽然不完全相同，但亦十分近似。除此以外，我还发现一个极其重要的问题。”

娜汀亚心急追问：“是什么问题，赶快说出来。”

“首先，犯人之所以会用这种可舔食的润滑剂，而非普通润滑剂，很可能不是特意去购买，而是手头上本来就有这玩意。”溪望严肃道，“也就是说，犯人平日会使用这种润滑剂。”

“但死者没有受侵犯呀！”见华说道。

然而，娜汀亚却毫无羞怯之色，向溪望问道：“你不会打算从这方面入手吧？

我这里是酒店，带着润滑剂来开房的狗男女并不鲜见。”

溪望没好气地道：“从润滑剂入手调查跟大海捞针没两样，但我们可以据此将范围收窄。”

“怎么收窄？”

“要将死者搬上水塔，需花费大量力气，以女性的体能难以胜任，因此犯人很可能是男性。”

娜汀亚质疑道：“如果凶手跟你一样，都是个恶心的男人。他既将死者的衣服脱光，又随身带着润滑剂，有可能不侵犯死者吗？”

“人都已经死了，这样会不会太恶心了？”见华皱眉道。

“可死者失踪了半个月呀！”娜汀亚反驳道，“凶手在弄死她之前，有很多时间可以侵犯她。”

溪望轻晃食指，“如果犯人是女性，那么她就不会侵犯死者。”

“你刚刚才说凶手是男人……”娜汀亚说着突然明白对方的意思，遂惊愕叫道，“凶手不只一个人？”

溪望再次晃动食指，分析道：“凶手应该只有一个，而且是个女人，所以她没有侵犯死者。但以女性的体能不可以将死者搬上水塔，所以她需要一个帮凶，一个能替她处理尸体的男性。”

见华接着说：“一个女人杀人后，会替她处理尸体的，除了她父亲或兄弟，就只有她的男朋友或丈夫。”

溪望点了下头，继续道：“联想到润滑剂，凶手与帮凶很可能存在性关系。夫妻间使用润滑剂的机率略少于情侣，因此他们很可能是情侣关系。”

“你总算有点能耐。”娜汀亚点了下头，算是对他的赞许，但马上又板着脸骂道，“不过就算知道凶手是一对狗男女又有什么用？全香港的情侣没一百万，也有九十万，要查到什么时候才能找到凶手？别忘了你明天就得滚回内地。”

“范围也没这么广。”溪望指着楼梯间入口，“要不惊动报警器进出顶楼，必须有楼顶的钥匙，而能接触钥匙的又必定是酒店员工，或曾在酒店工作。”

“我想起来了。”娜汀亚失声叫道，“在女房客失踪之前，好像有个保安把钥匙弄丢。我让帕克炒了他鱿鱼，还更换了相应的门锁，楼顶这道门应该也是那时候换的新锁。”

溪望疑惑道：“那就奇怪了，之前怎么没人跟我提起这件事？”

“酒店最近接连出事，都已经死了三个人，谁还有这份闲心向你汇报每个细节？我也是刚刚才想起有这回事。”娜汀亚对此并不在意，遂提出另一个问题，“现在算是知道凶手怎样将尸体塞进水塔的了，但前不久才做过水质检验，凶手应该是这两天才将尸体塞进去。那么，之前他们将尸体藏到哪里去了？那些警察可是带着警犬，把酒店里里外外都找过遍。”

“这个问题我还没想出答案呢……”溪望眉头深锁。

“你真是条废柴。”娜汀亚瞪了他一眼，正想继续责骂时，对方的手机适时响起。

溪望取出手机，发现来电是人渣。电话接通后，听筒便传出人渣的奸笑：“望哥，我的iPhone5呢？”

“不会欠你的。”溪望没好气地说，“但前提是你的消息不会令我失望。”

“我从来没让你失望过。”人渣狡笑道，“我破解了那个女孩Facebook上的秘密相册，还连带把她在网上留下所有的痕迹都搜集过来。其实随便一张照片也会暴露诸多秘密，但总是有人没头没脑地把自己的隐私发到网上。现在别说她的三围数字，我连她交过几个男朋友都一清二楚。”

溪望不耐烦道：“别跟我吹嘘了，你知道我只在意结果不问过程。”

“我已经把她的资料整理好发到你邮箱里，你自己慢慢看吧，别忘了给我买手机哦！”人渣说罢便挂线。

溪望摇头叹息，忍不住骂句“人渣”，遂跟娜汀亚说需要回房间上网，查收内含林雪儿资料的电邮。

“我们房间有电脑。”娜汀亚向他轻勾食指示意跟随，遂牵着见华的手走向楼梯间。离开楼顶之前，她还吩咐阿南收拾溪望留下的杂物，尤其要扔掉那瓶已用光的润滑油。

在10楼的豪华房间里休息片刻后，溪望已恢复得差不多，腰背虽仍隐隐作痛，但查看邮件还是可以应付。人渣这个娃娃脸虽然品性卑劣，但黑客技术还不赖，果然搜集到大量跟林雪儿有关的信息。当中甚至包括她的网上购物记录，并以此推断出她的喜好。

除此以外，人渣还发现她曾因某人的误会，而将一名香港网友在其Facebook上的留言全部删除。从这些被删除的留言中获悉，她曾跟该网友约定，到香港后会跟对方玩某种“求生游戏”。她在这个游戏中扮演的角色是“逃亡者”，而网友则扮演“狩猎者”。

然而，溪望对这些信息不感兴趣，他只在意雪儿的私密相册中，是否有跟香港网友的合照，以及凌风提及的“不该拍的照片”。

可惜的是，人渣发过来的照片中，只有雪儿到港当日及之前的照片。溪望仔细检查每一张照片，并没发现“不该拍的照片”，对方大概还没来得及将照片上传就已经遭到毒手。他不由得大为失望，本以为能借此窥探其中的秘密。

还好，人渣发来的照片并非一无是处。在雪儿到港当日的照片中，溪望发现一个熟识的身影，不由得笑道：“原来是他，我知道凶手是谁了。”遂将这张照片打印出来。

娜汀亚坐在客厅的沙发上跟见华聊天，两人的话题自然离不开林雪儿一案。此刻，她们正在讨论凶手用什么方法逃过警方的搜查。

见华分析道：“死者最后出现在14楼，尸体又在楼顶被发现，凶手应该没将她转移到酒店以外的地方。我想应该像哥推断那样，凶手将她藏在14楼或邻近楼层，并且在水质检查之后，将尸体投进水塔。”

“我也不否定废柴这个想法，但凶手是如何避过警犬的搜查呢？”娜汀亚皱眉思索片刻，遂恍然大悟道，“我想到了，是漂白水！14楼之前有住客偷偷带了一只鹦鹉进来，整层楼都用漂白水彻底消毒了好几遍，到现在还有一股浓烈的漂白水气味，凶手肯定是利用这一点避过警方的搜查。”

“不可能。”见华摇头道，“漂白水的气味再浓，也只能扰乱人类的嗅闻。但对那三只受过严格训练的警犬不会有太大影响，充其量只能拖延一时半会儿。警察在酒店里找了足足两个星期，这点影响可以忽略不计。”

“那将尸体泡在水里，甚至是泡在漂白水里呢？”娜汀亚仍不死心。

“情况还是一样，充其量只能拖延一会儿。”见华又摇头，继续分析道，“尸体的腐臭气味非常明显，而且随着死亡时间越长就越浓烈。对警犬来说，就像我们听见喷射机引擎发出的声音一样。如果连这么浓烈的气味也不能分辨，这三只警犬早就该退役了。”

娜汀亚恼火地叫道：“这也不成，那也不成，那凶手到底用什么方法将死者藏起来呢？”

“或许凶手的确如你所说，利用漂白水逃过警方搜查，不过手法得稍微变通一下。”溪望走到她们跟前，莞尔笑道：“让戴管家把大家都叫到宴会厅，我已经知道凶手是谁了。”

第十七章　还原真相

娜汀亚让帕克把大家都集中到宴会厅，除经理级以上的员工外，所有可以暂时离开岗位的员工都被叫过来，人数多达近百人。荆虹实在找不到理由将李梅带返警署，所以两人也在其中。

溪望走上舞台时，台下众人大多议论纷纷，他拍了几下手掌示意安静，遂朗声道："酒店近日接连出事，昨天甚至有两人不幸中毒身亡，今天又发现失踪多时的女房客陈尸水塔。"

他沉默片刻又道："不过阴霾总有散尽的时候，警方现已获悉投毒者的身份，将其拘捕也只是时间问题。至于将女房客投入水塔的凶手……就在这个宴会厅里面！"

此话一出，全场哗然。

众人纷纷交头接耳，或猜度凶手身份，或质疑此论调。荆虹一个箭步冲到舞台前，问溪望有何发现，凶手到底是谁。

"先别焦急，你马上就会知道答案。"溪望应付完她之后，再次拍手示意大家安静。众人知道他将要公布凶手身份，全都屏声静气，宴会厅之内顿即鸦雀无声。他清了清喉咙，朗声道："据本人调查得知，要将女房客投入水塔，若没有本酒店员工协助，根本不可能成事。"众人再一次议论纷纷，荆虹更急躁地叫他别再卖关子，赶紧道出凶手身份。

溪望示意大家安静，遂指向其中一名酒店员工，严肃道："凶手就是她，客房部经理居晓雅！"

这可让在场众人炸开了锅，所有人的目光都落在晓雅身上，站在她身旁的人更惶恐后退。周围空出一圈，不由得使她变得格外显眼。

"你胡说，我根本不认识那个女房客，为什么要杀死她？"晓雅情绪激动地反驳，"而且她失踪了半个月，其间警察把整间酒店搜了好几遍，我哪儿有本事将她藏起来？"

"我好像没说你曾将死者藏起来。"溪望狡黠笑道，"酒店三天前才做过水质检验，证实水质没有问题，所以死者肯定是这两天才被投进水塔。在此之前，凶手必须将死者藏起来，但又不会被警察发现。不过，这一点只有我跟戴管家、荆小姐等刚才在楼顶的人知道。"

“我不知道你在说什么，但你别想冤枉我。”晓雅虽略显慌张，但仍理直气壮地驳斥，“警察几乎把整间酒店翻过来，也没把女房客找出来，你凭什么说我能将她藏起来？”

“正因为只有你才能将死者藏在酒店，而又能逃过警方的搜查，所以我才会怀疑你……”溪望随即道出自己的推理——

你自小对化学很感兴趣，念大学时也先报读化学系，后来为日后容易找工作才念酒店管理。虽然不能以兴趣为职业，但你对化学的认识，足够让你以清洁剂为原料，制造出哥罗芳之类可以令人昏迷的化学物。

作为客房部经理，你要安排一两间空置的房间放置杂物并非难事，14楼就有一间这样的房间。你将林雪儿诱骗到这个房间，利用自制的化学物致使其昏迷，再用浴缸或水桶将她淹死。

进出放置杂物的房间需经你同意，你大可以用各种理由推搪，避免下属进入房间，继而发现你的秘密。但尸体终究会发出臭味，早晚会有人因此而发现问题。

幸好，14楼曾有住客偷偷将鹦鹉带进来，因而进行了多次彻底消毒，这为你创造了一个非常有利的条件。既然整层楼都弥漫着漂白水气味，你就干脆将尸体装进一个大水桶，倒入稀释的漂白水浸泡，再将桶口密封。利用漂白水的浓烈气味，十天半月内应该没人会察觉问题。但随着警方的介入，新问题亦随之出现。

警方准备派出三只曾受严格训练的警犬，你的小伎俩对它们灵敏的嗅觉根本不起作用。为此，你绞尽脑汁终于想到一个巧妙的方法回避警犬的搜查。

你将泡尸水混入漂白水当中，分派给各楼层的清洁工，让他们使用这种带轻微尸臭味的漂白水清洁酒店每一个角落。虽然酒店到处都散发着尸臭，但被浓烈的漂白水气味掩盖，以人类的嗅闻绝不可能察觉端倪。

嗅觉灵敏的警犬虽在踏入酒店那一刻便发现问题，但它们欠缺复杂的表达能力。它们只能通过吠声告知领犬员哪里有问题，却不能告诉领犬员，不管走到哪里都能闻到尸臭味。

你用这种方法巧妙地避过警犬的搜查，将林雪儿的尸体藏在14楼的置物房间内长达半月之久，一直未被任何人发现……

溪望的目光从台下众人惊愕的脸庞上掠过，最后落在晓雅身上，淡然道：“既能将死者收藏于酒店之内，又能利用混入泡尸水的漂白水清洁整间酒店，以避过警犬的搜查，纵观整间酒店就只有你这个客房部经理能够做到。”

“这些全都是猜测，你根本就没有任何实质证据。”晓雅出奇冷静，凝视着溪望有条不紊地反驳，“水塔的高度超过4米，我连爬上去的力气都没有，更别说将一具尸体拖上去。而且我跟那个女房客无怨无仇，为什么要害死她？”

她的反驳直指问题重点，得到不少人认同，议论再度响遍整个宴会厅，更有人质疑溪望的指证毫无根据。

“请大家听我说。”溪望伸出双手轻轻下压示意安静，待众人静下来，他才继续道，“只有你一个人当然不能将死者投进水塔，你甚至没有足够力气将尸体搬上楼顶，所以你需要一个帮凶。”

“而那个帮凶就是他！”他指向保安部经理田发奎。

众人再度哗然，发奎激动地冲到舞台前，冲溪望骂道：“你别含血喷人，我怎么会无缘无故地害死一个素不相识的女孩？”

“你替居经理处理尸体并不是无缘无故，你跟死者亦非素不相识。”溪望取出刚才打印的照片向台下众人展示。

这其实是一张很普通的合照，照片中有一对男女并肩而立，两人笑容可掬，没过多的身体接触，显然是关系一般的普通朋友。然而，让众人注目的是，照片中的两人竟是发奎跟死者林雪儿。

发奎盯着照片先愣了一会儿，遂慌乱地反驳：“那天我巡楼时碰巧遇到她，跟她多聊了两句，她想跟我拍一张合照留念也很正常。而且她是酒店的房客，我也没理由拒绝她。我跟她合照只是出于礼貌，并不代表我跟她有任何关系。”

“你知道我是从哪里得到这张照片吗？”溪望狡黠笑道，“是从死者Facebook上的秘密相册中找到的，死者对这张照片的描述是‘终于能跟认识了很久的网友见面’。”

发奎的表情瞬间僵化，呆望着他与死者的照片，一句话也没能说出来。溪望将照片扔到他身前，笑道：“这张照片就给你留个纪念吧！”

发奎像个机械人似的，以僵硬的动作蹲下捡起照片。当他再次站起来时，嘴角微微上翘，镇定自若道：“没错，我跟雪儿的确是认识多时的网友，但这跟她的失踪以及遇害似乎没任何关系。”

站在他身旁的荆虹质问道：“那你之前为什么要向警方隐瞒这件事？”

“警官，我们这些打工仔每天都有很多工作要做，没你们那么清闲。”发奎耸肩答道，“我花大半天时间跟你们录口供，回头还得把未完成的功夫做完。而且我跟雪儿只是普通网友，也没什么可说的。为避免不必要的麻烦，我干脆就没提起这件事。”

“你先别急着给自己脱罪，没你的协助，居经理不可能将尸体投进水塔。而且，我既然能从死者的秘密相册里找到你们的合照……”溪望向他展露自信的笑容，又道，“难道你就没想过，我还能找到她已经删除的留言吗？”

发奎脸上闪现片刻惊愕，但很快就镇定下来，轻描淡写地问道：“那你在留言里发现了什么？难道我有说过要将她杀死吗？”

“那倒没有，不过我的确发现了不少有趣的事。”溪望故作神秘地笑了笑。

“我不知道你发现了什么，也不想继续听你胡言乱语。”晓雅厌烦地冲溪望骂道，“你一会儿说我是凶手，一会儿又说田经理是帮凶，但你就是拿不出证据！”

溪望从容作答：“要证据的话，就劳烦荆警官通知鉴证科到14楼的置物房走一趟，那里必定有死者留下的痕迹。”

荆虹立刻取出手机致电总部，要求尽快派相关人员前来支援。晓雅见状脸色顿即煞白，无力地跌坐在地，她这表现几乎是向众人承认自己就是凶手。

发奎看了她一眼，虽亦脸色一沉，但仍据理力争，冲溪望叫道：“就算居经理真的是凶手，跟我也没有关系呀！杀人的是她，我为什么要替她善后？”

“我之所以怀疑你是帮凶，除了你跟死者早已认识之外，还有两个原因。”溪望竖起一根手指又道，“其一，是你职务上的优势，你能随意使用楼顶的钥匙，以及在酒店里搬运大件物品也不会引起别人注意。利用这个优势，你可以轻易地将尸体搬上楼顶，而又不会引起别人注意。”

“其二，”他瞥了晓雅一眼，竖起第二根手指，“虽然刚才你们刻意以职务互相称呼，但也不能回避你们是情侣的事实。你可别否认，昨天我才听见居经理亲切地叫你‘小田’，我想应该有不少同事能证明你们的关系。还有，昨天她让你到杂物房，我想应该不是换灯泡那么简单，而是跟她一起善后，清除死者所留下的痕迹。”

发奎本来还准备反驳，但听完他的论据后，便低下头默不作声。

“怎么不说话了？我还有很多关于你们的事没说呢！要不我把整件事的来龙去脉说一遍？你再告诉当中是否存在错漏。”溪望狡黠一笑，遂道出他的推理——

你跟林雪儿在网络上认识，并通过Facebook交流了一段很长的时间，其间你们或多或少曾给对方一些暧昧暗示。但对方远在千里，你只把这种暧昧游戏当作一种减压方式，并未想过跟对方有进一步发展。然而，让你意想不到的是，你在对方Facebook上的留言，竟为自己带来不必要的麻烦。

晓雅无意中看到你给雪儿的留言，因而跟你大吵一场。随后，你虽然一再向她解释，自己跟雪儿相隔千里，根本毫无发展的可能。你给对方的暧昧暗示，纯粹是开玩笑。

有道是“言者无心，听者有意”，不过这个“有意”的听者并非雪儿，而是晓雅。

晓雅很清楚你不是对雪儿没非分之想，只是受条件限制，才没跟对方作进一步发展。倘若雪儿到香港发展，难保你不会出轨。为了将你的出轨行为扼杀于萌芽状态，晓雅瞒着你，以你女朋友的身份跟雪儿联系。

雪儿的心态跟你有很大差别，她给你的暧昧留言纯粹是开玩笑，而且她也不是只跟你开这种玩笑。她只把你视为一个比较聊得来的朋友，完全没想过要跟你发展成情侣关系。因此，当晓雅联系她时，把她吓了一大跳，她没想到自己竟会令你们发生争吵。

虽然她一再许诺不会介入你们的感情，并且立即将Facebook上跟你有关的留言全部删除，但晓雅并不相信她的承诺，总担心你们有重燃爱火的一天。

为释除心中疑虑，晓雅打算邀请雪儿到香港，让你们当面接触，以观察你们是否会擦出爱火。她知道你跟雪儿都对某个求生游戏感兴趣，你也曾以此为借口邀请雪儿来香港，所以她就旧事重提，邀请雪儿来香港。

雪儿虽然喜欢旅行，但以你们的交情，她还未至于会不远万里前来找你，所以之前并没接受你的邀请。然而，这次情况不一样，她为引起晓雅误会而感到愧疚，不好意思拒绝对方，且对方乂盛意邀请，于是便答应了。

雪儿来到香港后，为了避嫌没跟你有过多的接触，甚至连跟你的合照也没敢公开，只上传到秘密相册里。你并不想让晓雅加深误会，故意对雪儿表现冷淡，只做礼节上的招待。

这本来是皆大欢喜的局面，待雪儿离开香港后，一切将恢复平静，这事就像完全没发生过一样。可是，雪儿到港后的第二天，无意间拍了一张不该拍的照片，因而被某人盯上。

此人为了将照片删除，便唆使晓雅，挑拨她跟雪儿的关系，甚至教唆她将雪儿杀害。这个人跟她说，只有将雪儿杀死，方能一劳永逸，此后再也不用担心你们会做出对不起她的事。

就在当天晚上，在此人的唆使下，晓雅以进行求生游戏为名，邀约雪儿到14楼，并在电梯前跟对方摊牌。虽然雪儿一直向她解释，跟你只是普通朋友，绝无发展的可能。但晓雅在某人的挑拨离间下，早已认定雪儿是只狐狸精，不管对方如何解释，也不过是笨拙的掩饰。

晓雅虽完全没有理会对方的解释，但此刻她仍没跟雪儿撕破脸皮。她以求生游戏为借口，以狩猎者的身份将雪儿“捕获”，并命令对方投降。

这就是雪儿在电梯视频中做出怪异举动的原因。不过有一点或许你到现在还不知道，就是当时在电梯外面除了雪儿跟晓雅外，还有一个人……

“那个人就是她！”溪望猛然指向李梅，并对她怒目而视，“就是这个女人，为了一己之私，挑拨晓雅跟死者的关系，还教唆晓雅将对方杀害。”

第十八章　深藏不露

发奎低着头默不作声，晓雅也只是目光呆滞地盯着溪望，对于他的推测既没承认也没否认。反倒是李梅鼓掌上前，对溪望称赞道：“你编故事的本领越来越精进了，别停下来，赶紧把之后的故事一次说完吧！”

“晓雅将雪儿杀死后，便向男友发奎求助。发奎得知雪儿被杀，虽有短暂的惊诧，甚至感到愤怒，但终究不忍心让晓雅受牢狱之苦。况且此事也是因他而起，他认为自己也必须负上责任。”溪望从容地凝视着李梅，“这可便宜你了，李大状。你窃取雪儿相机的内存卡后，就没再理会晓雅，一切善后工作都是她跟发奎处理，你只是翘起双手看戏。”

李梅没作回应，只以食指在自己如妖精般伸出秀发之外的耳朵旁画了两圈，示意洗耳恭听。溪望冷笑一声，遂继续讲述他的推理——

避过警方的搜查后，晓雅跟发奎便开始盘算如何处理尸体。或许在这过程中，他们在意见上曾出现分歧，但发奎最终还是遵从晓雅的意思，决定将尸体弃置楼顶的水塔里。

昨天发奎趁着下雨，以搬运杂物为由，利用垃圾袋作掩护，将尸体搬到楼顶。

之后，他将尸体绑在背上，通过楼梯间外墙的楼梯爬上顶部，再通过另一端跳到水塔上方。然后，他借助滑润剂及垃圾袋，将全身赤裸的尸体“滑”进水塔里面。

他用的是水溶性滑润剂，而且当时正下着雨，所以不管是水塔里面还是外面，都找不到他留下的任何痕迹，死者仿佛从另一个空间掉进水塔里面。如此巧妙的弃尸方法，我想应该是对化学颇有认识的晓雅想出来的……

“不过有一个问题，我至今仍未想明白。”溪望皱起眉头望向晓雅，不解地问道，“你既然能想出如此巧妙的弃尸方法，为何非要选择水塔这种必定会被人发现的地方弃尸呢？其实以你对化学的认识，大可以在不让别人发现的前提下，用强酸将尸体分解成液体再冲进马桶。这样就算警方对你产生怀疑，也难以找到证据起诉你。”

晓雅呆滞的双眼突然闪现凶光，咬牙切齿道：“那个水性杨花的贱女人，她就算死了，我也不会让她好过。我要让她的丑态展露在所有人眼前，让大家都知道她是个不知羞耻的贱女人！”

“看来李大状对你的洗脑也挺彻底的。”溪望摇头叹息，遂对荆虹说，“荆警官，接下来就麻烦你将他们三个带回警署。”

“等等！”李梅泰然自若地竖起左手，将走到她身前的荆虹叫停，向溪望狡笑道，“你的故事确实精彩，但你可别把虚构的罪名强加在我身上。”她轻蔑地瞥了晓雅一眼，又道，“我根本不认识这个女人，更没有教唆她杀人。”

“到这个时候，你还想要赖。”溪望摇头苦笑，遂对晓雅说，“把真相说出来吧，你没必要袒护这个令你走上绝路的女人。”

“怎么会变成这样……”晓雅黯然落泪，当她抬头望向李梅，正想出言指证对方时，灯光突然熄灭，黑暗瞬即笼罩整个宴会厅。

突如其来的黑暗使众人惊慌失措，惊呼声此起彼伏。然而在这嘈杂喧嚷的黑暗之中，一声可怕的惨叫声却格外响亮，众人甚至因而骤然住口，全场顿即万籁俱寂。溪望意识到出了问题，立刻跳下舞台，于黑暗中冲向发出惨叫的地方。他记得那是晓雅所在的位置。

在灯光熄灭之前，晓雅的周围空出一圈，这个位置理应只有她一人。然而，当溪望扑近时，却有一道劲风扑面而来。这竟然是一道拳风，而且力道极其刚猛，犹如一枚炮弹轰向溪望面门。

对方为何能在黑暗之中，准确判断自己的位置？

是气流！

当意识到这一点，溪望自然明白对方绝非平庸之辈，这一拳说不定能送他上黄泉路。可是，他腰部的伤痛尚未复原，要闪避这突如其来的袭击根本没可能做到，只好迅速举起左手护头，利用藏于衣袖里的百鬼鸣抵挡这霸道的一击。

“铿”一声清脆的金属断裂声响起，与此同时强大的冲击力将正在前冲的溪望往后撞飞。他下意识地触动右手手镯的机关使袖剑弹出，并扬手划向对方的手腕。

在黑暗中虽没能看见对方的身影，但细微碰撞声让溪望知道这一刀并没虚发，应该能在对方身上留下痕迹。然而，他还没来得及细想待会儿如何确认对方身份，倒飞的身体已撞到舞台上。强大的冲击力使他的内脏如翻江倒海，口中一甜，吐出一口鲜血。

灯光熄灭的时间十分短暂，大概只有两分钟，溪望与神秘人的交手更只在电光石火之间。时间虽短但战况却十分明显，溪望被一击倒地，而对方在灯光亮起时已不知所终。

在灯光驱赶黑暗的同时，惶恐的尖叫声亦随之响起。众人恐惧的源泉并非靠坐于舞台前吐出鲜血的溪望，而是趴在地上的晓雅。她的脖子扭转了180度，脸上没有悲伤，也没有愤怒，甚至没有任何表情。

溪望忍住剧痛爬起来，走近按住她的颈动脉察其脉搏，得出的结论十分明显——她已经死了，死于颈椎折断。

一分钟之前还是活生生的人，此刻却已变成一具渐渐失去体温的尸体，任谁也难以接受这个事实。“晓雅！”发奎发出撕心裂肺的叫声，扑倒在女友的尸体上，欲哭无泪。

溪望看着他悲伤欲绝的脸容，默默站起来扭头向李梅怒目而视，咬牙切齿道：“都是你做的好事。”

“你又来了。”李梅娇媚一笑，遂缓缓提起左臂，指着被荆虹紧紧抓住的手腕，佯装困扰道，“警官你都把人家弄痛了。”

“对不起！”荆虹连忙放开对方，并对溪望说，“刚才灯光熄灭时，我怕他们会趁机逃走，就随手抓住站在我身旁的李小姐。”

“幸好你把我抓住呢！”李梅掩嘴娇笑，“要不然，我跳进黄河也洗不清。”

溪望一脸愕然地看着她，直到折断的百鬼鸣从衣袖里掉出来才觉悟过来。他想起宏叔曾说百鬼鸣的中空设计导致强度不足，不能承受强大的打击力。当时他还说没几个人能将钛合金钢管折断，但现在想来，宏叔是向他暗示，在陵光成员中有人能徒手将钛合金钢管打断。

荆虹捡起折断的百鬼鸣，问溪望刚才灯光熄灭时，到底发生了什么事？溪望没有理会她，环视宴会厅内众人，并于心中暗忖：这里有李梅的同党，而且很可能是陵光成员！

宴会厅之内，除荆虹及娜汀亚等人外，全是酒店的员工。当中有可能徒手将晓雅脖子扭断，并一拳把自己打得倒飞三四米撞到舞台上的，就只有帕克、阿南及发奎。发奎此刻正趴在尸体上哭得死去活来，他若是凶手，演技也太精湛了。

阿南一直站在娜汀亚身后，跟晓雅的距离较远，而且有人群阻隔。他要在灯光熄灭的两分钟内，扭断晓雅的脖子并给予溪望重击，再绕过人群返回原处，似乎并不可能办到。

心念至此，溪望的目光不由得落在帕克身上。

帕克就站在距离晓雅不远的地方，此刻正悄然将被划了一道刀痕的袖扣解下来放入口袋。他朝溪望望过来，两人四目对视，虽无言语交流，但均能从眼神中读懂对方的心意。

你跟李梅是同伙！

知道太多对你没有好处。

在这一瞬之间，溪望已解开了一切疑团。

李梅的免费券是从帕克手上弄来的，她住在14楼亦是帕克替她安排，以方便她教唆晓雅杀害林雪儿。

昨天在餐厅里，李梅从倩琪手中接过毒药后便转交帕克处理，才得以避过警方的搜索。帕克对餐厅内的情况十分熟识，要将毒药藏起来并不困难。

刚才灯光之所以会突然熄灭，大概也是帕克的小动作。他几乎代娜汀亚处理酒店所有大小事务，这点小事难不倒他。还有，他必定早就知道韩暖的真正身份是凌风，因此才会叫对方别给自己惹麻烦。

溪望想上前质问帕克，但对方却向他轻摇食指，并往见华瞄了一眼。两人跟见华的距离，以帕克较为近一些，他既然能在瞬息之间将晓雅的脖子扭断，同样也能将此伎俩用在见华身上，溪望根本来不及阻止。

见溪望已放弃跟自己撕破脸皮，帕克便露出满意的笑容，走到他身前低声说道："你不是我的目标，我亦无意损害你的利益。之所以会出手帮李梅，只是不想她在我的地方出事。她出了酒店门口，就算是被你乱刀砍死，我也懒得报警。”

“你到底是什么人？为什么要待在星夜身边？”溪望亦刻意压低声音。

“你大可放心，我绝不会伤害小姐，老爷亦不会将小姐的安危托付给一个不能信任的人。”帕克叹息一声，遂以正常音量继续说，“我跟老爷在中越战争期间认识，他在战场上救了我一命。此后我便改名为‘戴德’，意为感恩戴德，以感谢老爷的救命之恩。”

他突然又压低声音，在溪望耳边细语：“所以不管我另一个身份是什么，我也绝不会背叛老爷。”说罢便转身准备去处理晓雅一事。

“你的代号是什么？”溪望低声问道。

帕克停下脚步但没有回头，迟疑片刻才答道：“星马。”

溪望深思良久，遂露出狡黠的笑容，于心中暗忖：“有意思，前有翼蛇后有星马，一天之内能遇到两位陵光成员，这次来香港总算不枉此行。”

尾　声

一

“陈Sir，报告已经写好了。”荆虹将三份报告一起交给上级陈警司，并简述报告内容，“嫌犯田发奎已承认协助女友居晓雅，将受害人林雪儿的尸体弃置于酒店楼顶的水塔里，但他一再强调自己没参与杀害受害人。现已被收押，正等候排期上庭。

“主犯居晓雅虽遇袭身亡，但在死前也算默认了自己是杀害林雪儿的凶手，这跟田发奎的口供及我们掌握的证据没多大出入。与此相关的另外两宗命案已另展开调查，所以这件案子应该可以结束调查。”

陈警司粗略地看了一下报告，便将其放下，严肃问道：“另外两件案子的调查进度如何？”

“杀害居晓雅的凶手，到现在仍一点头绪也没有。相先生在灯光熄灭时曾与凶手交手，而且似乎知道某些内情，但他却闭口不言，还立刻带着妹妹回到内地。”荆虹怯弱地低下头，见对方没责骂才继续道，“至于投毒案的凶手，已锁定那个叫刘倩琪的内地护士，她以及协助她逃走的香港女子易露妍的通缉令已送达各部门，但至今仍没有她们的消息。”

“居晓雅被杀的案子我不怪你，案发时现场人员众多，而且凶手的手法非常专业，显然是职业杀手，肯定不会留下任何蛛丝马迹。”陈警司脸色一沉，遂责骂道，“至于投毒案那两个女人，只要她们没离开香港，要找她们并不困难。尤其是香港那个，从她的亲友入手多少也会找到一点线索吧？”

“陈Sir，不是我们偷懒，这个易露妍根本就像张白纸一样，别说亲友，我们连她近15年做过些什么也查不出来。”荆虹露出一张哭丧脸，继续道，“她自幼父母双亡，跟随姨妈一家生活，但8岁那年姨妈一家全在一场大火中丧命。自此她便没有任何亲友，社工只好将她送到保良局。

“可是，她在孤儿院待了三年就逃走了，在之后的15年里，我们几乎找不到任何关于她的记录。唯一能证明她还存在于这个世上的，除酒店的入住记录外，就只有她不久前换领成人身份证的记录。”

陈警司翻阅报告片刻，遂问道：“相先生对她有什么看法？报告上说他们之前曾有过节。”

荆虹答道：“相先生说她曾在内地犯下命案，我怀疑她失踪那段时间一直待在内地。”

“她很可能会跟投毒的女人潜逃回大陆，你把资料准备一下，发给内地公安，请他们帮一下忙。”

“好，我待会儿就去办。”荆虹点了下头，遂面露难色，迟疑片刻又道，“相先生一口咬定那个叫李梅的内地律师教唆居晓雅杀人，但居晓雅已经死了，李梅的口供又滴水不漏，我们不够证据起诉她。至于那个自称凌风的怪人指证她藏械，因为手枪被那个怪人带走了，我们也没能就此起诉她。48小时的扣留时间一过，我们就得放人。”

“凌风……难道是神偷凌风？”陈警司眉头深锁。

荆虹愕然问道：“陈Sir，你听说过他的事吗？”

“他在二十多年前曾经活跃一时，上年纪的伙计大多都听过他的传闻。”

“相先生的妹妹说，他可能是一个名叫韩暖的中年的士司机，也可能是一个名叫萧铁炫的年轻人。”荆虹面露困惑之色，又道，“不过我到生死登记总处查询，在名叫萧铁炫的人当中没发现可疑对象。至于那个司机，所有资料都是假的，根本没这个人。”

“听说凌风擅长易容，你要查他的真正身份，大概只会白费力气。”陈警司叹息一声，“你出去把那个内地律师放了，继续扣留她也不见得能将她定罪。至于居晓雅的命案，若没有新发现就暂且放下，吩咐各位伙计别在记者面前乱说话，待会儿我还得在记者会上应付他们。”

“哦。”荆虹疑惑地点了下头，于心中暗忖，“奇怪了，居晓雅遇害时，宴会厅里全是酒店的员工，只要逐个调查不愁找不到凶手，陈Sir为什么会要我放弃调查呢？”虽觉得不对劲，但她却不敢质疑对方的判断，唯唯诺诺地退出办公室。

待荆虹离开办公室，陈警司便从怀中取出来一张支票，盯着上面数额巨大的金额沉思良久，遂下决心取出手机拨打。电话接通后，他沉默了好一会儿才开口：“果然每个人心中都有一个价码，你出的价钱足够让我放弃原则。”

电话彼端传来一声冷笑：“天下乌鸦一般黑。”

二

寂静的深夜，在一个偏僻的浅滩上出现三个人影。

“以后有什么打算？”凌风摘下蛇头面具，抬头望向晦暗的夜空。

露妍轻撩秀发，朝坐在不远处盯着漆黑海面发呆的倩琪瞥了一眼，淡然答道：“继续完成师傅的交托，不过要先将她送到国外，内地大概已没有她的安身之所。”

凌风回过头来，朦胧的月光洒落在他俊逸的脸庞上，同时亦暴露了他的真正身份——萧铁炫。

他轻声说道：“你们或许能逃一时，但绝不可能逃一辈子。陵光早晚会找到你们，不管你们身在何方，他们也有办法取你们的性命。”

露妍苦笑道：“要甩脱这个可怕的组织，只能将希望寄托在那个负心汉身上，希望师傅没看错人。”

“你该不会真的喜欢上他了吧？”铁炫脸颊肌肉微抽搐，“在他眼中，你可是个杀人不见血的女魔头。”

“我喜欢他跟他怎么看待我是两回事。”易露妍露出娇羞的微笑，“他越恨我，我就越高兴，这说明他心里有我。总有一天，我会让他这辈子都不能忘记我。”

“你真是个神经病。”稚嫩的女童声音响起，牙牙从铁炫的衣领钻出来，朝露妍吐出蛇信。

露妍瞪着铁炫，幽怨道："想见识'零距离猎杀术'吗？"随即流露出令人心寒的杀意。

"不不不！"铁炫连忙摆手摇头，轻拍蛇头，骂道，"叫你乱说话，还不向人家道歉！"

"是，主人。"牙牙朝露妍点头，幼嫩的女童声再次响起，"妍姐冰雪聪明，妍姐美艳动人，妍姐大人不记小蛇过，妍姐原谅牙牙吧！"

"你老是这样自言自语，不觉得无聊吗？"露妍白了铁炫一眼。

"人总有寂寞的时候。"铁炫轻触蛇头，牙牙随即缩回他的衣服里面。他再度抬头望天，不无伤感道，"曾经也有女孩对我爱恨交织，她离开我之后，就只有牙牙陪伴我了。"

"看上那个负心汉的妹妹了？"露妍瞥了他一眼，调笑道，"之前还说这辈子只爱嘉怡一个呢，男人果然没一个是好东西。"

"人总得向前看，不能永远活在过去的阴影里。"铁炫望向漆黑的海面，发现海面上闪现一点亮光，遂耸肩道，"船来了，你还是快去安慰一下杀手王的私生女吧！待会儿她要是不肯上船，我也帮不了你。"

"你只要记住跟师父的约定就行了，别的事情用不着你去操心。"露妍说罢便走到倩琪身旁，在她耳边细语一句。

倩琪顿即两眼放光，跳起来兴奋叫道："他还活着？"

三

溪望坐在自家客厅的沙发上，拨通榴莲的手机，向对方问道："安琪生完我的气没有？"

"你想得美，她还在拼命刷我的卡呢！"榴莲烦躁骂道，"这笔账你可要负责呀！"

"嗯，就当作离别礼物吧！"溪望眼中闪过一丝忧伤，遂问道，"她不相信我跟倩琪是清白的吗？"

"兄弟，我们一起长大，还不清楚你的为人？"榴莲的语气亦带伤感，叹息道，"你回去内地就等于跟她分手，这个她心里十分清楚。她既然要跟你开始，就会准备好迎接结束。只要跨过通关口岸，你就可以光明正大地跟任何女人在一起，没必要急于一时。哪怕你们以后不再见面，你也不会让她恨你一辈子对不对？"

“那她为什么还生我的气？”溪望面露不解之色。

“兄弟，不管王姗平日有多么蛮横，她始终是个女人。你走得这么匆忙，连‘再见’也没跟她说一声，她不生气就有鬼了。”

“这的确是个不好解决的难题。”溪望皱起眉头，“这样吧，待会儿我给你账户汇五万，你替我把她这道气消掉。”

“我操！你把我当什么人了？五万块就想买我妹的感情！”榴莲愤然斥责，随即又补充道，“没十万你想也别想。”

溪望没好气道：“八折。”

“成交！”

溪望挂线后苦笑摇头，虽知道榴莲定能让安琪原谅自己，但这段短暂而难忘的恋爱却又总让他有种惆怅的感觉。毕竟曾经真心爱过，又怎能说放下就能放下呢？

他拿起手机，本想翻看安琪的照片，但却发现不知何时收到一条短信。发来短信的是一个陌生号码，内容极其简短，就只有两个字——口袋。

他连忙翻看全身的口袋，发现裤袋里不知何时被塞进一张纸条。他立刻打开查看，得知纸条是凌风给他的信息：若要查出令尊死亡真相，且与陵光为敌，速到神隐村寻找另一名陵光成员“轸蚓”。

“神隐村？听上去像是山区的小村落。”溪望喃喃自语，“看来得再过段时间才能继续替厅长办事。”

躲在楼梯拐角的见华掩嘴偷笑，蹑手蹑脚地返回自己的房间，取出手机拨通一个熟识的号码，向对方说道：“桐姐，我回来了，给你买了很多化妆品呢！”

听筒传出悦桐轻快的笑声：“太好了，要我怎么答谢你？”

“过来我家做饭给我吃呀，就像以前那样。”见华撒娇道，“今晚就过来嘛，我已经很久没尝到你做的菜了。”

悦桐为难地答道：“到你家不太方便吧，要不你来我家好不好。”

见华娇嗔地跺了一脚，于心中暗忖：“机会都替你准备好了，你却不知道珍惜，非我要进行B计划。”她故作失望道，“你不过来，就带我去自驾游吧，你已经答应我很久了。”

悦桐不好意思一再拒绝对方，妥协道：“好吧，你想什么时候出发？”

“当然是越快越好了，你有时间吗？”

“最近工作也不太忙，走开几天应该没问题。”

“那就好了，反正这几天哥也是在家里闲着，我们就把他抓过来当保镖。要不然只我们两个女生，在路上不太安全呢！”见华一口气把话说完，也不等对方反应过来，又继续道，“事情就这么定了，我现在就去收拾行李，等你安排好时间，我们就立刻出发。”说罢便立刻挂线，不让对方有任何机会提出反对。

她拿着手机走向书桌，狡猾笑道：“哎哟，我忘记有一个很重要的考试呢，必须马上回学校。桐姐，就让哥代替我陪你去玩吧！反正他跟姗姐算是分手了，作为他的妹妹，我有责任为自己挑选一个称心的大嫂。”

就在见华收拾回校的物品时，手机突然响起，是娜汀亚的来电，电话一接通便传出她急躁的声音：“丫头，计划进行得怎样？等你把那个碍事的废柴嫁出去，我们就去日本泡温泉。”

灵异档案 蓝可儿事件

2 013年1月31日，加拿大籍华裔女大学生蓝可儿，于洛杉矶神秘失踪。截至 2 月14日当地警方仍未发现她踪迹，便公布她失踪前在酒店电梯里的一段视频。她在视频中多次做出怪异动作，因而令事件更加扑朔迷离。

19日，失踪三周的蓝可儿，被发现陈尸于酒店楼顶水塔……

蓝可儿事件可算是近年较为受大家关注的案件，主流媒体对此案有诸多揣测。当中大多偏向灵异论，并大肆宣传死者于电梯视频中的怪异举动，以及该酒店曾发生多宗命案，譬如著名的“黑色大丽花碎尸惨案”等。但这些巧合与怪异不过是传媒为提高收视，在报道中使用诸多伎俩误导观众而已。那些所谓不可思议的细节，其实都可以找到合理的解释。

譬如小说中提及的“楼顶的痕迹已被雨水冲走”，就是媒体刻意忽略的事实。老求查过洛杉矶的天气记录，当地的网友亦证实，在发现死者尸体之前那两天，即 2 月17日及18日，酒店所在的区域曾经下雨。

其他细节老求大多都已在小说中有所提及，需要强调的是，蓝可儿于 2 月1日失踪，14日酒店曾进行水质检查，并没发现问题。也就说是，她是在14号（水质检查后）至19日（发现尸体前），“进入”水塔。

此外，因在发现尸体前两天已有房客投诉水压低，而水压低的原因正是尸体堵塞水塔的出水口，故此她“进入”水塔的时间可缩短为14日至17日之间。

或许大家会觉得奇怪，为何老求会说死者“进入”水塔，而不是小说中的被凶手投尸？这是因为据洛杉矶时报报道，2013年6月20日，当地官员公开表示，已认定蓝可儿的死因为“意外溺水”。

洛县警局验尸办弗瑞德·考罗警官表示，蓝可儿属于意外死亡，死因是浸泡在洛杉矶塞西尔酒店楼顶水箱中窒息而死。验尸办经过4个多月的尸检、化验、比对和分析，没有发现任何破案线索，既没有找到尸体上的任何创伤，也没有验出蓝可儿死前是否吸毒。

这个“意外溺水”是洛杉矶警方在全球舆论的关注，及美国媒体4个多月接连二三地追问下低调公布，几乎可以视为等同于“我们没任何线索”，或“调查没任何进展”。

也就是说，直到2013年6月20日为止，该案仍没有最终定论，小说中的假设只是其中一个可能性。事实是否如此，大概只有蓝可儿本人才知道。

愿死者在天国能得到安息。

［卷六　完］

附录·陵光绝密核心档案

陵光乃活跃于二十五至二十年前的跨国犯罪组织，曾参与及策划多宗暗杀、窃取机密等犯罪活动，足迹遍布全球各地。该组织由七名亚裔人士组成，都是顶尖的高手，且内部组织极为严密，国际刑警组织也对他们束手无策，头疼不已。

二十年前，该组织接受某跨国医药集团的委托，袭击英国一间生物研究所，盗取所内研究资料。但此次行动于事前走漏风声，致使研究所加强戒备。

虽然陵光成功盗取部分机密资料，并将研究所炸毁，但在火拼过程中三名成员相继死亡。三人的尸体被大火烧得面目全非，故而无法确认他们的真正身份，仅能确认性别为两男一女，疑似是柳獐、张鹿及翼蛇。另外四人则成功逃脱，并从此亦销声匿迹。

根据国际刑警组织调查所得，这宗委托幕后雇主为美国中情局，但对方拒绝向国际刑警组织提供任何相关资料。

陵光成员资料

井犴（首领）

人称“六臂罗刹”，能同时使用六件武器，且精通各种杀人技巧，是个嗜血的杀人狂。每次亲自执行任务必定不留任何活口，连婴儿也不放过。

通缉画像：身材清瘦，左手短斧右手长刀，腰间插有手枪，肩膀挂着一支散弹枪，背着一把折合弩及长矛。

鬼羊（杀手）

擅长暗杀及近身搏击，专门执行暗杀任务。杀人无数，但却没有人知道他的相貌，甚至被他所杀的人也不知道。

注：于卷三中暴露身份，原名王三，后改名为王重宏，虽已厌倦杀手生涯，但为保私生女倩琪的安全，只好继续为陵光卖命。为彻底摆脱陵光的控制，借溪望之手了结生命。

通缉画像：身材健硕，以刀片为主要武器。

柳獐（间谍）

疑为女性，擅长易容及模仿，常冒充目标身边的人以作内应。

注：疑于20年前研究所一役中死亡。

通缉画像：身材娇小，根据警方之前的资料，前任疑似具有舞姬的身份。

星马（打手）

擅长近身搏击，在执行任务时主要负责断后，曾徒手杀死三名全副武装的飞虎队队员。

注：于卷六中向溪望透露身份，但溪望并没有对外公开。真正身分为戴德（帕克），因在战场上为樊天昊所救，故此对樊忠心不二。

通缉画像：身材魁梧，西装领巾，紧握拳头。

张鹿（狙击手）

擅长使用枪械，尤其是长距离狙击，据说百发百中，从未失手。

注：疑于20年前研究所一役中死亡。

通缉画像：中等身材，背着一把狙击枪。

翼蛇（盗贼）

外号“神偷凌风”，擅长盗窃、易容及逃走。只参与盗窃任务，不是万不得已，也不会动手杀人。

注：疑于20年前研究所一役中死亡。近期出现的凌风，身手显然比之当年要逊色不少，疑有他人冒充之嫌。

通缉画像：中等身材，身穿火红色西装披风，头戴蛇头面具。

轸蚓（智囊）

擅长出谋献策，一般只在幕后策划，不参与实际行动，唯一一次亲自出手是袭击生物研究所。

通缉画像：身材消瘦，藏身角落不引人注意，但又给人一种深不可测之感。